跨文化视野中的鲁迅

高旭东◎著

北京师范大学出版集团
BEIJING NORMAL UNIVERSITY PUBLISHING GROUP
安徽大学出版社

图书在版编目(CIP)数据

跨文化视野中的鲁迅/高旭东著. —合肥:安徽大学出版社,2013.4
(中国鲁迅研究名家精选集)
ISBN 978-7-5664-0402-2

Ⅰ. ①跨… Ⅱ. ①高… Ⅲ. ①鲁迅研究 Ⅳ. ①I210

中国版本图书馆 CIP 数据核字(2013)第 041552 号

ZHONGGUO LUXUN YANJIU MINGJIA JINGXUANJI
中国鲁迅研究名家精选集
KUA WENHUA SHIYE ZHONG DE LUXUN
跨文化视野中的鲁迅 **高旭东 著**

出版发行:北京师范大学出版集团
安徽大学出版社
(安徽省合肥市肥西路 3 号 邮编 230039)
www.bnupg.com.cn
www.ahupress.com.cn
印 刷:合肥远东印务有限责任公司
经 销:全国新华书店
开 本:170mm×240mm
印 张:20.25
字 数:300 千字
版 次:2013 年 4 月第 1 版
印 次:2013 年 4 月第 1 次印刷
定 价:50.00 元
ISBN 978-7-5664-0402-2

策划编辑:朱丽琴 卢 坡
责任编辑:卢 坡 程尔聪
责任校对:程中业
装帧设计:李 军
美术编辑:李 军
责任印制:陈 如

总　序

林　非

100年前的1913年4月,《小说月报》第4卷第1号,发表了署名"周逴"的文言小说《怀旧》。这是后来成为伟大文学家的鲁迅所作。当时的《小说月报》主编恽铁樵对小说大为赞赏,作了10处随文评点和一篇《焦木附志》,认为"用笔之活可作金针度人"、"转弯处俱见笔力"、人物"写得活现真绘声绘影"、"状物入细","才解握管,便讲词章,卒致满纸饾饤,无有是处"的青年"极宜以此等文字药之"。这些文字是中国正式出版物对鲁迅作品的最早反响和评论,但还仅限于从文章学的角度评析《怀旧》的意义。

一个伟大人物的出现,除了他个人的天才条件之外,主要还在于时代机遇和气候环境。1918年5月,在"五四"文学革命的浪潮中,一篇格式别致、忧愤深广、署名"鲁迅"的小说《狂人日记》在《新青年》月刊4卷5号上发表了,"鲁迅"这个光辉的名字第一次在中国出现。

8个月之后,在1919年2月1日出版的《新潮》1卷2号上,出现了一篇署名"记者"的《书报介绍》,向广大读者推荐《新青年》杂志,文中首次对《狂人日记》作出了评论,认为鲁迅的"《狂人日记》用写实笔法,达寄托的(Symboism)旨趣,诚然是中国第一篇好小说"。

这位记者是傅斯年,他的评论超出了文章学的范畴,从精神文化的视野指出了鲁迅在中国思想文化史上的价值。鲁迅绝不仅仅是一位单一的文学家,而是对中国近现代精神文化产生了全面影响的深刻的思想家,因而鲁迅研究也必然是作为一种精神文化现象适应时代潮流而兴起的,从一开始就不同于一般性的纯学术研究,从一个侧面反映了百年来中国精神文化史的发展变迁。

自此对鲁迅及其作品的评论与研究，层出不穷，越来越深入、系统，大有日益强劲之势。研究家的队伍，也一代接着一代，如长江巨浪，奔腾不息，波澜壮阔，形成中国现代文学研究以至于整个人文研究的一大景观。其中主要的关节点是茅盾的《鲁迅论》，瞿秋白的《〈鲁迅杂感选集〉序言》，毛泽东的《新民主主义论》，欧阳凡海的《鲁迅的书》，李平心（鲁座）的《思想家的鲁迅》等。1949 年以后又出现了冯雪峰的《鲁迅创作的特色和他受俄罗斯文学的影响》，陈涌的《论鲁迅小说的现实主义》、《为文学艺术的现实主义而斗争的鲁迅》，唐弢的《鲁迅杂文的艺术特征》、《论鲁迅的美学思想》，王瑶的《论鲁迅作品与中国古典文学的历史联系》等。尽管在这一时期鲁迅研究也受到了扭曲，尤其是“文革”中鲁迅被当成政治工具，被推到了极致。然而即使在这种政治环境中，以李何林为代表的鲁迅研究务实派，还是高度重视资料整理和作品注释这种基础性的工作，在夹缝中默默地进行着潜在的努力，因而取得了许多带有恒久意义的成果。总之，无论是对鲁迅持敬仰之情，还是存有异见，都不能无视鲁迅和鲁迅研究的存在。

可贵的是自 20 世纪 80 年代之后，鲁迅研究冲破了长期禁锢思想的牢笼，打开了思路，从哲学、社会学、心理学、比较文学等等崭新视野对鲁迅及其生平、作品进行更为深刻、广博的整体性、综合性的研究与阐释，始终站在前沿，为推动中国的思想解放运动和学术文化工作的发展做出了不可磨灭的历史贡献。同时也出现了一批具有勃勃生气和新的知识结构、新的思维方式的中青年研究家。这在中国文学研究及至整个社会科学研究中都是少见的。

因此，对这批研究家的著作进行总结，对他们的成果做一番认真的检阅，就成为非常必要的事了。安徽大学出版社担当起这个重任，在出版学术著作往往赔钱、缺乏经济效益的时候，毅然决然下大功夫编辑、出版了这套《中国鲁迅研究名家精选集》，令人由衷感佩。我深信他们的工作不会白做，这套书在中国鲁迅研究学术史上必定会有重要的价值，承前启后，迎来中国鲁迅研究的更大发展。

是为序。

2013 年 3 月 3 日

薪火相传：百年中国鲁迅研究的回顾与前瞻

1913 年 4 月 25 日出版的《小说月报》第 4 卷第 1 号发表了署名“周逴”的文言小说《怀旧》，杂志的主编恽铁樵不仅对这篇小说进行了随文点评，还在篇末写下了《焦木附志》对小说予以好评。这是一个具有标志性的历史时刻：“周逴”就是后来以笔名“鲁迅”享誉世界的著名作家周树人，《怀旧》作为鲁迅创作的第一篇小说也成为中国现代文学的先声，而恽铁樵对《怀旧》的评论也成为中国鲁迅研究的开端。

从 1913 年算起，中国鲁迅研究至今已经有 100 年的历史了，其间虽然因社会风云的变幻而经历了很多的曲折，但是仍然涌现了一大批著名的专家学者，取得了一大批重要的学术成果，并在 20 世纪 80 年代逐渐发展成为一门具有重要影响的学科——“鲁学”。回顾中国百年鲁迅研究史，可以看出政治因素极大地影响了鲁迅研究的历史进程，由此，我们可以从政治的角度把百年中国鲁迅研究史大致划分为中华民国时期和中华人民共和国时期。

中华民国时期(1913～1949)的鲁迅研究可以说是中国百年鲁迅研究的萌芽期和奠基期。

中国百年鲁迅研究的萌芽期是在中华民国“北洋军阀”政府期间(1913～1927.3)。据不完全统计，这一期间，国内报刊共发表关于鲁迅的文章 96 篇，其中鲁迅生平史料类的文章 22 篇，鲁迅思想研究类文章 3 篇，鲁迅作品研究类文章 40 篇，其他类文章 31 篇。在这些文章中，比较重要的只有张定璜在 1925 年发表的《鲁迅先生》和周作人的《〈阿 Q 正传〉》2 篇。另外，随着鲁迅在文化上影响的逐渐扩大，越来越多的批评家开始从事鲁迅的相关研究，在 1926 年出版了中国第一本鲁迅研究论文集《关于鲁迅及其著作》。

中国百年鲁迅研究的奠基期是在中华民国南京国民政府期间(1927.4～

1949.9)。据不完全统计,在这一期间,国内报刊共发表关于鲁迅的文章1276篇,其中鲁迅生平史料类的文章336篇,鲁迅思想研究类的文章191篇,鲁迅作品研究类的文章318篇,其他类文章431篇。重要的文章有方璧(茅盾)的《鲁迅论》、何凝(瞿秋白)的《〈鲁迅杂感选集〉序言》、毛泽东的《鲁迅论》和《新民主主义的政治与新民主主义的文化》、周扬的《一个伟大的民主主义者的路》、鲁座(李平心)的《思想家鲁迅》,以及许寿裳、景宋(许广平)、冯雪峰等人撰写的回忆鲁迅的文章。另外,国内出版的关于鲁迅研究的著作共79部,其中鲁迅生平及史料研究类著作共27部,鲁迅思想研究类著作共9部,鲁迅作品研究类著作共9部,其他类鲁迅研究著作(专题研究及辑录类研究著作)共34部。重要的著作有李长之的《鲁迅批判》、鲁迅纪念委员会编辑的《鲁迅先生纪念集》、萧红的《回忆鲁迅先生》、郁达夫的《回忆鲁迅及其他》、茅盾主编的《论鲁迅》、许寿裳的《鲁迅的思想与生活》和《亡友鲁迅印象记》、林辰的《鲁迅事迹考》、王士菁的《鲁迅传》等。这一时期的鲁迅研究,虽然整体上来说学术水平不高,但从鲁迅史料研究、作品研究和思想研究等方面为中国百年鲁迅研究奠定了基础。

中华人民共和国时期的鲁迅研究其发展历程比较曲折,因为受到政治因素的影响而划分为多个阶段:发展期、异化期、拨乱反正期、高峰期、分化期、深化期。

中华人民共和国"十七年"期间(1949～1966)是中国百年鲁迅研究的发展时期。新中国成立之后,国家很重视纪念与研究鲁迅的工作,相继建立了上海鲁迅纪念馆、北京鲁迅博物馆、绍兴鲁迅纪念馆、厦门鲁迅纪念馆、广东鲁迅纪念馆等纪念鲁迅的机构,多次在鲁迅诞辰或逝世的纪念日举行一些纪念活动,并在1956年到1958年出版了新版的《鲁迅全集》。《人民日报》也多次结合现实政治需要在鲁迅逝世纪念日刊登纪念鲁迅的社论,如《学习鲁迅,坚持思想斗争》(1951.10.19)、《继承鲁迅的革命爱国主义的精神遗产》(1952.10.19)、《伟大的作家 伟大的战士》(1956.10.19)等,以此来引导学者和作家开展鲁迅研究。在政府的大力推动下,国内的鲁迅研究逐渐发展起来。

据不完全统计,这一期间,国内报刊共发表关于鲁迅研究的文章共3206篇,其中鲁迅生平史料类的文章707篇,鲁迅思想研究类的文章697篇,鲁迅作品研究类的文章1146篇,其他类的文章656篇。重要的文章有王瑶的《鲁迅对于中国文学遗产的态度和他所受中国文学的影响》、陈涌的《一个伟大的知识分子的道路》、周扬的《发扬"五四"文学革命的战斗传统》、唐弢的《论鲁迅的美学思想》等。另外,国内出版的关于鲁迅研究的著作共162部,其中鲁迅生平及史料研究类著作共49部，鲁迅思想研究类著作共19部，鲁迅作品研究类著作共57部，其他类鲁迅研究著作(专题研究及辑录类研究著作)共37部。重要的著作有《鲁迅先生逝世二十周年纪念大会论文集》、王瑶的《鲁迅与中国文学》、唐弢的《鲁迅杂文的艺术特征》、冯雪峰的《论野草》、陈白尘执笔的《鲁迅》(电影文学剧本)、周遐寿(周作人)的《鲁迅的故家》和《鲁迅小说里的人物》以及《鲁迅的青年时代》等。这一时期的鲁迅研究在鲁迅作品研究领域、鲁迅思想研究领域、鲁迅生平史料研究领域可以说都取得了一批重要的学术成果，在整体学术水平上比中华民国时期的鲁迅研究有了极大深入，是中国百年鲁迅研究史的第一个快速发展时期。

中华人民共和国"文革"十年是中国百年鲁迅研究的异化期。在"文革"初期，中共中央为了推动"无产阶级文化大革命"，并反击苏联借鲁迅来攻击中国"文革"的言论，而举行了有7万多人参加的纪念鲁迅逝世30周年大会，把鲁迅塑造成毛泽东的红小兵，号召红卫兵学习鲁迅的造反精神，将"文化大革命"进行到底，这不仅极大地歪曲了鲁迅的真实形象，而且开始把鲁迅纳入"文革"的话语体系之中，利用鲁迅为"文革"服务。此后，在"批林批孔"运动、"反击右倾翻案风"运动、批判《水浒》运动中又利用鲁迅来为这些运动服务，以达到一定的政治目的。"文革"后期，毛泽东在1975年底发出了"读点鲁迅"的号召，在全国掀起了学习鲁迅的热潮，极大地推动了鲁迅在全国各地的普及工作，为鲁迅研究在80年代的蓬勃发展打下了基础。

据不完全统计，整个"文革"期间(1966～1976)，国内报刊共发表关于鲁迅的研究文章1876篇，其中鲁迅生平史料类的文章130篇，鲁迅思想研究类的文章660篇，鲁迅作品研究类的文章1018篇，其他类的文章68篇。这些文章大都是结合政治运动而撰写的，重要的文章有《人民日报》在1966年10月20日为纪念鲁迅逝世30周年而发表的社论《学习鲁迅的革命硬骨头精神》，《红旗》杂志刊登的纪念鲁迅逝世30周年大会上的姚文元、郭沫若、许广平等人的会议发言及社论《纪念我们的文化革命先驱鲁迅》，《人民日报》在1976年10月19日为纪念鲁迅逝世40周年而发表的社论《学习鲁迅 永远进击》等。另外，国内出版的关于鲁迅研究的著作共213部，其中鲁迅生平及史料研究类著作共30部，鲁迅思想研究类著作共9部，鲁迅作品研究类著作共88部，其他类鲁迅研究著作(专题研究及辑录类研究著作)共86部。这些著作几乎都是结合政治运动的需要而编撰的，学术水平较低，如北京大学中文系写作教学小组撰写的《鲁迅作品选讲》系列丛书、人民文学出版社出版的《学习鲁迅深入批修》等。这一时期没有能够延续"十七年"期间所开创的鲁迅研究的良好局面，对鲁迅的学术研究几乎停滞，公开发表的各类关于鲁迅的论著几乎都是歪曲利用鲁迅的宣传品，这对于中国的鲁迅研究来说无疑是一场劫难。

“文革”结束之后到1980年期间(1977～1979)是中国百年鲁迅研究的拨乱反正期。1976年10月“文革”结束之后，“文革”对鲁迅的歪曲与利用所造成的不良影响仍在相当程度地存在着，国家有关部门在“文革”结束之后很快就开始着手清除这些不良影响，不仅加强了鲁迅著作的出版工作，筹备新版《鲁迅全集》的出版，而且成立了中国鲁迅研究学会，并组建了鲁迅研究室，极大地修正了“文革”对鲁迅研究所造成的破坏。另外，人民文学出版社在1974年启动了以知识分子与工农兵三结合的方式注释鲁迅著作单行本的工作，从1975年8月到1979年2月陆续印出了“征求意见本”(也被称为“红皮本”)，在粉碎“四人帮”之后，这批“征求意见本”都在作了较大修改之后从1979年12月开始陆续出版(也被称为“绿皮本”)。毫无疑问，70年代末按照“三结合”原则建立的鲁迅著作各卷本的注释组对鲁迅著作所作的注释带有明显的时代色彩，但是相比于“文革”期间对鲁迅著作的歪曲和利用，已经有所进步，所以这些“红皮本”鲁迅著作单行本在粉碎“四人帮”之后能很快在加以修改之后以“绿皮本”的形式出版，对于在“文革”后传播鲁迅做出了重要的贡献。

据不完全统计，这一期间，国内报刊共发表关于鲁迅的研究文章2243篇，其中鲁迅生平史料类的文章179篇，鲁迅思想研究类的文章692篇，鲁迅作品研究类的文章1272篇，其他类的文章100篇。重要的文章有陈涌的《关于鲁迅思想发展问题》、唐弢的《关于鲁迅思想发展的问题》、袁良骏的《鲁迅思想完成说质疑》、林非和刘再复的《鲁迅在五四时期倡导“民主”和“科学”的斗争》、李希凡的《“五四”文学革命的战斗檄文——从〈狂人日记〉看鲁迅小说的“呐喊”主题》、许杰的《重读鲁迅先生的〈狂人日记〉》、周建人的《回忆鲁迅片段》、冯雪峰的《有关一九三六年周扬等人的行动以及鲁迅提出“民族革命战争中的大众文学”口号的经过》、赵浩生的《周扬笑谈历史功过》等。另外，国内出版的关于鲁迅研究的著作共134部，其中鲁迅生平及史料研究类著作共27部，鲁迅思想研究类著作共11部，鲁迅作品研究类著作共42部，其他类鲁迅研究著作(专题研究及辑录类研究著作)共54部。重要的著作有袁良骏的《鲁迅思想论集》、林非的《鲁迅小说论稿》、刘再复的《鲁迅与自然科学》、朱正的《鲁迅回忆录正误》等。总体来说，这一时期的鲁迅研究对“文革”歪曲鲁迅的现象开始拨乱反正，逐步走上正确的道路，陆续取得了一批重要的学术成果，为80年代的鲁迅研究打下了良好的基础。

20世纪80年代是中国百年鲁迅研究的高峰期。在1981年，中共中央为了彻底清除"文革"的影响,在人民大会堂隆重举行了纪念鲁迅诞辰100周年的大会,极大地清除了"文革"时期歪曲利用鲁迅所造成的不良影响。胡耀邦在代表中共中央的《在鲁迅诞生一百周年纪念大会上的讲话》中对鲁迅精神进行了全新的阐释,并对鲁迅研究工作提出了新的要求。《人民日报》在1981年10月19日发表了社论《鲁迅精神永在》,结合当时的国际和国内形势对鲁迅精神作了全新的解读,指出了继承和发扬鲁迅精神的重要现实意义,并向全国人民发出"学习鲁迅、研究鲁迅"的号召,极大地推动了鲁迅在全国的传播,掀起了80年代研究鲁迅的高潮。不仅王瑶、唐弢、李何林等老一辈鲁迅研究专家在经历"文革"之后重新开始了学术研究工作,写出了一批重要的鲁迅研究论著,而且涌现出了一批在三四十年代出生的鲁迅研究专家,如林非、孙玉石、刘再复、王富仁、钱理群、杨义、倪墨炎、袁良骏、王得后、陈漱渝、张梦阳、金宏达等,中国鲁迅研究已经蔚然成为时代的显学,在推动民族思想解放方面发挥了重要的作用。但是,在80年代末,因为政治上的原因,鲁迅又逐渐被官方边缘化。

据不完全统计,整个20世纪80年代,国内共发表鲁迅研究文章7866篇,其中鲁迅生平事迹类的文章935篇,鲁迅思想研究类的文章有2495篇,鲁迅作品研究类的文章有3406篇,其他类的文章1030篇。鲁迅生平事迹类重要的文章有胡风的《关于"左联"及与鲁迅关系的若干回忆》、阎愈新的《鲁迅致红军贺信的新发现》、陈漱渝的《东有启明西有长庚——鲁迅周作人失和前后》、蒙树宏的《鲁迅生平史实探微》等;鲁迅思想研究类重要的文章有王瑶的《鲁迅思想的一个重要特点——清醒的现实主义》、陈涌的《鲁迅与无产阶级文学问题》、唐弢的《论鲁迅早期"为人生"的文艺思想》、钱理群的《鲁迅心态研究》和《试论鲁迅与周作人的思想发展道路》、金宏达的《鲁迅的"改造国民性"思想及其文化批判》等;鲁迅作品研究类的重要文章有王瑶的《鲁迅与中国古典文学》、严家炎的《鲁迅小说的历史地位》、孙玉石的《〈野草〉与中国现代散文诗》、刘再复的《论鲁迅杂感文学中的"社会相"类型形象》、王富仁的《中国反封建思想革命的一面镜子——论〈呐喊〉〈彷徨〉的思想意义》和《两条因果链的辩证统一——论〈呐喊〉〈彷徨〉的结构艺术》、杨义的《论鲁迅小说的艺术生命力》、林非的《论〈故事新编〉与中国现代文学中的历史题材小说》、汪晖的《历史的"中间物"与鲁迅小说的精神特征》和《自由意识的发展与鲁迅小说的精神特征》以及《"反抗绝望"的人生哲学与鲁迅小说的精神特征》等;其他类重要的文章有汪晖的《鲁迅研究的历史批判》、张梦阳的《论六十年来鲁迅杂文研究的症结》等。另外,国内出版的关于鲁迅研究的著作共373部,其中鲁迅生平及史料研究类著作共71部,鲁迅思想研究类著作共43部,鲁迅作品研究类著作共102部,其他类鲁迅研究著作(专题研究及辑录类研究著作)共157部。一批著名的鲁迅研究专家出版了重要的鲁迅研究著作,如戈宝权的《鲁迅在世界文学上的地位》、王瑶的《鲁迅与中国古典小说》和《鲁迅作品论集》、唐弢的《鲁迅的美学思想》、刘再复的《鲁迅美学思想论稿》、陈涌的《鲁迅论》、李希凡的《〈呐喊〉〈彷徨〉的思想与艺术》、孙玉石的《〈野草〉研究》、刘中树的《鲁迅的文学观》、范伯群和曾华鹏的《鲁迅小说新论》、倪墨炎的《鲁迅后期思想研究》、王得后的《〈两地书〉研究》、杨义的《鲁迅小说综论》、王富仁的《鲁迅前期小说与俄罗斯文学》、金宏达的《鲁迅文化思想探索》、袁良骏的《鲁迅研究史(上卷)》、林非和刘再复合著的《鲁迅传》,以及鲁迅诞生100周年纪念委员会学术活动组编辑的《纪念鲁迅诞生100周年学术讨论会论文选》等。总体来说,这一时期的鲁迅研究可以说是中国百年鲁迅研究史上的一个爆发期,经历过"文革"十年的压抑之后,以王瑶、唐弢为代表的老一代学者,以王富仁、钱理群为代表的中年学者,以汪晖为代表的青年学者在鲁迅思想研究领域和鲁迅作品研究领域都取得了丰硕的研究成果,不仅涌现了一批著名的鲁迅研究专家,极大地推动了中国鲁迅研究的进程,而且也使鲁迅研究在推动民族思想解放方面发挥了引领潮流的核心作用。

20世纪90年代是中国百年鲁迅研究的分化期。90年代初,为了清理80年代以来国内出现的资产阶级自由化思潮,中共中央在1991年10月19日为纪念鲁迅诞辰110周年而在中南海隆重举行了纪念鲁迅的大会,江泽民代表中共中央在《进一步学习和发扬鲁迅精神》的讲话中在新的形势下对鲁迅作了新的解读,并对鲁迅研究乃至整个人文社科研究提出了新的要求,指明了新的方向,明确以鲁迅为榜样和武器来扭转思想文化战线的政治方向,鲁迅也因此再次被请上了神坛。但是随着市场经济的发展,在市场经济大潮的冲击下,90年代中后期官方又逐渐把鲁迅边缘化,鲁迅研究也逐渐陷入低谷,但仍然崛起了一批在五六十年代出生的中青年鲁迅研究专家,如汪晖、张福贵、王晓明、杨剑龙、黄健、高旭东、朱晓进、王乾坤、孙郁、林贤治、王锡荣、李新宇、张闳等,他们以新的理论和新的研究方法,进一步拓展了鲁迅研究的空间。在90年代末,韩冬等一些青年作家和葛红兵等一些青年批评家又掀起了批判鲁迅的热潮。这一切都表明鲁迅已经开始走下了神坛。

据不完全统计,20世纪90年代国内共发表鲁迅研究文章4485篇,其中鲁迅生平事迹类的文章549篇,鲁迅思想研究类的文章1050篇,鲁迅作品研究类的文章1979篇,其他类的文章907篇。鲁迅生平事迹类的重要文章有周正章的《鲁迅死因新探》、吴俊的《鲁迅的病史与暮年心理》等;鲁迅思想研究类的重要文章有林贤治的《鲁迅的反抗哲学及其命运》、张福贵的《鲁迅宗教观与科学观的悖论》、张钊贻的《鲁迅与尼采“反现代性”的契合》、王乾坤的《鲁迅世界的哲学解读》、黄健的《历史“中间物”的价值与意义——论鲁迅的文化意识》、李新宇的《鲁迅人学思想论纲》、郜元宝的《鲁迅与中国现代的自由主义》、高远东的《论鲁迅与墨子的思想联系》等;鲁迅作品研究类的重要文章有高旭东的《论鲁迅“恶”的文学观及其渊源》、朱晓进的《鲁迅小说的杂感化倾向》、王嘉良的《诗情观念:鲁迅杂感文学的诗学内蕴》、杨剑龙的《文本互涉:鲁迅乡土小说的意向分析》、薛毅的《论〈故事新编〉的寓言性》、张闳的《〈野草〉中的声音意象》等;其他类的重要文章有彭定安的《鲁迅学:中国现代文化文本的理论构造》、朱晓进的《鲁迅的文体意识及其文体选择》、孙郁的《当代文学与鲁迅传统》等。另外,国内出版的关于鲁迅研究的著作共220部,其中鲁迅生平及史料研究类的著作共50部,鲁迅思想研究类的著作共36部,鲁迅作品研究类的著作共61部,其他类的鲁迅研究著作(专题研究及辑录类研究著作)共73部。其中重要的鲁迅生平及史料研究类的著作有王晓明的《无法直面的人生:鲁迅传》、吴俊的《鲁迅个性心理研究》、孙郁的《鲁迅与周作人》、林贤治的《人间鲁迅》、王彬彬的《鲁迅:晚年情怀》等;鲁迅思想研究类的重要著作有汪晖的《反抗绝望:鲁迅的精神结构与〈呐喊〉〈彷徨〉研究》、高旭东的《文化伟人与文化冲突:鲁迅在中西文化撞击的漩涡中》、王乾坤的《由中间寻找无限:鲁迅的文化价值观》和《鲁迅的生命哲学》、黄健的《反省与选择:鲁迅文化观的多维透视》等;鲁迅作品研究类重要著作有杨义的《鲁迅作品综论》、林非的《中国现代小说史上的鲁迅》、袁良骏的《现代散文的劲旅》、钱理群的《心灵的探寻》、朱晓进的《鲁迅文学观综论》、张梦阳的《阿Q新论:阿Q与世界文学中的精神典型问题》等;其他类的鲁迅研究著作(专题研究及辑录类研究著作)有袁良骏的《当代鲁迅研究史》、王富仁的《中国鲁迅研究的历史与现状》、陈方竞的《鲁迅与浙东文化》、叶淑穗的《从鲁迅遗物认识鲁迅》、李允经的《鲁迅与中外美术》等。总体来说,随着鲁迅在90年代中后期开始走下神坛,国内的鲁迅研究虽然受到市场经济的很大冲击,一时显得比较萧条,但是仍然有一批中年学者和新崛起的年轻学者通过采用新的理论和研究方法,在鲁迅思想研究领域和鲁迅作品研究领域陆续取得一批标志性成果,可以说,90年代的鲁迅研究成果虽然在数量方面明显落后于80年代的鲁迅研究成果,但是在学术质量上明显高于80年代的鲁迅研究成果。这种现象不仅标志着鲁迅研究已经基本摆脱政治因素的影响回归正轨,而且也在很大程度上拓展了鲁迅研究的空间。

21世纪的第一个10年是中国百年鲁迅研究的深化期。进入21世纪，国家纪念鲁迅的活动明显降温，在2001年鲁迅诞辰120周年之际，国家没有举行纪念鲁迅的大会，不仅国家最高领导人没有发表关于鲁迅的讲话，而且《人民日报》也没有再发表关于鲁迅的社论。与此同时，批判鲁迅的言论却层出不穷，这标志着鲁迅已经完全走下了神坛，回归了人间社会。但是，中国的鲁迅研究却依然在发展着，不仅严家炎、孙玉石、钱理群、王富仁、汪晖、郑心伶、张梦阳、张福贵、高旭东、黄健、孙郁、林贤治、王锡荣、姜振昌、许祖华、靳丛林、李新宇等一批学者在坚守着鲁迅研究的阵地，而且郜元宝、王彬彬、高远东、王学谦、汪卫东、王家平等60年代出生的一代鲁迅研究专家也逐渐成长起来，使得鲁迅研究得以薪火相传。

据不完全统计，2000年至2009年，国内共发表了鲁迅研究文章7410篇，其中鲁迅生平史实类的文章759篇，鲁迅思想研究类的文章有1352篇，鲁迅作品研究类的文章有3794篇，其他类的文章1505篇。鲁迅生平事迹类的重要文章有阎愈新的《再谈鲁迅茅盾致红军贺信》、陈平原的《经典是如何形成的——周氏兄弟为胡适删诗考》、王晓明的《"横站"的命运》、史纪辛的《再论鲁迅与中国共产党关系的一则史实》、钱理群的《作为艺术家的鲁迅》、王彬彬的《鲁迅与中国托派的恩怨》等；鲁迅思想研究类的重要文章有王富仁的《时间·空间·人：鲁迅哲学思想刍议》、温儒敏的《鲁迅对文化转型的探求与焦虑》、钱理群的《以"立人"为中心：鲁迅思想与文学的逻辑起点》、高旭东的《论鲁迅与屈原的深层精神联系》、郜元宝的《为天地立心——鲁迅著作中所见"心"字通诠》等；鲁迅作品研究类的重要文章有严家炎的《复调小说：鲁迅的突出贡献》、王富仁的《鲁迅小说的叙事艺术》、逄增玉的《鲁迅小说中的非对话性和失语现象》、姜振昌的《〈呐喊〉〈彷徨〉：中国小说叙事方式的深层嬗变》、许祖华的《鲁迅小说的基本幻象与音乐》等；其他类的重要文章有钱理群的《鲁迅：远行之后(1949～2001)》、李新宇的《1949：进入新时代的鲁迅》、李继凯的《论鲁迅与书法文化》等。另外，国内出版的关于鲁迅研究的著作共431部，其中鲁迅生平及史料研究类著作共96部，鲁迅思想研究类著作共55部，鲁迅作品研究类著作共67部，其他类鲁迅研究著作(专题研究及辑录类研究著作)共213部。其中鲁迅生平及史料研究类重要著作有倪墨炎的《鲁迅与许广平》、王锡荣的《鲁迅生平疑案》、林贤治的《鲁迅的最后十年》、周海婴的《鲁迅与我七十年》等；鲁迅思想研究类重要著作有钱理群的《与鲁迅相遇》、李新宇的《鲁迅的选择》、朱寿桐的《孤独的旗帜：论鲁迅传统及其资源》、张宁的《无数人们与无穷远方：鲁迅与左翼》、高远东的《现代如何"拿来"——鲁迅思想与文学论集》等；鲁迅作品研究类重要著作有孙玉石的《现实的与哲学的:〈野草〉研究》、王富仁的《中国文化的守夜人——鲁迅》、钱理群的《鲁迅作品十五讲》等;专题研究及辑录类研究重要著作有张梦阳的《中国鲁迅学通史》、彭定安的《鲁迅学导论》、冯光廉主编的《多维视野中的鲁迅》、钱理群的《远行之后:鲁迅接受史的一种描述(1936～2000)》、王家平的《鲁迅域外百年传播史(1909～2008)》等。总体来说,21 世纪第一个 10 年的鲁迅研究基本摆脱了政治因素的影响,更侧重对鲁迅作品的研究,更重视鲁迅作品的文学价值和美学价值,所取得的学术成果不仅在数量上处于中国百年鲁迅研究的高峰期,而且在学术质量上也处于中国百年鲁迅研究的高峰期。

进入 21 世纪第二个 10 年,中国鲁迅研究在老、中、青三代学者的努力下,依然处于一个良好的发展时期。

据不完全统计,2010 年国内共发表关于鲁迅的文章 977 篇,其中鲁迅生平史实类的文章 140 篇,鲁迅思想研究类的文章有 148 篇,鲁迅作品研究类的文章 531 篇,其他类的文章 158 篇。另外,2010 年国内共出版关于鲁迅的研究著作 37 部,其中鲁迅生平及史料研究类著作 7 部,鲁迅思想研究类著作 4 部,鲁迅作品研究类著作 3 部,其他类的鲁迅研究著作(专题研究及辑录类研究著作)23 部。大多都是重新翻印的鲁迅研究旧作。新出版的鲁迅研究重要的著作有王得后的《鲁迅与孔子》、张福贵的《"活着的鲁迅":鲁迅文化选择的当代意义》、吴康的《书写沉默:鲁迅存在的意义》等。2011 年国内共发表关于鲁迅的文章 845 篇,其中鲁迅生平史实类的文章 128 篇,鲁迅思想研究类的文章有 178 篇,鲁迅作品研究类的文章有 279 篇,其他类的文章 260 篇。另外,2011 年国内共出版关于鲁迅研究的著作共 66 部,其中鲁迅生平及史料研究类的著作 18 部,鲁迅思想研究类的著作 12 部,鲁迅作品研究类的著作 8 部,其他类的鲁迅研究著作(专题研究及辑录类研究著作)28 部。重要的著作有刘再复的《鲁迅论》、周令飞主编的《鲁迅社会影响调查报告》、张钊贻的《鲁迅:中国"温和"的尼采》等。2012 年国内共发表关于鲁迅的文章 750 篇,其中鲁迅生平史实类的文章 105 篇,鲁迅思想研究类的文章有 148 篇,鲁迅作品研究类的文章有 260 篇,其他类的文章 237 篇。另外,2012 年国内共出版关于鲁迅研究的著作 37 部,其中鲁迅生平及史料研究类的著作 14 部,鲁迅思想研究类的著作 4 部,鲁迅作品研究类的著作 8 部,其他类的鲁迅研究著作(专题研究及辑录类研究著作)11 部。重要的著作有许祖华的《鲁迅小说跨艺术研究》、张梦阳的《鲁迅传》(第一部)、葛涛的《"网络鲁迅"研究》等。从上述统计数据可以看出,目前国内的鲁迅研究在 21 世纪第一个 10 年所取得成就的基础上，正继续处于一个良好的发展时期。

最后，回顾百年鲁迅研究史，还需要对国内发表的鲁迅研究文章和出版的鲁迅研究论著进行一个宏观的量化分析。据不完全统计，从 1913 年到 2012 年国内共发表关于鲁迅的文章 31030 篇，其中鲁迅生平史实类的文章 3990 篇，占总数的 12.9%；鲁迅思想研究类的文章有 7614 篇，占总数的 24.5%；鲁迅作品研究类的文章有 14043 篇，占总数的 45.3%；其他类的文章 5383 篇，占总数的 17.3%。从上述统计结果可以看出，国内鲁迅研究在整体上以鲁迅作品类的文章为主，其次是鲁迅思想研究类的文章，最为薄弱的是鲁迅生平史实类的研究文章。希望鲁迅研究界今后能进一步加强这个领域的研究。此外，从统计结果中也可以看出，中华民国期间(1913～1949.9)共发表了 1372 篇鲁迅研究文章，仅占中国鲁迅研究文章总数的 4.4%，平均每年 38 篇；而中华人民共和国时期共发表了鲁迅研究文章 29658 篇，占中国鲁迅研究文章总数的 95.6%，平均每年 470 篇。其中“文革”后期的 3 年(1977～1979)、20 世纪 80 年代(1980～1989)和 21 世纪第一个 10 年期间(2000～2009)是鲁迅研究文章的高产期，中国鲁迅研究的文章中有 56.4%的文章(共 17519 篇)是在这三个时期发表的，其中“文革”后期的 3 年平均每年近 748 篇，20 世纪 80 年平均每年发表近 787 篇，21 世纪第一个 10 年平均每年发表 740 篇。另外，“十七年”(1949.10～1966.5)期间和“文革”期间(1966～1976)是新中国建国后鲁迅研究文章发表的低潮期，其中“十七年”期间共发表鲁迅研究文章 3206 篇，平均每年 188 篇，“文革”期间共发表鲁迅研究文章 1876 篇，平均每年发表 187 篇。而 20 世纪 90 年代是发表鲁迅研究文章的平稳时期，共发表文章 4485 篇，平均每年 448 篇，接近新中国建国后发表鲁迅研究文章的年平均数 451 篇。

另外，据不完全统计，国内共出版关于鲁迅研究的著作 1716 部，其中鲁迅生平及史料研究类的著作 382 部，占总数的 22.3%；鲁迅思想研究类的著作 198 部，占总数的 11.5%；鲁迅作品研究类的著作 442 部，占总数的 25.8%；其他类的鲁迅研究著作(专题研究及辑录类研究著作)694 部，占总数的 40.4%。从上述统计结果可以看出，国内出版的鲁迅研究著作以鲁迅作品研究类的著作为主，鲁迅思想研究类的著作较少，希望学术界能进一步加强鲁迅思想的研究，使鲁迅思想能在当代中国发挥更大的作用。此外，从统计结果中也可以看出，中华民国期间(1913～1949.9)共出版了 80 部鲁迅研究著作，仅占中国鲁迅研究著作出版总数的大约 5%，平均每年 2 部，而中华人民共和国时期共出版了鲁迅研究著作 1636 部，占中国鲁迅研究著作出版总数的 95%，平均每年近 26 部。“文革”后期的 3 年、20 世纪 80 年代(1980～1989)和 21 世纪第一个

10 年期间(2000～2009)是鲁迅研究著作出版的高峰期,这三个时段共出版鲁迅研究著作 835 部,大约占中国鲁迅研究著作出版总数的 48.7%。其中,“文革”后期的 3 年共出版鲁迅研究著作 134 部,平均每年近 45 部;20 世纪 80 年代共出版鲁迅研究著作 373 部,平均每年 37 部;21 世纪第一个 10 年期间共出版鲁迅研究著作 431 部,平均每年达 43 部。另外,“十七年”(1990～1999)期间、“文革”期间和 20 世纪 90 年代是鲁迅研究著作出版的低潮期,其中“十七年”期间共出版鲁迅研究著作 162 部,平均每年近 10 部;“文革”期间共出版鲁迅研究著作 213 部,平均每年 21 部;20 世纪 90 年代共出版鲁迅研究著作 220 部,平均每年 22 部。

如果说,“文革”后期和 20 世纪 80 年代的鲁迅研究文章出现发表的高峰期和鲁迅研究论著出版的高峰期是和国家的政治意识形态对鲁迅的重新定位和对鲁迅研究的大力推动有关,那么 21 世纪第一个 10 年出现的鲁迅研究文章发表的高峰期和鲁迅研究论著出版的高峰期则是与鲁迅回归人间成为学术研究的对象以及国内新生的鲁迅研究力量大量涌现有很大的关系。因此,中国的鲁迅研究虽然已经有 100 年的曲折发展历史,但是鲁迅研究这门学科还存在着鲜活的生命力,还有着美好的发展前景。展望未来,可以说虽然道路是曲折的,但前途总是光明的,相信 21 世纪第二个 10 年的中国鲁迅研究会取得更大的成就!

展望未来的中国鲁迅研究,有几个重要的问题需要关注。

首先,要把鲁迅研究工作与国家当前的文化战略紧密结合起来,以鲁迅为媒介进一步促进中外民间文化交流,把鲁迅作为中国文化“软实力”的杰出代表推广到世界各地。鲁迅不仅是中国现代先进文化的杰出代表,也是享誉世界的大文豪。近百年来,鲁迅的作品被翻译成众多的外国文字在世界各地出版发行,外国学者也通过研究鲁迅来了解现代中国。但是,一个无法否认的现实就是,近 20 年来的国外鲁迅研究相对比较冷清,鲁迅研究队伍显得青黄不接。在这样的背景下,中国鲁迅研究者应当肩负起推动国外鲁迅研究的重任,通过鲁迅研究方面的学术交流,一方面促进鲁迅在国外的传播与研究,另一方面也通过鲁迅展示中华文化的“软实力”,促进中外民间文化交流。目前由中国学者葛涛参与发起成立的国际鲁迅研究会已经于 2011 年在韩国正式注册成立,来自 20 多个国家和地区的 100 多位汉学家加入了这个学会。在国际鲁迅研究会各位领导人特别是会长朴宰雨教授的推动下,印度中国研究所及印度尼赫鲁大学、美国哈佛大学、韩国外国语大学及全南大学陆续举办了国际鲁迅研讨会,今后还规划在埃及艾因夏姆斯大学、俄罗斯圣彼得堡大学、日本东京大学、马来西亚博特拉大学等陆续举办国际鲁迅研讨会，以此来推动世界各国的鲁迅研究工作。在国外鲁迅研究重新活跃的大好形势下，中国鲁迅研究者也要抓住这一时机，一方面呼应国家推动中国文化走出去，在国外展示中国文化“软实力”的战略，另一方面也要和国外鲁迅研究者密切配合，共同推动鲁迅在外国的传播与研究工作。

其次，要把鲁迅研究工作与中国当代现实紧密结合起来。回顾百年鲁迅研究史，可以看出鲁迅研究与20世纪90年代以前的中国历史进程有着紧密的联系。但是从20世纪90年代之后，随着社会思潮的转变，鲁迅研究也逐渐和现实社会脱离，成为一种学院式的研究。这种学院式的鲁迅研究虽然不无其学术价值，但是却在很大程度上背离了鲁迅的精神，失去了鲁迅研究所应当具有的介入中国社会现实生活的鲜活的生命力。在十八大之后，习近平总书记多次提出要实现“中国梦”，其实鲁迅早在1906年就在《文化偏至论》中提出先“立人”后“立国”的设想：“取今复古，别立新宗，人生意义，致之深邃，则国人之自觉至，个性张，沙聚之邦，由是转为人国。”中国鲁迅研究者应当抓住这一机遇期，通过鲁迅研究来弘扬鲁迅精神，改造落后的国民性，从而帮助国人实现“中国梦”，同时也是实现建立“人国”的“鲁迅梦”。

最后，中国的鲁迅研究也要高度重视创新。国家在“十二五”规划中提出了“哲学与社会科学创新工程”，中国的鲁迅研究也需要实施创新工程。撰写过《中国鲁迅学通史》的张梦阳研究员在20世纪90年代举行的一次鲁迅研究会议上说，中国的鲁迅研究成果90%都是重复前人已经取得的研究成果。在引起一些学者的议论之后，张梦阳研究员又重新思考了这一观点，并作了修改：中国的鲁迅研究成果99%都是重复前人已经取得的研究成果。虽然这一说法有很大的争议，但是毫无疑问，百年以来的中国鲁迅研究在整体上可以说创新性不足，有很多的研究成果都是在重复前人的劳动。“青出于蓝而胜于蓝”，近年崛起的年轻一代的鲁迅研究者在知识结构等方面具有优势，加之又遇到了良好的学术环境，因此也希望他们能够刻苦钻研，在创新方面有所突破，从而提升中国鲁迅研究的学术水平。

“中国鲁迅研究名家精选集”丛书编委会

2013年1月1日

目　录

第三编　关于鲁迅的论争

第四编　鲁迅的传统及当代命运

前　言

这本“鲁迅研究精选集”第一稿编完，龙年的指针已过了正月十五。逝者如斯，不舍昼夜，从发表第一篇鲁迅研究的论文到现在，已是28个年头；从喜欢并研究鲁迅到现在，已是30多年。在这30多年里，看到了多少跳蚤的趾高气扬，蚊虫的大议论和苍蝇落井下石的舔血，也深切体验了随着身世的沉浮，世人嘴脸的变换……

本部选集的第一编，是20世纪80年代中期到90年代初的成果，第一辑的第二篇《鲁迅的中西文化比较观》就是1986年提交刘再复先生主持的“鲁迅与中外文化国际学术讨论会”的论文，当时颇受好评。26岁登上大会主席台宣读论文，开启了我很多美丽的梦，也鼓励我在“鲁迅与中西文化”这一领域继续耕耘，虽然出版后美丽的梦变成了寂寞的梦。

选集的第二编，是20世纪90年代中期到世纪末的成果，是由很多挑战鲁迅者触发了笔者的灵思，在为鲁迅的亡灵擦掉脏水的时候，也顺便把圣化的白粉一同擦去，在我们的面前赫然立起一个“东方的文化恶魔”。

选集的第三编，是20世纪末到21世纪第一个10年的成果，是针对误读鲁迅甚至故意向鲁迅泼脏水而发的，但由于选集容纳篇幅的原因，有很多论争的文字都没有进入选集。如果读者喜欢论争的文字，可以去翻翻我的专著《走向21世纪的鲁迅》，那里面还有针对王蒙、冯骥才、葛红兵等人的论辩；也可以翻翻我的专著《梁实秋：在古典与浪漫之间》，那里面有我关于鲁迅与梁实秋论争的评述文字。

选集的第四编，是2004年到现在的成果，主要是鲁迅与传统的关系，以及鲁迅传统的形成及其当代命运，其中《鲁迅与孔子在现代世界的文化价值》是从未在刊物上发表的。这一辑的其他几篇，虽然在刊物上发表，但未曾收入自己的任何一部文集。

研究鲁迅30多年，除了发表的鲁迅研究的论文，还出版了《文化伟人与文化冲突》、《鲁迅与英国文学》、《走向21世纪的鲁迅》、《高旭东讲鲁迅》等4部专著，一部与葛涛合著的《图本鲁迅传》，一部编选的《世纪末的鲁迅论争》。但在此次的选集中，《高旭东讲鲁迅》被选入的较少，《鲁迅与英国文学》更是一篇也未选入，因为这部选集，我想以文化比较与文化研究为主旋律，其他与此无关的就可以不选。好在专著都在，也不难找到。

在编辑这部选集的时候，想起当年我的老师孙昌熙先生是那么希望我在鲁迅研究上有所成就，不知道这部选集能否告慰先生的亡灵；同时，鲁迅所引的尼采的话也不断在耳边响起——

“真的，人是一个浊流，应该是海了，能容这浊流使他干净。”

“咄，我教你们超人：这便是海，在他这里，能容下你们的大侮蔑。”

◉第一编

鲁迅：在中西文化撞击的漩涡中

在中西文化撞击的漩涡中

鲁迅是杰出的作家，也是近代中国首屈一指的文化伟人。假如没有来自西方的挑战以及中国文化一浪高过一浪的激烈冲突，那么，鲁迅就不会产生那种对中国文化前所未有的危机感和悲剧意识，也就不会打破自我设限而痛切地反省中国的文化传统，而作为文化伟人的鲁迅的诞生也就无从谈起。

固然，即使没有来自西方的挑战，鲁迅也可能有家道中衰的遭遇，有婚姻痛苦的体验，有兄弟不和的苦恼。如果说逆境是艺术天才的助产师，那么，鲁迅为什么不能成为文化伟人呢？也许，鲁迅会成为儒家的文人，或者道家的文人，但绝不可能成为打破儒道互补而吐纳东西的文化伟人。而且，即使是传统的文化伟人，也与文化挑战有关。当孔孟、老庄等一代文化伟人使中国文化定型之后，还出现过像理学那样的创造性的文化转折，然而，理学及其集大成者朱熹的产生，正是儒学迎战佛学挑战的结果。因此，如果没有新的文化对缓慢延续的中国文化的挑战，也就不会有新的文化伟人的涌现，不管鲁迅有多大的才能。

近代中国的文化冲突始于鸦片战争，而集中表现在军事、经济、政治的变革以及文化运动等大事件上。与鲁迅有关系的就有戊戌变法、义和团运动、辛亥革命、新文化运动等。因此我们在探讨鲁迅与中西文化之前，首先要反省鲁迅是怎样置身于近代中国文化冲突的漩涡中，以及历次文化冲突对鲁迅的影响。

一、将西方文化的血液输入中体：鲁迅与戊戌变法

在《生命之树与知识之树》中，我曾用较多的篇幅去反省明末清初的第一

次中西文化撞击，这次文化撞击最后是以皇帝下令拆毁教堂、赶走传教士而告终。但是，在鸦片战争中，西方人是以船坚炮利轰开了中国的大门，清政府赶走西方人以实行闭关锁国的老谱显然是行不通了。于是，对于来自西方的挑战，最早做出反应的是洋务派。洋务派虽然以中国的典章文物、礼教道德、家族制度、文学艺术等高于西方，但是洋务派已经感到，如果不学习西方科技工艺以使中国富国强兵、船坚炮利，那么，中国就无法应付“夷人群集而来”的大变局。于是魏源的“师夷长技以制夷”就被洋务派官僚张之洞加以理论化，提出了一个著名的接受西方文化挑战的方案，就是“中学为体，西学为用”。

但是，随着甲午战败和民族危机的加深，更多的士大夫认识到，仅靠学习西方的技艺是不行了。若想使国家发展科技、经济、商业，真正做到富国强兵，不受外敌的侵辱，必须打破祖宗的成法，改革政治体制，乃至于在思想文化与道德艺术上向西方学习。这样，才可能使中国面对来自西方的挑战而立于不败之地。这种试图在中国传统内部通过改良而迎接西方文化的挑战，在戊戌变法运动中达到了高潮。

从文化学的角度看，戊戌变法及其代表人物康有为、梁启超、谭嗣同、严复是非常值得研究的。因为戊戌变法绝不仅仅是一场政治上的改良运动，而且也是中国文化通过对自身的大改造以迎接西方文化挑战的唯一的一次机会。这并不是说，中国文化的改造可以“依自不依他”就可以迎接西方文化的挑战了，而是说在中国文化的旗帜下，通过对传统的改造、变异和创造性的转换，将西方近现代文化的精华吸收过来，从而使中国走向现代化。这样，西方文化可以不受阻碍地进入中国，又不至于损伤中国人的民族自尊心。

在戊戌变法的代表人物中，至少康有为和严复是有此苦心的。单纯从思想观念的角度看，康有为的态度和严复都是非常激进的。在《大同书》中，康有为在宣讲大同空想的同时，极力主张个人的自由、平等、独立，倡导“天赋人权”和个性解放，鼓吹民主政治和婚姻自主。在《实理公法全书》中，康有为以斯宾诺莎式的几何原理，推论出结婚的男女应该在一段时间内重新立约，或自由结合，或各觅新欢。但是，这种激进的思想观念落实到现实层面上时，康有为的态度就缓和多了。于是在政治上，康有为反对民主共和而主张君主立宪，这并不是说康有为在观念上以为民主共和不如君主立宪，而是因为在他看来，中国的特殊国情还只能实行君主立宪。在康有为看来，中国社会没有君主就很难形成一个整体，文人的意见若是不通过君主的命令下达，也只是停留在文人当中，而不可能触动全国。于是，社会变革和文化启蒙只有通过“虚君共和”的形式，才可能与整个社会发生关系。如果在民智未开的情况下实行民主共和，就只能造成天下大乱，使整个有序的社会陷入失控的状态。在宗教上，康有为反对在中国实行基督教而主张大抬孔教的地位，抬到足以与基督教在西方的地位相当，尽管康有为"托古改制"的孔教已经尽情容纳了西方的政治伦理以及进化观念等。在康有为看来，学习西方若是造成民族自尊心的损伤和价值的真空，就会事倍功半，甚至使中国陷入混乱之中，所以他极力主张对孔教的信仰。梁启超在《康南海传》中，将康有为比作"孔教之马丁路德"。严复较之康有为更为激进，单纯从思想观念的角度看，说严复在戊戌变法时期是一个西化论者，也并不与事实相左。然而与康有为一样，一到现实层面，严复就主张政治改良、虚君共和，反对政治革命、民主共和。虽然严复并不是消极等待民主共和的时机成熟，而是提出了"鼓民力、新民智、开民德"的启蒙方案。

从某种意义上说，康有为等人的文化选择方案也还是"中体西用"。不过，维新派的"中体西用"与洋务派的却极为不同：洋务派并不以为西方文化有什么优胜，而维新派却认识到这一点；洋务派只想在中国文化的"体"上穿上件西装，以应付时事，而维新派却想把西方文化的血液输入到中国文化的"体"中，从而使身体强健以接受来自西方的挑战。然而，经过改造、变异的中国文化对于西方文化迎战的唯一的这一次机会，却由于慈禧太后和保守派官僚的扼杀而丧失了。此后，作为对戊戌变法的反动和超越，中国接受西方文化挑战的方式就出现了两个极端的方向：一个极端是固守祖宗成法、死抱传统以排外的方向，到义和团运动达到了高潮；一个极端是西化和反传统的方向，到新文化运动达到了高峰。

戊戌变法之前的中西文化冲突，对于正在成长的鲁迅并未造成什么影响。当然，中西文化的冲突对于鲁迅的故乡绍兴不可能没有影响。然而，西方文化的面目经过曲折变形之后，到了这中小城市已是面目全非。鲁迅后来还以反讽的语气回忆说："在S城，常常旁听大大小小男男女女谈论洋鬼子挖眼睛"，有人还"亲见一坛盐渍的眼睛。小鲫鱼似的一层一层积叠着"。至于用处，"一，用于电线"，"二，用于照相"。[①] 也就是说，当康有为们将"电"、"以太"塞进自己的哲学体系的时候，鲁迅家乡的人们还在以对待中国传统的妖术的方式，对待西方的科学技术。此时鲁迅虽然感到了西方的存在，但对西方文化却

① 鲁迅：《坟·论照相之类》，见《鲁迅全集》，北京：人民文学出版社，1981年。全集版次下同不复注。

并不了然，鲁迅所受的教育以及所接触的人，也完全是传统的。

然而，随着祖父的入狱，父亲的卧床不起，鲁迅家由小康坠入了困顿。家道中衰使鲁迅由受人尊敬的公子哥儿变成了受人冷落、遭人白眼的世人真面目的透视者。这也是鲁迅很快就能抛弃中国正统文化而对西方文化有一种同情的理解的契机。因为鲁迅与西方文化至少在遭人白眼一点上是一致的。后来鲁迅回忆到南京入水师和陆师学堂的时候说："那里去呢？S城人的脸早经看熟，如此而已，连心肝也似乎有些了然，总得寻别一类人们去，去寻为S城人所诟病的人们，无论其为畜生或魔鬼。"①于是，鲁迅要到南京进水师学堂了，"我的母亲没有法，办了八元的川资，说是由我的自便：然而伊哭了，这正是情理中的事，因为那时读书应试是正路，所谓学洋务，社会上便以为是一种走投无路的人，只得将灵魂卖给洋鬼子，要加倍的奚落而且排斥的"②。当然，鲁迅的回忆与当时入水师学堂的原因不是没有出入的，否则我们就很难解释，鲁迅入水师学堂之后，于1898年12月又回家与周作人一起去参加科举考试。③

鲁迅去南京入水师和陆师学堂，与他家道中衰还是密不可分的。随着年龄的增长，在一个没落的家庭中鲁迅自然是要自谋生路的。他曾明白地表示自己爱书好学不爱钱："绝交阿堵兮尚剩残书，把酒大呼兮君临我居。"④这是鲁迅去南京求学之后作的，颇有传统士大夫潦倒的意味。因此，当商人、做师爷都不是鲁迅所愿的，而捐官又没有钱，科举应试是远水不解近渴，于是不收膳费而给津贴的军事学堂就为鲁迅所注意了。"他之所以进去也并不是因为志愿当海陆军人，实在只为的可以免费读书罢了"⑤。

我之所以在鲁迅入水师和陆师学堂的事情上费些笔墨，是因为鲁迅的这一选择，是他从一个传统的世界进入一个中西文化冲突的世界的标志。鲁迅所进的江南水师学堂与江南陆师学堂附设的矿路学堂，都是洋务派官僚奏请开办的，所以除了学汉文，还要学外语和西方科学技术课程。仅以矿路学堂来说，就设有金石学（矿物学）、地学（地质学）、格致（物理、化学等）、测算学（算术、几何、代数、三角等）以及绘图学等。可以说，鲁迅通向西方文化的第一道

① 鲁迅：《朝花夕拾·琐记》。
② 鲁迅：《呐喊·自序》。
③ 据周作人日记："十一月初六日（1898.12.18），会稽县试，予与大哥均去。"
④ 鲁迅：《集外集拾遗补编·祭书神文》。
⑤ 周启明：《鲁迅的青年时代》，北京：中国青年出版社，1959年，第98页。

门,是洋务派为他打开的。

但是,对西方文化的一切都感到新奇的鲁迅,自然不会满足于洋务派的设限。1898 年 5 月鲁迅入水师学堂,这正是康有为等维新派在全国积极宣传变法的时代。从鲁迅回家参加科举考试来看,鲁迅并没有在很短的时间内使自己的思想达到维新派的高度,因为维新的内容之一就是"废除八股"。不过,维新派对鲁迅的影响是逐渐发挥作用的。鲁迅进入矿路学堂之后,"第二年的总办是一个新党,他坐在马车上的时候大抵看着《时务报》,考汉文也自己出题目,和教员出的很不同。有一次是《华盛顿论》……"①据周作人回忆,陆师总办俞明震是候补道里很开通的人,"后来鲁迅对他一直很有敬意,在日记中说及称为'俞师'"②。

总办的开明使学堂里读书看报的风气流行起来,而这正是戊戌变法的结果。在维新派的代表人物中,严复和梁启超对鲁迅的影响最大。鲁迅在陆师读梁启超主编的《时务报》,留学日本后还爱读梁启超的文章。如果说梁启超对鲁迅的影响是一时的,那么严复对鲁迅的影响几乎笼罩了鲁迅的一生。自从在陆师读了严复翻译的《天演论》之后,鲁迅就佩服至极,以后严复每译一书,"鲁迅一定设法买来,自甄克思的《社会通诠》,斯宾塞的《群学肄言》,孟德斯鸠的《法意》,以至读不懂的《穆勒名学部甲》,也都购求到手"③。通过严复,鲁迅了解到与中国传统不同的西方的世界观、认识论以及伦理、政治、经济、法律等观点,使鲁迅不得不在中西两种异质的文化之间进行比较与选择。于是,中西文化的撞击就不能不引起鲁迅内心的冲突,引起鲁迅对中国文化传统的反省。

从 1902 年鲁迅留学日本入弘文学院,到 1904 年鲁迅去仙台学医,就目前的文献看,鲁迅在思想上还没有超越洋务派和维新派,尽管这个时期鲁迅与革命派关系密切,甚至在政治上倾向革命派。尽管他读了许多林纾释译的小说,甚至接触到拜伦的诗、尼采的传,但鲁迅 1903 年发表的《说钼》和《中国地质略论》,正是沿着洋务派、维新派的路线走下来的。事实上,这两篇文章更接近洋务派的救国路线。在《中国地质略论》中,鲁迅认为"广漠美丽最可爱之中国""实世界之天府,文明之鼻祖也。凡诸科学,发达已昔,况测地造图之末技哉"。接着鲁迅就责备中国如一孤儿,"昏昧乏识","茫不思起",而拯救之道在于科

---

① 鲁迅:《朝花夕拾·琐记》。

② 周启明:《鲁迅的青年时代》,北京:中国青年出版社,1959 年,第 98 页。

③ 周启明:《鲁迅的青年时代》,北京:中国青年出版社,1959 年,第 77 页。

技与工业的振兴。“工业繁兴，机械为用，文明之影，日印于脑，尘尘相续，遂孕良果”。而鲁迅之所以选择学医，除了父亲被中医治死而失去了对中医的信任外，还有一层政治上的原因，就是鲁迅通过《日本新政考》等书，得知明治维新“大半发端于西方医学的事实”。于是，鲁迅想学西医救治国人，“一面又促进了国人对于维新的信仰”。[①]

鲁迅批判洋务派和维新派，是在弃医从文之后。孙中山、章太炎等反清排满革命派对维新派的攻击，只是鲁迅做出这一选择的一个因素；更重要的原因，是鲁迅在通向西方的阶梯上接触到了连严复也没有加以介绍的西方现代主义的文学与文化观念。1908 年，鲁迅发表《科学史教篇》、《文化偏至论》和《摩罗诗力说》，标志着在思想文化上对洋务派和维新派的超越。就《科学史教篇》这篇文章的论题来看，要作出超越洋务派的文章是很难的；但鲁迅通过对西方科技史的描述与反省，发现今日发达的实用技术之果，是来自昔日的理论科学之花，而昔日的科学家献身于科学时并未想到会产生实利之果，而只是为真理而真理。而洋务派不知西方理论研究的科学根本，却只求由此带来的技术枝叶，所以鲁迅批判道：“兴兵振业之说，日腾于口者，外状固若成然觉矣，按其实则仅眩当前之物，而未得其真谛。”当然鲁迅也知道，“居今之世，不与古同，尊实利可，摹方术亦可”，不是让人“必以科学为先务，待其结果之成，始以兴兵振业也”。鲁迅是“虑举国惟枝叶之求，而无一二士寻其本，则有源者日长，逐末者仍立拨耳”。这样，鲁迅就以高于众人的“一二士”自居，与唯枝叶是求的洋务派区别开来，与推崇“众数”的改良派也区别开来。在《文化偏至论》中，鲁迅更以反“众数”掊“物质”的激进态度，激烈否定和抨击了洋务派和改良派的主张。鲁迅认为洋务派“近不知中国之情，远复不察欧美之实，以所拾尘芥，罗列人前，谓钩爪锯牙，为国家首事”；他们“以习兵事为生，故不根本之图”，因此他们虽然戴着军盔，“威武若不可陵；而干禄之色，固灼然现于外矣”。接着，鲁迅就开始抨击洋务派和维新派的“制造商估立宪国会之说”，认为他们所倡导的民主，实则是借众凌寡，排斥异己，压抑个性，“托言众治，压制乃尤烈于暴君”。不过，鲁迅的批判主要不是从理论而是从人格上着眼的。鲁迅认为他们是假借国家富强之名，以博志士之誉；即使国家沦亡，他们也善于退藏，广有资金，大能温饱。因此，他们是借国家的空名以遂自利之私欲，便是其中真有反对外侮的爱国者，也由于“考索未用，思虑粗疏”而走错了路。鲁迅认为，

---

① 鲁迅：《呐喊 · 自序》。

真正能使中国“雄厉无前”的大道，是“任个人而张灵明”。

表面看来，鲁迅的任个人而张灵明比起康有为、严复等人主张的个性自由，并没有提供新的东西。但是，康有为和严复是从社会整体的大框架立论的，只主张放松对人的控制与约束；而鲁迅则是从个人的角度立论的，主张个人与社会整体的分离，乃至向庸众宣战。康有为和严复看取的是19世纪以前的西方文化；而鲁迅看取的则是刚刚兴起的反19世纪的文化，是在20世纪的西方才汇为大潮的现代主义文学思潮与人学思潮。所以鲁迅对维新派的批判，就不像一般的革命党人那样以民主共和、暴力革命为武器，而是以尼采、克尔凯戈尔、叔本华等存在主义先驱者的理论为武器。因此，当鲁迅向维新派告别的时候，他的思想在近代中国就显出了与众不同的独特性。

值得注意的是，鲁迅一生也没有完全割断与维新派的思想联系。即使在他向维新派猛烈开火的时候，维新派的思想对他仍有影响。与《摩罗诗力说》差不多同时写作的《人之历史》，就是严复《天演论》的结果。换句话说，鲁迅在接受现代西方的人学思潮与文学思潮的时候，并没有抛弃严复介绍进来的进化论思想。不仅如此，尽管鲁迅认为西方的新兴思潮“以反抗破坏充其精神，以获新生为其希望，专向旧有之文明，而加之剖击扫荡”；但是，这并未将鲁迅导向全盘反传统，这时鲁迅在中西文化冲突中的文化选择是这样的：“外之既不后于世界之思潮，内仍弗失固有之血脉，取今复古，别立新宗。”[①]“取今复古”，正是康有为的“托古改制”所曾设想的文化选择方案。不过，与康有为的周密设想相比，鲁迅只是提出了这一命题，而且年轻气盛的鲁迅也并未意识到他在《文化偏至论》和《摩罗诗力说》中的反传统与这一命题之间有没有矛盾。假定这一命题对于中国在现代世界的生存是正确的文化选择，那么，应该怎样“取今复古”，鲁迅也没有多少阐发与论述。

“五四”之后，鲁迅虽然不断地讥讽维新派一些人的复古、保皇，譬如在《我之节烈观》中讽刺康有为“指手画脚的说‘虚君共和’才好”，在《忽然想到一》中讽刺康有为所谓不拜孔子不拜天主“留此膝何为”，但是，鲁迅也肯定了康有为在那时的维新变法，敢于打破“祖宗的成法”，并将谭嗣同与秋瑾在临刑前从容作诗的壮烈场面相提并论。[②] 在“五四”后鲁迅还多次提到康有为、梁启超、严

---

① 鲁迅：《坟·文化偏至论》。

② 严复对鲁迅的影响详见拙作《严复的哲学认识论对鲁迅的影响》，见《聊城师范学院学报》，1986年第1期。

复等改良派，特别是严复，鲁迅在提到他时一般都有一种敬意，称他“是一个十九世纪末年中国感觉敏锐的人”[①]。“五四”时期，进化论思想仍是鲁迅思想的主导，直到鲁迅在创造社的攻击下看了几种马克思主义的文艺论，才相信了共产主义，以“救正”自己“只信进化论的偏颇”。[②] 此后，当瞿秋白嘲讽严复的译笔的时候，鲁迅还是出来为严复辩护。[③]

二、在举国排外的声浪中：鲁迅与义和团

当义和团运动爆发的时候，鲁迅正在矿路学堂求学，轰轰烈烈的义和团运动及其失败所造成的“瓜分中国”的浪潮，自然不会不对鲁迅的心灵造成巨大的震动。但是当时鲁迅对义和团持什么看法，我们已无法知道，周作人在《鲁迅小说里的人物》一书中，公布了他那时的日记，据庚子日记，当时绍兴传言甚盛，都说“拳匪”有神通广大的妖术，鲁迅得到这样的家信就在回信中说：“拳匪滋事是实，并无妖术。”然而，“并无妖术”一词就很值得考究，是义和团未用妖术还是用了妖术不顶用，就并不清楚。也许，是正在学习科学的鲁迅并不相信义和团所用的妖术，又怕谣传弄得家乡妖气弥漫，就故意说义和团“并无妖术”。

然而，这样考究鲁迅与义和团的关系，是没有多大意义的。重要的是，义和团作为中西文化的一次大撞击，对鲁迅的文化选择有什么影响，鲁迅又是怎样看待义和团的。从文化选择一面看，义和团作为戊戌变法的反动，即作为文化上融合西学的反动，显示出一种彻底的以固有文化排外的文化姿态。戊戌变法是在中国人的干预下失败的，而义和团是被列强打败的。因此，从某种意义上说，鲁迅正是有感于义和团的彻底排外对于拯救家国的无济于事，才更向反传统的一面靠拢。从“五四”到逝世前夕，鲁迅在杂文中多次论及义和团，特别值得注意的是，鲁迅吸取了义和团失败的经验教训，探索着我们民族的文化心理结构，寻求救国救民的新药方，而义和团本身也就成为鲁迅改造国民性的

---

① 鲁迅：《热风·随感录二十五》。

② 鲁迅：《三闲集·序言》。

③ 鲁迅：《二心集·关于翻译的通信》。

对象之一。从鲁迅对义和团的论述中，我们可以看到鲁迅作为“空前的民族英雄”，对于我们民族文化那种深刻的反省精神。义和团排斥外来文化的失败是怎样影响了鲁迅的文化选择，目前还缺乏足够的事实材料。因此，我们将着重从文化评价的一面来看鲁迅与义和团的关系。

义和团是一场爱国运动，爱国主义也是贯穿鲁迅思想的一条红线。因此，鲁迅与义和团的分歧并不在于爱国不爱国，而在于用什么方法与手段去爱国，正是在这一点上，鲁迅与义和团出现了尖锐的文化对立。义和团对一切带“洋”字的东西统统排斥，无论是好是坏、有用无用，所以他们不但杀教民，烧教堂，而且扒铁路毁线杆；然而鲁迅却说：“我总觉得洋鬼子比中国人文明”[①]，所以鲁迅学西医而说中医是“有意无意的骗子”，赞许西方的体操而讨厌中国的打拳，歌颂易卜生而讽刺梅兰芳……义和团是以中国固有文化排外的，中国文明天下第一，于是，从远古时代遗留下来的巫术、鬼神崇拜、道教中的张天师、赤精子之流的做法，孔孟的伦常道德，儒家与阴阳家相杂的天人感应，历代农民造反的均贫富与绿林豪侠的打富济贫精神，以及中国民间小说中纠缠不清的儒道释混一同源等，义和团都有所承担。义和团的某些头领就有和尚、道士充当的，他们反洋教的行径也得到了儒者的认可，尽管儒者并不认同他们的怪力乱神。由于拳民多是目不识丁的老百姓，他们降神附体的诸神又多是神魔小说与侠义公案小说中虚构出来的人鬼神名。一拳民大呼孙悟空，立刻孙悟空就会降到他体内，他就可以神通广大地杀洋狗……但是鲁迅却激烈地呐喊反传统：“所谓中国的文明者，其实不过是安排给阔人享用的人肉的筵宴。所谓中国者，其实不过是安排这人肉的筵宴的厨房。不知道而赞颂者是可恕的，否则，此辈当得永远的诅咒！”[②]对于固守“中国开化最早，道德天下第一”观念的义和团，鲁迅予以辛辣的讽刺，直到晚年鲁迅还经常把攻击的矛头指向孔孟、老庄和道教。具有讽刺意味的是，鲁迅的反传统若为义和团所知，不把鲁迅当二毛子杀掉，至少也要拿鲁迅讽刺国民的话训斥鲁迅：“你可是黄帝子孙？……敝人是不怕的，敢说：‘要你搬到外国去！’”[③]因此，同是要救中国，义和团以为只要将洋鬼子及其文化排斥掉，中国再回到闭关锁国而又无人打扰的传统社会中，也就获得了解救；鲁迅则以为如此救国不但救不了国，反而因为己身的

① 鲁迅：《两地书·二九》。

② 鲁迅：《坟·灯下漫笔》。

③ 鲁迅：《华盖集·评心雕龙》。

贫弱而引狼入室，真正的救国之道是敢于大胆吸收西方文化以实现现代化。因此，只有从近代中国的文化冲突与文化选择的角度，才可理解鲁迅与义和团的对立。

尽管从鸦片战争开始，中西文化的冲突日甚一日，但是一直到戊戌变法，中西文化还没有出现截然对立的大撞击。洋务派官僚虽然已感到西方列强打开中国闭关自守的大门是中国三千年以来的一次大变局，但是，从他们以为只要学习西方的科技工艺就可以安然无恙的角度看，他们所感受到的中西文化冲突只是外在的、浅层次的，对于中西文化深层次的价值冲突他们根本没有感受到。于是他们以为中学是内学，西学是外学，只要以“中学为体，西学为用”的方法融汇中西文化，就可以争存于世界。维新派虽然意识到了西方文化的优胜，感觉到了中西文化深在的冲突，但是他们出于种种现实的考虑，以为最好的文化选择方案不是以西方文化取代中国文化，而是以中国文化的改造或重新解释来包容西方文化。因此，他们虽然批判洋务派的“中体西用”，但他们的文化选择却是更广泛意义上的“中体西用”。这样，文化冲突仍是以文化融合的面貌出现的。中西文化截然对立的大撞击，是在戊戌变法之后作为对维新派的反动或超越而出现的。义和团就是近代中国第一次中西文化截然对立的大撞击，他们是以中国固有文化向西方文化整体性地宣战的。“五四”新文化运动则是近代中国第二次中西文化截然对立的大撞击，他们想以西方近现代文化取代中国传统文化，于是就整体性地反传统。这两次文化大撞击既是空前的，也是绝后的，至少到目前为止是绝后的。鲁迅作为新文化运动的主将，与义和团的文化对立，放在近代中国的文化冲突中也就很好理解了。

鲁迅正是把义和团运动放在近代中西文化冲突中加以论述的。有一个问题需要提出来：为什么以固有文化彻底排斥西方文化的运动，不在固守孔孟之道的儒者中发生，而在民间发生？这是因为，作为中国正统文化承担者的儒者，面对来自西方的挑战，一部分人由于“外王”的经世致用和《易》的变通观念，已变得对西方文化持开放态度，他们的西方知识也大大高于普通民众，确切一点说，拳民对西方的了解也仅仅停留在洋鬼子挖眼睛用于电线和照相的水平。当然，顽固保守的那部分儒者对西方文化是恨之入骨的，他们也以“破邪”的名义来发泄这种仇恨。然而，要守旧就必须固守儒家下从上的教条，不幸作为上的清政府却又屈从于西方人的枪炮而不得不听从西方文化的侵入，令这些儒者也无可奈何，因而也就没有形成像义和团那么大的对西方文化的排斥。但是，能够容忍并支持义和团的，也正是这些拼命守旧的儒者。所以鲁迅认为,由民间兴起的义和团,却同清政府最落后、最保守的势力纠缠在一起,并被这种势力所利用。鲁迅说:“这些千篇一律的儒者们,倘是四方的大地,那是很知道的,但一到圆形的地球,却什么也不知道。于是和四书上并无记载的法兰西和英吉利打仗而失败了。不知道为了觉得与其拜着孔子而死,倒不如保存自己们之为得计呢,还是为了什么,总而言之,这回是拼命尊孔的政府和官僚先就动摇起来,用官帑大翻起洋鬼子的书籍来了。”“然而一定有反动。清末之所谓儒者的结晶,也是代表的大学士徐桐氏出现了。他不但连算学也斥为洋鬼子的学问;他虽然承认世界上有法兰西和英吉利这些国度,但西班牙和葡萄牙的存在,是绝不相信的,他主张这是法国和英国来讨利益,连自己也不好意思了,所以随便胡诌出来的国名。他又是一九〇〇年的有名的义和团的幕后的发动者,也是指挥者。但是义和团完全失败,徐桐氏也自杀了。政府就又以为外国的政治法律和学问技术颇有可取之处了。我的渴望到日本留学,也就在那时候”[①]。由此可见,鲁迅留学日本而走上一条向西方学习的道路,与义和团的失败的确是有关系的。

鲁迅对义和团与戊戌变法的关系也有所论述。当然,义和团最初在民间的起事,主要是同基督教会和教民的冲突。但是,在戊戌变法的103天里,维新派通过光绪皇帝向全国下达了几十道实行新政的诏书,这些遍及全国的西化命令不能不引起习惯于传统生活的民众的愤怒,否则,拳民到了北京就不会要杀洋鬼子的“儿皇帝”光绪。而上层官僚之所以能够容忍甚至纵容带几分“妖气”和“作乱”色彩的义和团,则是因为戊戌变法所带来的西方文化的进一步渗入,引起了这些传统文化顽固保护者的恐慌和反动。鲁迅就毫不含糊地认为义和团是戊戌变法的反动:“清光绪中,曾有康有为者变过法,不成,作为反动,是义和团起事,而八国联军遂入京,这年代很容易记,是恰在一千九百年,十九世纪的结末。”[②]因此,从文化学的角度看,鲁迅与义和团分别代表着近代中国两条截然不同的文化救国路线:前者是代表着“师夷长技以制夷”的路线,后者则代表着“固守传统以制夷”的路线。新文化运动之后,义和团早已不存在了,但是提倡“打拳爱国”、“扶乱灭洋”的却大有人在,种种“鬼画符”以及社会上的“妖气”使人透不过气来。[③] 于是鲁迅从改造国民性的角度,多次

---

① 鲁迅:《且介亭杂文二集·在现代中国的孔夫子》。

② 鲁迅:《且介亭杂文末编·因太炎先生而想起的二三事》。

③ 鲁迅:《热风·三十七》,《华盖集·论辩的魂灵》。

论及义和团；反过来说，正是由于义和团运动，使鲁迅感到改造民族的文化心理的责任重大与刻不容缓。

鲁迅认为，义和团的“扶清灭洋”是“合群的爱国的自大”，并且对这种国民性进行了剖析：“‘合群的自大’，‘爱国的自大’，是党同伐异，是对少数的天才宣战；——至于对别国文明宣战，却尚在其次。他们自己毫无特别才能，可以夸示于人，所以把这国拿来做个影子；他们把国里的习惯制度抬得很高，赞美的了不得；他们的国粹，既然这样有荣光，他们自然也有荣光了！倘若遇见攻击，他们也不必自去应战，因为这种蹲在影子里张目摇舌的人，数目极多，只须用 Mob 的长技，一阵乱噪，便可制胜。胜了，我是一群中的人，自然也胜了；若败了时，一群中有许多人，未必是我受亏：大凡聚众滋事时，多具这种心理，也就是他们的心理。他们举动，看似猛烈，其实却很卑怯。至于所生结果，则复古，尊王，扶清灭洋等等，已领教得多了。所以多有这‘合群的爱国的自大’的国民，真是可哀，真是不幸！”鲁迅认为中国向来拥有的就是这“合群的爱国的自大”，“这便是文化竞争失败之后，不能再见振拔改进的原因。”①更坏的是，这种“合群的自大”使得人们见胜兆就纷纷聚集，见败兆就纷纷逃窜，好起哄而不愿出头，结果只能在弱草上逞凶，而一遇较强的对手就土崩瓦解。② 鲁迅倡导是“个人的自大”：“‘个人的自大’，就是独异，是对庸众宣战”；就是敢于向社会反抗挑战而具有强力意志的“精神界之战士”，就是易卜生笔下那些愤世嫉俗的“国民公敌”。“但一切新思想，多从他们出来，政治上宗教上道德上的改革，也从他们发端。所以多有这‘个人的自大’的国民，真是多福气！多幸运！”③鲁迅对义和团的这种心理分析，不能从政治军事而只能从文化与改造国民性的角度予以理解。在这里，鲁迅涉及新文化运动一个重要的主题，就是打破中国传统文化的合群性与整体性，提倡人格独立的个性解放。

义和团以“民气论”与列强较量的失败，使得鲁迅终生反对“民气论”而倡导“民力论”。清政府就很赏识义和团表现出来的“民气”，慈禧太后在利用义和团的时候说：法术不足恃，难道“民气”也不足恃吗？“五四”之后，鲁迅对这种不顾实力的“民气论”进行了多次批评，并引义和团的教训为戒。鲁迅说：外国反动报纸也有触到我们痛处的话，《顺天时报》有一篇社论说，“一国当衰弊

① 鲁迅：《热风·三十八》。
② 鲁迅：《华盖集·这个与那个》。
③ 鲁迅：《热风·三十八》。

之际,总有两种意见不同的人,一是民气论者,侧重国民的气概,一是民力论者,专重国民的实力,前者多则国家终亦渐弱,后者多则将强。我想,这是很不错的;而且我们应该时时记得的。可惜中国历来就独多民气论者,到现在还如此。如果长此不改,'再而衰,三而竭',将来会连辩诬的精力也没有了"[①]。因此,"在不得已而空手鼓舞民气时,尤必须同时设法增长国民的实力",因为"不以实力为根本的民气,结果也只能以固有而不假外求的天灵盖自豪,也就是以自暴自弃当作得胜"。[②] 自然中国人受列强的蹂躏所蕴蓄的怨愤已经够多了,但是,"卑怯的人,即使有万丈的愤火,除弱草以外,又能烧掉甚么呢?或者要说,我们现在所要使人愤恨的是外敌,和国人不相干,无从受害。可是这转移是极容易的,虽曰国人,要借以泄愤的时候,只要给予一种特异的名称,即可放心剚刃。先前则有异端,妖人,奸党,逆徒等类名目,现在就可用国贼,汉奸,二毛子,洋狗或洋奴。庚子年的义和团捉住路人,可以任意指为教徒,据云这铁证是他的神通眼已在那人的额上看出一个'十'字"。因此,鲁迅站在改造国民性的高度,对义和团失败的教训进行了深刻的经验总结:"根据上述的理由,更进一步而希望于点火的青年的,是对于群众,在引起他们的公愤之余,还须设法注入深沉的勇气,当鼓舞他们的感情的时候,还须竭力启发明白的理性;而且还得偏重于勇气和理性,从此继续地训练许多年。这声音,自然断乎不及大叫宣战杀贼的大而闳,但我以为却是更紧要而更艰难伟大的工作。否则,历史指示过我们,遭殃的不是什么敌手而是自己的同胞和子孙。"[③]鲁迅对于义和团失败的教训是念念不忘的,直到 1934 年作《非攻》,还把"民气论"者曹公子讽刺了一笔:"我们给他们看看宋国的民气!我们都去死!"

鲁迅还对义和团的文化承担与迷信、法术等进行了深刻的文化反省,并进行了寻根究底的文化探索。鲁迅试图以科学改造义和团式的迷信心理,然而,"因为科学能教道理明白,能教人思路清楚,不许鬼混,所以自然而然的成了讲鬼话的人的对头。"义和团正是鲁迅所说的"讲鬼话"的人,"拳匪的传单上,明白写着",孔圣人、张天师"传言由山东来,赶紧急传,并无虚言"。鲁迅认为,要救几乎亡国灭种的中国,这种孔圣人、张天师"'传言由山东来'的方法,是全不

---

① 鲁迅:《华盖集·忽然想到十》。
② 鲁迅:《华盖集·补白》。
③ 鲁迅:《坟·杂忆》。

对症的，只有这鬼话的对头的科学”[1]。当然，鲁迅对义和团的迷信与法术并不只是进行简单的价值评判，而是将之放到中国民间文化的长河中加以寻根究底。鲁迅认为，从“陈涉帛书，米巫题字”，到“义和团传单，同善社乩笔”是一脉相承的，虽然有简单与复杂之分，但却体现着一样的国民心理。所以义和团既是拳会，又是教门。这一中国民间的文化传统，从太平道、五斗米道，到白莲教、义和团，与中国民间的巫鬼文化、侠客崇拜以及道教在下层的影响是有很大关系的，从而显示出与中国上层文化的差异。中国的民间文化是中国民变的精神支柱和动力，鲁迅特别强调“道士思想（不是道教，是方士）与历史上大事件的关系，在现今社会上的势力”[2]。鲁迅还指出了义和团用法术打外国的传统来源。小说《三宝太监西洋记》写的是郑和下西洋，碧峰长老助他用法术收服了外夷，得了全功。鲁迅由此想到了义和团的法术，并说：“郑和之在明代，名声赫然，为世人所乐道；而嘉靖以后，东南方面，倭寇猖獗，民间伤今之弱，于是便感昔之盛，做了这一部书。但不思将帅，而思太监，不恃兵力，而恃法术者，乃是一则为传统思想所囿；一则明朝的太监的确常做监军，权力非常之大。这种用法术打外国的思想，流传下来一直到清朝，信以为真，就有义和团实验了一次。”[3]而在中国神魔小说所描写的交战中，也常常是以神通广大的法术取胜。所以，如果说义和团以拳术对敌受《三国演义》、《水浒传》以及侠义公案小说影响较大，那么，义和团以法术对敌就受《西游记》、《封神演义》等的影响，因为参加义和团的拳民多是目不识丁的民众，他们的文化主要来源于口传、听戏、听书。而鲁迅改造国民性的对象主要不是上层统治者，而是下层义和团式的民众，所以鲁迅特别注重小说戏曲与野史笔记。鲁迅说：“从小说看民族性，也是一个好题目。”[4]又说：“历史上都写着中国的灵魂，指示着将来的命运，只因为涂饰太厚，废话太多，所以很不容易察出底细来。正如通过密叶投射在莓苔上面的月光，只看见点点的碎影。但如看野史和杂记，可更容易了然了。”[5]

当然，对义和团的反省不可能不涉及义和团起事的文化原因，而这又与中

---

① 鲁迅：《热风·三十三》。

② 鲁迅：《华盖集续编·马上支日记》。

③ 鲁迅：《中国小说的历史的变迁·第五讲》。

④ 鲁迅：《华盖集续编·马上支日记》。

⑤ 鲁迅：《华盖集·忽然想到四》。

国民间的宗教心理有着密切的联系。鲁迅在命名“神魔小说”时,就曾分析过儒道释在中国民间的含混不清、混一同源。鲁迅认为:“历来三教之争,都无解决,大抵是互相调和,互相容受,终于名为‘同源’而后已。凡有新派进来,虽然彼此目为外道,生些纷争,但一到认为同源,即无歧视之意,须俟后来另有别派,它们三家才又自称正道,再来攻击这非同源的异端。当时的思想,是极模糊的,在小说中所写的邪正,并非儒和佛,或道和佛,或儒道释和白莲教,单不过是含胡的彼此之争,我就总括起来给他们一个名目,叫做神魔小说。”[①]因此,对于义和团的起事,仅仅指出是戊戌变法的反动是不够的。义和团起事的文化原因,主要是基督教不能加入中国传统的诸教并立乃至“同源”的格局,却在枪炮的支持下扰乱了传统的三教并立,压迫中国民间的祖宗崇拜、鬼神迷信,冠县梨园屯的拳民运动就是围绕着拆庙引起的。民众把那些年的天灾也归罪于邪教入侵中原(“只因鬼子闹中原”)而败坏了风水,搞得天怒人怨,此之谓“天人感应”。特别是那些蓝眼睛的鬼一样的神甫的尊贵地位,以及那些“吃教”的教民获得的种种特权,不仅使历来富有平均思想的民众愤而烧教堂、杀教民、“劫富济贫”;而且也损害了乡绅和上层士大夫的利益,使他们对义和团带有“妖气”的法术(这本来为正统儒者所排斥)也能采取容忍态度。

鲁迅对义和团运动表现出来的国民性进行了多角度的批判反省。中国拳术是与中国文化那种以“气”为主的模糊的总体把握问题相联系的,而洋枪洋炮则是与西方文化那种分析性的精确精神和科学精神分不开的。当义和团以中国拳术与洋枪洋炮对阵的时候,是怎样尖锐的文化冲突啊!“五四”之后,义和团打拳救国的方法还有人提倡,这使鲁迅感到悲哀,因为支持义和团的当时“是满清王公大臣,现在却是民国的教育家”。鲁迅讽刺道:“打拳打下去,总可达到‘枪炮打不进’的程度(即内功?)。这件事从前已经试过一次,在一千九百年。可惜那一回真是名誉的完全失败了。且看这一回如何。”[②]鲁迅对义和团的妖言惑众以致搞得满城风雨,也颇不以为然。读一读有关义和团的资料,特别是当时人的那些记录,就不时能看到“哄传”字样,连消息来源也搞不清楚;而这又与义和团的神通广大、降神附体、排刀排枪之类的奇迹联系在一起,搞得人神莫辨,真假难分,从而使义和团带有浓重的神话色彩。因此,鲁迅从改造国民性的角度剖析说:“自称酷爱和平的人民,也会有杀人不见血的武器,那

---

① 鲁迅:《中国小说的历史的变迁·第五讲》。

② 鲁迅:《热风·三十七》。

就是造谣言。但一面害人，一面也害己，弄得彼此懵懵懂懂。古时候无须提起了，即在近五十年来，甲午战败，就说是李鸿章害的，因为他儿子是日本的驸马，骂了他小半世；庚子拳变，又说洋鬼子是挖眼睛的，因为造药水，就乱杀了一大通。"[①]

义和团对鲁迅的影响是"反影响"，就是使鲁迅更迅速地走上了反传统的西化道路，并反过来致力于改造国民性。鲁迅对待义和团的态度也可以用鲁迅对待民众的"哀其不幸，怒其不争"加以概括，不过在论及义和团的时候，鲁迅"怒其不争"的一面表现得更强烈，这就不可避免地使鲁迅对义和团的评价带有几分偏激和片面性。义和团诚然有着高涨的爱国热情，然而悲剧在于，他们的努力又与维护中国的小农经济与古旧传统密切联系着，这正是他们救不了国的根源，也是鲁迅极力批判的国民性的缺憾。

三、政治西化与文化的光复旧物：鲁迅与辛亥革命

鲁迅与辛亥革命的关系，与他同戊戌变法、义和团运动的关系大不相同。鲁迅并没有介入戊戌变法、义和团运动，只是间接地受到了这两次文化融汇与文化撞击运动的影响或"反影响"；但是，鲁迅不仅是辛亥革命的参加者、见证人，而且鲁迅的悲欢、绝望与希望，也与辛亥革命的成败密切联系着。虽然从告别改良派之后，鲁迅的文化思想已具有自己的独特性，但他仍是辛亥革命的期待者，革命胜利的欢庆者，革命失败的深刻反省者。一直到"五四"以后，鲁迅都把辛亥革命的先驱者看作自己的同志。当然，本书所用的"辛亥革命"一词，是从文化学与中西文化冲突的角度着眼的，而不仅指武昌起义。

近代中国的文化冲突表现在政治层面上的递进，是从政治改良到武装革命，从虚君共和到民主共和，而这种递进是有着深刻的社会与政治的原因的。本来，黄兴、章太炎等一大批以武装起义来实现民主共和国的先驱者，都是属于改良派阵营的，他们都把希望寄托在通过自上而下的政治改革，有秩序地、不流血地使中国走向政治民主和国家富强。但是，以慈禧太后为首的保守派却摧残了政治改革的新芽，囚禁了光绪皇帝，逮捕、屠杀改革派，将中国拉向倒

① 鲁迅：《南腔北调集·谣言世家》。

退。于是，被维新派的启蒙唤醒或者本来就属于维新派的志士仁人，那满腔热情的使中国进步与富强的火花就被保守派的冷水泼灭了。因此，他们为了给同志复仇、为了中国的进步与富强，事实上是被清政府逼得走上了暴力、暗杀和革命的道路。因为除此之外别无他路：虚君共和是不可能的了，墨守现状或向保守派投降又非所愿，于是就只剩下了暴力革命一条路。革命的对象是反对中国改革与进步的旧势力，而现实的承担者就是以慈禧太后为首的清朝统治者，革命与排满就这样联系了起来。尽管华兴会、光复会成立于国内，但是在清朝统治者的压迫下，在国内公开地鼓吹革命、组织武装有着重重的困难，自立军的失败与《苏报》案就说明了这一点。因此，革命的鼓动与组织工作，首先是在海外华人特别是留学生中扎下了根，然后反过来向国内施加影响，甚至回国暗杀、起义。

鲁迅 1902 年到日本留学，正是戊戌变法失败、革命思想在留学生中日益蔓延开来的时候。在革命派的三大派系中，华兴会与光复会都是在鲁迅留日之后的 1904 年成立的，1905 年，孙中山在日本将兴中会、华兴会、光复会联合起来，建立了同盟会。光复会的骨干及其成员多是浙江人，而当时留日学生又崇同乡会，所以鲁迅与光复会的关系就特别密切。虽然周作人说鲁迅未加入光复会，但据鲁迅的好友、同学许寿裳、沈祖绵的回忆，鲁迅确曾加入光复会。[①] 与晚年鲁迅关系密切的胡风、增田涉也说，鲁迅以一种怀旧的深情谈到他曾加入光复会。[②] 事实上，鲁迅的绍兴同乡陶成章、徐锡麟、秋瑾等都是光复会的领导人和骨干成员，其师章太炎是光复会的发起人之一，密友许寿裳也是光复会会员，避难的陶成章甚至将光复会的核心机密交给鲁迅保管，因而说鲁迅不是光复会会员倒是很难成立的。或许，鲁迅当时不告诉周作人，只是怕亲人知道了会为他担心。因为光复会会员经常回国参加暗杀活动，非常危险。

凭着抵日不久就剪去了辫子、加入光复会，鲁迅告别改良派应该比我在“鲁迅与戊戌变法”一节所说的时间要早。但鲁迅政治上的靠近革命派，并不表明他在思想文化领域已告别了改良派，而鲁迅一开始就不是以一个政治活动家而是以一个思想家的面目出现的。这里有两点值得注意：第一是鲁迅作为一个政治活动家的弱点，据增田涉在《鲁迅与“光复会”》中回忆，有一次鲁迅对他说：“我从事反清革命的时候，曾经被命令去暗杀，但是我说，我可以去，也

---

① 详见许寿裳《鲁迅先生年谱》、沈祖绵《记光复会二三事》。

② 详见胡风《从有一分热发一分光生长起来》，增田涉《鲁迅与“光复会”》。

可能会死,死后丢下母亲,我问母亲怎么处置。他们说担心死后的事可不行,你不用去了。”这与鲁迅以说不定什么时候会死而接受朱安陪伴母亲的回忆是一致的。第二是鲁迅作为一个思想家的优点,据许寿裳回忆,当别人忙着反清排满的时候,他却在想,排满成功后怎样去改造国民性,而这种改造国民魂灵的思想终于使他弃医从文。自然,改良派所谓在民智未开通之前就实行民主共和难以成功的论调,确实与鲁迅的改造国民性有一脉相承之处。不过鲁迅的改造国民性,也确实比单纯的反清排满看得远。因此,鲁迅政治活动家的弱点就是他作为思想家的优点。他的思想比别人深刻复杂,因而行动起来就不能果断而是瞻前顾后。这一点,鲁迅在“五四”之后的杂文中也承认过。

鲁迅在思想文化领域告别改良派,是与章太炎、西方现代派的影响分不开的。关于鲁迅与西方现代主义的人学思潮与文学的精神联系,后面将详细讨论,在这里着重谈谈鲁迅在思想文化领域转向革命派与章太炎的关系。

许多论者认为,辛亥革命的失败是因为革命前缺乏一个启蒙运动,然后将辛亥革命与法国大革命相比,认为法国大革命取得的胜利就与革命前有一个启蒙运动有关,因而“五四”新文化运动就是补辛亥革命的启蒙之课。然而有一点为这些论者所忽视的是,辛亥革命前在全国范围搞启蒙运动是根本不可能的事。首先,改良派的启蒙之所以比革命派搞得好,是因为他们是在皇帝的认可下,自上而下地“开民智”;而革命派矛头所向是清朝统治者,根本不可能得到统治者的认可,启蒙者还有被丢进大牢的危险。其次,法国的启蒙学者没有祖国被欺凌的境况,他们一心一意地描绘着人类未来的理性王国,而没有受到民族主义的干扰。但是,自鸦片战争之后,中国知识分子的第一要务就是争取中华民族的独立和富强,至于个人的独立自由倒在其次。而清王朝不但是列强在中国的奴仆,阻碍中国走向民主与富强,而且它本身就是异族对汉族的统治。因此,中国知识分子的积怨一下子就发泄到清王朝那里,排满、驱逐鞑虏的民族主义就压倒了一切,个人的独立自由以及对国家的民主诉求反而退到不显眼的地方去了。即使是具有西方学识和自由思想的孙中山,越到后来其民族主义也越是压倒民权主义,在《民权主义》第二讲中说“个人不可太自由,国家要得到完全自由”。再次,改良派虽然是以中国文化包容西方文化,但在包容的时候,中国文化是被改造和变异了。因此,改良派是在“用夏变夷”的名目下行“用夷变夏”之实。然而革命派的文化选择就复杂得多。一方面,革命派是要推翻清朝统治者,废除帝制,建立民主共和国,比改良派的虚君共和更加西化;但是另一方面,以排满为特征的革命又具有民族主义革命的性质,革命者要光复旧物就必然追溯传统的荣光。于是在章太炎以“国粹激动种姓”的号召下，国粹主义思想抬头，有的人甚至将革命理解成“反清复明”，这就比改良派实际上的“用夷变夏”落后得多。

如果说洋务派的文化选择方案是“中体西用”，改良派的文化选择方案是“托古改制”或者说西化色彩浓重的换血性质的“中体西用”，那么，辛亥革命并没有拿出一套属于自己的文化选择方案。在中西文化撞击与交汇的语境中，一个没有自己文化选择方案的革命运动，不能不说是一大缺憾。与政治上的民族主义与民主主义并重一样，在文化上革命派也是国粹与西化并举。且不说章太炎一边宣讲国粹，一边走向以伸张个性为特征的西方浪漫思潮，就是孙中山也常以国粹印证他的三民主义的正确，仿佛中国的国粹可以与西方文化和平共处而没有半点冲突。革命派在文化选择上的两难，在革命后光复旧物的乐观氛围中，就放弃了文化启蒙，特别是在袁世凯窃国后，尊孔读经的复古浪潮又汹涌澎湃，戊戌变法前后人人以读洋书为荣、以不学外文为耻的景象荡然无存。因此，鲁迅常说辛亥革命是一场革掉了一条辫子的革命，文化上一切如旧。

尽管革命派的文化启蒙在普及方面做得不如改良派好，但是孙中山的“民权主义”，邹容的《革命军》等，确实超越了改良派。鲁迅后来就很看重《革命军》与武昌起义的关系：“倘说影响，则别的千言万语，大概都抵不过浅近直截的‘革命军马前卒邹容’所做的《革命军》。”[①]《革命军》那锋芒逼人的对天赋人权的宣讲，对自由民主的向往，对专制政体的批判，再加上略近白话的语言，确是一部康有为、严复作不出的启蒙杰作，文中“中国所谓二十四朝之史，实一部大奴隶史也”，对于鲁迅《灯下漫笔》对中国奴隶史的批判有着直接的影响。不过，孙中山、邹容等人的启蒙都属于理性启蒙的范围，在革命派的理论家中超越这一理性启蒙范围而具有卓然超群的浪漫品格的，是章太炎。章太炎与孙中山、邹容等人的差异，正如卢梭与其他理性的启蒙学者的不同。然而，学术界对章太炎的误解却是令人遗憾的，诸如地主阶级反满派代表、封建小生产者的代表、民粹主义者等，都没有揭示章太炎思想在革命派理论家中的实质性特征。不错，章太炎确实是反对资本主义文明，让人“用国粹激动种姓”，但章太炎并没有像他的某些追随者那样以国粹排斥外来文明，相反，章太炎的思想从某种意义上说并不比孙中山、邹容等人的思想缺乏现代性。假定章太炎真的

---

① 鲁迅：《坟·杂忆》。

是什么封建小生产或地主阶级的思想代表，那么他不但称不上革命派的理论家，甚至比洋务派、改良派都要落后。事实上，章太炎的反文明、反权威、反束缚，强调道德的力量，反对社会对个人的压抑，主张个性的绝对自由，甚至崇尚原始、返归自然等，都与卢梭如出一辙。而章太炎对拜伦、尼采的推崇，正表现了他对始自卢梭，又被拜伦、尼采发扬光大的浪漫哲学的承担。除非论者能够证明卢梭是地主阶级或小生产的思想代表，否则，如果说卢梭是资产阶级的思想家，那么章太炎作为资产阶级革命派带有浪漫色彩的思想家，则是当之无愧的。在所有革命派的思想家中，对鲁迅影响最大、最持久的就是章太炎。从鲁迅告别改良派的《文化偏至论》与《摩罗诗力说》，到未完稿的《破恶声论》，章太炎对鲁迅的影响是越来越大。

鲁迅说，《文化偏至论》与《摩罗诗力说》等文"喜欢做怪句子和写古字，这是受了当时的《民报》的影响"，也就是受了章太炎的影响。因而鲁迅受章太炎的影响是多方面的：在文字风格上，由于要"用国粹激动种姓"，所以文字就显得古奥；在人格与学问上，章太炎不但有深厚的国学根底，而且是坐牢志不改的革命家。据周作人回忆，鲁迅之所以那样佩服章太炎，就是因为他是革命家又是大学问家。章太炎对鲁迅的影响是终生的，一直到晚年，当鲁迅弥留之际回想往事的时候，章太炎的音容笑貌还如在眼前。下面，我们仅就辛亥革命之前章太炎在文化思想上对鲁迅的影响进行分析。

鲁迅对改良派的"制造商贾立宪国会之说"的抨击，就直接受到与改良派论战的章太炎的影响。章太炎在《代议然否论》中认为，代议制并不能伸张民权，"名为国会，实为奸府"，因为所选议员"必在豪右"，过去是皇帝一人骑在人民头上，现在却是一批人骑在人民头上，所以"与效立宪而使民有贵族黎庶之分，不如王者一人秉权于上"，"不欲有一政皇，况欲有数十百议皇邪"？鲁迅也是这样攻击立宪国会的，他在《文化偏至论》中认为，"古之临民者，一独夫也；由今之道，且顿变而为千万无赖之尤，民不堪命矣，于兴国究何与焉"。章太炎对改良派的斗争，往往是从道德人格的角度，揭露对方无廉耻，重私利，趋炎附势；而鲁迅对改良派的批判，也主要不是从理论而是从道德人格的角度予以揭露的，说他们"悉归奔走干进之徒，或至愚屯之富人，否亦善垄断之市侩"，"假是空名，遂其私欲"，即"以福群之令誉"，"掩自利之恶名"。当然，章太炎与鲁迅对立宪派的攻击，并不是要使中国固守君主专制的现状，相反，如果说立宪派对君主还毕恭毕敬的话，那么章太炎可以骂光绪帝为小丑，以为"选举总统则是，陈列议院则非"，主张三权分立，集会、出版、言论自由，总统有罪，人皆可诉诸法律逮治。从这个意义上说，章太炎倾向于总统制而反对内阁制。但是在民智未开的时候这种主张也是一种浪漫空想，于是章太炎就设想通过中间的知识分子上通下达，监督政府。这种中间的知识分子在鲁迅的文章中，就是那超人般先觉的“一二士”，就是“上制天帝、下启民众”的恶魔式的“精神界之战士”。

章太炎“用国粹激动种姓”的主张，对这个时期的鲁迅也有很大影响。鲁迅在《文化偏至论》与《摩罗诗力说》中介绍的拜伦、尼采、易卜生等，都是专向旧文化实行袭击的反传统主义者，但是鲁迅没有完全走上这条路，而且在《文化偏至论》特别是《破恶声论》中还在“昌明国粹”。《文化偏至论》虽然从总体上看是有反传统色彩的，但是文章一开始就追溯传统的荣光：“昔者帝轩辕氏之戡蚩尤而定居于华土也，典章文物，于以权舆，有苗裔之繁衍于兹，则更改张皇，益臻美大。其蠢蠢于四方者，胥蕞尔小蛮夷耳，厥种之所创成，无一足为中国法，是故化成发达，咸出于己而无取乎人。”接着鲁迅就为中国的“自尊大”辩护，认为在海禁大开之前，能够与中国文化比肩的没有，所以形成这种自大心理也在情理之中。在《破恶声论》中，鲁迅则对中国的文化传统进行了充分的肯定：“顾吾中国，则夙以普崇万物为文化本根，敬天礼地，实与法式，发育张大，整然不紊。覆载为之首，而次及于万汇，凡一切睿知义理与邦国家族之制，无不据是为始基焉。效果所著，大莫可名，以是而不轻旧乡，以是而不生阶级；他若虽一卉木竹石，视之均函有神閟性灵，玄义在中，不同凡品，其所崇爱之溥博，世未见有其匹也。”然而这篇“昌明国粹”的《破恶声论》与《文化偏至论》一样，反对束缚要求自由，反对合群尊崇个性。值得注意的是，鲁迅这一时期的论文所倡导的文化思想与“五四”时期没有很大的差异，只是“五四”时期的张扬个性与反传统是联系在一起的，而这一时期的尊崇个性却与“昌明国粹”并存。可以看到，如果没有章太炎的“用国粹激动种姓”的影响，鲁迅就会在西方现代思潮和摩罗诗人的影响下走向反传统。事实上，《摩罗诗力说》以其对阿Q精神的揭露和对传统诗歌的反叛，已经与“五四”时期的反传统毫无二致了。

章太炎的“用宗教发起信心，增进国民的道德”对鲁迅的影响也很大。章太炎所说的宗教是指佛教，但鲁迅当时并未读佛经，于是鲁迅就把中国的迷信当作宗教而加以歌颂。有人说，宗教崇拜的是超越于有限相对之上的唯一主宰，但中国人所崇拜的“不在无形而在实体，不在一宰而在百昌”，所以是迷惘的崇信。鲁迅对于这种以基督教为标准的宗教定义进行了反驳：“敢问无形一主，何以独为正神？宗教由来，本向上之民所自建，纵对象有多一虚实之别，而足充人心向上之需要则同然。”面对着“破迷信者于今为烈”，以科学斥迷信为迷妄之信，鲁迅辩护说："虽中国志士谓之迷，而吾则谓此乃向上之民，欲离是有限相对之现世，以趣无限绝对之至上者也。人心必有所冯依，非信无以立，宗教之作，不可已矣。"鲁迅的结论是："伪士当去，迷信可存，今日之急也。"鲁迅就是这样把章太炎对宗教和国粹的推崇，统一起来了。值得注意的是，鲁迅从1903年的《说钼》、《中国地质略论》到1907年的《科学史教篇》，都在向中国人介绍科学知识，但他为什么反对以科学破迷信呢？首先，科学与信仰是两个不同的领域，科学解决不了人的情感安顿与对不朽的终极关怀，而宗教则回答了这两个问题。鲁迅在这一时期看到了这一点，意识到科学的真理领域与信仰的价值领域的差异，虽然"五四"之后鲁迅以科学破迷信的时候，忽略了对人的终极关怀以及反传统之后信仰空白的关心。其次，起自卢梭的浪漫思潮与现代人学思潮，本身就是对科学主义思潮的反动，卢梭与章太炎公开地怀疑并反对科技的进步，这对于鲁迅的反对以科学破迷信显然是有影响的。

当然，章太炎思想的浪漫性和现代性不在于他张扬宗教和国粹，而在于他反对任何外在的权威和一切传统的观念，反对物质文明在内的任何对心灵的束缚，强调绝对的个人自由。这对于鲁迅的"掊物质而张灵明，任个人而排众数"有着巨大的影响。章太炎认为，"沾沾物质之务"是人的堕落，人应该逃到孤独的心灵中注重精神的拯救；鲁迅认为，人应该远离实利，以心声和精神为贵，"去现实物质与自然之樊"，"视主观之心灵界当较客观之物质界为尤尊"。章太炎说，"个体为真，团体为幻"，反对群体压抑个人；鲁迅则希望坚强的个人"独立自强，去离尘垢"，敢于向群体挑战，"举世誉之而不加劝，举世毁之而不加沮"。章太炎说："村落军旅牧群国家亦一切虚伪，惟人是真"，人"亦非为世界而生，非为社会而生，非为国家而生，非互为他人而生，故人对于世界、社会、国家与对于他人，均无责任"；鲁迅也反复强调"绝对之主我"的个人应该"绝义无"。章太炎认为，脱离了一切枷锁的个人应该具有尼采那样的强力意志："排除生死，旁若无人，布衣麻鞋，径行独往"；鲁迅说："排斥万难，黾勉上征，人类尊严，于此攸赖，则具有绝大意力之士贵耳。"[①]章太炎在行文中经常提到拜伦、尼采等"多力善斗"的个性战士，而他们也为鲁迅所崇拜。因此，鲁迅对西方现代人学思潮的接触是通过章太炎这一中介的，或者说章太炎为鲁迅打开了通向尼采、叔本华等人的大门。

浪漫派和现代人学思潮在反文明的同时，往往会走向崇奉原始、返归自

---

① 以上见章太炎《国家论》、《四惑论》、《答铁铮》与鲁迅《文化偏至论》、《破恶声论》。

然，浪漫派的祖师卢梭就否定科学艺术而主张回归原始与自然。章太炎也是这样，他否定了现代的物质文明而主张回到古代的简朴生活。但是，这对于当时普遍接受进化论并以此追求变革的中国知识分子来说，接受章太炎带有“倒退”色彩的理论是很难的，于是章太炎就向进化论发难，宣讲善进化恶亦进化的“俱分进化论”，甚至认为进化的恶甚于没有进化。这样，章太炎就找到了崇奉原始返归自然的根据。鲁迅受章太炎的影响，也说野人中有新力，并像章太炎一样歌颂纯朴的农人：“顾民生多艰，是性日薄，洎夫今，乃仅能见诸古人之记录，与气禀未失之农人；求之于士大夫，戛戛乎难得矣。”[①]更重要的是，章太炎的“俱分进化论”使鲁迅看到了历史主义与伦理主义、知识之树与生命之树的巨大冲突，加深了其思想的深度。但是与章太炎不同的是，鲁迅没有抛弃进化论，即使这种进化是以生命的痛苦为代价，在这方面鲁迅跨过了卢梭、章太炎，而走向了尼采。

由于民族主义和民主主义、国粹与西化在革命派理论中的并重与矛盾，加之鲁迅的思想尚在形成中而易受别人的影响，而影响的来源又较为复杂，就使得这一时期的鲁迅思想显出种种内在的矛盾。譬如鲁迅在《摩罗诗力说》中是以反传统的面目出现的，《破恶声论》又全面肯定了传统，而《文化偏至论》则取其中道，使理论上的反传统与为传统的辩护结合了起来。比较而言，《破恶声论》受章太炎的影响最大，但鲁迅同样没有意识到，在歌颂农人与改造国民性之间的对立冲突。而鲁迅这一时期对改造国民性的置重，以及在《摩罗诗力说》中对阿Q相的某种揭露，都使鲁迅思想具有了某些个性特征而超越了章太炎。

鲁迅弃医从文之后，就想以文艺改造国民性，但是《新生》文艺杂志的流产，《域外小说集》的没有销路，《摩罗诗力说》、《文化偏至论》等论文发表之后的寂然无声，使鲁迅仿佛置身于寂寞的荒原上，因为当时人们都在忙于实际的革命运动，相对忽视了思想启蒙。而当时的思想启蒙主要是以排满为主调的宣传鼓动。所以鲁迅本应成为而终于没能成为革命派的启蒙思想家。若非“五四”后鲁迅在文坛上的崇高地位，他在日本发表的那几篇文学与文化论文早就被人忘却了。

鲁迅留日时期的文化活动对其终生的事业是有决定性作用的。鲁迅弃医从文，走上了一条文化启蒙与文学倡导、创作、翻译的道路，并在严复、章太炎

---

① 鲁迅：《集外集拾遗补编·破恶声论》。

与西方现代主义文学和人学思潮的影响下，确立了思想范式与创作方向。“五四”之后，鲁迅思想的进化论、个性主义和人道主义以及改造国民性等都是留日时期思想的延续，而鲁迅留日时期阅读并翻译的外国小说，对鲁迅“五四”时期的小说创作影响很大。1908 年鲁迅与许寿裳、钱玄同等听章太炎讲《说文解字》，正式成为章太炎的学生。此后章太炎的言行对鲁迅仍有影响，章太炎成为鲁迅一生中唯一的多次以“吾师”称呼的师长。假定没有老同学钱玄同在新文化运动之初向鲁迅拉稿，鲁迅在新文化运动中的作用就会大大不同。

1909 年鲁迅回国后，先后在杭州与绍兴教书，虽然鲁迅教的是理科课程，并参加了驱逐尊孔校长的“木瓜之役”，但章太炎的“用国粹激动种姓”对鲁迅仍有影响，《会稽郡故书杂集》与《古小说钩沉》就是这一时期辑录的。不久，武昌起义发生了，绍兴也很快光复了。据当事人回忆，杭州光复的消息传到绍兴，越社当即发起在绍兴城内召开迎接光复的大会，公推鲁迅为主席，会后还组织了一个“武装演说队”上街游行宣传，不但安定了人心，还促成了绍兴的光复，因为王金发的部队五天后才进城。当时一般群众不了解革命，就像躲避长毛一样逃来逃去，连学校的师生也走散不少。于是鲁迅发动学生上街宣传革命，还亲自带头讲演，对群众讲明革命的好处。[①] 这些回忆与事实也许不尽相符，但鲁迅以满腔热情迎接革命的到来是可以断言的。鲁迅留日归来就因为没有辫子而被当作“假洋鬼子”，受尽了奚落和冷眼，现在剪辫的同党来了，他怎么能不为同志的胜利而高兴呢？

革命的胜利并没有使鲁迅陶醉入梦，他清醒地看到，革命在许多地方不战而胜是出于投机而非出于觉悟，而一般民众尚不知道革命是怎么回事。于是革命的胜利使鲁迅又振作起来，担负起改造国民性的启蒙大任。鲁迅支持进步青年办监督王金发政府的《越铎日报》，在鲁迅作的《〈越铎〉出世辞》中，就不但提倡新闻监督，而且提倡社会批评与文化批评。这篇文章先“用国粹激动种姓”，然后畅议民主政治：“于越故称无敌于天下，海岳精液，善生俊异，后先络驿，展其殊才；其民复存大禹卓苦勤劳之风，同勾践坚确慷慨之志。”而后人不肖就沦为异族的奴隶，现在革命已“涛起风从”，光复处人民就有集会、出版和言论自由；而且在共和国中再无主奴之分，“同为主人”，每个人都应尽其国民的责任。接着鲁迅就为《越铎日报》确立了宗旨：“纾自由之言议，尽个人之天

① 薛绥之主编：《鲁迅生平史料汇编》第 1 辑，天津：天津人民出版社，1981 年，第 199～201 页，第 243 页。

权，促共和之进行，尺政治之得失，发社会之蒙覆，振勇毅之精神。”“唯专制永长，昭苏非易……此《越铎》之所由作也！”[①]由此可见，鲁迅这时的文化选择与《破恶声论》一样，就是在追溯传统的荣光以增国民爱国热忱的旗帜下，宣讲自由民主的现代文化。

如果说《〈越铎〉出世辞》只是提出了文化启蒙的课题，那么鲁迅作于1912年的小说《怀旧》就用文艺揭露并改造国民性了。《怀旧》的主题可以用鲁迅“五四”后的杂文《“来了”》和《“圣武”》加以概括。鲁迅说：“民国成立的时候，我住在一个小县城里，早已挂过白旗。有一日，忽然见许多男女，纷纷乱逃：城里的逃到乡下，乡下的逃到城里，问他们什么事，他们答道，‘他们说要来了’。”因此，中国历史的整数“只是两种物质，——是刀与火，‘来了’便是他的总名。火从北来便逃向南，刀从前来便退向后，一大堆流水帐簿，只有这一个模型。”而《怀旧》所描写的，正是逃来逃去的“来了”：“予窥道上，人多于蚁阵，而人人悉函惧意，惘然而行。手多有挟持，或徒其手，王翁语予，盖图逃难者耳。中多何墟人，来奔芜市；而芜市居民，则争走何墟。”小说借一童子的眼光讽刺了秃先生和金耀宗在这逃来逃去的“来了”中贪图实利、骑墙投机等劣根性。因此，如果说《〈越铎〉出世辞》上接留日时期的文化论文，那么，《怀旧》则下起鲁迅“五四”时期的小说。

辛亥革命胜利得快，失败得也快，乐观很快被悲观代替了。鲁迅看到，革命的理想被传统的权术迅速地谋杀或同化，革命的权力纷纷被转让出去或被腐化了。在绍兴，王金发刚到的时候“还算顾大局，听舆论的，可是自绅士以至于庶民，又用了祖传的捧法群起而捧之了。这个拜会，那个恭维，今天送衣料，明天送翅席，捧得他连自己也忘其所以，结果是渐渐变成老官僚一样，动手刮地皮”[②]。鲁迅支持《越铎日报》监督王金发政府，经常揭露一些王金发政府的腐败现象，于是就有消息传出来，说报社拿了都督的钱还敢骂都督，“要派人用手枪打死你们”，鲁迅只好逃到乡下去。报社终于在鲁迅去南京教育部任职后的两三个星期，被一群士兵捣毁了。好友范爱农的学监也被免掉，又成了革命前借酒浇愁的爱农，后来出于对当局的极度失望自杀而死。范爱农，这个留学日本的新派人物，革命烈士徐锡麟的弟子，死在了为他欢迎来的“革命政府”的统治下。所以鲁迅感到特别沉痛：“狐狸方去穴，桃偶已登场。故里寒云恶，炎

---

① 此文现收入鲁迅《集外集拾遗补编》。

② 鲁迅：《华盖集·这个与那个》。

天凛夜长。独沉清洌水，能否涤愁肠？”

南京毕竟不同于绍兴，革命后充满新气象。“革命党人也大概竭力想给本族增光，所以兵队倒不大抢掠。南京的土匪兵小有劫掠，黄兴先生便勃然大怒，枪毙了许多”[①]。“那时确是光明得多，当时我也在南京教育部，觉得中国将来很有希望。自然，那时恶劣分子固然也有的，然而他总失败”。但好景不长，革命政府的最高领导权被袁世凯篡夺，鲁迅也随教育部迁往北京。鲁迅在北京亲眼目睹了袁世凯当皇帝，“二次革命”，张勋复辟，军阀混战，情况越来越糟：“一到二年二次革命失败之后，即渐渐坏下去，坏而又坏，遂成了现在的情形。其实这不是新添的坏，乃是涂饰的新漆剥落已尽，于是旧相又显了出来。”[②]而康有为当年担心的把皇帝这一全国权力中心的象征颠覆掉就会造成天下大乱，却被军阀混战验证了。因此，鲁迅陷入绝望与颓唐之中。

为了消除痛苦，鲁迅用了种种法子“麻醉自己的灵魂，使我沉入于国民中，使我回到古代去”[③]，以读佛经和抄古碑打发时光。然而，正是热情被冰冻变成“死火”之后，鲁迅对辛亥革命进行了冷静深刻的反省，而这种反省构成了“五四”时期鲁迅创作的重要内容。鲁迅对佛教的熟读，也深化了其对人生的认识，使他的思想更加复杂和深刻了。在鲁迅诗与哲学之结晶的《野草》中，就可以发现这种思想深度。从这个意义上说，鲁迅是中、印、西三种文化交汇的产儿。

我们且看鲁迅对辛亥革命的反省。鲁迅认为，革命胜利后革命者对旧势力迁就、妥协、退让的结果，就是旧势力对革命者的同化和谋杀。王金发到绍兴后，捉住了杀害秋瑾的谋主，“要为她报仇。然而终于将那谋主释放了，据说是因为已经成了民国，大家不应该再修旧怨罢。但等到二次革命失败后，王金发却被袁世凯的走狗枪决了，与有力的是他所释放的杀过秋瑾的谋主”。现在“在那里继续跋扈出没着的也还是这一流人，所以秋瑾的故乡也还是那样的故乡，年复一年，丝毫没有长进”[④]。鲁迅通过辛亥革命还认识到，革命若不以实力为基础很容易流产。“孙中山奔波一世，而中国还是如此者，最大原因还在

① 鲁迅：《坟·杂忆》。

② 鲁迅：《两地书·八》。

③ 鲁迅：《呐喊·自序》。

④ 鲁迅：《坟·论“费厄泼赖”应该缓行》。

他没有党军，因此不能不迁就有武力的别人”[①]。

鲁迅通过辛亥革命的胜败，对中国的民族性格与国民的文化心理进行了深入的剖析。鲁迅认为，革命仅仅是在上层轰轰烈烈，而民众对革命是什么并不了解，他们逃来逃去的“来了”就是他们对革命的迎接，而投机分子的钻营更使革命的大厦有被白蚁吃掉的危险。当革命党掌权的时候，当年“恶革命党如蛇蝎”的那些“士绅和商人看见似乎革命党的人，便亲密的说道：‘我们本来都是“草字头”，一路的呵。’”“谁说中国人不善于改变呢？每一新的事物进来，起初虽然排斥，但看到有些可靠，就自然会改变。不过并非将自己变得合于新事物，乃是将新事物变得合于自己而已”[②]。将外来的变动以及新事物变得合于自己的方法之一，就是祖传的“捧”，王金发就是被一捧再捧才变得像老官僚一样刮地皮。“这种捧术”尤其是在对待“猛人”的时候，显得是多么的以柔克刚。鲁迅说，无论新派旧派，人只要成为“猛人”，就会有一帮人来捧，而且将“猛人”围得水泄不通，结果是该“猛人”在围墙内看不见外界而变成昏庸，而外界看到的也非该“猛人”的真相。“凡知道一点北京掌故的，该还记得袁世凯做皇帝时候的事罢。要看日报，包围者连报纸都会特印了给他看，民意全部拥戴，舆论一致赞成。直要待到蔡松坡云南起义，这才阿呀一声，连一连吃了二十多个馒头都自己不知道。但这一出戏也就闭幕，袁公的龙驭上宾于天了。包围者便离开了这一株已倒的大树，去寻求别一个新猛人。……中国之所以永是走老路，原因即在包围，因为猛人虽有起仆兴亡，而包围者永是这一伙”[③]。

鲁迅对辛亥革命的深刻反省，集中表现在他的杰作《阿Q正传》中。辛亥革命到来的时候，未庄人慌慌张张，只知“来了”而不知来的是什么。也许在未庄只有假洋鬼子明白来的是什么，因为他进过洋学堂，到过日本留学，回国后少了一条辫子而被称为“假洋鬼子”、“里通外国的人”。因此，我认为历来的鲁迅研究者将假洋鬼子全盘否定是不妥的。鲁迅本人及小说《头发的故事》中的N先生，《孤独者》中的魏连殳等正面的形象，回国后皆被人称作“假洋鬼子”、“洋人”。鲁迅固然以反语的笔调讽刺了他，但他无疑是未庄唯一受到新思想洗礼过的“革命党”。这才有革命到来时素来与他不相能的秀才赶紧拜访他。“这是‘咸与维新’的时候了，所以他们便谈得很投机，立刻成了情投意合的同

① 鲁迅：《两地书·一〇》。

② 鲁迅：《华盖集·补白》。

③ 鲁迅：《而已集·扣丝杂感》。

反而被国民当成医治痨病的人血馒头，满足了国民的迷信心理。小说借阿义、“二十多岁的人”、“花白胡子的人”以及驼背五少爷等人对夏瑜言行的反应，揭示了革命者愈是想对国民启蒙就愈遭误解而被视为疯子的主题。夏瑜关在牢里对阿义进行“大清的天下是我们大家的”启蒙，遭到阿义的毒打；夏瑜又说阿义可怜，结果是被前述众人说成是“发了疯了”。通过这些连名字也不给的“众数”，小说补足了华家作为国民的象征，使国民对于启蒙之药“牙关紧闭”得到了充分表现。小说在夏瑜的坟上平添了一个花环，表示革命还有后来者，然而这个花环却被前来上坟的夏瑜母亲当成儿子冤枉的显灵，更是表现了国民与启蒙者的隔膜。这令人联想到鲁迅的母亲不愿看儿子的作品而喜欢才子佳人小说。小说名为《药》就是一种象征：革命者向国民灌输自由解放的药，国民在寻求去病强身的药，而后一种药居然是启蒙者的血，结果两种药都失效，失效的象征就是多了两座新坟。于是鲁迅陷入绝望之中。

鲁迅对辛亥革命的结果是非常失望的，但是从“五四”一直到晚年，鲁迅总是一往情深地怀念与辛亥革命有关的革命者。鲁迅经常谈起他的绍兴同乡徐锡麟、秋瑾，以“敝同乡秋瑾姑娘”称呼秋瑾，作小说纪念他们的壮烈就义，还回忆过留日时黄兴那“楚人”的蛮性，邹容给监督剪辫的故事。小说《头发的故事》就是念旧的名文：“多少故人的脸，都浮在我眼前。……他们都在社会的冷笑恶骂迫害倾陷里过了一生；现在他们的坟墓也早在忘却里渐渐平塌下去了。”因此，当浙江省建设厅于1929年在杭州西湖建设“革命纪念馆”追溯先烈的功勋，末后又有“落伍者的丑史”。鲁迅相当不高兴：“仿佛要令人于饮水思源以后，再喝一口脏水。”而所征求的“落伍者的丑史”中，又有“邹容的事实”，鲁迅感到很古怪，于是挺身而为这位“革命军马前卒”辩诬。[①] 说邹容有“落伍者的丑史”自然与事实相背，但是在追溯先烈荣光的时候，指出一些人的落伍，可以从正反两面对待传统，然而由于鲁迅对辛亥革命的先烈爱之深，连这一点也否定了。

鲁迅在文章中提到次数最多的，是孙中山和章太炎。鲁迅是章、陶系而非孙系的人，但是孙中山为革命奔波一生的业绩深深感动了鲁迅。因此，当孙中山逝世后北京的“几个论客说些风凉话”的时候，鲁迅就写了《战士与苍蝇》为孙中山辩诬：“战士战死了的时候，苍蝇们所首先发现的是他的缺点和伤痕，嘬着，营营地叫着……然而，有缺点的战士终竟是战士，完美的苍蝇也终究不过

---

① 鲁迅：《三闲集·“革命军马前卒”和“落伍者”》。

是苍蝇。”在《中山先生逝世后一周年》中鲁迅说：“中山先生的一生历史具在，站出世间来就是革命，失败了还是革命；中华民国成立之后，也没有满足过，没有安逸过……他是一个全体，永远的革命者。”“只要这先前未曾有的中华民国存在，就是他的丰碑，就是他的纪念”。鲁迅说：“那时新闻上有一条琐载，不下于他一生革命事业地感动过我，据说当西医已经束手的时候，有人主张服中国药了；但中山先生不赞成，以为中国的药品固然也有有效的，诊断的知识却缺如。不能诊断，如何用药？毋须服。人当濒危之际，大抵是什么也肯尝试的，而他对于自己的生命，也仍有这样分明的理智和坚定的意志。”因此，“无论后人如何吹求他，冷落他，他终于全都是革命”。

鲁迅一生中多次以“吾师”相称的，只有章太炎。值得注意的是，章太炎以思想与道德救国几乎影响了鲁迅的一生，鲁迅终生致力于改造国民性，就是以国民的思想道德的改变为第一要务。而且章太炎一生反对派的角色对鲁迅也有影响。清朝未推翻之前，章太炎与孙中山联手共谋排满大事，革命胜利后他又反对孙中山支持黎元洪、袁世凯，袁世凯就任总统后，他又临总统府大骂袁世凯以致被袁囚禁。鲁迅也是当了一生的反对派。1935 年鲁迅所作《出关》，小说情节就有章太炎的影响：“老子的西出函谷，为了孔子的几句话，并非我的发见或创造，是三十年前，在东京从太炎先生口头听来的，后来他写在《诸子学略说》中。”[①]章太炎有很多国学弟子，但是章太炎第二阶段那种与众不同的思想的真正传人却是鲁迅。这也包括那种不满足常识而直欲寻根究底的深刻的思想方法。因此，尽管章太炎后来有许多不利于革命之举，有尊孔读经反对白话文等保守举动，但在章太炎逝世后有人作文奚落他的时候，鲁迅挺身而出表彰他对中国革命的贡献：“以大勋章作扇坠，临总统府之门，大诟袁世凯的包藏祸心者，并世无第二人；七被追捕，三入牢狱，而革命之志，终不屈挠者，并世亦无第二人：这才是先哲的精神，后生的楷范。”因此，“我以为先生的业绩，留在革命史上的，实在比在学术史上还要大”[②]。鲁迅临终前最后一篇文章就是《因太炎先生而想起的二三事》，文章未写完鲁迅就去世了。

鲁迅对于辛亥革命的结果——中华民国，揭露其弊端丝毫不留情面，但这也是“哀其不幸，怒其不争”，因为鲁迅一贯认为，你要让他好就要指出他的病症以便疗救。从“五四”后悲哀“日日偷挖中华民国的柱石的奴才们，现在止不

① 鲁迅：《且介亭杂文末编·〈出关〉的“关”》。

② 鲁迅：《且介亭杂文末编·关于太炎先生二三事》。

的临终的苦楚，你倒以为对得起他们么？[①]

然而金心异说，几个人起来就不能说没有毁坏铁屋的希望。鲁迅虽然深陷绝望之中，是故以"绝无窗户而万难破毁的"铁屋子象征中国文化，以昏睡的人们象征国民；但是，他又不能抹杀金心异的"希望"，"因为希望是在于将来，决不能以我之必无的证明，来折服了他之所谓可有，于是我终于答应他也做文章了，这便是最初的一篇《狂人日记》"。鲁迅这段话清楚地表明了他因深陷绝望而迟迟不肯出山的理由，因此，鲁迅一介入新文化运动，就显出与众不同的特点：他并不确信新文化运动就一定能唤醒民众，能给中国带来多少生机；他的出山只是"未能忘怀于当日自己的寂寞的悲哀"，从而"与绝望抗战"。也许1925年鲁迅在给许广平的信中，对这一点解释得最清楚："我常觉得惟'黑暗与虚无'乃是'实有'"，但是，"我终于不能证实：惟黑暗与虚无乃是实有。"于是就偏向"黑暗与虚无"作"绝望的抗战"。[②]

因此，鲁迅的这种悲观情绪就与《新青年》同人所张扬的乐观主义构成了矛盾冲突。新文化运动是一场文化启蒙运动。凡称作启蒙运动者，正如暗夜之中点亮了火炬，其基调应该是光明的、理性的、乐观的，而不应该有"黑暗与虚无"的悲观色调。启蒙的前提应该是，少数人是清楚明白的，多数人则是迷惘混沌的，少数的启蒙者以真理的光芒将多数人从迷惘混沌的暗夜中引导出来，就是启蒙。然而，这里忽略了一个重要的前提，就是将启蒙的对象引出暗夜，必有幸福快乐的光明前景。换句话说，启蒙者的口袋里装有通向幸福快乐的钥匙，人们才会跟着他走，否则，如果走出暗夜后摆在面前的只是苦果，那么，这种启蒙对于启蒙对象就不会有吸引力。以陈独秀为首的《新青年》同人，就向启蒙对象展示了走出暗夜后就会有幸福快乐的乐观前景，在实行民主尊重人权的国度里，每个人可以发展个性，婚姻自由而不再有无爱的痛苦，真如陈独秀在《人生真义》中所描绘的，"个人生存的时候，当努力造成幸福，享受幸福"……可以说，这与法国启蒙学者所描绘的理性王国相差不大。但是，独有鲁迅与众不同。鲁迅的悲观情绪在我们对《狂人日记》和《药》的分析中已经有所显露，这里想着重指出的是，鲁迅的悲观情绪并非只是出于对改造国民性的无望，而在于他对启蒙之后情状的认识根本就与陈独秀等人不同，这重要的一点在鲁迅研究界似乎还无人指出。由于受老庄、拜伦、叔本华、尼采等人的影

---

① 鲁迅：《呐喊·自序》。

② 鲁迅：《两地书·四》。

响较大，鲁迅从一开始就不是以一个常识的思想家面世的，而是认识到了生命之树与知识之树的巨大冲突。因此，鲁迅认为，梦醒的人是痛苦的，而“做梦的人是幸福的”[①]。总之，“人若一经走出麻木境界，便即增加苦痛，而且无法可想。所谓‘希望将来’，不过是自慰——或者简直是自欺——之法，即所谓‘随顺现在’者也一样。必须麻木到不想‘将来’也不知‘现在’，这才和中国的时代环境相合，但一有知识，就不能再回到这地步去了”[②]。为什么说“希望将来”是一种自欺之法呢？因为抛开了当下此刻的存在，而去“希望将来”，这种希望“正如信徒的上帝”。因此，与陈独秀等人以预约的甜果去唤醒国民不同，鲁迅在国民清醒后所能给的，只是苦果。鲁迅看到，选择生命之树的中国人还在昏睡，而选择知识之树的西方人则兴旺发达。[③] 因此，鲁迅为了民族的振兴就试图以恶魔的“恶声”惊醒国民。然而，在一个“乐生”、“善摄生”、“好死不如懒活着”的国度里，让国民自觉地去尝梦醒后的苦果，国民怎么会乐意呢？由此恰好构成了陈独秀等人的“乐观启蒙”与鲁迅的“悲观启蒙”的巨大差异。

在《新青年》的同人中，当时影响较大的依次是陈独秀、胡适、钱玄同，周氏兄弟的影响也很大，周作人的影响当时在鲁迅之上。其中，鲁迅、钱玄同、周作人都是章太炎门下的学生，他们的共同特点是反传统的激进性以及强调个性解放。尽管三个弟子已将先生张扬的国粹说成是“脓疮”、“屁话”，但是这仍与章太炎反对一切传统束缚、强调个性解放与道德文化的作用分不开。周作人在当时众所公认的贡献，是倡导文学的“思想革命”，这与鲁迅的“改良思想，是第一事”相合，而与胡适的形式主义文学改良观相左。但是，鲁迅对周作人热心的“新村主义”却一点不热心，对于钱玄同相邀讨论世界语也不感兴趣，而是集中全力毁坏传统的铁屋子。这是鲁迅的特点。《新青年》发起的伦理道德革命是同人们都介入的，但是，如果说陈独秀、李大钊偏于哲学、政治并急于给中国找到一条光明的出路，胡适偏于形式主义的文学改良——白话文学，那么，鲁迅则偏于反传统和改造国民性。

尽管鲁迅在新文化运动中具有与众不同的文化品格，但是，新文化运动对鲁迅的文化选择还是有影响的。鲁迅说：“既然是呐喊，则当然须听将令的了”，“必须与前驱者取同一的步调的”，所以，“我的作品在《新青年》上，步调是

---

① 鲁迅：《坟·娜拉走后怎样》，《呐喊·自序》。

② 鲁迅：《两地书·六》。

③ 详见拙著《生命之树与知识之树》，北京大学出版社2010年修订版。

蒙家陈独秀也有不理性的地方，他在《文学革命论》中提倡写实的“社会文学”的时候，却奉浪漫派的雨果与颓废派的王尔德为经典；而乐观的实验主义者胡适也有不乐观的地方，从而极力推崇“易卜生主义”。从这一点就可以看到新文化运动“拿来”的诸多思潮的矛盾与冲突。因此，新文化运动的质的规定性不是理性的启蒙，而是整体反传统与西化，是以西方的道德价值来评判中国的文化传统。就此而言，鲁迅对于“五四”最有代表性。鲁迅反传统之激进彻底，对传统的罪恶解剖之深，是为同时人所不及的；尽管鲁迅对传统的承担也超过了同时代人。“五四”以新文化对传统文化的批判，落实到现实中就是以新的价值观念对国民性的改造。陈独秀开始很注重国民性的改造，但不久就由文化批判转向政治革命了；胡适本来就不注重改造国民性，后来又去提倡“好政府主义”了。只有鲁迅，终生致力于改造国民性。“五四”文化精神的一个重要内容，就是毁坏传统的伦理整体，也就是破坏“亲情专制主义”的社会基础，提倡个性解放。在这一点上，鲁迅留日时期的极端的“任个人”与“张个性”，可以说是新文化运动的先导。因此，认为鲁迅之于“五四”没有代表性，是没有道理的。尽管鲁迅后期部分地扬弃了“五四”，但并没有抛弃“五四”，这包括鲁迅的批儒道，贬屈原，也包括鲁迅的承继者胡风、路翎等人对“五四”精神的发扬。

由此可见，国内的一些鲁迅研究者仅仅从常识的角度去理解鲁迅，其目的是想树鲁迅为新文化运动的正统和正宗，但却往往抹杀了鲁迅思想的独到性、深刻性和复杂性；而国外一些学者却反其道而行之，在强调鲁迅思想深刻独到的一面时，却又抹杀了鲁迅与新文化运动步调一致的一面。这都没有看到鲁迅思想性格的复杂性。鲁迅在激烈抨击传统的时候，确实又有迷恋传统的一面，甚至在道德和审美等方面还在承担着传统。鲁迅在以科学反迷信时，确实又感到科学并不能解决人的信仰和价值问题，不能满足人的形而上的要求；所以他对于自己背着的古老的鬼魂，对于死后的状态等等，又有超乎同时代人的兴趣。[①] 鲁迅在支持、倡导理性的启蒙时，却发觉理性的钥匙并不能将生命奥秘的大门打开。鲁迅与新文化倡导者一同张扬知识的时候，只有他感到了知识之树与生命之树的悖反；于是他选择知识之树就不像陈、胡那样乐观，甚至还留恋生命之树。鲁迅力倡个性解放，以“个人的自大”反对“合群的自大”，但他又看到了君主专制能使国家形成一个强有力的整体，而个性的自由对整体

---

① 夏济安：《鲁迅作品的黑暗面》，见乐黛云编：《国外鲁迅研究论集》，北京：北京大学出版社，1981年，版次下同不复注。

的破坏却又会削弱国家的强有力:“思想一自由,能力要减少,民族就站不住。”[1]此外,鲁迅还看到了“知识和强有力是冲突的”,自由、平等、民主之间的矛盾,真实与伦理的冲突(《我要骗人》),个性、真实与爱情的对立(《伤逝》)[2]……然而,在一般公开的场合,鲁迅是力倡前者的,后者只是在他的作品中隐含着的,需经深入的分析才可发现。前者往往是常识性的,是鲁迅为了民族的利益故意与理性的启蒙者采取同一步调的;而这样做的根据是,鲁迅以为要新民救国,这种常识性的启蒙也是非常必须的。在这方面,鲁迅所做的工作并不比同时代的其他人差。而后者则表现了鲁迅与众不同的思想特色,是从传统到现代化的过渡中鲁迅思想的真实而深刻的反映。因此,鲁迅不仅是新文化运动的启蒙家,鲁迅思想的种种矛盾和冲突也典型地表现了中西文化撞击后中国知识分子深刻复杂的心灵危机。

新文化运动在近代中国的文化冲突中是一条分界线。在此之前,是一浪高过一浪的向西方学习的大潮,到新文化运动达到了西化的最高峰;在此之后,是从西方来的新文化怎样与中国的具体实际相结合的过程,是新文化真正对中国社会施加影响的过程,也是向中国文化妥协的“中国化”的过程。在这个过程中,有几个值得注意的问题。首先,是表面上的西化而实际上的中国化的过程,这一过程就是中国文化传统的内在认同机制对蜂拥而来的西方文化的选择与变形。因为事实上,全盘西化是不可能的。西方文化有古代、中世纪、近代与现代之分,现代又有诸多的文化流派。就新文化运动所介绍的西方文化来看,就有共产主义(李大钊以及稍后的陈独秀)、实用主义(胡适)、经验论哲学、逻辑实证主义、基尔特社会主义(罗素来华讲学)、现代人学思潮与尼采的超人哲学(鲁迅等)以及无政府主义等等。这些文化思潮确有国别特色,譬如英国的经验论与实证主义,美国的实用主义,但是,在西方社会中,它们又往往是并存的,显示了现代西方的文化多元化特征。然而,中国传统文化的内在认同机制却不管知识分子的西化意愿,它在民族救亡的内驱力作用下,选择那些在文化深层最能与中国传统的价值认同的东西;但同时却又要保持着西方文化的外在符号,以满足知识分子的西化意愿。而共产主义与中国的大同理想,“共产”与传统的“均贫富”,共产主义新道德与传统的泛道德主义,均有

---

① 鲁迅:《集外集拾遗补编·关于知识阶级》。

② 上述鲁迅的矛盾冲突被国内鲁迅研究者普遍忽视了,而这才是“五四”时期鲁迅最显著的特色。

可认同之处，更何况共产主义对可恨的侵略中国的资本主义的文化超越，比哪一种西方文化思潮都更能满足中国知识分子的民族自尊心，而共产主义所追求的整体——联合体，比哪一种西方文化思潮都更接近中国传统的整体性，而不像后者倡导个人与整体的分离。因此，中国知识分子接受共产主义，是有其文化土壤的。[①] 像港台与海外的一些学者那样，忽视了中国传统文化的认同机制对西方文化的扭曲变形，甚至认为"文革"是"五四"的结果，是难以服人的。[②]

其次，新文化运动是在军阀割据、没有人对文化领域进行干预的情况下狂飙突起的。很难设想，在大一统之时会允许这么一场激进的文化运动发生，从这个意义上说，新文化运动还是辛亥革命使传统的整体崩溃的结果。但是，优势的反面就是劣势。传统的整体瓦解了，但是，新文化运动也无法通过一个强有力的整体自上而下地进行启蒙。结果，新文化运动只是知识分子之间的启蒙，而与真正需要启蒙的广大民众无关。就此而言，新文化运动的启蒙层面还不如戊戌变法。这就逼迫知识分子为了启蒙民众，去寻求一个强有力的整体。而且新文化运动在没有对中国的文化传统进行全面反省的情况下，就抛弃传统而想在短短的时间里一口气吃完西方几百年的文化成果，就造成了消化不良等后遗症，甚至造成了一种"唯新是趋"的文化现象。但是，文化的发展若不与经济的发展齐头并进，就是没有基础的空中楼阁，其后果是，文化上的新来新去很可能在趋新者不自觉的情况下"新"到旧的怀抱中。

新文化运动之后，鲁迅与整个时代的变迁基本上保持着一致。如果说《呐喊》还在致力于文化启蒙，那么，在《彷徨》中，文化启蒙也发生了严重危机。鲁迅看不到启蒙的乐观前景，看到的只是被唤醒了的个性一一毁灭、沉沦而社会依旧的悲剧。这种极度悲凉的心理，加之传统价值的崩溃，使鲁迅产生了一种形而上的孤独感与荒诞感，一种具有本体意义的向死而在的苦闷感。这种乔伊斯、艾略特所深切感受到的悲凉，这种属于现代的艺术意识，在鲁迅的《野草》中得到了充分的表现。然而，与现代主义作家不同的是，鲁迅即使在最苦闷的时候，也没有颓唐到玩世不恭像荒诞派戏剧所表现的那样，也没有像艾略特那样试图回到古典主义与宗教中去，而是执着于改造国民性，执着于对社会

① 详见拙著《生命之树与知识之树》，《现代中国的生命适应》一节。

② 详见拙作《"寻根"与"拿来"》，载《中国文化报》，1988 年 5 月 1 日；《"五四"与文革》，《法言》（香港），1990 年第 10 期。

邪恶的抗议。《狂人日记》所表现的启蒙与被启蒙者的悖反，也适合于《野草》时期的鲁迅，就是愈启蒙愈感孤独，愈孤独愈想启蒙。然而，国民党的清党震惊了鲁迅，他感到了自己的启蒙只是在为别人制造"醉虾"。鲁迅以个性主义为启蒙内容、以救国救民为个性主义目的的启蒙，遇到了严重的挑战，致使鲁迅搁笔而想以"麻痹"和"忘却"的老法子自救。恰在这时，创造社与太阳社向鲁迅发起了"笔尖的围攻"。鲁迅在思考：他感到了个人的无力与整体的强有力，他感到共产党的解救民众与自己的改造国民性在"为大众"一点上是一致的……但鲁迅没有放弃启蒙，所以当钱杏邨发表《死去了的阿Q时代》时，鲁迅回之以《铲共大观》。在论战中，鲁迅读了一些马列主义的著作，看到了苏联建设的成功与资本主义世界的经济大危机，于是在救国救民的内驱力作用下，鲁迅义无反顾地转变成共产主义者。在这一转变中，最大的障碍是怎样对待群众，因为依靠群众与改造国民性是冲突的。鲁迅成为共产主义者之后，辩证的观点使鲁迅既看到了群众的优点，也看到了他们的精神创伤，所以鲁迅继续改造国民性的启蒙，强调"为大众"是为了提高大众，而不是迎合与媚悦大众。[①] 这种辩证观点在对待传统上就是"批判继承"，在个人与整体的关系上就是个人与整体的自由的合一。因此，鲁迅后期提倡的"拿来主义"方法，虽然主要是指"拿来"西方文化，但对中国传统文化也同样适合。

① 鲁迅：《且介亭杂文·门外文谈》。

鲁迅的中西文化比较观

作为中西文化合璧的文化巨人，鲁迅虽然很少做中西文化的比较专论，但是我们读《鲁迅全集》，又会感到鲁迅时时对中西文化进行比较。鲁迅对中国国民性的剖析，就是以西方文化为参照系的，尽管这种比较是隐含着的。然而有时从字面上看，鲁迅对国民性的认识竟矛盾得难以并存。鲁迅前期推崇西方的个人主义，并以“个人的自大”反对“合群的自大”，认为中国历来就以“多数”扼杀天才；[①]但是，鲁迅又说中国人多流为“个人主义者”。[②] 鲁迅屡屡对国民性的“懒惰”进行文化上的反省[③]，但在《中国小说史略》中又说中国人“其生也勤”。因此，简单的寻章摘句法和机械的归纳法，都不利于认识鲁迅中西文化比较观的特色，甚至会造成鲁迅反对鲁迅的现象。我们试图以中国文化的早熟和西方文化的正常发展为比较的起点，对鲁迅的中西文化比较观及其对国民性的剖析，进行总体把握，以求准确的理解。

一、早熟与正常发展：鲁迅的比较起点

早在1907年的《人之历史》中，鲁迅就介绍了海克尔的“系统树”——种系发生学，认为“个体发生，实为种族发生之反复，特期短而事迅者耳”。就个体的发生来看，人最早是认识客体，由幻觉的认识到抽象的认识，随着青春的觉

---

① 参见《坟·文化偏至论》、《热风·三十八》等。

② 鲁迅：《集外集·文艺与政治的歧途》。

③ 鲁迅：《坟·论睁了眼看》。

醒带来人的自觉,才由认识客体转向认识主体。西方文化的发展就是如此。正如马克思所说的,古希腊人作为人类发展的“正常的儿童”[①],具有人类成年时代不可能具有的想象力,中古宗教使西方人像迷信自我虚构的人格神的少年,一直到启蒙运动,西方人才逐渐向人类的少儿阶段告别。伴随着这种告别的,是哲学上由偏于探讨客体转向主体,从而把“认识自我”视为“哲学探究的最高目标”;[②]是美学上的“摹仿说”转向“表现说”,从而使西方的史诗传统向抒情诗传统转化。但是,“中国古代的神话材料很少,所有者,只是些片段的,没有长篇的,而且似乎也并非后来散亡,是本来的少有”[③]。中国也没有像西方那样完善的宗教、神学。从先秦时代兴起,并规定了中国文化发展方向的,是以人为本的理性哲学和现世的生命哲学,是注重主体内省和人格完善的哲学的人学。中国的美学也是一种表现美学,不讲求对客体的精确描摹,而讲求在礼的制约下情感的宣泄,从而形成了中国古代文学的抒情诗传统。由于中国文化的早熟,西方到了摆脱少儿时代的想象和迷狂的启蒙运动,许多先觉者如伏尔泰等才对中国文化产生了极大的兴趣。鲁迅对中国文化的早熟以及由此形成的“少年老成”的民族性格,有深刻的认识。鲁迅认为外国的孩子像孩子,而中国的孩子却像“缩小的成人”[④]。因此,鲁迅把中国人称为“前辈老先生,还有后辈而少年老成的小先生”[⑤]。中国“青年的精神未可知,在体质,却大半还是弯腰曲背,低眉顺眼,表示着老牌的老成的子弟,驯良的百姓”[⑥];中国的家庭素以孩子的老成、大样、本分、听话为美德,而“私塾的先生,一向就不许孩子愤怒,悲哀,也不许高兴”[⑦]。“少年尚且老成,老年当然成老”[⑧]。鲁迅由中国人的早熟推及中国文化的早熟,鲁迅说:“孔丘先生确是伟大,生在巫鬼势力如此旺盛的时代,偏不肯随俗谈鬼神;但可惜太聪明了,‘祭如在祭神如神在’,只用他修《春秋》的照例手段以两个‘如’字略寓‘俏皮刻薄’之意,使人一

---

① 《马克思恩格斯选集》第2卷,北京:人民出版社,1972年,第114页。

② [德]恩斯特·卡西尔:《人论》,甘阳译,上海:上海译文出版社,1985年,第3页。

③ 鲁迅:《中国小说的历史的变迁》第一讲。

④ 鲁迅:《坟·我们现在怎样做父亲》。

⑤ 鲁迅:《集外集拾遗·诗歌之敌》。

⑥ 鲁迅:《坟·论睁了眼看》。

⑦ 鲁迅:《南腔北调集·论语一年》。

⑧ 鲁迅:《二闲集·我的态度气量和年纪》。

时莫名其妙，看不出他肚里的反对来。”所以，鲁迅称孔子为“深通世故的老先生”[①]。正是这位深通世故的老先生，在我们民族的少儿阶段，就不赞成没有实际根据而对世界进行幻觉的认识、想象的把握；而奥林匹斯山上以宙斯为首的庞大神话系统，却闪耀着人类童年时代的智慧。站在20世纪，我们很可以像伏尔泰那样，把《圣经》看成是“一个有疯狂病的无知者在一个极坏的地方写的著作”，《圣经》中的许多神话被现代科学已证其谬；但是，现代科学对《论语》却无可奈何，《论语》中没有神话，“子不语怪力乱神”，所有的是教人治国做人的格言。即使对占卜用的《易经》，儒家也将其哲学化了。现代人读古希腊、罗马神话和《圣经》有一种历史感，觉得是人类童年和少儿时代的产物；而读《论语》则没有这种历史感，却像是接受一位道德老人的教训。鲁迅感叹说：“中国大约太老了。”[②]

从个体的成长来看，孩童和少儿不务实际而好作幻想，成人则务实际而少幻想。因此，中国文化的早熟还表现在中国人从古就少幻想而尚功用、务实际。自鸦片战争之后，许多人就认为中国文化“尚虚”而西方文化“务实”；直到“五四”新文化运动之后，还有人把西方文明与物质文明等同，或崇尚西方的物质文明，或漫夸中国的精神文明。鲁迅为中西文化“寻根”的结果，得出了与此截然相反的结论。鲁迅认为，“中国在昔，本尚物质”[③]。鲁迅并不是说中国人崇尚哲学上的唯物主义，而是说“人人之心，无不泐二大字曰实利”[④]，也就是崇尚看得见摸得着的物质——富贵荣华。在中国，墨家和法家的沾沾于利是众所周知的，就是孔学，也并非像有些人所说，是非功利的。与西方古代文化相比，孔学也是尚功用、务实际的。孔子说：“富而可求也，虽执鞭之士，吾亦为之。”[⑤]所谓“可求”，即必须有一个“义”的前提，就是把伦理秩序的稳定看得高于一切，所以儒家从来都没有表现出古希腊人那种追求知识的热情。孔子说：“诵诗三百，授之以政，不达；使于四方，不能专对；虽多亦奚以为？”[⑥]充分显示了儒学的实用特性。因此，鲁迅在谈到中国神话时说：“孔子出，以修身齐家治

---

① 鲁迅：《坟·再论雷峰塔的倒掉》。
② 鲁迅：《两地书·四》。
③ 鲁迅：《坟·文化偏至论》。
④ 鲁迅：《坟·摩罗诗力说》。
⑤ 《论语·述而》，杨伯峻：《论语译注》，北京：中华书局，1980年，版次下同不复注。
⑥ 《论语·子路》。

国平天下等实用为教，太古荒唐之说，俱为儒者所不道。”[①]中国的神话与西方神话的一个重大不同，就是具有鲜明的现世功利目的，诸如补天、射日、治水等等，而较少出于以幻觉和想象的形式去把握宇宙的认识动机。中国哲学与西方古典哲学的一个重大不同，就是很少形而上学的探索，而更多是切中时事政务、为人处事的训条。中国的科技与西方科技的一个重大不同，就是注重实用技术，而忽视理论科学；中国发达的一般是与农业、手工业或生命本身有关的学科，一旦达到实用的目的，也往往不去进行科学的深究。因此，鲁迅认为中国人没有更高的精神追求，而只顾眼前利益的所得。阿Q革命的三大理想，就是把眼前所恨的人除掉、发财、挑女人。《孤独者》对中国人沾沾于利的描写，更是入木三分。鲁迅说：“现在的中国，社会上毫无改革，学术上没有发明，美术上也没有创造；至于多人继续的研究，前赴后继的探险，那更不必提了。国人的事业，大抵是专谋时式的成功的经营以及对于一切的冷笑。”[②]鲁迅甚至认为：“中国历史的整数里面，实在没有什么思想主义在内，这整数只是两种物质，——是刀与火，‘来了’便是他的总名。”于是，鲁迅让中国人把眼光放远些，对外来的主义加以关切，否则，“便永远只能看见物质的闪光”[③]。

与中国文化的尚功用、务实际相比，西方古代文化就给人以好作幻想、不务实际的印象，无论是古希腊罗马的神话系统，还是托马斯·阿奎那庞大的神学体系，都显示了这一点。因此，当人们崇尚西方的“黄金黑铁”时，鲁迅却在对西方高度发达的物质文明的由来进行文化的反思。鲁迅认为，古希腊人出于对自然的惊异感而“冀直解宇宙之元质”，虽然，“探自然必赖夫玄念（抽象概念），而希腊学者无有是”，致使“其说无当”；但是，这只反映了人类少儿时代抽象思维能力的薄弱，“然其精神，则毅然起叩古人所未知，研索天然，不肯止于肤廓，方诸近世，直无优劣之可言”[④]。即使奥林匹斯山庞大的神话系统，也是古希腊人以幻想的形式对自然的认识，这一点马克思在《〈政治经济学批判〉导言》中有充分的论述。西方人对自然的认识由幻觉的、想象的到逻辑的、抽象的，一步步向高级发展。因此，鲁迅以历史的观点对以幻想把握宇宙的方式进行了肯定：“世有哂神话为迷信，斥古教为谫陋者，胥自迷之徒耳，足悯谏也。”

---

① 鲁迅：《中国小说史略·第二篇》。

② 鲁迅：《热风·随感录四十一》。

③ 鲁迅：《热风·随感录五十九“圣武”》。

④ 鲁迅：《坟·科学史教篇》。

而西方人前仆后继研索天然的结果,使西方的理论科学相当发达:"奈端(牛顿)发见至卓,特嘉尔(笛卡尔)数理亦至精,而世人所得,仅脑海之富而止;国之安舒,生之乐易,未能获也。"但是,正因为有了理论科学的前提,西方近代才会结出丰硕的实用科学之果。鲁迅说:"试察所仪,岂在实利哉?然防火灯作矣,汽机出矣,矿术兴矣。"因此,鲁迅认为"兴业振兵之说","按其实则仅眩于当前之物,而未得其真谛"[①]。西方文化的正常发展表现在,西方人正是从不务实际而好作幻想的孩童时代,步入讲实际尚功用的实证主义和实用主义,并由理论科学的发达催生了实用技术的繁荣。"至十九世纪,而物质文明之盛,直傲睨前此二千余年之业绩"[②]。所以,鲁迅认为,"居今之世,不与古同,尊实利可,摹方术亦可",但是,"进步有序,曼衍有源,虑举国惟枝叶之求,而无一二士寻其本,则有源者日长,逐末者仍立拨耳"[③]。

二、阴柔与阳刚:鲁迅对中西文化性格的比较

鲁迅认识到,中国文化所塑造的与西方文化精神迥异的民族性格,是阴柔性格。含蓄而不露锋芒,以内向性格为美德,也是儒家的道德教训;而老子进一步让人们像雌性一样处于下的被动的地位,甘为天下的沟谷:"知其雄,守其雌","知其荣,守其辱,为天下谷。为天下谷,常德乃足"。[④] 老子倡导"不争",要"生而不有,为而不恃",[⑤]并认为委曲才能求全:"曲则全,枉则直。"[⑥]老子说:"人之所恶唯孤、寡、不谷,而王公以为称。"[⑦]鲁迅在谈到他儿时当和尚时说:"中国有许多妖魔鬼怪,专喜欢杀害有出息的人,尤其是孩子;要下贱,他们才放手,安心。和尚这一种人……是下贱之流。""这和名孩子为阿猫阿狗,完

---

① 鲁迅:《坟·科学史教篇》。

② 鲁迅:《坟·科学史教篇》。

③ 鲁迅:《坟·文化偏至论》。

④ 鲁迅:《老子》第28章,任继愈:《老子新译》,上海:上海古籍出版社,1985年,版次下同不复注。

⑤ 鲁迅:《老子》第2章。

⑥ 鲁迅:《老子》第22章。

⑦ 鲁迅:《老子》第42章。

全是一样的意思:容易养大。"[1]可见,老子的道德教训已进入迷信,成为国民的普遍心态。而西方文化塑造的则是阳刚性格,如果说在古代还有神君临其上的话,那么到了近代这一点就更显著。罗素就曾从中西文化比较的角度,感叹西方人的占有欲太强烈。因此,西方人的走向不是洼地、沟谷,而是崇山峻岭。西方人富有锋芒毕露的外向性格,富有主动性、攻击性、占有性和侵略性。鲁迅正是要改造中国人的阴柔性格,而代之以阳刚性格。鲁迅批判中国人的奴隶性,批判调和折中、委曲求全的国民心态,甚至厌恶绵绵缠缠的苏州话。留日时期,鲁迅就陆续把西方典型的阳刚性格加以介绍,以图惊醒国民。《斯巴达之魂》介绍了宁死也不肯为奴的斯巴达尚武精神,《摩罗诗力说》介绍了"刚健不挠"、"争天抗俗"的摩罗性格,《文化偏至论》则介绍了"以反抗破坏充其精神"的西方现代哲学思潮。鲁迅特别喜欢尼采和拜伦,"尼怯之所希冀,则意力绝世,几近神明之超人也";拜伦"所遇常抗,所向必动,贵力而尚强,尊己而好战……故其平生,如狂涛如厉风,举一切伪饰陋习,悉与荡涤,瞻顾前后,素所不知;精神郁勃,莫可制抑,力战而毙,亦必自救其精神;不克厥敌,战则不止"。鲁迅终生厌恶柔和纤巧之音,力倡刚健雄大的"力之美"。如果说鲁迅留日时期着眼于西方阳刚性格的介绍,"五四"时期着眼于对中国阴柔性格的剖析和批判,那么,鲁迅成为马克思主义者之后,则化为一个刚健不挠的战士,向一切恶势力袭击,"不克厥敌,战则不止"。这正是为什么鲁迅不"平和"而喜欢"骂人",并在一些人眼里显得"刻薄"的原因。

老子对中国人阴柔性格的塑造,还表现在对刚健强梁者的诅咒:"强梁者不得其死"[2],从而赞美娇弱温柔的水性:"弱者道之用"[3],"上善若水,水善利万物而不争"[4]。儒家的"温柔敦厚"、"温良恭俭让"与老子所要塑造的国民性并无冲突,只是儒家还让人"自强不息",而不像老子对阴柔性格如此推崇。老子的道德教训已化为中国人的格言:"刚强是惹祸之胎,柔软是立身之本。"但是老子却认为,"柔弱胜刚强"[5],"天下莫柔弱于水,而攻坚强者莫之能胜"[6],

---

① 鲁迅:《且介亭杂文末编·我的第一个师父》。
② 《老子》第 42 章。
③ 《老子》第 40 章。
④ 《老子》第 8 章。
⑤ 《老子》第 36 章。
⑥ 《老子》第 78 章。

故“天下之至柔，驰骋天下之至坚”[①]。这种《道德经》就塑造了中国“以柔克刚”的民族心理。鲁迅说：“无论是何等样人，一成为猛人，则不问其‘猛’之大小，我觉得他的身边便总有几个包围的人们，围得水泄不透。那结果，在内，是使该猛人逐渐变成昏庸，有近乎傀儡的趋势。在外，是使别人所看见的并非该猛人的本相，而是经过了包围者的曲折而显现的幻形。至于幻得怎样，则当视包围者是三棱镜呢，还是凸面或凹面而异。”于是，猛人听不见外面世界的真意见，以为万事大吉、天下太平；一旦外面世界的洪流冲进包围者的圈里，猛人也就塌台了。“包围者便离开了这一株已倒的大树，去寻求别一个新猛人”。“中国之所以永是走老路，原因即在包围，因为猛人虽有起仆兴亡，而包围者永是这一伙”[②]。鲁迅认为，中国人对于皇帝也有以柔克刚的“愚君政策”：“呆不可言的皇帝，似乎大可以不要了。然而并不，她以为要有的，而且应该听凭他作威作福。至于用处，仿佛在靠他来镇压比自己更强梁的别人，所以随便杀人，正是非备不可的条件。然而倘使自己遇到，且须侍奉呢？可又觉得有些危险了，因此只好又将他练成傻子，终年耐心地专吃着‘红嘴绿鹦哥’。”[③]鲁迅认为中国人对于异族的强者也有以柔克刚的法子：“从小以来，什么‘乾隆是从我们汉人的陈家悄悄的抱去的’呀……早听的耳朵里起茧了”，“这一个满洲‘英明之主’，原来竟是中国人掉的包，好不阔气，而且福气。不折一兵，不费一矢，单靠生殖机关便革了命，真是绝顶便宜”。[④] 而古时候用女人去和番，也是一种以柔克刚的法子。中国人富有随机应变的灵活性，所谓“识时务者为俊杰”，然而应变的目的不是学习而是去同化别人，也就是以柔克“异”，以柔克“新”。鲁迅说：“谁说中国人不善于改变呢？每一新的事物进来，起初虽然排斥，但看到有些可靠就自然会改变。不过并非将自己变得合于新事物，乃是将新事物变得合于自己而已。佛教初进来时便大被排斥，一到理学先生谈禅，和尚做诗的时候，‘三教同源’的机运就成熟了。听说现在悟善社里的神主已经有了五块：孔子，老子，释迦牟尼，耶稣基督，谟哈默德。”[⑤]在《三国演义》中，智慧（诸葛亮）、刚勇（五虎将）之所以在刘备手下服服帖帖，就因为刘备有仁义加眼泪的

① 《老子》第43章。

② 鲁迅：《而已集·扣丝杂谈》。

③ 鲁迅：《华盖集续编·谈皇帝》。

④ 鲁迅：《花边文学·中秋二愿》。

⑤ 鲁迅：《华盖集·补白》。

怀柔政策，是一个以柔克刚的典型人物。但是，鲁迅认为中国人的“贵柔”“守雌”是卑怯的掩饰、失败的托词、“蜷伏堕落而恶进取”的表现。在鲁迅看来，中国人若真是贵柔守雌，就不该贪婪，但是，中国人的卑怯与贪婪是相联系的，“最大的病根，是眼光不远”，自欺欺人。[①] 于是，“中国人但对于羊显凶兽相，而对于凶兽则是显羊相，所以即使显着凶兽相，也还是卑怯的国民”[②]。鲁迅认为应当正视屈辱、宣传屈辱，使中国人从自欺中走出来：“在事实上，亡国一次，即添加几个殉难的忠臣，后来每不想光复旧物，而只去赞美那几个忠臣；遭劫一次，即造成一群不辱的烈女，事过之后，也每每不思惩凶，自卫，却只顾歌咏那一群烈女。”[③]于是，“火从北来便逃向南，刀从前来便退向后，一大堆流水帐簿，只有这一个模型”[④]。与软体的中国文化不同，西方文化则是僵硬的、明确的，就连西方文化的重要载体印欧语系语言也是如此，而不似汉语的灵活多义。[⑤] 因此，鲁迅让中国人向刚健不挠的西方精神学习，不是以柔克刚，而是以刚对刚：“对手如凶兽时就如凶兽，对手如羊时就如羊！”[⑥]不仅如此，鲁迅认为中国的刚健自强者也不要被柔软的国民给“克”了，鲁迅引尼采的话说：“他们又拿着称赞，围住你嗡嗡的叫：他们的称赞是厚脸皮。”[⑦]于是，鲁迅想望“这样的一种战士”：无论他遇见的怎样“对他一式点头”，或者“再见一式的点头”，也无论“那些头上”绣什么好名称，头下各样的外套绣什么好花样：“学问，道德，国粹，民意，逻辑，公义，东方文明……”“但他举起了投枪！”甚至“在这样的境地里，谁也不闻战叫：太平。太平……但他举起了投枪！”[⑧]

鲁迅说：“老子书五千语，要在不撄人心；以不撄人心故，则必先自致槁木之心，立无为之治；以无为之为化社会，而世即于太平。”[⑨]因此，老子还塑造了中国人好静的阴柔性格。老子说：“静为躁君”[⑩]，因而就应该清静无为，以“清

---

① 鲁迅：《两地书·一〇》。
② 鲁迅：《华盖集·忽然想到七》。
③ 鲁迅：《坟·论睁了眼看》。
④ 鲁迅：《热风·随感录五十九“圣武”》。
⑤ [挪威]J.加尔通《结构，文化和语言》，载《国外社会科学》，1985年第8期。
⑥ 鲁迅：《华盖集·忽然想到七》。
⑦ 鲁迅：《热风·随感录四十六》。
⑧ 鲁迅：《野草·这样的战士》。
⑨ 鲁迅：《坟·摩罗诗力说》。
⑩ 《老子》第26章。

静为天下正"[①]。老子打了个比方说，雌性所以经常战胜雄性，就在于它安静而居下："牝常以静胜牡，以静为下。"[②]而儒家的中和理想以及劝人安分守己的道德训条，无疑也塑造了中国人的静态心理。中国也动，但往往动了一阵子又复归到原来的老样子："归根曰静"[③]，而并不出新。马克思和列宁对中国社会的"静止不动"都有论述，而鲁迅则从改造国民性的角度对中国人的静态心理进行了剖析。鲁迅认为中国人的神经"沉静，而又疲弱"[④]："我们大多数的国民实在特别沉静，真是喜怒哀乐不形于色，而况吐露他们的热力和热情。"[⑤]"人民一向是很沉静的，什么传单撒下来都可以，但心里也有一个主意，是给他们回复老样子，或者至少维持现状。"[⑥]鲁迅认为，国民的沉静与古训开辟的文化方向是相联系的："古训所教的就是这样的生活法，教人不要动。不动，失错当然就较少了，但不活的岩石泥沙，失错不是更少么？"[⑦]而西方的罪感文化则是动态的，不稳定的，甚至是惨厉的，人人都觉得生下来就是有罪的，要等待世界末日时上帝的审判。就是在"上帝死了"之后，西方人也没有安于现世而静静地享受生命，却更不安分起来。失去神的束缚之后，西方人就自由地放任其创造冲动和各种欲求，而随着价值体系的崩溃，西方人又感到失去了精神的慰藉，从而在苦闷的荒原上挣扎。因此，鲁迅认为西方"文化常进于幽深，人心不安于固定"[⑧]，时时上征，时时出新，这一点在西方近代就更明显。如果说在中世纪的田园牧歌中还可以感到一种东方式的宁静，那么，在近代充满竞争的工业社会里就会感到越来越不稳当。如果说古代的动荡是外在的、传奇式的，那么，近现代的动荡则是内在的、心灵的。鲁迅也感到了西方文化的这种变异，他说："十九世纪以后的文艺，和十八世纪以前的文艺大不相同。十八世纪的英国小说，它的目的就在供给太太小姐们的消遣，所讲的都是愉快风趣的话。十九世纪的后半世纪，完全变成和人生问题发生密切关系。我们看了，总觉得

---

① 《老子》第45章。

② 《老子》第61章。

③ 《老子》第16章。

④ 鲁迅：《集外集拾遗·〈蕗谷虹儿画选〉小引》。

⑤ 鲁迅：《集外集拾遗·中山先生逝世后一周年》。

⑥ 鲁迅：《书信集·331002致姚克》。

⑦ 鲁迅：《华盖集·北京通信》。

⑧ 鲁迅：《坟·文化偏至论》。

十二分的不舒服,可是我们还得气也不透地看下去。”[①]因此,鲁迅就想以西方近现代的动的观念打破中国人的静态心理:“我以为人类向上,即发展起见,应该活动,活动而有若干失错,也不要紧。”[②]而鲁迅劝青年“少——或者竟不——看中国书,多看外国书”的原因就是:“我看中国书时,总觉得就沉静下去,与实人生离开;读外国书——但除了印度——时,往往就与人生接触,想做点事。”[③]

作为学贯中西的文艺家,鲁迅认识到,阴柔和阳刚还表现在中西的美学理想中。中国美学的理想是中和之美,是物与我、情与景的统一,是围绕着“厚人伦、美教化、移风俗”的情感与理智的统一。儒家“温柔敦厚”的诗教,道家沉醉在自然中的静美理想,使得中国的美偏于和谐的优美。因此,鲁迅认为中国的诗歌大都是“平和之音”,中国的小说和戏剧大都逃不掉“大团圆”的结局,就连中国人心目中的景物也害了“十景病”。鲁迅曾索诸中国诗歌,只有屈原还有点“放言无惮”的抗俗精神,然而即使屈原,“亦多芳菲凄恻之音,而反抗挑战,则终其篇未能见,感动后世,为力非强”[④]。而西方的美却是直线的,悲是悲,喜是喜,而不是圆形的团圆剧。特别是随着人与自然、感情与理性的激烈对立,使得西方的美更偏于崇高、惨厉的“力之美”。朱光潜就说:“西诗偏于刚,而中诗偏于柔。西方诗人所爱好的自然是大海,是狂风暴雨,是峭崖荒谷,是日景;中国诗人所爱好的自然是明溪疏柳,是微风细雨,是湖光山色,是月景。”[⑤]从赞叹荷马的“大文”、绍介“摩罗诗力”开始,鲁迅就试图以西方的阳刚之美冲击中国的阴柔之美,他说:“非有天马行空似的大精神即无大艺术的产生。但中国现在的精神又何其萎靡锢蔽呢?”[⑥]因此,鲁迅批判“大团圆”、“十景病”,讥讽徐志摩温柔和谐的“音乐”,终生厌恶柔和纤巧之音。鲁迅喜欢的是猛虎,是尼采的鹰和蛇,是“只要一叫而人们大抵震悚的怪鸱的真的恶声”[⑦],是愤怒而悲哀地嗥叫的“受伤的狼”[⑧]。鲁迅看取摩罗诗人的是“立意在

---

① 鲁迅:《集外集·文艺与政治的歧途》。

② 鲁迅:《华盖集·北京通信》。

③ 鲁迅:《华盖集·青年必读书》。

④ 鲁迅:《坟·摩罗诗力说》。

⑤ 朱光潜:《诗论·中西诗在情趣上的比较》,三联书店,1984 年。

⑥ 鲁迅:《译文序跋集·〈苦闷的象征〉引言》。

⑦ 鲁迅:《集外集·“音乐”》。

⑧ 鲁迅:《彷徨·孤独者》。

反抗,指归在动作",是"常抗"、"必动"、"贵力"、"尚强"的力之美,特别是拜伦那种令"平和之人"恐惧的"强力"色彩。鲁迅终生厌恶四平八稳的传统戏,而"愿意在无形无色的鲜血淋漓的粗暴上接吻"[①]。因此我们在读鲁迅作品的时候,就会感到一种"动"的欲望,而不像读周作人的"谈酒"、"吃茶"等小品散文那样悠闲、恬淡。

三、生命之树与知识之树:中西哲学观及鲁迅的选择

儒家伦理塑造的中国人,既不像西方古代人那样在自己造出的神面前战战兢兢,甚至以自苦为极,等待着末日审判的来临;也不像近现代的西方人那样尽情地发泄着自己的物欲和性欲,在竞争的荒原上苦闷彷徨;而是肯定人的存在和现实秩序的合理性,想方设法使自己减少烦恼,保持心理上的平衡,适度享受人生的乐趣。儒家强调"礼",但也不让人太理智,因为儒家伦理需要人的伦理情感——以孝为本的"仁"来维系;但也不让人太纵情以致破坏"君君,臣臣,父父,子子"的礼。因此,儒家必然承认人的世俗情感的合理性,甚至誉之为"天下之大本"[②],而诗与乐正可以宣泄人的情欲,因而孔子给诗与乐以很高的地位:"兴于诗,立于礼,成于乐。"[③]但是,情欲的宣泄必须有礼的节制,欲过伤身,"惑而不乐"。于是,礼节民心、和而不同的"礼乐之国"就成为儒家的礼治理想。这样,儒家就建构了非常富有系统性的生命哲学,即把个人纳入家中,把家纳入国中,个人人格的完善必须通过与群体的沟通才能完成。在儒家看来,人的生命不仅是父母的结果,也是祖宗的间接结果,这就导致了祖宗崇拜;而国是家的扩大,君与父并称,皇后就是天下国母,于是又导致了天子崇拜。伦理的温情面纱就这样遮住了人世的不平等,因为无君无父就是"禽兽",[④]儿子天生就不能与父亲平等。这还可以免除因社会的不平等而造成的

---

① 鲁迅:《野草·一觉》。
② 《中庸》,朱熹:《四书章句集注》,北京:中华书局,1983年,版次下同不复。
③ 《论语·泰伯》。
④ 《孟子·滕文公下》。

竞争，所以孔子一方面劝人要安分守已，“君子思不出其位”[①]，另一方面又劝执政者应该公道：“不患寡而患不均，不患贫而患不安。”[②]因为一旦出现竞争，就会破坏人的心理平衡而引起烦恼，就会动，从而破坏整个伦理系统的和谐稳定。这样，儒家的生命哲学就试图把天下国家搞成一个无不平、无烦恼的和乐的大家庭。鲁迅认为“家庭为中国之基本”[③]，可谓一针见血之论。

从鲁迅的价值选择就可以看出他的中西文化比较观。鲁迅继承了儒家世俗的入世的一面，但却以西方近代的个性主义、人道主义和马克思主义为武器，向儒家文明实行袭击。弃医从文之后，鲁迅就要把中国的人际关系从群体的变为个体的，“任个人而排众数”[④]，从而塑造中国人“争天抗俗”的竞争性格、反抗性格。为了充分发挥主体的创造性，鲁迅提出“绝义务”[⑤]，把“尽义务”视为一种“恶声”[⑥]，从而向儒家伦理的“义务”挑战。“五四”之后，鲁迅以“个人的自大”反对“合群的自大”[⑦]，以《狂人日记》来捣毁那个无不平、无烦恼的大家庭。鲁迅认为，中国人“无问题，无缺陷，无不幸，也就无解决，无改革，无反抗”[⑧]。鲁迅倡导的正是西方近代有缺陷、有不平、有苦闷、有反抗的文化，以打破中国人的心理平衡。鲁迅剥去了儒家伦理的“仁义道德”的温情面纱，剩下的就是“吃人”：“因为古代传来而至今还在的许多差别，使人们各各分离，遂不能再感到别人的痛苦；并且因为自己各有奴使别人，吃掉别人的希望，便也就忘却自己同有被奴使被吃掉的将来。于是大小无数的人肉的筵宴，即从有文明以来一直排到现在，人们就在这会场中吃人，被吃，以凶人的愚妄的欢呼，将悲惨的弱者的呼号遮掩，更不消说女人和小儿。”[⑨]直到晚年，鲁迅还在批判儒家伦理，认为中国作家“非帮忙即帮闲”，而不具有西方近代作家的独立人格。

鲁迅进一步认为，儒家伦理塑造了中国人安于家庭、向内退缩的国民性，

---

① 《论语·宪问》。

② 《论语·季氏》。

③ 鲁迅：《南腔北调集·家庭为中国之基本》。

④ 鲁迅：《坟·文化偏至论》。

⑤ 鲁迅：《坟·文化偏至论》。

⑥ 鲁迅：《集外集拾遗补编·破恶声论》。

⑦ 鲁迅：《热风·随感录三十八》。

⑧ 鲁迅：《坟·论睁了眼看》。

⑨ 鲁迅：《坟·灯下漫笔》。

而缺乏西方文化中鲁滨孙、浮士德那种向外开拓的精神；塑造了中国人在人际关系的和谐中寻求满足的“稳妥”、“平和”、“本分”等国民性，而缺乏西方文化罪感的不稳定以及近代的苦闷彷徨等动态心理。鲁迅并不否认儒家伦理能够使人减少烦恼并适度地享受生命，但却认为正是这种消灭竞争的生命哲学，阻碍了中国的发展，使中国在列强的打击下无力还击。因此，鲁迅断然地否定了中国人的生命哲学：“中国古来，一向是最注重生存的，什么‘知命者不立于岩墙之下’咧，什么‘千金之子坐不垂堂’咧，什么‘身体发肤受之于父母不敢毁伤’咧，竟有父母愿意儿子吸鸦片的，一吸，他就不至于到外面去，有倾家荡产之虞了。可是这一流人家，家业也决不能长保，因为这是苟活。”①注重生命却不愿动，不愿向外开拓、冒险，没有追求智慧的好奇心，就只好待在家里享受“天伦之乐”，做一个乐天知命的乐观主义者。因此鲁迅说：“中国书越多读，越想走平稳的路，不肯冒险。”②“我们的古今人，对于现状，实在也愿意有变化，承认其变化的。变鬼无法，成仙更佳，然而对于老家，却总是死也不肯放。我想，火药只做爆竹，指南针只看坟山，恐怕那原因就在此”③。鲁迅把勇于进取的西方精神和心地太平的中国精神进行比较，认为“在勇于思索的人们，五十年的中寿就恨过久，于是有急转，有苦闷，有彷徨，然而也许不过是走向十字街头，以自送他的余年归尽。自然，人们中尽不乏面团团地活到八十九十，而且心地太平，并无苦恼的，但这是专为来受中国内务部的褒扬而生的人物”④。因此，鲁迅对儒家“自强不息”的入世精神，也颇不以为然。鲁迅说：“中国书虽有劝人入世的话，也多是僵尸的乐观；外国书即使是颓唐和厌世的，但却是活人的颓唐和厌世。”⑤鲁迅一针见血地指出，孔子之所以“俨然成为中国的圣人”，就在于他的“道大，无所不包”⑥。孔学固然有其规定性，但也确实包含了道、法、阴阳等各家的某些要素。“他肯对子路赌咒，却不肯对鬼神宣战”，于是“祭如在祭神如神在”⑦，从而保持着极大的灵活性。孔子是入世的主张者，但

① 鲁迅：《华盖集·北京通信》。

② 陈梦韶：《鲁迅在厦门的五次演讲》，见薛绥之等主编：《鲁迅生平史料汇编》第4辑，天津：天津人民出版社，1988年，第95页。

③ 鲁迅：《南腔北调集·家庭为中国之基本》。

④ 鲁迅：《译文序跋集·〈出了象牙之塔〉后记》。

⑤ 鲁迅：《华盖集·青年必读书》。

⑥ 鲁迅：《坟·再论雷峰塔的倒掉》。

⑦ 鲁迅：《坟·再论雷峰塔的倒掉》。

是,如果发展其“无为而治”[①]、“无道则隐”[②]以及孟子的“穷则独善其身”[③]等等,就可以引申出道家一派,鲁迅认为,有助于中国“民族根性”形成的,正是“儒道两派的文书”。[④] 不过道家的老子和庄子是有别的:“自史迁以来,均谓周之要本,归于老子之言。然老子尚欲言有无,别修短,知黑白,而措意于天下;周则欲并有无修短白黑而一之,以大归于‘混沌’,其‘不谴是非’,‘外死生’,‘无始终’,胥此意也。中国出世之说,至此乃始圆备。”[⑤]鲁迅认为,儒道互补,使中国人更无缺陷和不平,达到超稳定的心理平衡,从而使中国人的生命哲学更趋圆满。鲁迅说:“我们虽挂孔子的门徒招牌,却是庄生的私淑弟子。‘彼亦一是非,此亦一是非’,是与非不想辨。”[⑥]因为分清是非,就会有非的麻烦;而辨明生死,又会感到死的痛苦,而无是非,齐生死,就不会感到任何烦恼、痛苦,从而使心灵永远愉快。儒家所维护的是一个和乐的大家庭,老庄又为中国人在入世碰壁时制造了一种精神胜利法,于是中国人就可以无痛苦、无烦恼而永远胜利。阿Q“是永远得意的:这或者也是中国精神文明冠于全球的一个证据了”。但是,鲁迅认为,保持心理平衡和精神胜利是只求生命适应的表现,而不能发挥生命的主体能动性。因此,鲁迅写《阿Q正传》,就是要否定中国人的精神胜利法。鲁迅说:“中国人的不敢正视各方面,用瞒和骗,造出奇妙的逃路来,而自以为正路。在这路上,就证明着国民性的怯弱,懒惰,而又巧滑。”[⑦]鲁迅让中国人向西方文化学习,多感受心灵的痛苦,承担起中华民族的苦难。

鲁迅剖析了这种生命哲学使中国人缺乏“正信”:“要做事的时候可以援引孔丘墨翟,不做事的时候另外有老聃。”[⑧]因此,鲁迅怀疑理论信条在中国的指导作用:“中国人的确相信运命”,但是,“运命并不是中国人的事前的指导,乃是事后的一种不费心思的解释”。[⑨] 鲁迅作了这样一种假设:倘若孔子“肯对

---

① 《论语·卫灵公》。
② 《论语·泰伯》。
③ 《孟子·尽心上》。
④ 鲁迅:《热风·随感录三十八》。
⑤ 鲁迅:《汉文学史纲要·第二篇》。
⑥ 鲁迅:《南腔北调集·论语一年》。
⑦ 鲁迅:《坟·论睁了眼看》。
⑧ 鲁迅:《华盖集·有趣的消息》。
⑨ 鲁迅:《且介亭杂文·运命》。

鬼神宣战”，使其学说没有那么大的灵活性，而具有精确的规定性，孔教徒无法“使‘圣道’变得和自己的无所不为相宜”[①]，从而妨碍了中国人生命的安乐，那么，“现在供在圣庙里的，也许不姓孔”[②]。鲁迅说：“中国人自然有迷信，也有‘信’，但好像很少‘坚信’。我们先前最尊皇帝，但一面想玩弄他，也尊后妃，但一面又有些想吊她的膀子；畏神明，而又烧纸钱作贿赂，佩服豪杰，却不肯为他作牺牲。尊孔的名儒，一面拜佛，信甲的战士，明天信丁。宗教战争是向来没有的，从北魏到唐末的佛道二教的此仆彼起，是只靠几个人在皇帝耳朵边的甘言蜜语。”[③]“耶稣教传入中国，教徒自以为信教，而教外的小百姓却都叫他们是‘吃教’的。这两个字，真是提出了教徒的‘精神’，也可以包括大多数的儒释道教之流的信者，也可以移用于许多‘吃革命饭’的老英雄”[④]。鲁迅进一步剖析说：“中国的一些人，至少是上等人，他们的对于神，宗教，传统的权威，是‘信’和‘从’呢，还是‘怕’和‘利用’？只要看他们的善于变化，毫无特操，是什么也不信从的，但总要摆出和内心两样的架子来。”于是，“虽然这么想，却是那么说，在后台这么做，到前台又那么做……”[⑤]“在事实上，到现在为止，凡有大度，宽容，慈悲，仁厚等等美名，也大抵是名实并用者失败，只用其名者成功的”[⑥]。因此，鲁迅针对尊孔读经的倡导者指出：“古书实在太多，倘不是笨牛，读一点就可以知道，怎么敷衍，偷生，献媚，弄权，自私，然而能够假借大义，窃取美名。再进一步，并可以悟出中国人是健忘的，无论怎样言行不符，名实不副，前后矛盾，撒诳造谣，蝇营狗苟，都不要紧，经过若干时候，自然被遗忘得干干净净；只要留下一点卫道模样的文字，将来仍不失为‘正人君子’。况且即使将来没有‘正人君子’之称，于目下的实利又何损哉？”[⑦]由此可见，中国人的生命哲学使中国人的信与不信往往取决于信条本身对生命的利害——或者借信条以图功名富贵，或者借信条以求心理平衡，免除精神上的痛苦；由此又造成了鲁迅所剖析的“收贿，无特操，趋炎附势，自私自利”[⑧]以及马虎、不认真、名

---

① 鲁迅：《华盖集续篇·马上支日记》。

② 鲁迅：《坟·再论雷峰塔的倒掉》。

③ 鲁迅：《且介亭杂文·运命》。

④ 鲁迅：《准风月谈·吃教》。

⑤ 鲁迅：《华盖集续篇·马上支日记》。

⑥ 鲁迅：《集外集拾遗补编·庆祝沪宁克复的那一边》。

⑦ 鲁迅：《华盖集·十四年的“读经”》。

⑧ 鲁迅：《华盖集·通讯》。

实不副等国民性。这同为了信仰可以献身殉道、甚至不惜发动宗教战争的西方文化精神有很大的不同。因此，鲁迅认为堂·吉诃德只是西班牙的傻子，而不是中国的傻子，不过中国人会玩弄堂·吉诃德式的傻子。鲁迅说："西班牙人讲恋爱，就天天到女人窗下去唱歌，信旧教，就烧杀异端，一革命，就捣烂教堂，踢出皇帝。然而我们中国的文人学子，不是总是说女人先来引诱他，诸教同源，保存庙产，宣统在革命之后，还许他许多年在宫里做皇帝吗？"①

如果说孔子的生命哲学是维护和乐的大家庭的现状，那么，老子的生命哲学则是对孔学的一种深化，即向后退缩以维持生命的长久。鲁迅对《老子》一书塑造国民性的认识，形象地反映在《出关》中众人对老子讲道的反应上："一个签子手打了一个大呵欠，书记先生竟打起瞌睡来，哗啷一声，刀，笔，木札，都从手里落在席子上面了。"鲁迅所说的"使人舒服得要打盹儿"的"中国精神文明"②，就是老子的贵生之道——"歙歙为天下浑其心"③，使人"沌沌"、"昏昏"、"闷闷"，④从而达到让人"打盹儿"的"惚兮恍兮"的境界⑤。柏格森认为理智是对向下的落体物质的观照，而直觉和本能才带动着"生命之流"向上潮动，因而他的"创化论"就强调直觉主义和本能冲动；而老子则认为，生命越向高级发展，感觉神经就越灵敏，痛苦也就越多，因而要减少生命的痛苦就应该使"生命之流"向下流淌，复归于无情无知的"道"，也就是与柏格森所说的向下落体的物质一样，复归于无机。因此，柏格森的生命哲学强调的是生命的进化，而中国的生命哲学强调的则是生命的安乐与长久。西方文化中早有"知识之树不是生命之树"一语，选择"知识之树"是西方文化的传统，柏格森也没有摆脱这一传统；而选择"生命之树"则是中国文化的传统，从而使中国人对生命的爱护胜于对真理和智慧的追求，老子的贵生之道就是代表。老子认为，生命的痛苦就在于人们有了知识和欲望。一旦知识能使人明辨是非善恶、美丑好坏，欲望就会使人竞争，而人生的一切痛苦、烦恼、灾难都是由竞争造成的。因此，要消灭生命的痛苦，就要消灭竞争，使人"无知无欲"。于是，老子的贵子之道就是让人柔静，不言，不行，不动，也就是鲁迅说的让人"打盹儿"。但是老子却认

① 鲁迅：《二心集·中华民国的新"堂·吉诃德"们》。

② 鲁迅：《华盖集·忽然想到十一》。

③ 《老子》第49章。

④ 《老子》第20章。

⑤ 《老子》第21章。

为，天地万物生于没有言语行动而宁静的“道”，正因为“无为”才“无不为”，正因为“不争”才“无不争”。从鲁迅终生对国民性的剖析来看，对中国国民性的塑造起作用较大并且与西方文化精神相异最大的，是《老子》。因此，鲁迅第一篇改造国民性的文艺宣言《摩罗诗力说》，就首先向《老子》开火。鲁迅认为老子的贵生之道是一种堕落，从而使中国人只以“活身是图”，“非槁死则缩朒耳”。老子的“知足者富”、“祸莫大于不知足”等已变成了中国做人的格言，而鲁迅认为满足也就是一种堕落：“一天一天的满足着，即一天一天的堕落着，但又觉得日见其光荣。”[①]因此，中国人的勤劳是“营营于治生”，但是伴随着勤于务生的却是知足常乐，而没有不懈地追求知识的热心，所以鲁迅又说中国人“懒惰”。

少儿都有一种渴望长大的心理，因而作为正常发展的西方文化，其理想基本上是向前的，向上的。鲁迅说：西方人“运其神思，创为理想之邦，或托之人所莫至之区，或迟之不可计年以后。自柏拉图（Platon）《邦国论》始，西方哲士，作此念者不知几何人”[②]。但是老子却以老成自居，而对向前发展表现出一种恐惧感：“物壮则老，是谓不道，不道早已。”[③]因此欲使“生命之树长青”，就必须想方设法避免老成，而“复归于婴儿”[④]。老子的道德理想是对孔子“信而好古”[⑤]的发展，而这种理想又被庄子进一步发展了，“夫至德之世，同与禽兽居，族与万物并”[⑥]。所以鲁迅说：“吾中国爱智之士，独不与西方同，心神所注，辽远在于唐虞，或径入古初，游于人兽杂居之世。”鲁迅以进化论为武器进一步剖析说：“若诚能渐致人间，使归于禽虫卉木原生物，复由渐即于无情，则宇宙自大，有情已去，一切虚无，宁非至净。而不幸进化如飞矢，非堕落不止，非著物不止，祈逆飞而归弦，为理势所无有。”[⑦]这种反身向后的理想就造成了扼杀新生事物而守旧保古的民族心理，鲁迅说：“我独不解中国人何以于旧状况那么心平气和，于较新的机运就这么疾首蹙额；于已成之局那么委曲求全，

① 鲁迅：《坟·论睁了眼看》。

② 鲁迅：《坟·摩罗诗力说》。

③ 《老子》第30章。

④ 《老子》第28章。

⑤ 《论语·述而》。

⑥ 《庄子·马蹄》，王夫之：《庄子解》，北京：中华书局，1964年，版次下同不复注。

⑦ 鲁迅：《坟·摩罗诗力说》。

于初兴之事就这么求全责备?”[1]不过,既然反身向后是为了生命的长久,因而如果反身向后构成了对生命的威胁,那么,中国人也会转过身来恭维新事物的。鲁迅说:“凡中国人说一句话,做一件事,倘与传来的积习有若干抵触,须一个斤斗便告成功,才有立足的处所;而且被恭维得烙铁一般热。否则免不了标新立异的罪名,不许说话;或者竟成了大逆不道,为天地所不容。”[2]反身向后“渐即于无情”的结果,就造成了中国人麻木、没有热情的国民性,而不像向前的西方人那样充满“酒神精神”。鲁迅说:“在进取的国民中,性急是好的,但生在麻木如中国的地方,却容易吃亏”,即使做一点事,也“不足以震动国民,他们还很麻木”。[3] 麻木而无热力,就使“中国人无感染性”[4]。

如果只是愚蠢、麻木,也就谈不上“少年老成”了。老子说:“兵强则灭,木强则折”,“揣而锐之,不可常保”,“勇于敢则杀,勇于不敢则活”。[5] 既然“枪打出头鸟”,那么“各人自扫门前雪,莫管他人瓦上霜”是最安全的了。因此鲁迅认为,中国人是愚蠢和麻木中充满着巧滑,或者说以愚蠢和麻木来取巧、耍滑头。但是鲁迅认为,不敢争天抗俗而只是取巧、耍滑头,并不会真正“全生”,《出关》中老子在孔子的威胁下骑着青牛逃跑,就是鲁迅对老子的“贵生之道”的讽刺。鲁迅说:“既是‘不为最先’,自然也不敢‘不耻最后’,所以虽是一大堆群众,略见危机,便‘纷纷作鸟兽散’了,如果偶有几个不肯退转,因而受害的,公论家便异口同声,称之曰傻子。”“所以中国一向就少有失畋的英雄,少有韧性的反抗,少有敢单身鏖战的武人,少有敢抚哭叛徒的吊客;见胜兆则纷纷聚集,见败兆则纷纷逃亡。”“胜了,我是一群中的人,自然也胜了;若败了时,一群中有许多人,未必是我受亏”。于是,“战具比我们精利的欧美人,战具未必比我们精利的匈奴蒙古满洲人,都如入无人之境。‘土崩瓦解’这四个字,真是形容得有自知之明”[6]。鲁迅由此剖析了中国人好起哄而不愿表露主见的国民性:“假设有一个人,在路旁吐一口唾沫,自己蹲下去,看着,不久准可以围满一堆人;又假使又有一个人,无端大叫一声,拔步便跑,同时准可以大家都逃

---

① 鲁迅:《华盖集·这个与那个》。
② 鲁迅:《热风·随感录四十一》。
③ 鲁迅:《两地书·一二》。
④ 鲁迅:《书信集·200504 致宋崇义》。
⑤ 《老子》第 6 章,第 9 章,第 73 章。
⑥ 鲁迅:《华盖集·这个与那个》、《热风·随感录三十八》。

散。”[①]想得到好奇心的满足又不愿出头，只好充当麻木的看客，鲁迅在《药》、《阿Q正传》、《示众》等许多作品中揭示了这一点。

中国人的巧滑还表现为老子的所谓“国之利器不可以示人”，于是，“做医生的有秘方，做厨子的有秘法，开点心铺子的有秘传，为了保全自家的生命，听说这还只授儿妇，不教女儿，以免流传到别人家里去”[②]。这正是鲁迅所说的中国式的个人主义：只顾个人的生命安逸而无视他人的痛痒，它与鲁迅所说的“众数主义”密切联系着。因此，鲁迅认为中国公共的东西不易保护：“龙门的石佛，大半肢体不全，图书馆中的书籍，插图须谨防撕去，凡公物或无主的东西，倘难于移动，能够完全的即很不多。……仅因目前极小的自利，也肯对于完整的大物暗暗的加一个创伤。人数既多，创伤自然极大，而倒败之后，却难于知道加害的究竟是谁。”[③]这种个人主义的极端，就是对不属于自己的东西非毁坏掉不可，鲁迅以张献忠为例来剖析这种国民性：“他开初并不很杀人，他何尝不想做皇帝。后来知道李自成进了北京，接着是清兵入关，自己只剩了没落这一条路，于是就开手杀，杀……他分明的感到，天下已没有自己的东西，现在是在毁坏别人的东西了，这和有些末代的风雅皇帝，在死前烧掉了祖宗或自己所搜集的书籍古董宝贝这类的心情，完全一样。”[④]于是，中国的文人读书是为了功名富贵，皇帝利用科举使精英耗尽毕生精力为的是“天下英雄尽入我彀中”，“意在保位”，而剩下的国民只顾安生而不愿做“出头鸟”，从而使中国人“像一盘散沙，痛痒不相关了”[⑤]。而鲁迅前期提倡的西方近代的个人主义，则是务去加于个人的束缚以发展人的个性，它受人道主义的保护和制约：压抑个性是不人道的，但是个性的扩张一旦侵害他人的自由，也是不人道的。

鲁迅认为，中国人的生命哲学，使中国人以富贵荣华为追求目标，但“死亡”却是现世享乐难以逾越的鸿沟。于是老子想使“生命之流”向后潮动，以免早日接近死亡；而奉老子为太上老君的道教，则进一步追求不死成仙。道教认为，只要人能修炼得道，不仅可以尽情享受人间快乐，还可以返本还原，与道同体，肉体永生，白日升天以入仙界。这同灵肉两分、人神两分的基督教形成了

① 鲁迅：《花边文学·一思而行》。
② 鲁迅：《南腔北调集·作文秘诀》。
③ 鲁迅：《坟·再论雷峰塔的倒掉》。
④ 鲁迅：《准风月谈·晨凉漫记》。
⑤ 鲁迅：《三闲集·无声的中国》。

鲜明的对立，是地地道道的中国的“生命宗教”、“肉体宗教”。道教不仅容纳了道家哲学和方仙之说，也容纳了从远古流传下来的鬼神崇拜，《道藏》更是一个无所不包的大杂烩，它包罗了儒、墨、法、名、阴阳、兵、医、杂等各家的书籍。道教集中体现了中国文化“无所不包”的包容性、似信非信的迷信特点以及现世的人生观，道教又是中国远古巫鬼文化的直接发展。因此，鲁迅认为“中国根柢全在道教”[①]。鲁迅对中国现世的生命哲学作了相当概括的描述：“古时候，秦始皇帝很阔气，刘邦和项羽都看见了；邦说，‘嗟乎！大丈夫当如此也！’羽说，‘彼可取而代也！’羽要‘取’什么呢？便是取邦所说的‘如此’。”“何谓‘如此’？说起来话长；简单地说，便只是纯粹兽性方面的欲望的满足——威福，子女，玉帛，——罢了。然而在一切大小丈夫，却要算最高理想(?)了。”“大丈夫‘如此’之后，欲望没有衰，身体却疲敝了；而且觉得暗中有一个黑影——死——到了身边了。于是无法，只好求神仙。这在中国，也要算最高理想了”。“求了一通神仙，终于没有见，忽然有些疑惑了。于是要造坟，来保存死尸，想用自己的尸体，永远占据着一块地面。这在中国，也要算一种没奈何的最高理想了”[②]。“所以社会上的状态，先是‘少年老成’；直待弯腰曲背时期，才更加‘逸兴遄飞’，似乎从此以后，才上了做人的路。……大约别的都可以老，只有自己不肯老的人物，总该推中国老先生算一甲一名”[③]。

中国的生命哲学显示了中国文化早熟的一系列特征。在我们民族的少儿时代，老子就感受到“物壮则老”的危机，从而竭力阻止我们民族的发展进化。这种恐惧死亡、反身向后的意欲，只有在接近死亡的老人那里才会成为普遍的心态。而在西方，意识到西方文化的老成并恐惧衰亡而激起社会共鸣的施宾格勒《西方的没落》，是第一次世界大战之后的事，西方现代神学家的“终了论”也令人耳烦。正如鲁迅所说的，中国民族性中没有“坚信”精神，信仰只是为了生命；但是自世纪末以来，西方的信仰危机也在日益加深，追求现世享乐的思想大盛，连基督教的“新神学家”也宣告了上帝的死亡，而要把人们带进幸福快乐的“现世城”。这正是中国文化能够现代化甚至“领导世界新潮流”的秘密所在。但是，早熟而混沌不前，会造成种种缺陷，所以鲁迅就试图重铸中国的民族性格，以实现观念形态上的现代化。

---

① 鲁迅：《书信集·180820 致许寿裳》。

② 鲁迅：《热风·随感录五十九“圣武”》。

③ 鲁迅：《热风·随感录四十九》。

四、连续性与否定性：鲁迅对中西文化发展模式的比较

中国文化为什么发展缓慢，以致经受不住西方文化的打击？鲁迅从中西文化不同的发展模式方面进行过深沉的思考。鲁迅认识到，中国文化以中庸为特征在模糊中整体性地渐进，与西方文化以偏至为特征在对立、明晰中跳跃发展的不同模式，表现在中华民族与西方各民族的心理结构中，并外化于宗教、哲学、科学、文学以及社会结构等各方面。

鲁迅认识到，我们的先贤圣哲虽没有现代生物学的知识，却明白事物一达到专化就有灭亡的危险："专化又有专化的危险。……看生物，是一到专化，往往要灭亡的。未有人类以前的许多动植物，就因为太专化了，失其可变性，环境一改，无法应付，只好灭亡。"[①]因此，我们的先哲使中国文化保持着极大的灵活性与模糊性，而防止整体结构的任何一部分达到专化。西方文化则具有片面性、极端性等特征，而且即使重视整体性，强调的也是整体结构各部分的对立、斗争；而中国文化则强调整体结构的各部分在均衡、调和、相反相成中共同渐进。孔子的中庸、中正、中道是如此，老子的"有无相生，难易相成，长短相形，高下相倾"以及"多言数穷，不如守中"亦如此。道家的模糊性和灵活性比儒家有过之而无不及，而正是这两家规定了中国文化的运动方向和发展模式；与儒道相比，墨家的"非命"、"非乐"、"明鬼"以及对于"死"和"苦"的执着等等，就有近乎死板和专化的倾向，所以墨家后来近乎失传。鲁迅说："孔子之徒为儒，墨子之徒为侠。'儒者，柔也'，当然不会危险的。惟侠老实，所以墨者的末流，至于以'死'，为终极的目的。到后来，真老实的逐渐死完，止留下取巧的侠。"[②]而"取巧"者，也就有了儒道的灵活性。鲁迅多次指出"巧滑骑墙"的国民性；"可此可彼"就"是'骑墙'，或者是极巧妙的'随风倒'了，然而在中国最得法，所以中国人的'持中'大概是这个"[③]。就是中国文化的重要载体汉语，也是灵活的、多

---

① 鲁迅：《且介亭杂文·门外文谈》。

② 鲁迅：《三闲集·流氓的变迁》。

③ 鲁迅：《集外集·我来说"持中"的真相》。

义的、模糊的、关系型的。鲁迅说："例如我自己，是常常会用些书本子上的词汇的。虽然并非什么冷僻字，或者连读者也并不觉得是冷僻字。然而假如有一位精细的读者，请了我去，交给我一枝铅笔和一张纸，说道，'您老的文章里，说过这山是'崚嶒'的，那山是'巉岩'的，那究竟是怎么一副样子呀？您不会画画儿也不要紧，就钩出一点轮廓来给我看看罢。请，请，请……'这时我就会腋下出汗，恨无地洞可钻。因为我实在连自己也不知道'崚嶒'和'巉岩'究竟是什么样子，这形容词，是从旧书上钞来的，向来就并没有弄明白，一经切实的考查，就糟了。此外如'幽婉'，'玲珑'，'蹒跚'，'嗫嚅'……之类，还多得很。"[①]而西方各民族的语言则是直线的、僵硬的、明确的、表语型的。于是，中国文化便沿着中庸之道的路，在模糊中整体性地渐进；而西方文化则是打破了中庸、整体、模糊，在偏至、对立、明晰中发展起来的。

西方文化发展的片面性和定量分析的严密性，使后起者对专化的前者必然采取否定的态度，否则便无法进步而只好灭亡。这就使西方文化的发展具有巨大的跳跃性以及批判性、否定性等特点。鲁迅在《科学史教篇》和《文化偏至论》中，对西方文化的偏至性、否定性和跳跃性有充分的论述，鲁迅说："罗马及他国之都，道德无不颓废，景教适以时起，宣福音于平人，制非极严，不足以矫俗"；但是，当基督教"梏亡人心"，使怀抱新见者束于教令而不敢言时，"林林之民，咸致同情于不平者，凡有能阻泥教旨，抗拒法皇，无间是非，辄与赞和"。于是路德"力击旧教而仆之"，"且波及于其他人事，如邦国离合，争战原因，后兹大变，多基于是"。由于"去羁勒而纵人心"，"又作新事：发隐地也，善机械也，展学艺而拓贸迁也"。但是，"颠覆法皇，一假君主之权力，变革既毕，其力乃张，以一意孤临万民，在下者不能加之抑制"，"物反于穷，民意遂动，革命于是见于英，继起于美，复次则大起于法朗西，扫荡门第，平一尊卑，政治之权，主以百姓"。但是，中国文化的早熟性、整体性、模糊性、灵活性，使后来者可以在对前者的扩充、注释中使文化整体共同渐进，这就使中国文化的发展具有巨大的稳定性、连续性以及肯定性等特点。即使整体结构因调节不当而归于毁灭，也不意味着一种新结构的出现，而是原来结构的重建，即所谓天道循环。因此，"日新之谓盛德，生生之谓易"与"天不变，道亦不变"，初看来是矛盾的，其实是一致的。于是，鲁迅对现实秩序的批判，可以把矛头指向《左传》昭公七年所载的等级秩序。鲁迅说："试将记五代，南宋，明末的事情的，和现今的状况

---

① 鲁迅：《且介亭杂文二集·人生识字胡涂始》。

一比较，就当惊心动魄于何其相似之甚，仿佛时间的流驶，独与我们中国无关。现在的中华民国也还是五代，是宋末，是明季。”①中国文化的早熟性、包容性、模糊性、灵活性等特点，使中国文化的适应性特别强。而强大的文化适应能力与“以柔克刚”相结合，就使中国文化具有极强的“同化力”。鲁迅说：“外来的事物，都要‘用夷变夏’，必须排斥的，但待到‘夷’入主中夏，却考订出来了，原来连这‘夷’也还是黄帝的子孙。这岂非出人意料之外的事呢？无论什么，在我们的‘古’里竟无不包函了！”②“谁说中国人不善于改变呢？每一新的事物进来，起初虽然排斥，但看到有些可靠就自然会改变。不过并非将自己变得合于新事物，乃是将新事物变得合于自己而已。佛教初进来时便大被排斥，一到理学先生谈禅，和尚做诗的时候，‘三教同源’的机运就成熟了”③。

鲁迅要改变中国文化的运动方向，更换其发展模式，首先就是要打破中国文化的整体性和模糊性。鲁迅讽刺要使一切大归于“混沌”的庄子说：“‘不知周之梦为蝴蝶欤，蝴蝶之梦为周欤？’梦与觉也分不清。”④鲁迅写了专题小说《起死》批判庄子的圆滑、混沌、无是非。鲁迅着重要打破中和、中庸对整体结构各部分的调和，竭力破坏中国人持中、平衡、不偏不倚的心态，“偏要使所谓正人君子也者之流多不舒服几天”，“给他们的世界上多有一点缺陷”。⑤ 而这又规定了鲁迅对中国文化的认同方向，鲁迅赞赏的是“拚命硬干的人”、“舍身求法的人”，赞赏的是尊大禹为“大圣”的墨子，并作了《理水》、《非攻》两篇小说发掘中国的这一传统。当然，鲁迅也有中国人并不中庸的论述，但这是一种把中国人的贵柔守雌说成是“卑怯”的论法，也是把学衡派和章士钊说成“于旧学并无门径”的论法，否则，鲁迅对中庸的批判就是不可理解的。

鲁迅对中国文化因早熟而防止专化造成的缺点，有深刻的认识。“不语怪力乱神”，并不能以科学的理性证实鬼神的不存在，“祭如在祭神如神在”一语的灵活性和多义性，又为鬼神迷信留下了余地。鲁迅说：“第一期自上古至周末之书，其根柢在巫，多含古神话，第二期秦汉之书，其根柢亦在巫，但稍变为‘鬼道’，又杂有方士之说，第三期六朝之书，则神仙之说多矣。”“中国人至今未

---

① 鲁迅：《华盖集·忽视想到·四》。

② 鲁迅：《华盖集续编·古书与白话》。

③ 鲁迅：《华盖集·补白》。

④ 鲁迅：《南腔北调集·“论语一年”》。

⑤ 鲁迅：《坟·写在〈坟〉后面》。

脱原始思想,的确尚有新神话发生,譬如'日'之神话,《山海经》中有之,但吾乡(绍兴)皆谓太阳之生日为三月十九日,此非小说,非童话,实亦神话,因众皆信之也,而起源则必甚迟"[①]。于是,一方面是过早成熟的世俗的理性哲学,是注重主体内省和人格完善的哲学的人学;但是另一方面,远古的鬼神崇拜杂入道教,使中国的宗教迷信尚处于多神教的宗教阶段。中国人是没有科学的能力去把握宇宙,同时也不想以幻觉的形式去把握;而西方人则敢于以幻觉和想象的形式把握宇宙。但是随着人类的思维的进步,中国人并不需要否定前者,而只是扩充、发展其早熟的不确定的一面就行了;西方人由于幻觉和想象的形式已达到专化,下一步必然是以科学宣布神话、宗教的荒诞。然而,等到西方人能够以科学的成就否定了他们少儿时代虚构的宇宙框架,他们的科学已远非我们所能比了。因此,中国文化是混沌地延续下来了,而西方文化从古希腊、罗马的多神,到中古的一神,再到近现代的无神,其发展是节节明了的。

虽然与西方文化进行总体性的比较,中国文化偏于主智,强调以礼(理)制情,这就是为什么西方启蒙时代反对宗教迷狂而崇尚理性的思想家,以及反对叔本华、尼采、柏格森的主智哲学家罗素等,都对中国文化发生了极大兴趣。但是,中国文化也并不反对情欲的正常宣泄,却反对"六亲不认"的智。于是,中庸之道就是要把情与理混沌在一起,谁也别想过分地发展。中国的礼(理)本身就是"父慈子孝"、"君仁臣忠"等等带有浓重情感色彩的伦理法则,而与真正理性产物的西方法律相区别。因此,中国人的情感并没有导向"酒神精神"——狄俄尼索斯的放纵的激情;中国人的理智也没有导向"日神精神"——阿波罗巨大的理性力量。如果说西方文化是在酒神精神和日神精神的巨大冲突中发展起来的,并把这两种精神都发展到了极致;那么,中国文化则是没有发展充分的酒神精神和日神精神的和谐统一,是两种精神的"合二为一",并在这种混沌的"一"中整体性地渐进。这种早熟或者说原始的圆满,固然没有把我们民族导向西方那样的宗教迷狂以及非理性的情感哲学,但也没有导向西方那样明晰的知性经验、逻辑科学和思辨哲学。因此,鲁迅一方面感到中国人无热情、无热力,从而以拜伦、尼采等浪漫派的情感方式对中国文化及其塑造的国民性进行了冲击;但是另一方面,鲁迅又感到中国人缺乏明白的理性,鲁迅对义和团以"民气"和"法术"打外国的论述就充分显示了这一点。鲁迅认为,中国人无理性的泄愤方法,是对于强者的怨愤"反在弱者身上发泄,兵和匪

① 鲁迅:《书信集·250315致梁绳祎》。

不相争，无枪的百姓却并受兵匪之苦，就是最近便的证据”。“或者要说，我们现在所要使人愤恨的是外敌，和国人不相干，无从受害。可是这转移是极容易的，虽曰国人，要借以泄愤的时候，只要给予一种特异的名称，即可放心剚刃。”因此，鲁迅“希望于点火的青年的，是对于群众，在引起他们的公愤之余，还须设法注入深沉的勇气，当鼓舞他们的感情的时候，还须竭力启发明白的理性；而且还得偏重于勇气和理性，从此继续地训练许多年”。否则，“那结果，是反为敌人先驱，而敌人也就做了这一国的所谓强者的胜利者，同时也就做了弱者的恩人。因为自己先已互相残杀过了，所蕴蓄的怨愤都已消除，天下也就成为太平的盛世”①。

中庸之道强调整体结构的各部分的和谐，而防止其中任何一部分的片面发展，表现在天人和物我关系上，就是天人合一、物我统一。鲁迅说：“顾吾中国，则夙以普崇万物为文化本根，敬天礼地，实与法式，发育张大，整然不紊。覆载为之首，而次及于万汇，凡一切睿知义理与邦国家族之制，无不据是为始基焉。”②因此，虽然与西方古代文化相比，中国文化总的来看是偏重主体和生命，但是，中庸之道决不允许提起主体来与客体对立，而是寻求主体和客体、人与自然、物与我的和谐统一。中国古代文学的抒情诗传统，也是与西方古代的史诗传统比较而言的；就中国古代文学本身来看，也是寻求主体与客体、情与景的和谐统一，而在西方近代的抒情诗中，客体、社会、景往往是作为主体、个人、情的对立物而出现的。因此，鲁迅把中国文学的特点概之为“污浊之平和”。鲁迅说：中国诗歌“即或心应虫鸟，情感林泉，发为韵语，亦多拘于无形之囹圄，不能舒两间之真美”。于是，鲁迅就试图以“常抗”、“必动”、“贵力”、“尚强”、“好战”的“摩罗之声”打破中国文学的“平和”：“平和之破，人道蒸也。”③从《摩罗诗力说》开始，打破中国文学的和谐理想，而寻求“有缺陷的”、“不平和”的不“静穆”的文学，就成为鲁迅的审美理想。鲁迅的小说创作，就体现了这一审美理想。在鲁迅小说中，除了被否定的或者不觉醒的传统文化承担者之外，主人公一般是与客观环境对立的孤独者，如狂人、夏瑜、疯子、魏连殳等等，从而使鲁迅小说具有“动”的“不稳当”的特点。

中庸之道保持模糊的整体性而防止专化的结果，使中国并无西方意义上

---

① 鲁迅：《坟·杂忆》。

② 鲁迅：《集外集拾遗补编·破恶声论》。

③ 鲁迅：《坟·摩罗诗力说》。

的悲剧和喜剧,所有的是悲中有喜、喜中有悲的悲喜剧,悲怆与喜悦的情感混沌在一起而不分开。鲁迅对"十景病"和"大团圆"的批判,典型地表现了鲁迅打破混沌的整体性而希望出现明晰的片面形式的审美理想。鲁迅说:"悲剧将人生的有价值的东西毁灭给人看,喜剧将那无价值的撕破给人看。讥讽又不过是喜剧的变简的一支流。但悲壮滑稽,却都是十景病的仇敌,因为都有破坏性,虽然所破坏的方面各不同。中国如十景病尚存,则不但卢梭他们似的疯子决不产生,并且也决不产生一个悲剧作家或喜剧作家或讽刺诗人。所有的,只是喜剧底人物或非喜剧非悲剧底人物,在互相模造的十景中生存,一面各各带了十景病。"[①]鲁迅认为"大团圆"也就是"瞒和骗":"凡有缺陷,一经作者粉饰,后半便大抵改观,使读者落诬妄中,以为世间委实尽够光明,谁有不幸,便是自作,自受。"[②]鲁迅的小说《祝福》和《肥皂》,就是鲁迅的悲剧理想和喜剧理想的审美物化的代表。但是,西方文学在某种意义上确实在向中国文学靠拢,黑色幽默和荒诞派的一些作品,也是悲剧因素和喜剧因素兼而有之。但是,西方现代文学是在传统的悲剧和喜剧都发展充分的基础上的综合,其哲学根据则是否定的辩证法。因此,它不像中国传统文学那样强调悲剧因素和喜剧因素的和谐统一,而是强调悲剧因素和喜剧因素在同一作品中的激烈对立,使人更"不稳当"。鲁迅《阿Q正传》中的悲喜剧因素就是这样结合的。

中西文化发展模式的不同,也使中国社会与西方社会走着不同的道路。与同时代及稍后的人把中国社会划分为奴隶社会、封建社会等不同的社会形态不同,鲁迅在成为马克思主义者之后,也没有以大家爱用的"封建主义"称呼中国古代社会,而总是把中国古代社会视为一个整体,认为"家庭为中国之基本","家族制度和礼教"是中国社会的主要特点。也就是说,家是缩小了的国,国是扩大了的家,国的君仁臣忠就是由家的父慈子孝扩大而来的。在这个颇具系统性的社会结构中,中庸之道就竭力调和上下之间的矛盾,以达到"和而不同"。但是,"十全停滞的生活,世界上是很不多见的事,于是破坏者到了,但并非自己的先觉的破坏者,却是狂暴的强盗,或外来的蛮夷。……外寇来了,暂一震动,终于请他作主子,在他的刀斧下修补老例;内寇来了,也暂一震动,终于请他作主子,或者别拜一个主子,在自己的瓦砾中修补老例"。这正是天道循环规律的物化:即使社会结构因调节不当而归于毁灭,也不意味着一种新

① 鲁迅:《坟·再论雷峰塔的倒掉》。
② 鲁迅:《坟·论睁了眼看》。

结构的出现，而是再循环回去。“中国的文明，就是这样破坏了又修补，破坏了又修补的疲乏伤残可怜的东西”[①]。鲁迅痛心地说：“瓦砾场上还不足悲，在瓦砾场上修补老例是可悲的。”[②]有趣的是，鲁迅得出了与马克思的东方社会观相似的结论，马克思说：“亚洲各国不断瓦解、不断重建和经常改朝换代，与此截然相反，亚洲的社会却没有变化。”[③]而鲁迅则认为中国的历史只有两个时代：“一，想做奴隶而不得的时代；二，暂时做稳了奴隶的时代。这一种循环，也就是‘先儒’之所谓‘一治一乱’。”[④]而西方社会的发展既非模糊地整体推进，亦非打断了推进的进程，然后再循环回去；而是一种社会形态达到专化之后就归于灭亡，由后一种更高级的社会形态取而代之。因此，鲁迅希望青年打断中国社会的整体渐进，不是循环回去，而是“创造这中国历史上未曾有过的第三样时代”。

中国社会发展的模糊性和内部调节的灵活性，还可以从阶级的分野看出来。像古希腊社会那么明显的奴隶阶级和奴隶主阶级，在中国未曾有过，中国社会的基本结构是家族的等级扩大为国家的等级，皇帝就是君临万民的大家长。于是，伦理主义的温情面纱反使阶级的分野不甚分明，所以鲁迅曾认为中国“不生阶级”[⑤]。但是，“不生阶级”是因为等级繁多而模糊在一起的缘故，因此，鲁迅又说：“我们自己是早已布置妥帖了，有贵贱，有大小，有上下。自己被人凌虐，但也可以凌虐别人；自己被人吃，但也可以吃别人。一级一级的制驭着，不能动弹，也不想动弹了。因为倘一动弹，虽或有利，然而也有弊。我们且看古人的良法美意罢——

> 天有十日，人有十等。下所以事上，上所以共神也。故王臣公，公臣大夫，大夫臣士，士臣皂，皂臣舆，舆臣隶，隶臣僚，僚臣仆，仆臣台。（《左传》昭公七年）

但是‘台’没有臣，不是太苦了么？无须担心的，有比他更卑的妻，更弱的子在。而且其子也很有希望，他日长大，升而为‘台’，便又有更卑更弱的妻子，供他驱

---

① 鲁迅：《华盖集续编·记谈话》。
② 鲁迅：《坟·再论雷峰塔的倒掉》。
③ 《马克思恩格斯全集》第23卷，第397页。
④ 鲁迅：《坟·灯下漫笔》。
⑤ 鲁迅：《集外集拾遗补编·破恶声论》。

使了。如此连环，各得其所，有敢非议者，其罪名曰不安分！”[1]在这个有机系统中，通过举孝廉、科举考试等措施，调节的灵活性很大，譬如一个乞丐，只要他中了状元，天子王侯也可以把女儿嫁给他。这和欧洲中古的情况也不大相同，国王是贵族阶级中的一员，他并不比其他贵族显贵多少。而且贵族血统也不容许渗进平民的血液，农奴却要为贵族保留“初夜权”。但是，正因为贵族阶级已达到僵硬和专化的地步，所以后来的革命便“扫荡门第，平一尊卑，政治之权，主以百姓，平等自由之念，社会民主之思，弥漫人心”[2]。

西方文化由于强调整体结构各部分的对立、斗争或者片面发展，并且能够把每一部分都发展充分，所以西方文化就显得宏大，而中国文化强调的是整体结构各部分的均衡、调和，而防止片面发展，因而中国文化与西方文化的整体（不是一部分）相比，就显得小巧。鲁迅一生都在以宏大的气魄改造中国文化的小巧。鲁迅赞叹荷马的“大文”，呼吁“天马行空似的大精神”，而厌恶“小巧的机灵”。鲁迅感觉到，“‘放笔直干’的图画，恐怕难以生存于颓唐，小巧的社会里的”[3]。鲁迅说：“广州人的迷信，是不足为法的”，“然而广东人的迷信却迷信得认真，有魄力，即如那玄坛和李逵大像，恐怕就非百来块钱不办”。“不过，倘在江浙，恐怕就不肯这样的出死力来斗争，他们会只化一个铜元买一条红纸，写上‘姜太公在此百无禁忌’或‘泰山石敢当’，悄悄的贴起来，就如此的安身立命。迷信还是迷信，但迷得多少小家子相，毫无生气，奄奄一息，他连做《自由谈》的材料也不给你。”[4]因此，鲁迅让中国人“将华夏传统的所有小巧的玩艺儿全都放掉，倒去屈尊学学枪击我们的洋鬼子，这才可望有新的希望的萌芽”[5]。

西方文化的明晰性和片面性既有别于中国文化的模糊性和整体性，那么，随着西方文化在片面发展基础上出现的新的综合，就会在某种意义上有似于中国文化。在悲剧和喜剧发展充分基础上的悲喜剧结合，在“制天命而用之”基础上将出现的把握了宇宙规律之后的“天人合一”，等到西医能够科学地全面把握人的特性，加以系统的治疗，又要拜中医为师了。鲁迅不无讽刺意味地

---

① 鲁迅：《坟·灯下漫笔》。

② 鲁迅：《坟·文化偏至论》。

③ 鲁迅：《集外集拾遗·近代木刻选集(2)小引》。

④ 鲁迅：《花边文学·〈如此广州〉读后感》。

⑤ 鲁迅：《华盖集·忽然想到十一》。

说:“科学不但并不足以补中国文化之不足,却更加证明了中国文化之高深。风水,是合于地理学的,门阀,是合于优生学的,炼丹,是合于化学的,放风筝,是合于卫生学的。‘灵乩’的合于科学,亦不过其一而已。”[①]因此,鲁迅让我们不要太“自欺”而“不动”,而应该认识到西方现代文化是在打破模糊性和整体性之后,在充分的片面发展基础上而出现的更高层次的综合。事实上,到现在为止,西方文化不但没有“静”下来,而且愈来愈“动”。因此,我们应该像鲁迅那样具有清醒的头脑和民族自省精神,而不能高兴得太早了。

鲁迅对中国文化早熟的原因也有所认识:“中华民族先居在黄河流域,自然界底情形并不佳,为谋生起见,生活非常勤苦,因之重实际,轻玄想,故神话就不能发达以及流传下来。”[②]过于艰苦的环境造成了中华民族的早熟,也造就了早熟的思想家,而这些思想家的思想一旦诉诸文化符号,又反过来塑造着中国的民族性格,所以鲁迅在剖析国民性时常常把矛头指向“古训”。正因为中国文化与国民性的关系难分难解,所以,鲁迅在客观地评价中国文化与剖析中国文化塑造的国民性之间,是有联系也有区别的。鲁迅也意识到我们的祖先在那荒古的年代所创造的文化的确是伟大的,但同时也意识到固守这种文化并以此保持心理平衡,却难以争存于现代世界。因此,我们常常发现鲁迅在文学作品和学术著作、公开场合与非公开场合对中国文化的态度并不完全一致。不可否认,鲁迅对国民性的认识有灰暗的一面,从而使其中西文化比较观亦有片面性,但这正是鲁迅的特点。鲁迅感到,“中国人总不肯研究自己”[③],以致国门被打破,还在盲目自大,以历史悠久自喜。因此,要改变现状,首先要研究自己的缺陷,找出病症,然后方可对症下药。这样,首先剖析“国民劣根性”就是必然的了。唯其如此,鲁迅才成为近代中国伟大的启蒙思想家。当然,成人不可能再变成孩子,中国文化的世俗性和灵活性也没有什么不好。事实上,尽管鲁迅在公开场合和正式发表的文章中对中国文化基本上是持否定态度的,即使鲁迅所赞赏的刑天、大禹、墨子等,也是以西方文化观来认同的;但是,中国文化对鲁迅思想个性的塑造,仍然起着相当大的作用,这不仅表现在鲁迅意识到而不愿公开发表的一面,而且表现在鲁迅的思维方法、心理结构、艺术技巧以及为人处世等各方面。

---

① 鲁迅:《花边文学·偶感》。

② 鲁迅:《中国小说的历史的变迁·第一讲》。

③ 鲁迅:《华盖集续篇·马上支日记》。

西方文化对鲁迅性格的塑造

我们已从近代中国的文化冲突的角度，指出了鲁迅从科学救国到文化和文学救国乃是近代中国向西方学习的一次飞跃，是中西文化撞击由浅入深的表现。但是，如果我们从西方文化思潮的内在冲突来看，那么，鲁迅的转折也可以看作由科学主义向人本主义的转变。过去，人们只看到了科学主义与人本主义对立的一面，而忽视了二者的统一。事实上，C. P. 斯诺所称的对立冲突而互不关心的“两种文化”，是现代西方文化相互渗透贯通的两个方面；所以，从布伦塔诺出胡塞尔，从胡塞尔出萨特，从海德格尔出伽达默尔，而怀特海如鲁迅一样，由科学主义走向人本主义。因为在科学哲学家维特根斯坦看来，“真正说来哲学的正确方法如此：除了能说的东西以外，不说什么事情，也就是除了自然科学的命题，即与哲学没有关系的东西之外，不说什么事情”，“一个人对于不能谈的事情就应当沉默”。“伦理学是不能表述的”，因为“不可能有伦理的命题”。[①] 于是，科学哲学家为自己的逻辑分析划了一个范围，范围之外的大片空白就成了人本哲学家“你方唱罢我登场”的舞台。而在古典哲学家如黑格尔那里，就建构了一个包罗万象的哲学体系而没有留下一点空白，所以现代哲学对黑格尔的攻击，是来自科学哲学与人本哲学这两方面的。

科学主义与人本主义的这种区别与联系，对理解留日时期的鲁迅思想是非常重要的。然而迄今为止，鲁迅研究界还没有人从这种现代文化分裂及其联系的角度，去探究鲁迅在科学主义与人本主义之间的文化选择，因此就造成了对鲁迅的一些错误认识。譬如有人不知道科学的界限，就不理解为什么对现代科学与科学史那样熟知的鲁迅。却在《破恶声论》中反对破迷信、毁偶像、禁赛会、嘲神话。其实后者多属伦理的价值范畴，科学命题之外的领域。又

---

① [英]维特根斯坦:《逻辑哲学论》，郭英译，北京:商务印书馆，1985年，第95～97页。

如，李泽厚以《科学史教篇》的结尾对艺术的推崇，就断言《科学史教篇》“是由‘科学与爱国’走向提倡文艺运动的过渡”[1]，就以逻辑次序抹杀了史实。因为鲁迅要提倡文艺运动是在1906年下半年，而《科学史教篇》则作1907年；就发表的时间看，《摩罗诗力说》发表于1908年2月至3月，而《科学史教篇》则发表于同一刊物同一年的6月。而在以逻辑抹杀史实的背后，显示了这样一种观点，就是以为鲁迅在提倡文艺运动之后，不可能再去光顾科学了，这也是过于强调科学主义与人本主义之分裂的表现。事实上，鲁迅回国之后教的都是科学，到“五四”后才教文学，但还是劝搞文学的人多翻翻科学的书。而留日时期的鲁迅通过西方哲学的发展史，已经认识到了黑格尔之后西方哲学的分裂：“往所理想，在知见情操，两皆调整，若主智一派，则在聪明睿智，能移客观之大世界于主观之中者。如是思惟，迨黑该尔（F. Hegel）出而达其极。……顾至十九世纪垂终，则理想为之一变，明哲之士，反省于内面者深，因以知古人所设具足调协之人，决不能得之今世；惟有意力轶众，所当希求，能于情意一端，处现实之世，而有勇猛奋斗之才，虽屡踣屡僵，终得现其理想：其为人格，如是焉耳。”[2]但鲁迅也看到了“两种文化”对立中的统一：“至尼佉氏，则刺取达尔文进化之说，掊击景教，别说超人。虽云据科学为根，而宗教与幻想之臭味不脱”。[3] 因此，鲁迅最终虽然走向了人本主义，但科学主义对鲁迅思想性格的塑造同样不可忽视。

一、科学主义对鲁迅思想性格的塑造

在发表《说钼》、《中国地质略论》的同时，鲁迅也迷上了科学幻想小说。鲁迅说：“苟欲弥今日译界之缺点，导中国人群以进行，必自科学小说始。”因为科学小说能使人在审美的乐趣中“改良思想，补助文明”[4]。由此可见，鲁迅对文化启蒙的注重并非始自弃医从文，但以弃医从文为界，的确有科学主义与人本

① 李泽厚：《中国近代思想史论》，北京：人民出版社，1979年，第443页。

② 鲁迅：《坟·文化偏至论》。

③ 鲁迅：《集外集拾遗补编·破恶声论》，尼采不承认这一点，并抨击进化论。

④ 鲁迅：《译文序跋集·〈月界旅行〉辨言》。

主义的启蒙之分，“五四”对科学与民主的倡导则兼容了这二者。而鲁迅对科幻小说的兴趣，使他在1903年前后翻译了《月界旅行》、《地底旅行》、《造人术》、《北极探险记》等许多科幻作品。鲁迅的科学探究以及对科学的浓厚兴趣，大大拓展了鲁迅的时空观念，对世界的宏观想象力，改变了在自给自足的小农经济基础上形成的世界观与自然观。如果说《中国地质略论》对太古代、古生代、中生代与近生代之沧桑巨变的回顾展现了一种把握世界的宏观视野，那么，《说钼》则对原子、电子的世界构成进行了微观的透视。而鲁迅所译介的科幻小说对未来世界的上天入地、星球大战乃至造人术的假想，更拓展了鲁迅的想象空间。

鲁迅对西方科学的了解虽然并非蜻蜓点水、浅尝辄止，但也没有想当科学专家的迹象。鲁迅对西方科学的兴趣主要表现在两个方面：第一，是基于以科学救国的强烈的现实要求，所以鲁迅学医是为了促进国人对维新的信仰；而《中国地质略论》与《科学史教篇》的末尾，都将对科学的介绍落实到爱国的主题上。然而，这却将鲁迅推向一个不可调和的矛盾冲突的漩涡中：一方面，鲁迅厌恶实利与技术，主张科学探究的非功利性，也就是“实利离尽”的为真理而真理的科学献身精神，如果鲁迅的这一理论落实到实践中，那么鲁迅就会成为科学家；然而另一方面，强烈的救国使命使鲁迅不但做不到“非功利性”，而且大力宣传科学对救国的功利目的，这就使鲁迅难以成为一心专注于真理的科学家，而更像一位科学文化的启蒙家。因此，第二，鲁迅对西方科学的兴趣与其说是在科学，倒不如说是在科学文化；也就是对科学的发达进行寻根究底的文化探索，深究在科学发达后面的非科学的人文因素。在《科学史教篇》中，史的部分仅占全文的一半，而最精彩的是占去全文近一半的论的部分。后者也可以看作西方科学史对鲁迅影响的结果。这篇文章有严复的影响，严复以《穆勒名学》与《名学浅说》等译作向国人介绍西方的逻辑学，就是不满于洋务派仅仅对西方的技术之叶感兴趣，而反身以求科学之本；而鲁迅通过西方科学史的梳理还看取了文化方面的经验教训以及历史的与比较的观念。鲁迅说：“盖世之评一时代历史者，褒贬所加，辄不一致，以当时人文所现，合之近今，得其差池，因生不满。若自设为古之一人，返其旧心，不思近世，平意求索，与之批评，则所论始云不妄。”也就是说，不能以现代人的观念去要求古人，而应将古人放到历史发展的环节中去考察，“古所未知，后无可愧”。这种历史的观念与方法对鲁迅的影响很大。“五四”之后，鲁迅将反传统的重点之所以放在改造国民性，而不是放在对古人的批判上，就是历史的观念使然。鲁迅不悔少年之作，

“甚而至于还有些爱”，就因为少年之作“虽然无谋，但自有天真存在”。[①] 相反，鲁迅倒是不满于早熟的中国文化与少年老成的中国人。但是，仅有历史的观念还难以看出一个时代或一种文化的特色，所以在《科学史教篇》中，鲁迅也推崇比较的方法：“盖凡论往古人文，加之轩轾，必取他种人与是相当之时劫，相度其所能至而较量之，决论之出，期近正耳。”这种比较观对鲁迅影响也很大，鲁迅对中国文化与民族性格的剖析，就主要是以西方文化为参照系的。历史的与比较的观念是鲁迅认识与评价历史的方法，在《科学史教篇》中，鲁迅还总结了历史进化的规律：“世界不直进，常曲折如螺旋，大波小波，起伏万状，进退久之而达水裔。”而“人间教育诸科，每不即于中道，甲张则乙驰，乙盛则甲衰，迭代往来，无有纪极”。而且这种“偏至”消长“亦无利害之可言，盖中世宗教暴起，压抑科学，事或足以震惊，而社会精神，乃与此不无洗涤，熏染陶冶，亦胎嘉葩”。两千年来，孕育了路德、克伦威尔、弥尔顿、华盛顿、卡莱尔等，“此其成果，以偿沮遏科学之失，绰然有余裕也”。在此，鲁迅已触及科学知识、宗教道德与“美艺文章”在人类文化结构中的地位及其演变，却拒绝对此作价值判断。因此，鲁迅在追溯求“真”的科学史时，也没有忽视求善的宗教道德与求美的文学艺术。鲁迅认为，即使科学发现，也“常受超科学之力，易语以释之，亦可曰非科学的理想之感动”。鲁迅的结论是：科学诚然是“神圣之光”，但“当防社会入于偏，日趋而之一极，精神渐失，则破灭亦随之”。如果“举世惟知识之崇，人生必大归于枯寂”，所以社会所希求的，就不仅是牛顿、波义耳、康德、达尔文，而且还应有莎士比亚、拉斐尔、贝多芬、卡莱尔，其目的是“致人性于全，不使之偏倚”。然而，鲁迅并未意识到，他所要求的文化之“全”与他所认识到的“文化偏至”性的发展之间不可调和的矛盾，鲁迅后来放弃了文化之“全”而走向“任个人而排众数”、“掊物质而张灵明”的“偏至”，这种文化选择一直延续到“五四”后的批“十景病”、“大团圆”。而这正是对科学史与宗教史的偏至发展中认识到的。有趣的是，鲁迅虽然做出了偏至的选择，但他又不肯定偏至，他说物质与众数是“至偏至伪”，显然是对偏至的一种否定。这与鲁迅批评中国人的中庸之道却又说中国人“并不中庸”一样，都不是逻辑常识所能理解的。也许鲁迅有这样一种宏观的思考：当国人大都尊崇实用技术与物质实利的时候，为了防止中国文化发展过于偏至，鲁迅倒向了另一极端，而中国的新文化只有在这两极的对立中才能发展壮大。

---

① 鲁迅：《集外集·序言》。

当然，西方科学技术对鲁迅性格的塑造起作用最大的，当推达尔文的进化论。进化论给鲁迅一种崭新的世界观，当鲁迅将这种世界观带入人文领域的时候，进化论又成了与传统对立的文化观。中国道家所推崇的自然是静态的、万物和谐相处的；而达尔文所描绘的自然却是动态的，充满了角斗和厮杀，这种残酷的自然法则就是在毫不留情的生存竞争中，优胜劣汰，适者生存。中国文化的特点是人道师从天道、“敬天礼地”，主张天人合一，也就是让人向和谐的、静态的、不争的自然靠拢；鲁迅在信从进化论上，恰好遵循了中国的这一传统，就是将人道和天道比附。于是，鲁迅认为，进化论那种残酷的竞争法则也适于人类社会，个人若不好斗竞争，就会被人群所淘汰；民族若不竞争自强，就无以争存于世界。这样，进化论不仅促使鲁迅奋斗自强，而且使他有了一种悲剧性的民族危机感：“即使生得多，也会给真的人除灭了，同猎人打完狼子一样！”[①]如果说自由竞争是近代社会的一个重要特征，那么，鲁迅对进化论的接受就使他获得了思想的近代性，而且为其观念上的从近代走向现代铺平了道路。因为正是进化论引入了社会与人文的领域，才使鲁迅顺理成章地接受了自强好斗的尼采学说，后来又接受了强调阶级斗争的马列主义。有趣的是，虽然鲁迅认为尼采学说是对达尔文的发展，但尼采本人却认为他的学说与达尔文毫不相干。尼采一再批判达尔文生存竞争说，认为这是一种片面的武断：“为生存而挣扎仅仅是一种例外，一种为了生活而暂时抑制的意志”[②]；而超人追求的则是在生存匮乏之上的生命余裕的强力意志。即使在生存竞争中也并非“优胜劣败”，“因为弱者是多数，而且善于通过忍耐、审慎、伪装、狡诈来保存自己；强者为了追求强力却不惜牺牲生命，较容易毁灭”。[③] 虽然尼采对生命余裕之强力意志的推崇，对鲁迅的艺术理论影响很大——鲁迅以艺术为生命余裕的表现，[④]但是，鲁迅从来不否认达尔文主义与尼采学说的联系，而将达尔文看作通向尼采的桥梁。鲁迅将进化论引入社会与人文领域，很容易成为社会达尔文主义的信徒，但鲁迅却不是一个社会达尔文主义者。或者更确切地说，鲁迅只是部分的社会达尔文主义者——在强调社会竞争、优胜劣败、适

---

① 鲁迅：《呐喊·狂人日记》。

② [德]尼采：《快乐的科学》第三四九节，余鸿荣译，北京：中国和平出版社，1986 年，版次下同不复注。

③ 周国平：《尼采：在世纪的转折点上》，上海：上海人民出版社，1986 年，第 73 页。

④ 鲁迅：《而已集·革命时代的文学》。

者生存的意义上，而这部分的社会达尔文主义又是与尼采的个性主义和超人学说相联系的。或者更确切地说，鲁迅是对达尔文进化论的合理“误读”而走向尼采主义——进化论只是探究自然、生物的一种科学而并没有目的论和价值论。即使如此，鲁迅也没有将这种合理“误读”贯彻到底，否则，鲁迅就会肯定帝国主义侵略的合理性。而后者正是鲁迅以托尔斯泰的人道主义竭力反对的。因此，鲁迅与其说是部分的社会达尔文主义者，倒不如说是部分的尼采主义者。有趣的是，进化论所描绘的残酷无情的刻板的自然法则，被鲁迅作为一种具有实质意义的方法论运用于对社会的观察中时，却居然变成了一种理想，变成了鲁迅在极度苦闷彷徨时的希望之光，这就是：鲁迅相信社会的进化，相信将来胜于现在，青年胜于老人。这种思路，到 1927 年国民党的以青年屠杀青年，才开始“轰毁”。

进化论对鲁迅的震动与影响既早又持久。鲁迅在《人之历史》一文中，就介绍了从林奈、拉马克、居维叶、歌德、华莱士，到达尔文、海克尔的生物进化论的历史发展，但从鲁迅置重海克尔所探究的“人之历史”上看，鲁迅关注的还是人类的文明发展。因此，进化论对鲁迅认识、评价中国文化，有着重大的影响。首先，鲁迅看重进化论的一个分支，德国生物学家海克尔所建立的生物进化论的系统树——种系发生学，认为这是“生物学分支之最新者”，“十九世纪末学术”令人惊叹之处。海克尔以大量的科学事实，论证了人类种族演进与个人成长的同构性。也就是说，人从受精卵到出生，经历了动物界从阿米巴属、鱼类、猿类一直到人的数万万年的生物进化历程。照此推论下去，那么，个人的童年、青年、成年与老年，也相当于人类种族的发生、发展、成熟与衰亡。然而此说由于推测与反省的成分多于事实的验证，所以在生命科学上就被基因、染色体等说盖过了。但是这种推测与反省却对恩格斯的自然辩证法、皮亚杰的发生认识论以及弗洛伊德以精神分析对人类文明的反省，产生了巨大的影响，对于施宾格勒、汤因比等人的文化研究也影响甚巨。鲁迅对于后者并不一定了解，但由于他对种系发生学的熟知，就使他在反省中国文化时有了一种宏观把握的方法。

不仅如此，既然从部分能看到整体、从个体可以推测种族具有科学的依据，那么，鲁迅对中国民族性格的剖析也就可以从一部分来看整体，从一个人来看种族，从一枝一叶来看民族之树。所以，鲁迅以“流民”阿 Q 来剖析中国的文化精神与民族性格在近代的显现；而在鲁迅几乎所有的“文明批评”的杂文中,从一枝一叶来看民族之树是最显著的特色。[①] 鲁迅很少对国民性进行整体的理论概括,却从雷峰塔的倒掉看到了奴才式的破坏对于中国的危害,从人们惋惜西湖十景少了一景看到了国人的"十景病",以及由此而使中国不产生悲剧或喜剧;从兑换钞票又想到"我们极易变成奴隶";从细腰蜂想到统治者对人民的麻醉,从一面铜镜想到了"汉唐精神"……在对日常发生的一些小事的"闲谈"中,显示了其对国民性的深刻把握。其次,进化论对遗传的强调,使鲁迅从个体遗传想到了民族根性的遗传,以及改造国民性的艰难。鲁迅是相信遗传的:"祖母的模样,就预示着那娃儿的将来。所以倘有要预知令夫人后日的丰姿,也只要看丈母。"[②] 因此,今日国民的劣根性,正是坏的遗传基因——"助成昏乱的物事(儒道两派的文书)"造成的。而"民族根性造成之后,无论好坏,改变都不容易的。……所以我们现在虽想好好做'人',难保血管里的昏乱分子不来作怪,我们也不自由,一变而为研究丹田脸谱的人物:这真是大可寒心的事"。因而鲁迅希望有一种可以医治灵魂毒素之遗传的六六六。[③] 再次,进化论还是鲁迅反传统的一种武器。鲁迅始终以动态的变化的文化观念,去批判中国静态的停滞的文化传统,鲁迅之所以推崇"摩罗诗人",就因其"立意在反抗,指归在动作",而对相对静态的华兹华斯等名诗人则不感兴趣。此外,鲁迅还以进化论向中国传统的退化论实行了袭击,这表现在伦理上,就是将中国传统的以长者为本位,转换成以幼者为本位。所以《狂人日记》最后的一句话是:"救救孩子";而鲁迅本人也要背着因袭的重担,肩住黑暗的闸门,放孩子们到宽阔的光明的地方去。

但是,鲁迅信奉的进化论,始终是鲁迅所理解与改造的进化论。这种进化论社会与人文的色彩要大于科学的色彩。胡适也是进化论的信奉者,他自认为对他影响最大的两个人就是达尔文和杜威。鲁迅信奉的进化论掺进了尼采主义,胡适信奉的进化论则掺进了实验主义。也可以说,当进化论从科学领域被引进社会与人文领域时,就已由引入者根据自己的理解进行了改造。所以,鲁迅所信的进化论突出了一个"强"字,"二士室处,亦有呼吸,于是生颢气之

① 钱理群在《心灵的探寻》一书中,就指出了鲁迅艺术思维的这一特色,但是此书却未指出造成这一特色的文化依据与来源。

② 鲁迅:《华盖集·这个与那个》。

③ 鲁迅:《热风·三十八》。

争，强肺者致胜”；“而畏死之民，其苓落殇亡，亦视强项敢死之民众”①。而胡适所信的进化论，则突出了一个“适”字，即更强调适应生存环境。② 鲁迅赞赏社会进化的中断和飞跃——革命，以求得问题的根本解决；胡适承认社会进化的渐进，不承认会有社会问题的根本解决，从而主张一个问题一个问题的解决，发现一个字的古意与发现一颗恒星具有同样的价值，而反对社会革命。很难从科学的意义上说谁的进化论正确，因为鲁迅就说过，坚强者、猛人也会为柔软的国民给“克”了。也就是说，自强奋斗而个性极强的人，很容易吃亏受害；而缩头乌龟式的随大流的人可能更容易生存。尽管鲁迅认识到了这一点，但鲁迅仍“颂美强者”。因此，鲁迅与胡适对进化论的不同解释，正是他们思想性格的差异。

鲁迅学习西医是有着促进国民对于变革的政治与人文目的的，而医学作为生命科学，又是文学的友好邻邦，鲁迅在后来的文学活动中，生命科学对他是大有助益的。这一点鲁迅是意识到了的：“吾辈诊同胞病颇得七八，而治之有二难”③；鲁迅又想以新文化的六六六，去医治国民劣根性之梅毒的遗传。而小说《药》，从题目上就可看出鲁迅作为民族精神之医生的职责。所以张定璜在《鲁迅先生》一文中说：“鲁迅先生站在路旁边，看见我们男男女女在大街上来去，高的矮的，老的少的，肥的瘦的，一大群在那里蠢动。从我们的眼睛，面貌，举动上，从我们的全身上，他看出我们的冥顽，卑劣，丑恶和饥饿。……我们知道他有三个特色，那也是老于手术富于经验的医生的特色，第一个，冷静，第二个，还是冷静，第三个，还是冷静。你别想去恐吓他，蒙蔽他。不等到你开嘴说话，他的尖锐的眼光已经教你明白了他知道你也许比你自己知道的还更清楚。”④正是这种科学家或医生手持解剖刀式的冷静，使别人在面对花香虫鸣而诗兴大发的时候，鲁迅却吟出了“野菊的生殖机官下，蟋蟀在吊膀子”的诗句，翻成文言就是“野菊性官下，蟋蟀在悬肘”。鲁迅在技巧纯熟的散文诗名篇《复仇》中说：

> 人的皮肤之厚，大概不到半分，鲜红的热血，就循着那后面，在比密密

---

① 鲁迅：《坟·摩罗诗力说》。

② 这一点魏绍馨就指出过。

③ 鲁迅：《收信集·180104 致许寿裳》。

④ 李宗英、张梦阳编：《六十年来鲁迅研究论文选》上册，北京：中国社会科学出版社，1982 年，第 33～34 页。

层层地爬在墙壁上的槐蚕更其密的血管里奔流，散出温热。……

但倘若用一柄尖锐的利刃，只一击，穿透这桃红色的，菲薄的皮肤，将见那鲜红的热血激箭似的以所有温热直接灌溉杀戮者；其次，则给以冰冷的呼吸，示以淡白的嘴唇……

我们从这段文字中可以看到一种医生解剖式的冷静。但以“三个冷静”概括鲁迅的作品，显然没有全面把握鲁迅，因为鲁迅在科学家式的“三个冷静”下面，还积压着艺术家特有的热情。

尽管鲁迅没有论及或者说还不可能接触相对论与量子力学；但是，鲁迅所接触的西方科学的思想方法，都具有现代性。从进化论，到种系发生学、宇宙发生学；从比较解剖学，到比较文学、比较文化学，而且鲁迅在介绍种系发生学的时候，还意识到了系统论的思想方法。[①] 这些科学的思想方法对鲁迅后来从事的文化批评与文艺事业，产生了巨大的影响。仅以比较方法对鲁迅的文学批评与研究而论，鲁迅以比较文学的方法介绍了拜伦、雪莱“余波流衍，入俄则起国民诗人普式庚，至波阑则作报复诗人密克威支，入匈加利则觉爱国诗人裴彖飞”[②]。鲁迅还以独立自由、反抗挑战的拜伦为参照系，认为屈原缺乏一种反抗的强力色彩，没有独立的人格精神，而是一种“非帮忙即帮闲”的人，他的《离骚》只是“不得帮忙的不平”。鲁迅在其学术名著《中国小说史略》中，也运用了比较文学的方法探究印度宗教与文学对中国小说史的影响。[③]

既然鲁迅在“科教救国”的阶段注重的就是生命科学和文化，即使他信奉的进化论，也经他改造而成了通向尼采的桥梁；那么，鲁迅由科学主义转向人本主义，弃医而从文，就毫不足奇了。[④] 但是，这一转变对于中国文化在近代的命运来说，却具有重大的意义。无论洋务派所关注的科技工艺，还是改良派所关注的政治体制，对中国文化来说都是“外王”之学。当时许多革命派人士所关注的排满与建立资产阶级的民主共和国，也属“外王”之列。如果仅仅是“外王”的西化，而“内圣”大致不变，或者说变动较大但不致彻底被抛弃；那么，中国就会像韩国、新加坡一样，走上一条带有浓重儒家色彩的现代化道路。但

① 鲁迅留日时期接触的科学的思想方法非常重要，可惜未引起鲁研究界的重视。

② 鲁迅：《坟·摩罗诗力说》。

③ 孙昌熙：《鲁迅的比较文学观及其研治古典文学的成就》，载《鲁迅研究》，1982 年第 6 辑。

④ 鲁研界只注意幻灯片对鲁迅弃医从文的作用，而忽视了鲁迅弃医从文的文化原因，这一点下文还将论及。

是,由于中国以“外王”之变以应世变的路没有走通,所以新文化运动的主力炮火就对准了中国的“内圣”之学。而鲁迅的弃医从文,也就是介绍西方的科学转而介绍西方的文化与文学,由科学主义转向人本主义,由“外王”转向“内圣”。西方文化的“内圣”之学就是基督教伦理以及作为基督教的变异或反动而出现的现代人学思潮,鲁迅看取的正是后者,并以此批判中国传统的“内圣”之学。

二、人本主义与鲁迅思想范式的确立

从某种意义上说,《文化偏至论》与《摩罗诗力说》的发表,对于鲁迅此后所从事的文化批评与文学创作具有极大的象征意味,在鲁迅的文学创作中,总有文化的主题,鲁迅也是这样追求的:“我们所要求的美术品,是表记中国民族知能最高点的标本”[①];又说:“文学总是一种余裕的产物,可以表示一民族的文化倒是真的。”[②]但除了早期的几篇论文外,鲁迅很少以抽象的概念、逻辑的分析“表示一民族的文化”,即使专门讨论国民性的文章,也往往有形象的比喻与情感的渗透。因此,《文化偏至论》与《摩罗诗力说》所注重的文化与文学的“双重变奏”,伴随了鲁迅一生。

鲁迅对西方文化与文学的介绍有一个共同的主题,就是对西方现代的“内圣”之学的看重。正如鲁迅对西方科学的介绍着眼于19世纪末的最新成果,鲁迅在《文化偏至论》中对西方文化的介绍,也着眼于19世纪末的最新思潮。但是,鲁迅并没有像同时代的许多人那样,将西方现代文化与古代文化截然对立起来,然后以为中西文化在古代是并列的、平行发展的,是可以相互认同的,中国只是在近现代才落后于西方。相反,鲁迅对西方科学史的反省,使他看到,近现代西方实用技术之果,来自古代的理论研索之花,其根底甚至埋在古代的宗教与神话之中。这种假设也同样适合于西方的文化史,[③]所以,鲁迅在对西方科学史的反省中发现的科学与宗教道德在历史上的片面发展、迂回前

① 鲁迅:《热风·随感录四十三》。

② 鲁迅:《而已集·革命时代的文学》。

③ 海德格尔说,一部西哲史是对柏拉图哲学的注解。

行,又被运用到对文化史的考察中,就形成了著名的《文化偏至论》。

我们下面将着重考察的问题是:第一,是鲁迅在传统的基督教与现代人学思潮之间的认识与选择。鲁迅并不否认现代人学思潮与传统的基督教的联系,不否认置重精神与基督教尊崇灵魂的联系,也不否认张大个性与基督教承认每一个灵魂的独特性的联系。[①] 有趣的是,除了介绍现代的张大个性者如尼采、易卜生等人外,鲁迅所举历史上"不和众嚣、独具我见"而又为众迫害的人,恰恰是对塑造西方文化有重大作用的苏格拉底和耶稣:"讴歌众数,奉若神明者,盖仅见光明一端,他未遍知,因而赞颂,使反而观诸黑暗,当立悟其不然矣。一梭格拉第也,而众希腊人鸩之,一耶稣基督也,而众犹太人磔之,后世论者,孰不云缪,顾其时则从众志耳。""五四"之后,鲁迅在散文诗《复仇(其二)》中,还描绘出耶稣这种崇高的形象,他为救世人却被世人陷害,甚至被与他同钉十字架的强盗唾弃、诅咒,于是耶稣便仇恨他们的现在而悲悯他们的未来。当他被钉十字架而碎骨的大痛楚袭来的时候,他就沉酣于大悲悯和大欢喜中。鲁迅还认为,尽管现代人学思潮是以反传统的面目出现的,"然其根柢,乃远在十九世纪初叶神思一派"[②]。因此,中西文化都自成一个整体,各自的现状都是各自的过去的结果,是两种不能相互认同的异质的文化。但是,鲁迅不可能同时"拿来"并赞颂西方文化的整体,而现代人学思潮本身就是以反传统的面目出现的。于是,鲁迅就出现了认识与选择的矛盾,详细一点说,就是对西方文化史的全面认识与片面选择的矛盾。因此,尽管鲁迅对苏格拉底、耶稣示以敬意,但他看取的却是"专向旧有之文明""加之掊击扫荡"的现代人学思潮。而鲁迅一旦肯定了现代人学思潮,也就不能不肯定这一思潮对西方传统文化的反叛。

我们要讨论的第二个问题,是鲁迅对西方 19 世纪文化及其反动的认识与选择。当然,鲁迅对西方文化阶段性特征的认识,并不影响他对西方文化一以贯之的整体发展的认识。鲁迅是这样表述他的西方文化整体观和阶段发展的局部观的:"文明无不根旧迹而演来,亦以矫往事而生偏至";"故苟为寻绎其条贯本末,大都蝉联而不可离,若所谓某世纪文明之特色何在者,特举荦荦大者

---

① 详见高旭东、吴忠民等著:《孔子精神与基督精神》,石家庄:河北人民出版社,1989 年。又,鲁迅认为"今日成就,无一不绳前时之遗迹"。

② 《鲁迅全集》在"神思一派"的注中,以"神思一派"为黑格尔代表的一派,但克尔凯戈尔、叔本华都把矛头指向黑格尔,叔本华认同康德,因而"神思一派"应为康德代表的一派。

而为言耳”。于是，鲁迅发现，西方文化矫枉过正的偏至发展，到19世纪而形成了两大特色，一是对民主的推崇，一是对物质的置重。鲁迅说：“同是者是，独是者非，以多数临天下而暴独特者，实十九世纪大潮之一派，且曼衍入今而未有既者也。更举他物，则物质文明之进步是已。……久食其赐，信乃弥坚，渐而奉为圭臬，视若一切存在之本根，且将以之范围精神界所有事，现实生活，胶不可移，惟此是尊，惟此是尚，此又十九世纪大潮之一派，且曼衍入今而未有既者也。”但是，鲁迅对以民主与物质之发达为特征的19世纪西方文明进行了否定，认为这在西方“为不得已，且亦不可去”。而鲁迅对19世纪西方文明的否定，正是世纪末人学思潮的结果。这一世纪末新思潮直接来源于世纪初，但是，直到世纪末，由于民主与物质的偏至达到了极点而暴露其“通弊”，才使得掊物质非民主的人学思想“会为大潮，以反动破坏充其精神，以获新生为其希望”，“作旧弊之药石，造新生之津梁”。

由于世纪末人学思潮的影响，使鲁迅对民主与物质文明的批判表现出一种偏激性。鲁迅对民主的批判有三个理由。第一，社会民主倾向必然剥高平低，“使天下人人归于一致，社会之内，荡无高卑”，这样就会使文化日下。因为“人群之内，明哲非多”。而这种社会民主倾向却不管你是否有个性，是“明哲”还是“凡庸”，强调少数服从多数的一律化。因此，这种趋同性的民主，不但“于个人殊特之性，视之蔑如，既不加之别分，且欲致之灭绝”，而且“流弊所至，将使文化之纯粹者，精神益趋于固陋”，甚至使“全体以沦于凡庸”。第二，鲁迅以苏格拉底、耶稣等为众所害为例，说明“多数”之谬；鲁迅还作了这样一个假设，以后的人也会以今天的独特者为贤而以“众数”为愚。鲁迅还以“众数”始誉杀恺撒的布鲁多，又誉为恺撒报仇的安东尼，谴责“众数”反复无常的“无特操”。第三，鲁迅反驳了无政府主义者“铲除阶级”的平等要求，因为建立这一学说的人“大都以导师自命”。“夫一导众从，智愚之别即在斯”。鲁迅的结论是：“与其抑英哲以就凡庸，曷若置众人而希英哲”。于是，“是非不可公于众，公之则果不诚；政事不可公于众，公之则治不郅。惟超人出，世乃太平。苟不能然，则在英哲”。鲁迅对西方物质主义的批判，则肯定了物质文明为“现实生活之大本”；但由于过于崇奉物质主义，甚至重视物质而超过了人，就会舍弃人的心灵旨趣而走向拜物主义，使得所有一切“无不质化，灵明日以亏蚀，旨趣流于平庸，人惟客观之物质世界是趋，而主观之内面精神，乃舍置不之一省”。这时候，“性灵之光”就会黯淡，社会进步就会停止，而“一切诈伪罪恶”就会乘机而起。

鲁迅批判了19世纪的西方文明，而推崇作为19世纪文明之反动的世纪末思潮。在鲁迅看来，这一思潮是以反民主非物质的纠偏姿态出现的。就反民主一面而言，与之对应的是对自我的绝对尊崇，对个性的极力张大，鲁迅介绍了施蒂纳的"极端之个人主义"，人必须有一个内在的自我，这个自我是内在的上帝，是脱离了观念世界之束缚而形成的绝对自由的世界，因而就反对一切外在的束缚："苟有外力来被，则无间出于寡人，或出于众庶，皆专制也。"国家及其法律对自我的要求，也是一种专制的表现，所以人应该"绝义务"。鲁迅介绍了叔本华刚愎孤傲、言行与众不同的个性及其视庸众为劣等动物而主我扬己的思想性格，介绍了克尔凯戈尔以张大个性"为至高之道德"的主张。鲁迅还介绍了以克尔凯戈尔的诠释者著称的易卜生，认为他的作品"往往反社会民主之倾向"，反庸众反虚伪，而推崇多力善斗的个性战士，其《国民公敌》一剧，就描绘了坚持真理不与世俗同流合污的个性战士向庸众宣战。鲁迅是将尼采作为"个人主义之至雄桀者"放在最后介绍的，尼采的超人学说，反民主的思想倾向，以及为了一个超人的出现不惜牺牲粗制滥造者的主张，都为鲁迅所推崇。就非物质一面而言，与之对应的是对主观主义与意志主义（唯意志论）的极力推崇。鲁迅认为，"惟物极端"对精神生活的扼杀，使得"主观与意力主义之兴，功有伟于洪水之有方舟"。鲁迅对主观主义的特征是这样介绍的："一谓惟以主观为准则，用律诸物；一谓视主观之心灵界，当较客观之物质界为尤尊。""平庸之客观"与物质主义使人动不由己，象机械一样，从而扼杀了人的内在情趣与独创力；而"主观与意力主义"则使人离却外物，"独来往于自心之天地，确信在是，满足亦在是"。鲁迅介绍了尼采、易卜生"据其所信，力抗时俗，示主观倾向之极致，而契开迦尔（克尔凯戈尔）则谓真理准则，独在主观，惟主观性，即为真理"。如果说主观主义使人有一个内在的与众不同的不为外物所役的自我，那么，在鲁迅看来，意志主义则使与众不同的自我具有"主观战斗精神"，有一种强力色彩："故如勖宾霍尔所张主，则以内省诸己，豁然贯通，因曰意力为世界之本体也；尼怯之所希冀，则意力绝世，几近神明之超人也；伊勃生之所描写，则以更革为生命，多力善斗，即迕万众不慑之强者也。"因此，在世纪末西方人学思潮的影响下，鲁迅提出了"掊物质而张灵明，任个人而排众数"的文化主张。在这里，鲁迅文化评价上对偏至的否定与文化选择上对偏至的肯定，又形成了尖锐对立的矛盾。然而鲁迅认为，只要国人自觉而张大个性，就能在世界上建立雄厉无前的"人国"。"故将生存两间，角逐列国是务，其首在立人，人立而后凡事举；若其道术，乃必尊个性而张精神"。鲁迅批评了那些贱古崇洋的人，“皇皇焉欲进欧西之物而代之，而于适所言十九世纪末之思潮，乃漠然不一措意”。而且他们所崇拜的“欧西之物”不外是“黄金黑铁”（物质）与“立宪国会”（民主），这不仅是“现象之末”，而且在19世纪已显得“至偏至伪”，为先觉之士所唾弃。而世纪末思潮对个性和精神的置重，却预示了20世纪西方文明的方向：“二十世纪之新精神，殆将立狂风怒浪之间，恃意力以辟生路者也。”因此，“二十世纪之文明，当必沉邃庄严，至与十九世纪之文明异趣”。

鲁迅的预见在某种意义上确实含有真理性。就西方文化而言，20世纪的西方文化确与19世纪不同，而这种不同恰为鲁迅所言中，或者说，为鲁迅推崇的克尔凯戈尔、尼采等人所言中。哲学上对人的注重，反对工具理性和物质文明对人的异化，是世纪末汇为大潮而曼延于20世纪的。克尔凯戈尔在19世纪的影响并不大，但到了20世纪，由于存在主义者将之奉为先驱者，而成为具有世界影响的哲学家。而尼采在世纪的转折点上所扮演的重要角色，是众所周知的。就中国文化而言，鲁迅对个性解放的推崇，成为新文化运动的先驱者，冯雪峰就看到了鲁迅留日时期的论文与“五四”精神的吻合。鲁迅推崇的尼采、易卜生，到“五四”新文化运动才受到知识青年的普遍欢迎，以至于在这种文化新潮的推动下，连乐观的胡适也提倡起“易卜生主义”来。鲁迅提倡的主观主义与意力主义，并不像林毓生所说，是中国传统的“借思想文化解决问题”，倒可以与基督教文化对灵魂的置重吻合；[①]而鲁迅提倡的张大个性，对于强调整体性与合群性的中国传统伦理来说确实具有极大的破坏性。所以鲁迅说：“中国在昔，本尚物质而疾天才。”因此，尽管《文化偏至论》还不想整体性地彻底否定中国的文化传统，然而鲁迅以西方19世纪末思想的“内圣”对中国传统的“内圣”之反叛，是有的放矢的。但是，鲁迅对19世纪西方文明以及引进西方的“黄金黑铁”与“立宪国会”者的否定，就很有问题。就形式上看，“黄金黑铁”（物质）与“立宪国会”（民主）都属“外王”之学，因此，除非“外王”要取代“内圣”而造成人的异化，否则，以“内圣”去否定“外王”，就是一种错位现象。就实质内容上看，中国当时还没有现代化的物质财富与政治体制，所以批判也就无的放矢；而在传统的物质条件与政治体制之上，不要说难于出现“绝对之主我”的个性战士，就是出现了“超人”（这个超人只能是皇帝）也不会将中国带入现代化社会。当然，鲁迅的反民主绝对不是替君主专制政体辩护，因为在君

---

① 在这个问题上笔者对林毓生教授的观点进行的详尽反驳，详见高旭东、吴忠民等著《孔子精神与基督精神》，第23～27页。

主专制政体中个性的自由更没有保障；鲁迅的反民主只是要使现代民主体制更容忍独特的个性。这种思想的超前性（中国当时还没有建立民主政体）虽然源自现代人学思潮，但对鲁迅来说，自有其深刻的现实根源。当时觉醒者只是少数，而大多数国民还在传统的梦中昏睡，还是麻木的看客，假如他们都参加投票而以得票的多少定是非，不正是少数觉醒者的噩梦吗？后来鲁迅不就受到过"搬出中国"之类的警告吗？所以鲁迅说："我之得以偷生者，因为他们大多数不识字，不知道……否则，几条杂感，就可以送命的。民众的罚恶之心，并不下于学者和军阀。"①

西方现代人学思潮对鲁迅思想性格的塑造，直到现在尚未引起人们足够的重视。事实上，鲁迅后来在文化上的反传统、反庸众，以"个人的自大"反对"合群的自大"，其力量源泉正来自这一思潮。鲁迅研究界对尼采与鲁迅的思想联系已给予了足够的重视，鲁迅对尼采的看取，正因他是属于未来的现代人学思潮的代表人物。因此，不是某一个人，而是由施蒂纳、叔本华、尼采、克尔凯戈尔、易卜生等人汇成的张大个性和"灵明"的大潮，洗礼了鲁迅的思想性格。而经现代人学思潮洗礼的鲁迅思想的显著特色，就是其现代性。鲁迅的爱国观与岳飞的大不相同，②鲁迅的屈原观与郭沫若以屈原为"人民诗人"而加以认同也大异其趣。③ 鲁迅绝不像胡适那样，以白话文衡量古今文学，而不顾新文学与传统文学的质的差异，从而陷入"形式主义的谬误"（林毓生语）。鲁迅从整体上为传统与现代化划了一条界线，并以现代观念评古论今。这一点，就连曾对鲁迅表示过某种否定倾向的夏志清，在认真的思考反省之后也承认："鲁迅的值得重视，并不在于他率先以西洋文学的风格和写作技巧，从事小说的创作；而在于他的现代观念。"④有人曾对鲁迅的文学创作特别是《野草》中表现出的存在主义倾向感到迷惑不解，因为鲁迅可能并未读过海德格尔、萨特、加缪等人的作品；然而我们不应忘记，克尔凯戈尔、尼采以及鲁迅喜爱的陀思妥耶夫斯基，都是存在主义的先驱。当然，克尔凯戈尔、易卜生、施蒂纳、叔本华、尼采等人对鲁迅思想性格的塑造，所起的作用并不相同。尽管鲁迅在后期杂文中还正面引用过克尔凯戈尔的话，尽管鲁迅将施蒂纳与卢梭、托尔斯

---

① 鲁迅：《而已集·答有恒先生》。

② 详见拙作《试论拜伦对鲁迅的影响》，载《中国比较文学》，1989 年第 1 期。

③ 参见山田敬三《鲁迅世界》关于鲁迅"埋葬屈原"的论述。

④ 夏志清：《中国现代小说史》中译本《附录二》，香港：香港友联出版社，1979 年。

泰、易卜生、尼采并称为“轨道破坏者”，但克尔凯戈尔、施蒂纳对鲁迅的影响较尼采、易卜生、叔本华为小。从鲁迅经常引用叔本华的话来看，鲁迅对叔本华的作品是很熟的，但是，鲁迅虽会认同叔本华的意志本体论，却不会认可其寂灭意志的伦理学。然而，通过叔本华（当然更多的是受章太炎的影响）而走向读佛教经典，并夸释迦牟尼“真是大哲”，对鲁迅来说正是顺理成章的事。而佛学与叔本华的《比喻，隐喻与寓言》，对鲁迅的《野草》有很大的影响，可惜尚无人加以深究。易卜生对鲁迅的影响较叔本华为大，这不仅在于《文化偏至论》介绍易卜生的篇幅较多，《娜拉走后怎样》专门讨论易卜生的戏剧，鲁迅几次称易卜生为“轨道破坏”的“大人物”，而且鲁迅将易卜生当作可以取代传统文化的“新偶像”：“与其崇拜孔丘关羽，还不如崇拜达尔文易卜生。”[①]施蒂纳、克尔凯戈尔、叔本华都是哲学家，而易卜生却是艺术家。鲁迅喜欢将哲学的语言方式通过自己的悟性转变成艺术的语言方式，因而易卜生以直观的感性的方式向鲁迅呈现的个人离却了庸俗而孤独的存在状态，乃至对孤独的执着——“世界上最强有力的人，就是那最孤独的人”，对鲁迅的影响就更大。鲁迅推崇易卜生的《国民公敌》那种敢于独战多数、向庸众宣战的精神，而以“个人的自大”反对“合群的自大”，正是鲁迅前期小说中意识到的反复出现的文化主题。因此，克尔凯戈尔对鲁迅思想和创作的深层影响主要是通过易卜生这一中介实现的。[②] 在“意志论”上，尼采是叔本华的信徒——只不过叔本华还以传统的哲学表述方式反传统，而尼采则摆脱了这一点；在伦理学上，尼采抛弃了叔本华，甚至比易卜生的独战多数走得更远，以至于要以多数为牺牲去培植“超人”。这就难怪，勃兰兑斯读了尼采的书后，就感到他与克尔凯戈尔、易卜生的思想相近。下面，我们就简略地看一下尼采对鲁迅的影响。[③]

尼采是哲学家，但他的著作也是艺术品；鲁迅是文学家，但他的作品却富有哲理深度。尼采的作品除了早期的《悲剧的诞生》外，其余大都是“从山峰到山峰”的格言、警句、随想，而不是严格的逻辑论证的论著；鲁迅的作品，除了早期的《科学史教篇》、《文化偏至论》外，也没有严格的论文——以至于有人不得要领地说鲁迅“不能持论”。鲁迅认为尼采的文章“太好”，并用文言与白话先

---

① 鲁迅：《热风·四十六》。

② 这指影响的整体而言，鲁迅对克尔凯戈尔的一些论著是熟悉的。

③ 乐黛云：《尼采与中国现代文学》等文对此已有探究，但笔者在此基础上的探究却与之并不相同。关于鲁迅与尼采的反传统，后文还将详论。

后两次翻译了《查拉斯图拉如是说》的《序言》，可见鲁迅对尼采的文章喜爱之深，鲁迅与尼采相似的语言表达方式，是二者精神联系之密切的表现。从某种意义上说，鲁迅在中国文化史上的地位与尼采在西方文化史上的地位是相似的。正如在尼采之前，没有人那么猛烈地攻击基督教的价值观念，那么强烈地感受到“上帝死了”之后西方人巨大的价值危机；在鲁迅之前，也没有人那么猛烈地攻击儒教的价值观念，以及在儒教的价值观念崩溃之后深感存在的孤独与苦闷。

尼采对鲁迅的个性主义的影响虽有许多论者讨论过，但很少论及尼采个性主义的特色。个性主义是近代个性解放的产物，但尼采却把个性主义推向了极端，所以他特别强调主体的强力、意志的张大以及独战多数。尼采也看到，“多数”像苍蝇一样遍地都是，许多坚强者为之毁灭：“这些小物件与可怜虫是无数的，许多高耸的大厦，曾被雨点与恶草所倾毁。你不是石块，可是许多雨点已经滴穿了你。还有许多雨点将会砍分了你，粉碎了你。”[①]在善于“以柔克刚”、“滴水穿石”的中国，尼采的话就不能不引起鲁迅的强烈共鸣。所以，鲁迅的个性主义不仅要求从传统的伦理整体中解放出来，而且要人“多力善斗”，不管“众数”是“一式点头”，还是以“无物之阵”对付你，你都要意志坚强地“举起投枪”。[②] 尼采的强力意志不仅影响了鲁迅《野草》中的《复仇》、《这样的战士》、《淡淡的血痕中》诸篇，而且《查拉斯图拉如是说》对《野草》的艺术表现方式也有很大影响。仅举一例。《查拉斯图拉如是说》的《卜者》一篇，叙查拉斯图拉的梦：

> 我梦到我整个地抛弃了我的生命。我在死神之堡的孤独的山上，成了守夜者与守坟者。
>
> 在那里我守着死神的棺木：黑暗的甬道里充满了它的胜利的锦标。消失了的生命穿过玻璃棺望着我。
>
> 我吸着永恒之杂着灰的气息；我的多尘的灵魂被压着……

这个梦与《野草》中的作品篇幅相同，梦的结尾是：黑棺自己裂碎了……

> 我怕极了：我被推倒在地上。我骇呼了，我从不曾那样骇呼过。

---

① ［德］尼采：《查拉斯图拉如是说》，尹溟泽，北京：文化艺术出版社，1987 年，第 58 页，版次下同不复注。

② 鲁迅：《野草·这样的战士》。

但是我自己的呼声惊醒了我;——我恢复了知觉。

查拉斯图拉的这个梦与《野草》中的《墓碣文》、《死后》等篇,在构思上有异曲同工之妙。据章衣萍回忆,鲁迅曾说他的哲学都包括在他的《野草》里。[①]而《野草》与《查拉斯图拉如是说》的哲学表现方式是相似的,就是不以抽象的概念、逻辑的推演而以象征、隐喻、暗示等技巧,将自己体认到的存在的深度揭示出来。因此,虽有人研究《野草》所受屠格涅夫、夏目漱石的散文诗的影响,但尼采的影响尤甚。尼采的文章,除了《悲剧的诞生》等,大部分都可以与鲁迅的有关文化批判的杂文相比,而且这种影响不限于思想,也包括技巧。因此,尼采对鲁迅的影响是巨大的——从思想性格、情感方式、艺术技巧,一直到个人的好恶。我们说过,鲁迅信奉的进化论就是尼采式的进化论,就是让人自强奋进,由"末人"经过"人"这条软索向"超人"迈进。因此,进化论才会成为鲁迅坚信将有较圆满的人出现的一种理想。不仅如此,尼采那种激进、极端、狂人式的情感方式,刚毅不挠、多力善斗的强力意志,对"五四"时期的鲁迅也有影响,使孤傲与自信成为鲁迅性格的重要组成部分。鲁迅说尼采绝望于现实的"众数":"聊可望者,独苗裔耳";而鲁迅在《狂人日记》中正是基于对现实的"众数"的绝望,才发出了"救救孩子"的呐喊。尼采说:"大恩惠并不使人感谢,而使人生报复之心"[②];鲁迅说:"倘使我得到了谁的布施,我就要像兀鹰看见死尸一样,在四近徘徊,祝愿她的灭亡,给我亲自看见。"[③]尼采说:"弟子们,我独自前进了!""离开我……也许他骗了你们呢";[④]鲁迅说:"我不妨大步走去,向着我自以为可以走去的路……然而向青年说话可就难了,如果盲人瞎马,引入

---

① 转引自钱理群《心灵的探索》第20页。我们不打算列专章讨论《野草》,但这并不表明笔者不重视《野草》。在鲁迅作品中,《野草》的现代性最显著,技巧也不在他的小说之下,所以,《野草》与《呐喊》、《彷徨》一样值得研究。就过去的鲁研格局来看,重视小说研究而忽略了散文诗研究,《野草》在中国,是前无古人而至今无来者的一个奇迹。不过,尽管《野草》研究不像小说研究那样热,但《野草》研究从孙玉石、钱理群到解志熙的研究历程,与小说的研究历程很相似,钱理群的《心灵的探索》,基本上是以鲁迅自己的话诠释《野草》,有诸多新的发现,但缺点在于太过理性化,在这一点上,解志熙于1990年下半年发表于《鲁迅研究月刊》上的《论〈野草〉的哲学意蕴》的阐释,就更准确,但是,解志熙将鲁迅描绘成克尔凯戈尔、尼采、海德格尔、萨特、加缪等人的"标准信徒",就陷入了"哲学家"式的武断,而忽视了《野草》的特色及其哲学的复杂性。

② [德]尼采:《查拉斯图拉如是说》,第103页。

③ 鲁迅:《野草·过客》。

④ [德]尼采:《查拉斯图拉如是说》,第91页。

危途，我就该得谋杀许多人命的罪孽。”[1]尼采和鲁迅都说他们的文章攻击个人，意不在个人而在一个文化类型。尼采讨厌猫，“我不爱它，这屋檐下的猫”[2]，讨厌羊，说“善人”就是奴隶的领头羊；鲁迅也讨厌“媚态的猫”，讨厌羊……

现代人学思潮对鲁迅思想性格的塑造，表现在思维方式上，就是思维的非常识性与直觉体悟特性。克尔凯戈尔、叔本华、尼采等人都不是常识性的哲学家，特别是尼采，简直是全面反常识的，他的观点也往往以逆理悖论的方式发表，譬如他对善、同情的贬斥以及对恶的肯定。这种思维的非常识性对鲁迅的影响是很大的，且看《野草》中《墓碣文》一篇：

> ……于浩歌狂热之际中寒；于天上看见深渊。于一切眼中看见无所有；于无所希望中得救。……

任何事物都是它的反面，《野草》中的《希望》与《好的故事》等篇，表现的正是一种深在的悲观失望感与荒诞感，所以鲁迅从孔子的中庸看出其非中庸，从嵇康阮籍的毁坏礼教看出其“太相信礼教”，从“仁义道德”中看出“吃人”，从“正人君子”之“公理正义的美名”看出其卑劣的嘴脸……这就是“从反面来推测未来的情形”[3]：“自称盗贼的无须防，得其反倒是好人；自称正人君子的必须防，得其反则是盗贼。”[4]当然，鲁迅这种思维的非常识性，受老庄的影响也非常大，特别是以“反者道之动”为纲的老学，就强调任何事物都是它的反面。[5]

所谓思维的常识性，一般都是诉诸理性的；而现代人学思潮的特点却是对理性的反叛，或者说，这一思潮就是对理性的过度发展以至于解释一切的反动。这一思潮认定，理性对于客体的认知是有效的，但对人的解释往往显得苍白。不仅如此，理性对人的无所不能的解释表现在伦理学上，就会抹杀人的个性，使复杂而特殊的个人工具化、机械化、齐一化。因此，这一思潮“所强调的已非表现在认识经验中的客体的各种特征，而是直接体验过的生活，并在深深

---

① 鲁迅：《华盖集·北京通信》。

② [德]尼采：《查拉斯图拉如是说》，第145页。

③ 鲁迅：《伪自由书·推背图》。

④ 鲁迅：《而已集·小杂感》。

⑤ 详见拙著《生命之树与知识之树》第三章第一节。

的体验、内省中领悟人生的真谛”[1]。所以这种人学思潮摒弃了传统的逻辑推演,而重视直觉与体悟。这种直觉与体悟的思维方式,对鲁迅的影响是很大的。除了早期的几篇论文,我们很难在鲁迅文集中找到一篇严格的逻辑推演的文章。即使鲁迅为自己的文章题目冠之以“论”,也还是非逻辑的经验性的直觉与体悟的成分多。直觉与体悟的思维方式以及对感性事物的爱好,使鲁迅能把哲学家或科学家的大道理,经过自己的体悟与内省后以感性的形态呈现出来,譬如鲁迅对弗洛伊德主义的评论就是如此。鲁迅自己也说过,他能敏锐地感觉到事物的特征与要点,却说不出一篇大道理。当然,鲁迅直觉、体悟与内省的思维方式与中国传统的思维方式有着密切的联系。中国传统的思维方式就是诉诸经验的直觉与主体的感悟,而不是诉诸逻辑分析;像“气”、“风骨”、“神韵”等等,也只能通过直觉与体悟去把握,而无法进行逻辑分析。中国传统思维的这种直觉与体悟特征,在庄子哲学中得到了最充分的体现,而庄子正是为鲁迅所私爱的。必须指出的是,无论是老庄思维的非常识性与直觉体悟特性对鲁迅造成多大的影响,只有当这种影响受到现代人学思潮的洗礼之后,才会使鲁迅的思想具有现代品格。

现代人学思潮对鲁迅乃至通过鲁迅对整个现代文化与文学的巨大影响,可以从普实克为中国现代文学前20年所立的思想范式看出来。普实克说:“主观主义、个人主义和悲观主义以及对生活的悲剧感受结合在一起,再加上反抗的要求,甚至自我毁灭的倾向,就是从1919年‘五四’运动直至抗日战争爆发的这一时期中国文学最突出的特点。”“在被传统所束缚的社会当中,个人自决的愿望被宗教和传统道德的需要和主张所削弱,甚至完全被窒息了……一个现代的、自由的、自决的个性,自然只有在这些传统观念、习俗以及它们所赖以存在的整个社会结构被粉碎和清除之后才可能诞生。所以,中国的现代革命——首先而且最重要的是意识形态的革命——是个人和个人主义反对传统教条的革命。我们从这个意义上才能真正认识现代中国的思想和艺术中存在的主观主义和个人主义倾向的无比重要性。”[2]而这种“主观主义和个人主义”,早在“五四”运动之前的1907年,就为伟大的革命先行者鲁迅所极力主张,这就是《文化偏至论》中的“掊物质而张灵明,任个人而排众数”。

---

① 拙作《略论中国当代文学发展的三个逻辑层次》,载《当代文艺思湘》,1986年第6期。

② [捷克]普实克:《中国现代文学中的主观主义和个人主义》,见《普实克中国现代文学论文集》,长沙:湖南文艺出版社,1987年,版次下同不复注。

但是,社会化、人文化的进化论与推崇强力的个性主义,还不是留日时期鲁迅思想的全部特征。以救国救民为历史使命的民族主义,是鲁迅通过自小就接触的"中国书"而形成的比其他一切外来"主义"更根深蒂固的思想,这一点恰恰为鲁迅研究者所忽视。而忽视了这一点,就无法解释鲁迅在接受外来思想上的令人吃惊的自相矛盾。换句话说,正是民族主义的强有力的杠杆,决定着鲁迅对来自西方的各种思想的取舍。鲁迅将进化论改造成一种伦理学意义上的让人在社会竞争中自强不息的理论,就是在看到"物竞天演,适者生存"以及"优胜劣汰"等生物进化原则之后,为了民族的振兴而作的一种文化选择。鲁迅意识到,在列强争雄并虎视中华的时候,中国人若不奋力自强,就会被强者从世界上"挤"出去。为此,鲁迅又接受了能使国人自强的现代人学思潮,特别是尼采对个人意志的张大。但是,鲁迅对进化论与个性主义的认同是有限度的。假定优胜劣汰、适者生存是对的,那么帝国主义对中国的侵略也就无法进行责难;何况尼采还歌颂战争,肯定弱者为强有力的超人作牺牲。而这却是民族主义的鲁迅所不能容忍的。特别是在"四邻竞集而迫拶"而"崇侵略者"又"喋喋誉白人肉攫之心"的时候,鲁迅就不顾与进化论与尼采的矛盾,而接受了托尔斯泰反战理论的基石——"反诸己",就是以己之心度人之心,也就是托尔斯泰的"良心"和人道主义。鲁迅说:"恶喋血,恶杀人,不忍别离,人之性则如是。"[①]于是,"托尼学说"——个性主义与人道主义的思想范式,就在鲁迅头脑中确立了。然而,这一思想范式的自相矛盾是令人吃惊的:尼采强调意志的强力,厌恶同情心;托尔斯泰则强调感情的纯朴,对同情心赞美备至。尼采赞扬严酷的斯巴达式的纪律,歌颂战争和征服的本能;托尔斯泰则倡导无为而治,并以洋洋巨著反对战争。尼采以为可以若干群众的牺牲去换取超人的产生,托尔斯泰则同情多数下等人的不幸。因此,只有从救国救民的现实需要出发,才可以原谅鲁迅作为思想家的这种自相矛盾。

李泽厚认为,托尔斯泰比尼采对鲁迅的影响"更为基本,更为持久,也更为重要"[②]。这是大谬不然的。与尼采的巨大影响相比,托尔斯泰的影响就小得多,甚至还不如安德烈耶夫——这一点,鲁迅在与冯雪峰的谈话中自己也承认。鲁迅作品中受托尔斯泰影响的(主要是思想影响),有杂文《无题》和小说《一件小事》。就整体而言,《热风》有一股"尼采气",鲁迅的论敌就曾指出这一

① 鲁迅:《集外集拾遗补编·破恶声论》。

② 李泽厚:《中国近代思想史论·略论鲁迅思想的发展》。

点;但是《无题》一篇,却是托尔斯泰的结果。这篇杂文描写的是鲁迅去买东西,公司的伙计用手罩住了他所未买的别的"黄枚朱古律三文治",鲁迅觉得是一种侮辱,但还是"装出虚伪的笑容"说自己"不至于多拿一个"。鲁迅以为他会强辩,却不料他惭愧了,"于是我也惭愧了"。这成了鲁迅怀疑人类的头上的一滴冷水,夜间"看几叶托尔斯泰的书,渐渐觉得我的周围,又远远地包着人类的希望"。这篇杂文在主题与技巧上与《一件小事》没有多大差别,由于《一件小事》众所周知,笔者不再叙述。但是,正如《无题》与《热风》的总体格调不协调一样,《一件小事》与《呐喊》的总体格调也不协调。《呐喊》的主旋律是"个人的自大"反对"合群的自大",是狂人对阿 Q 的启蒙,其中尼采的影响是主要的;而《一件小事》中的人力车夫,是鲁迅前期小说中唯一的使启蒙者(鲁迅)自惭形秽的正面形象,可以说是仅有的一个例外,以至于在愚昧麻木的众生相中显得不协调。值得注意的是,托尔斯泰是东方文明的赞美者、宗法社会的肯定者,他对孔子、老子、释迦牟尼都加以肯定。鲁迅对托尔斯泰的重视,主要是在日俄战争与"黄祸论"兴起时,托尔斯泰对战争的猛烈抨击。托尔斯泰说:"如果日本和中国像我们忘记了基督的教导那样,把释迦和孔子的教导忘得一干二净,那么他们很快就会学会杀人的艺术。"[①]因此,鲁迅对托尔斯泰的推崇,并不在于托尔斯泰的小说,而在于托尔斯泰的反战,尤其是对帝国主义侵略中国的激烈反对。托尔斯泰对反侵略的中国人民的声援,深深地感动了鲁迅,这种感动可能在拜伦援助被侵略的文明古国希腊之上。而托尔斯泰对鲁迅思想的影响,主要是通过托尔斯泰这一中介使鲁迅对中国传统美德加以认同,如纯朴、善良等等。因此,虽然《破恶声论》与《文化偏至论》的发表时间仅差 4 个月,但由于《破恶声论》重在宣传托尔斯泰主义,所以对中国传统文化的肯定就特别惹人注目。从《破恶声论》对"崇爱之溥博"的"农人"的歌颂,《无题》中由公司伙计的惭愧而想到的人类之爱,到《一件小事》中对扶助摔倒的老女人的人力车夫的礼赞,构成了鲁迅心目中的托尔斯泰主义影响的一条线索。相对于个性主义的主线,这条人道主义的线索只是辅线。但这条辅线的重要性在于,它作为鲁迅思想中个性主义的界线,阻止个性的无限膨胀越出自强的范围而侵害他人的自由;这条辅线又是鲁迅思想与传统文化联系的纽带,向民众认同的基因。如果说对群众的悲观看法是鲁迅进向共产主义思想的障碍,那么,随着个性在现实中的毁灭(《彷徨》),是人道主义帮助鲁迅克服了对群众的悲

---

① 转引自《"黄祸论"历史资料选辑》,北京:中国社会科学出版社,1979 年,第 128 页。

观看法。通过上述对鲁迅确立的思想范式的动态结构的分析，可以看到一个被鲁迅研究界乃至整个文化史研究领域所普遍忽视的现象，就是现代中国思潮及其思想家向传统的回归，并不是直接的复古，而是通过西方文化中与中国文化最相似的那些中介而走向传统。这样，既消除了实质性的反传统给中国知识分子造成的巨大的心理危机，又满足了近代以来向西方学习的新传统的要求。

由于民族主义的根本性的制约作用，使鲁迅的个性主义本身就与尼采的不同。在尼采那里，人的进化发展和超人的现世本身就是目的；而在鲁迅这里，个性的解放与自强本身并不是目的，而是民族自救的手段："国人之自觉至，个性张，沙聚之邦，由是转为人国。人国既建，乃始雄厉无前，屹然独见于天下。"[①]但是，在民族主义的制约下，鲁迅的人道主义也与托尔斯泰的不同。在一定意义上，托尔斯泰是卢梭的结果。然而，鲁迅眼中的托尔斯泰，却是"勿以暴力抗恶"的泛爱主义，反对好战和独夫的无治主义："独夫孤立于上，而臣仆不听命于下，则天下治矣。"但是，鲁迅却不能劝国人都不习武，都不以暴力反抗帝国主义的侵略——"载使全俄朝如是，敌军则可以夕至"[②]。于是，鲁迅又转身求取自强好斗的尼采学说……在这动荡的钟摆的两极中，要找一位对鲁迅影响较大的中间人物，无疑就要推拜伦了。[③] 拜伦与托尔斯泰不同，主张张扬个性，反抗复仇，所以，拜伦的"争天抗俗"以及对奴隶群众的疾视等等，与尼采是相似的；但是，拜伦与尼采不同，他对奴隶群众的疾视只是希望他们觉醒，所以他"自尊而怜人之为奴，制人而援人之独立，无惧于狂涛而大儆于乘马，好战崇力，遇敌无所宽假，而于累囚之苦，有同情焉"[④]。因此，"拜伦既喜拿破仑之毁世界，亦爱华盛顿之争自由，既心仪海贼之横行，亦孤援希腊之独立，压制反抗，兼以一人矣。虽然，自由在是，人道亦在是"。与尼采、托尔斯泰的各执一端相比，鲁迅更近个性主义与人道主义兼以一身的拜伦。

拜伦对鲁迅美学思想与艺术创作的影响，后文将详论之，在此仅就拜伦在鲁迅的思想范式确立的过程中所起的作用加以评述。笔者已经指出托尔斯泰

---

① 鲁迅：《坟·文化偏至论》。

② 鲁迅：《集外集拾遗补编·破恶声论》。

③ 笔者先后在《苏州大学学报》、《信阳师院学报》、《湖北大学学报》、《中国比较文学》等刊发表探讨鲁迅与拜伦关系的论文5篇，但本书中的意见却不见于上述文章，见于上述论文的意见，笔者皆一一注出，以免重复。

④ 鲁迅：《坟·摩罗诗力说》。

与卢梭的精神联系，而罗素在他的《西方哲学史》中也指出了拜伦与尼采的精神联系。敢于自称恶魔或恶人而向基督教的善良挑战，以及对强力意志的推崇，是拜伦与尼采的相似之处；但是，如果说拜伦在《该隐》中是以魔鬼自居而向上帝宣战，那么，在《查拉斯图拉如是说》中，尼采则要取上帝而代之；如果说拜伦在《海盗》与《曼弗雷特》中是以艺术的方式表现了"强力意志"，那么，尼采则如叔本华那样将意志本体化，却背离了叔本华寂灭意志而是沿着拜伦的路线将"强力意志"推到了极端。因此，尽管托尔斯泰、拜伦观点不一样，但却可以从更大的范围将之纳入现代人学思潮一并论述。

鲁迅在《摩罗诗力说》中较详细地介绍了拜伦的《该隐》，而据笔者考证，鲁迅当时是读过《该隐》的。[①]《该隐》是拜伦的象征诗剧，取材于《旧约·创世记》，出场的有该隐、亚当、夏娃、亚柏、亚德以及罗锡福（魔鬼）等。其中亚当、夏娃等作为"奴隶群众"已经被上帝驯服了，他们的奴隶地位是上帝制造的，但他们却不停地歌颂上帝；他们受苦，却把美梦放在未来以麻醉自己。该隐不满于自己的奴隶地位，并对上帝的所为是善发生了怀疑。而罗锡福则是与上帝抗战的启蒙思想家，他引导该隐去追求知识，与他一起反抗上帝。因此，罗锡福是上抗上帝，下启民众。他教该隐要敢于怀疑一切而不要妄信，要自己用理智去判断，而这种判断要"凭你存在的结果"，"不要靠语言，虽出于灵物口中"。[②] 这一宗教剧被鲁迅加以俗世化的解释时，上帝就成了中国的上层统治者或皇帝，亚当、夏娃等奴隶群众就成了中国麻木愚昧而奴性十足的国民，这二者是一个统一体。"五四"后鲁迅还说过："君民本是同一民族，乱世时'成则为王败则为贼'，平常是一个照例做皇帝，许多个照例做平民，两者之间，思想本没有什么大差别。"[③]又说："大约国民如此，是决不会有好的政府的；好的政府，或者反而容易倒。也不会有好议员的；现在常有人骂议员，说他们收贿，无特操，趋炎附势，自私自利，但大多数的国民，岂非正是如此的么？这类的议员，其实确是国民的代表。"[④]因此，鲁迅与破坏这个统一体的魔鬼发生了强烈的共鸣。鲁迅说，从撒旦的角度看，人的"顽愚陋劣，如何可言？将晓之欤，则音声未宣，众已疾走，内容何若，不省察也。将任之欤，则非撒但之心矣，故复

---

① 拙作《论〈该隐〉对鲁迅思想的影响》，载《信阳师院学报》，1985 年第 4 期。

② [英]拜伦：《该隐》第 139 章，杜秉正译，文化工作社，1950 年。

③ 鲁迅：《华盖集续编·谈皇帝》。

④ 鲁迅：《华盖集·通讯》。

以权力现于世……上则以力抗天帝，下则以力制众生……顾其制众生也，即以抗故。倘其众生同抗，更何制之云？”由于拜伦的影响，鲁迅就确立了觉醒者与启蒙家在中国社会结构中的人格范式：他以恶魔（或狂人、疯子）的面目现于世，上则以力抗天帝，下则以“哀其不幸，怒其不争”的姿态启蒙众生。

鲁迅在介绍以拜伦为代表的“恶魔派诗歌”以及以尼采为代表的现代人学思潮时，较为详细描述了这一上抗上帝、下启民众的“精神界之战士”的人格特征：“入于自识，趣于我执，刚愎主己，于庸俗无所顾忌”；“卓尔不群”，“宝守真理，不阿世媚俗”，“意力绝世”，“刚毅不挠”，“勇猛无畏”，“多力善斗”；“以反抗破坏充其精神，以获新生为其希望，专向旧有之文明，而加之掊击扫荡”；“超脱古范”，“愤世嫉俗”，“所遇常抗，所向必动，贵力而尚强，尊己而好战……如狂涛如厉风，举一切伪饰陋习，悉与荡涤，瞻顾前后，素所不知；精神郁勃，莫可抑制，力战而毙，亦必自救其精神；不克厥敌，战则不止”；“其力如巨涛，直薄旧社会之柱石”。笔者之所以不厌其烦地抄录，就是因为这种人格范式的建构是鲁迅“立人”的结果，并对鲁迅的人格造成了巨大的影响。有人以为这是鲁迅的浪漫主义的表现，后来鲁迅转向现实主义，这种浪漫表现就消失了。这是大谬不然的。如果说鲁迅留日时期建立的人格范式仅仅是一些纸上的概念，那么，在“五四”后的文学创作中，这种人格范式便渗透到具体的作品中了。也就是说，当鲁迅回国而被置于“庸众”之中时，鲁迅就真正成了“叛逆的猛士”——既是暴君的叛逆，又是良民的叛逆。因此，这种人格的影响比某个作家、某部作品对鲁迅的影响，无论是对鲁迅的文化批评还是对文学创作来说，其作用都要大得多。

鲁迅终生致力的改造国民性，受拜伦的影响也很大。鲁迅首先受拜伦感动的，是他的援希腊与哀希腊：一个日不落帝国的贵族，不助本国的扩张，反助衰弱的文明古国争自由，并哀“希腊人民之堕落”。这一点广泛流传于当时的留日的中国学生中，对鲁迅的触动尤大。特别是拜伦的《哀希腊》，使鲁迅作为文明古国的后裔对中国国民性的堕落进行了深刻的反省。而鲁迅对拜伦的介绍，也特别看重拜伦对陋劣的奴隶根性的斥责；而这一点在鲁迅据以底本的木村鹰太郎的材料中是没有的，或者更确切一点说，是轻描淡写的。鲁迅说：“裴伦平时，又至有情愫于希腊……特希腊时自由悉丧，入突厥版图，受其羁縻，不敢抗拒。诗人惋惜悲愤，往往见于篇章，怀前古之光荣，哀后人之零落，或与斥责，或加激励，思使之攘突厥而复兴。”这特别能够激起鲁迅的认同，因为当时中国被满族统治着，汉人为奴已近300年，而国民性愈益陋劣——中国人已为满人压服了。所以，鲁迅就以拜伦自居，斥国民性之陋劣，以求光复中国。辛亥革命后，鲁迅还常说，汉人为奴才300年，一朝光复，奴性难除。且看鲁迅对拜伦援希腊的描述："裴伦平日，至不满于希腊今人，尝称之曰世袭之奴，曰自由苗裔之奴"，但拜伦还是接受了希腊学会的邀请，出而援助希腊之独立。但希腊人的消极与中伤，使得"裴伦大愤，极诋彼国民性之陋劣；前所谓世袭之奴，乃果不可猝救如是也"。而对"重独立而爱自由"的拜伦来说，"苟奴隶立其前，必衷悲而疾视，衷悲所以哀其不幸，疾视所以怒其不争，此诗人所为援希腊之独立，而终死于其军中者也"。对于奴隶群众来说，托尔斯泰是"哀其不幸"，尼采是"怒其不争"，而集"哀其不幸、怒其不争"于一身的，则是拜伦和鲁迅。因此，我们并不是说拜伦对鲁迅的改造国民性起了多么了不起的作用——鲁迅的弃医从文就是为了改造国民性，而且幻灯片上放映的示众与围观的麻木的看客，后来出现在《药》、《阿Q正传》、《示众》等小说中，鲁迅在杂文中也常论及此类场面。但是，就鲁迅思想范式的确立来看，拜伦的影响是很大的。"国民性"这一概念就是鲁迅在《摩罗诗力说》中论及拜伦时首先使用的。鲁迅对待奴隶群众、"众数"、"闲人"、"看客"乃至阿Q、闰土、单四嫂子、航船七斤、祥林嫂的态度——"哀其不幸，怒其不争"，也首先是在论及拜伦与奴隶群众的关系时提出的。从一定意义上说，现实的国民性是该国的文化传统的结果，所以，《摩罗诗力说》的反传统是其显著的特色。从批判中国人以古文明国夸示于人而缺乏自我意识，到批判中国人在现实的失败面前与人比丑——"择亡国而较量之，冀自显其佳胜"；从否定"中国之诗"，"埋葬屈原"，到彻底否定"中国之治"——静态、退化、扼杀独异与天才，"宁蜷伏堕落而恶进取"，鲁迅基本上确立了"五四"时期反传统的思想范式。值得注意的是，《摩罗诗力说》对中国国民性的批判，"差不多都在后来的阿Q身上有所表现"。[①]

不难看出，鲁迅留日时期所从事的文化与文学活动之所以值得我们继续深入研究，就是因为在这一时期，鲁迅在西方文化的影响下，确立了思想性格的范式。尽管鲁迅在新文化运动中对此作了调整，但是，直到鲁迅成为共产主义者，这一思想性格的范式没有遭到毁灭性的打击。而我们之所以重视鲁迅早期所接触的西方文化对鲁迅思想性格的塑造，是基于这样一种假设：一位思想家或作家，在形成自己思想性格或艺术风格的过程中，易于接受别人的东

① 魏韶馨：《〈阿Q正传〉创作思想探源》，见山东省鲁迅研究会编：《〈阿Q正传〉新探》，济南：山东大学出版社，1986年。

西;而自己的思想性格或艺术风格的独特性一旦形成,别人的东西就只能成为批判与参考的材料了。这一假设还认为,一位思想家或作家,在青年时代比在成年时代更易于接受别人的东西,而且一旦接受,就会产生较为长久的影响。

三、摩罗诗力:一个超脱古范的美学范畴

鲁迅弃医从文后接触的外国文学非常广泛,而且对于研究鲁迅"五四"时期的文学创作也非常重要——鲁迅自己就说他在写小说之时,靠的是读了百来篇外国作品和一点医学的知识,又说他的《呐喊》是年青时代的许多梦未被遗忘的结果。然而,鲁迅所接触并喜爱的外国文学,也并非无轨迹可寻。首先是拜伦与雪莱,以及在拜伦主义的长驱直入俄国与东欧之后涌现的一批诗人:普希金、莱蒙托夫(俄)、裴多菲(匈)、密茨凯维支、斯洛伐斯基(波兰),然后是普希金、裴多菲等诗人之后的俄国和东欧小说家:果戈理、屠格涅夫、安德烈耶夫、索洛古勃、柯罗连科、迦尔洵、契诃夫、阿·托尔斯泰(俄)、纳卢陀、扶尔赫列支奇(捷克)、显克维支(波兰)、密克查什(匈)等。日本作家中鲁迅喜爱的有夏目漱石、森欧外等。相比之下,英美小说以及法国的现实主义与自然主义小说,鲁迅并不感兴趣。

鲁迅与外国文学的关系,不仅是鲁迅研究、而且也是比较文学的重要研究课题。70年代美国学者哈南的《鲁迅小说的技巧》、荷兰学者佛克马的《俄国文学对鲁迅的影响》等,都是这一研究课题中杰出的成果。到了80年代,随着比较文学在中国的兴起,鲁迅与外国文学的关系受到了学者普遍的关注。这方面的专著就有:赵瑞蕻与北冈正子(日)关于《摩罗诗力说》的研究专著、王富仁的《鲁迅前期小说与俄罗斯文学》、李春林的《鲁迅与陀思妥耶夫斯基》、程麻的《鲁迅留学日本史》、张华的《鲁迅与外国作家》等等。从某种意义上说,鲁迅与外国文学的研究,就近10年的总体成就而言超过了关于鲁迅的小说研究、杂文研究、散文研究以及生平、思想的研究,尽管这种研究是在悄悄进行,不如小说研究、"重估鲁迅"来的热闹。但事实上,对鲁迅与外国文学的多角度、多侧面的研究,本身也是一种"重估"。因此,对于鲁迅与外国文学的关系,为了避免与别人的研究成果产生重复现象,能少谈则少谈;而对于一些不能不谈的由文学而及文化的问题,只要是别人谈过的本书就一一注出,这一原则也适用

于我本人过去发表的一组"鲁迅与英国文学"的文章。这一原则看起来挺谦虚,而实际上只是为了谈一点超越别人的意见,自然也包括超越过去的自己。

哈南在对鲁迅创作小说之前所接触的外国文学进行了精细的研究之后,发了一段精辟的议论:"鲁迅抛开欧洲的现实主义派和自然主义派及日本的自然主义派,并不是因为福楼拜的客观主义或左拉的社会决定论——后来的中国作家们运用现实主义技巧来达到社会和政治目的时并没有任何困难——而是因为他根本就对现实主义技巧不感兴趣。他喜爱与象征主义有瓜葛的安特来夫,喜爱精于讽刺和运用反语冷嘲的果戈理、显克维支和夏目漱石,都表明他在寻找一种根本不同的方法。"[①]佛克马则将果戈理与普希金、莱蒙托夫一起划入浪漫主义,认为屠格涅夫、托尔斯泰的现实主义之后,"契诃夫的短篇小说否定了现实主义的某些标准。这一否定在阿尔志跋绥夫、安特来夫及迦尔洵的作品中更为明显"。佛克马将后者归于象征主义。他的结论是:"浪漫主义和象征主义的标准很受鲁迅重视",这一标准"不仅影响到鲁迅对翻译作品的选择,并且也潜在地影响到他的语言系统";"而现实主义标准中,只有道德说教和典型人物这两条引起了他的兴趣"。为什么鲁迅会疏远现实主义呢?佛克马解释说,在欧洲现实主义有一个统一的世界观,而鲁迅的反传统则要破坏统一的世界观。"现实主义和自然主义认为,作家仅应以卑微的观察家身份报道这个独立于他的创作灵感的世界。这种观点不适于中国的文化背景。"特别在中国的文化危机中,鲁迅不可能"根据一定的、不可动摇的世界观超然地、客观地描绘现实"[②]。哈南与佛克马对鲁迅疏离现实主义的解释是矛盾的,两者必居其一;佛克马认为现实主义不适于中国的文化背景与现实的文化危机,而哈南则认为现实主义进入中国以达其社会与政治目的已成史实,鲁迅主要是对现实主义的技巧不感兴趣。但这两种解释都不能使人满意。佛克马以西方的标准来衡量中国的现实主义,结果发现都不够标准(茅盾的《子夜》除外);但他若以纯粹西方的标准衡量中国的浪漫主义和象征主义,也会发现同样的情况:不够标准。而这种不够标准正是一种文学思潮与流派从一种文化进入另一种文化必有的变异。事实上,从新文化运动以来,中国一直是推崇"写实主义"(现实主义)的。而哈南以为鲁迅只是对现实主义的技巧不感兴趣,就将"形式主义"推向了谬误:技巧若是与它所要使之成为艺术的内容(经验)完全

① [美]哈南:《鲁迅小说的技巧》,见乐黛云编:《国外鲁迅研究论集》。

② [荷]佛克马:《俄国文学对鲁迅的影响》,见乐黛云编:《国外鲁迅研究论集》。

分离，又是什么东西呢？如果哈南、佛克马能对鲁迅的艺术选择与文化选择一并考察的话，鲁迅对浪漫主义和象征主义的浓厚兴趣就不难解释了。

罗素在《西方哲学史》中以拜伦上接卢梭、下启尼采，确实是不无慧眼的。拜伦与现代主义的关系，也需要重新加以审视；尽管从总体上看，拜伦是浪漫主义者，然而只要将萨特的《苍蝇》与拜伦的《该隐》加以比较，就能发现拜伦与现代主义的实质性联系。不仅如此，与现实主义推崇客观与再现不同，浪漫主义与现代主义的共同特征，就是注重主观的表现，所以"五四"时期曾将现代主义译为"新浪漫主义"。① 因此，对现代人学思潮的推崇，正是鲁迅在上注重浪漫主义、在下选择现代主义的文化根源。相比之下，当时以"张个性"、"重主观"为救国药方的鲁迅，不可能对现实主义与自然主义发生兴趣。现实主义，特别是自然主义，都是以科学为本，自然主义甚至要以科学的、遗传的方法将人纳入实验室，它们共同的科学依据，则是19世纪机械的宇宙观。而浪漫主义、特别是现代主义却往往是以反科学、反异化、非理性的面目现世的，这也是现代人学思潮的特征。现实主义，特别是自然主义，都是常识的结果；而浪漫主义与现代主义的非常识特征就很突出，这种非常识特征也表现在现代人学思潮中。由此可见，鲁迅的艺术选择与文化选择是一致的。因此，鲁迅不仅在留日时期的艺术选择是浪漫主义与现代主义的——他推崇浪漫派的拜伦、雪莱、普希金、莱蒙托夫、裴多菲等，也推崇象征派和颓废派的安德烈耶夫、迦尔洵、梭罗古勃等；而且鲁迅"五四"前后的艺术选择也不能说是现实主义的，倒可以说正是沿着留日时期的路走下来的，而并没有打破既有的艺术选择范式。在辛亥革命以后，鲁迅读到陀思妥耶夫斯基的《罪与罚》的日译本与阿尔志跋绥夫的《革命的故事》的德译本。陀思妥耶夫斯基是存在主义的先驱，鲁迅晚年对他的评价仍很高：与高尔基称他为"恶毒的天才"不同，鲁迅称他为"残酷的拷问官"——"就因为伟大的缘故"。② 阿尔志跋绥夫则是颓废主义派，他说："我们这里时时有人说，我是受了尼采（Nietzsche）的影响的。……于我更相近，更了解的是思谛纳尔（Max Stirner）。"③鲁迅从接受施蒂纳、尼采到接受阿尔志跋绥夫，正是顺理成章的。正如鲁迅将现代人学思潮看作属于未来的

---

① 当然浪漫主义与现代主义的区别是主要的，所以俄国未来派要把普希金从现代人的航船上扔到大海里去。

② 鲁迅：《且介亭杂文二集·陀思妥夫斯基的事》。

③ 鲁迅：《译文序跋集·译了〈工人绥惠略夫〉之后》。

新兴思潮，鲁迅称阿尔志跋绥夫为“俄国新兴文学典型的代表作家的一人”①。“五四”以后，鲁迅翻译最多的是阿尔志跋绥夫、厨川白村、爱罗先珂、望·蔼覃、安德烈耶夫等人的作品，更表明了这种艺术选择是鲁迅留日时期的延续。厨川白村的《苦闷的象征》作为现代主义的文学理论著作，鲁迅不仅翻译了该书，而且用之作教材；而通过厨川白村，鲁迅又与影响现代主义文学甚巨的弗洛伊德、柏格森握手言欢。鲁迅对俄国盲诗人爱罗先珂与荷兰作家望·蔼覃的童话感兴趣，也表明他对象征技巧的重视。荷兰学者佛克马认为，鲁迅对《小约翰》的翻译和推崇，“进一步表明他对象征主义的偏爱。该书以童话故事的性质抨击了写实主义与自然主义”②。然而这只是问题的一个方面。欧美的一些学者过于强调鲁迅的浪漫主义与现代主义，甚至以此为鲁迅艺术选择范式的全部，就会走向谬误。

鲁迅与现代人学思潮的差异在于，尼采、易卜生等是以张扬个性为目的的，而鲁迅则以“张个性”与“灵明”为手段，以拯救民族为目的。鲁迅的文化选择与选择对象的差异，也正是鲁迅的艺术选择与选择对象的差异。因此，尽管鲁迅选择了浪漫主义与现代主义，但是，他对浪漫主义的主流——德国浪漫派的作品并不感兴趣，他对现代派的主流——法国的象征派、颓废派兴趣也不大。为什么呢？因为浪漫派、特别是现代派那种回归中古、返归自然、逃离现实、“为艺术而艺术”的唯美倾向与颓废倾向，深在的怀旧倾向，乃至象征派与国家、时政、派别无关的倾向，都不可能得到鲁迅的认同。相反，鲁迅为了拯救民族，时时需要从孤独的自我中跳出来，“睁了眼”看国家、看世界。这就使得鲁迅不可能一味地沉入主观、自我，而忘记了自己要拯救的民族的实际——社会客观性，以及为了启蒙国民而需要的道德说教。而正是在这一点上，将鲁迅与现实主义联系在一起。因此，鲁迅不喜欢法国纯正的象征派，而喜欢俄国具有一定的写实性或者说与现实主义结合的象征派；不喜欢逃离现实缅怀中古的德国浪漫派、英国湖畔三诗人，而喜欢具有战斗品格与反传统精神的摩罗诗人。

鲁迅将主体的道德判断与客观的写实相结合的企图，表现在他对果戈理、夏目漱石、显克维支的讽刺作品的兴趣上。哈南认为，“鲁迅大部分短篇小说的模式，即讽刺的写实，是很难运用得成功的模式”。因为讽刺作品与写实小

① 鲁迅：《译文序跋集·译了〈工人绥惠略夫〉之后》。

② [荷]佛克马：《俄国文学对鲁迅的影响》，见乐黛云编：《国外鲁迅研究论集》。

说有“相互对立”之处,讽刺作品以“戏谑语与反语等等,起着与写实描述不同的效果”;而写实小说则“对人类经验本身感兴趣”,“否定对讽刺说来非常重要的距离或超然态度”。[1] 尽管哈南认为鲁迅很好地把握了这种方法,但是,哈南没有看到,鲁迅之所以不能保持一位讽刺作家所必有的距离和超然态度(夏志清以此而认为鲁迅“不够资格跻身于世界名讽刺家之列”[2]),不正是鲁迅急于拯救民族的表现吗?事实上,鲁迅受果戈理、显克维支、夏目漱石以及中国的吴敬梓影响而形成的“讽刺与写实”的技巧,最适合于鲁迅以小说改造国民性。由此可见,“摩罗诗力”通过尼采等的洗礼而获得了现代性,二者相结合而构成了对鲁迅的实质性影响;而俄国与东欧文学虽然在思想实质的影响上不如前二者,但却比前二者更多地为鲁迅提供了创作小说的技巧。[3]

鲁迅的矛盾在于,他不是一位常识性的思想家,他特别喜爱非常识性的思想家;但是,为了拯救民族,他又不得不宣传一些常识。在新文化运动中,他努力保持与常识性的思想家如提倡科学与民主的陈独秀等人的步调一致。鲁迅的艺术选择与这种文化选择也是一致的,尽管鲁迅更喜欢浪漫派与现代派,但他对现实主义也并不排斥,而是加以兼容。在新文化运动中,陈独秀与胡适倡导的都是“写实主义”,遂使“写实主义”在理论倡导上成了新文化运动的主潮。尽管就个人趣味而言,鲁迅更喜欢拜伦、尼采、安德烈耶夫、阿尔志跋绥夫,但还是“听将令”,很推崇“写实主义”。鲁迅很少在介绍自己喜欢的作家时冠以某某“主义”,但他偶尔这样做的时候,却都冠之以“写实主义”。他说安德烈耶夫的作品“都含着严肃的现实性以及深刻和纤细,使象征印象主义与写实主义相调和”[4]。他认为阿尔志跋绥夫“流派是写实主义,表现之深刻,在侪辈中称为达到了极致”[5]。但事实上,阿尔志跋绥夫的现代性在其颓废主义——色情、肉欲和虚无主义。《新青年》在文学上倡导“写实主义”的直接结果,就是文学研究会的成立。表面上看,鲁迅与文学研究会的关系是极为密切的,在《小说月报》上发表小说,似乎是一个流派的。其实不然。文学研究会作家的作

---

① [美]哈南:《鲁迅小说的技巧》,见乐黛云编:《国外鲁迅研究论集》。

② 夏志清:《中国现代小说史》,香港:香港友联出版社,1979年,第46页。

③ 当然,这不过是就总体而言,外国文学对鲁迅的影响是复杂的,譬如精神分析与《补天》、《苦闷的象征》与《野草》、爱罗先珂的童话与《兔和猫》及《鸭的喜剧》、日本历史小说与《故事新编》等等,都有影响关系。

④ 鲁迅:《译文序跋集·〈暗淡的烟霭里〉译者附记》。

⑤ 鲁迅:《译文序跋集·译了〈工人绥惠略夫〉之后》。

品，不是琐屑的客观描写，就是流入肤浅的理想主义，或者是青春的感伤，而鲁迅的作品则具有深刻的现代意味。特别是在新文化运动退潮、鲁迅无需与之保持步调一致的时候，其作品的现代性以及艺术选择上的现代主义偏好，就更为明显。鲁迅偏好浪漫主义、现代主义兼取现实主义的艺术选择范式，直到接受马克思主义——读了几本“科学底文艺论”之后，才遭到整体性的打击。前文说过，国内的一些鲁迅研究者仅仅从常识的角度去理解鲁迅，却往往抹杀了鲁迅思想的独到性、深刻性和复杂性；而国外的一些学者在强调鲁迅思想深刻独到的一面时，却又忽视了鲁迅的常识性思想以及与新文化运动保持一致的一面。对于鲁迅的艺术选择的论断也有类似的情况。欧美的一些学者过于强调鲁迅的浪漫主义、现代主义，甚至以此作为鲁迅全部的艺术选择，固然是谬误的；但是，国内的一些学者却把鲁迅并不喜欢的现实主义作为鲁迅全部的艺术选择，并以此解释鲁迅的前期作品，又怎么会服人呢？

鲁迅与浪漫主义的关系已有很多论著进行探讨。但是，国内众多论著的探讨，不是将鲁迅对浪漫主义的兴趣看作鲁迅的现实主义道路之前的“误区”——这样做当然是为了达到以鲁迅为现代文坛的正宗之目的，就是将鲁迅对浪漫主义的爱好当作鲁迅早期的艺术选择，而并没有深入探究“摩罗诗力”对鲁迅的美学思想与艺术创作造成了何种影响。这与国外学者在研究鲁迅小说时，只注重鲁迅此前读的小说而不计其余的做法一样，都忽略了一个问题：不同文体之间的相互影响。而我们将通过“摩罗诗力”对鲁迅的美学思想与艺术创作之巨大影响的探讨，以观这种“忽略”对于鲁迅研究造成了多大缺憾。

“摩罗诗歌”的重要特征，用鲁迅的话说就是挑战、反抗、破坏——“立意在反抗，指归在动作”。特别是拜伦那种“绝望奋战，意向峻绝”的“恶声”，在鲁迅看来是会令平和的中国人感到恐惧的。鲁迅认为，中国诗歌的主题不外以下几个方面：“颂祝主人，悦媚豪右”，“心应虫鸟，情感林泉”，“悲慨世事，感怀前贤”，“嗫嚅之中，偶涉眷爱”。鲁迅认为这都是“可有可无之作”，“多拘于无形之囹圄，不能舒两间之美真”。在中国诗人中，只有屈原敢于面对死亡，愤世嫉俗，“放言无惮，为前人所不敢言”，但是，较之“摩罗诗人”，屈原的作品中“亦多芳菲凄恻之音，而反抗挑战，则终其篇未能见，感动后世，为力非强”。因此“摩罗诗歌”与中国传统诗歌的差别，表现在个体与群体的关系上，就是“摩罗诗歌”中的主人公（如康拉德、该隐、奥涅金等）都是“任个人而排众数”的，是向人群挑战、与社会对立冲突的；而中国传统诗歌中的个人与群体则是统一的，儒家一派诗歌的“厚人伦、美教化”或“颂祝主人”自不必说，道家诗歌中的个人从儒家的大家庭中走出之后,也丝毫没有破坏性与反抗性,而是连自身也消融于山水林木的自然之中。但是,中国诗歌中个人与群体的统一是一种不自由的统一,是以抹杀个性以服从整体为前提,所以,“五四”时期以“任个人而排众数”的文学为“人的文学”,以抹杀个性的文学为“非人的文学”。一直到30年代,鲁迅仍然将中国文学称为“帮忙文学”与“帮闲文学”,屈原的《离骚》只是“不得帮忙的不平”。[①]

在探讨“摩罗诗力”对鲁迅的影响时,必须考虑现代人思潮——主要是尼采的影响。尼采与拜伦的亲缘关系上文已论及,尼采也是拜伦的赞美者,他称拜伦的“知识之树不是生命之树”为“不朽的诗句”,他甚至说:有谁敢在拜伦的《曼佛雷德》面前妄谈歌德的《浮士德》,就只配得到冷冷的一瞥;“人们一定会把我与拜伦的 Manfred 密切地关联在一起”。[②] 罗素也曾指出尼采笔下的查拉斯图拉与拜伦笔下的海盗康拉德是“不无相似的贤人”[③]。因此,我们对“摩罗诗力”影响鲁迅的探讨,已兼顾到“摩罗诗力”与尼采等形成的综合影响结构。我曾说过:“在中国文化中,恶从来没有上升为一个与善相抗衡的二元对立的范畴。”中国文学也特别注重伦理的善,而鲁迅与中国的文学传统相反,他看取的是推崇“恶”而厌恶“善人”的尼采,以及拜伦为宗主的“恶魔派文学”。《摩罗诗力说》所介绍的拜伦《海盗》中的康拉德,就是带有一身恶性的破坏伦理道德者,他“领导卑劣的人心,使之寒栗昏乱”。不仅如此,鲁迅还以“恶魔派文学”冲击中国文学的“无邪之说”:“强以无邪,即非人志。”在文学中对“恶”的强调,必然会使作品中的对立因素突出,乃至出现丑怪因素。这一点在鲁迅的散文诗与小说中,就有所表现;特别是在《求乞者》、《过客》、《孤独者》、《铸剑》诸篇中,“恶”的因素很鲜明地表现出来。且看《野草·一觉》中那两幅对立的图画以及鲁迅的美学选择,就很能表明鲁迅厌恶静美而倾向于“恶”的美学理想:

> 魂灵被风沙打击得粗暴,因为这是人的魂灵,我爱这样的魂灵;我愿意在无形无色的鲜血淋漓的粗暴上接吻。漂渺的名园中,奇花盛开着,红颜的静女正在超然无事地逍遥,鹤唳一声,白云郁然而起……这自然使人

---

① 鲁迅:《且介亭杂文二集·从帮忙到扯淡》。

② [德]尼采:《瞧！这个人》中译本,北京:中国和平出版社,1986年,第25页,版次下同不复注。

③ [英]罗素:《西方哲学史》,北京:商务印书馆,1982年。

神往的罢，然而我总记得我活在人世间。

鲁迅认为，“动作”是“摩罗诗力”的“指归”，而中国传统文学则是宁静与平和的。所以《摩罗诗力说》就以恶魔派诗歌的反抗挑战，“破污浊之平和”——打破传统的顺世和乐之音：“平和之破，人道蒸也。”“五四”之后，鲁迅让青年“少——或者竟不——看中国书，多看外国书”[①]。鲁迅所说的中国书的使人“沉静下去”，正点出了中国古典文学平和、宁静的美学特点；而鲁迅所说的外国书的“活人的颓唐和厌世”，与拜伦作品是有关的——“或以不平而厌世，远离人群，宁与天地为侪偶，如哈洛尔特；或厌世至极，乃希灭亡，如曼弗列特……”然而正如阿尼克斯特说的，拜伦在诗歌中流露的悲观和颓唐，“也是他对于现存秩序一种革命的否定的表示”[②]。那么，是否外国书都充满了对社会的反抗挑战与人生的叫喊？也不是。鲁迅认为，18世纪以前的英国小说，都是供太太小姐们消遣用的“愉快风趣的话”，而与政治冲突的不安于现状的文艺只是到了“十九世纪以后才兴起来”。[③] 鲁迅指的正是拜伦宗摩罗诗派的兴起。而鲁迅对徐志摩等人滑腻平和的“音乐”的不满，对朱光潜的“静穆”美学观的批评，都与受尼采以及拜伦宗摩罗诗派的影响而形成的美学倾向有关。鲁迅的美学倾向表现在他的作品中，就使我们在读鲁迅作品时有一种“动”的欲望，而不像读中国古典作品或像听传统戏那样悠闲、恬淡。

“摩罗诗派”对鲁迅的文学创作也有很大影响。在狂人、N先生、疯子、魏连殳、吕纬甫、涓生、宴之敖者等人身上，那种愤世嫉俗的怒吼，勇猛的反传统精神，强烈的复仇欲望以及个性的挣扎与毁灭，空虚与冷漠的悲哀，是有拜伦、尼采的个性精神的影响的。而鲁迅小说中的“闲人”、“看客”及其典型代表阿Q等，则积淀着鲁迅“哀其不幸、怒其不争”的情感，这正是拜伦对待奴隶群众的态度。如果我们把鲁迅作品看作一个整体，究其消融在艺术画面中的情感、理智、意志等要素，就可以看到，鲁迅作品不仅富有被压抑的情感，深刻的理性内容（此二者构成所谓火一样的热情包裹在冰一样的冷静中的美学风格）；而且具有令人感奋、震动的意志要素，后者往往被人忽视。而鲁迅作品所受拜伦宗摩罗诗派以及尼采的影响，主要是其意志要素。鲁迅特别看重拜伦“贵力而尚强”、“意力所如，非达不已”以及“不克厥敌，战则不止”的精神，看重拜伦笔

---

① 鲁迅：《华盖集·青年必读书》。

② ［苏］阿尼克斯特：《英国文学史纲》中译本，北京：人民文学出版社，1980年，第314～315页。

③ 鲁迅：《集外集·文艺与政治的歧途》。

下的康拉德“强大之意力”，看重尼采“意力绝世”。因此，在拜伦、尼采的影响下，鲁迅的作品，特别是《这样的战士》、《淡淡的血痕中》以及《孤独者》、《铸剑》等篇，其主人公意志的强大是突出的。这样，鲁迅对徐志摩、胡山源等人的浪漫主义作品的某种否定，就不是什么结现实主义之党伐浪漫主义之异，而在于鲁迅作品中的浪漫因素本身就与他们不同。因为同是主观表现，徐志摩、胡山源等人偏于纤细情感的流露，侧重于艺术之宫的建造，致力于文艺的“全”和“美”，要舞得“翩跹回翔”，唱得“宛转抑扬”；[①]而鲁迅在火一样的情感爆发中又偏于自由意志的表现，并讨厌艺术之宫的囚禁，而要“化为波皮，相骂相打”。[②] 同是苦闷心情的抒发，我们在徐志摩、胡山源等人的作品中，只见其顾影自怜，低吟徘徊；但在鲁迅作品中，则能听到“一匹受伤的狼，当深夜在旷野中嗥叫，惨伤里夹杂着愤怒和悲哀”。这样我们也就不难理解，鲁迅为什么厌恶徐志摩的“音乐”，并呼唤“怪鸱的真的恶声”。[③] 而鲁迅最早听到的“怪鸱的真的恶声”，正是拜伦宗摩罗诗人所发出的“不为顺世和乐之音，动吭一呼，闻者兴起”的恶魔之声。因此鲁迅作品的美学风格，不单是火一样的热情包裹在冰一样的冷静之中，而且具有深在的强力，亦即鲁迅到晚年还在推崇的“力之美”。

如果说《文化偏至论》是新文化运动的先声，那么，《摩罗诗力说》则是文学革命的先声。文学革命最著名的论文胡适的《文学改良刍议》与陈独秀的《文学革命论》，就理论水平和文学知识的角度看，都比不上鲁迅的《摩罗诗力说》；然而胡适、陈独秀文章的巨大影响，却是默默无闻的《摩罗诗力说》无法相比的。不仅如此，文学革命与《摩罗诗力说》一样，首先都是“革”古典诗歌的“命”，因为诗歌是中国文学的正宗。但是，由于胡适的理论倡导与新诗实践，却将文学革命后的新诗引入歧途。胡适以为新文学之“新”只在白话文，所以他来“尝试”新诗，只在表明白话不仅能作小说，也能作诗。于是，他的新诗作法就是：“有什么话说什么话，话怎么说就怎么说。”新诗尝试最早而收获最小，与胡适理论倡导与实践上所立的范式有密切的联系。胡适、刘半农、刘大白等人的诗歌，与古典诗歌差别不大，只是更少诗味罢了。具有讽刺意味的是，新诗与旧诗的实质差异，却为文学革命前10年的《摩罗诗力说》详尽地论及。文学革命后的新诗创作若是能按《摩罗诗力说》的方向发展，成就会大得多。

---

① 鲁迅：《且介亭杂文二集·〈中国新文学大系〉小说二集序》。

② 鲁迅：《华盖集·通讯》。

③ 鲁迅：《集外集·“音乐”?》。

普实克认为："鲁迅作品中明显的怀旧和抒情特征使他不属于十九世纪现实主义传统，而是属于两次世界大战之间欧洲那些具有明显抒情风格的散文作家的传统。"①普实克又指出，鲁迅作品以抒情对叙事的渗透、压缩情节以及导致"传统叙事形式的衰落"，与中国传统的叙事作品关系不大，而是中国传统的抒情诗的结果。而鲁迅对摩罗诗派、"二十世纪之新精神"的现代人学思潮以及现代主义文学的偏爱联系起来考察，就可以看到，鲁迅正是在西方文化与文学的转折点上，寻到与中国传统文学在抒情性上的"接点"，同时又获得了中国传统文学所不具有的现代性。

《摩罗诗力说》以比较文学的方法，描述了拜伦、雪莱以及拜伦主义进入俄罗斯与东欧以及发生的变异的历程，这对于鲁迅此后的文学选择具有深在的象征意味。首先，拜伦主义入俄"起"普希金、莱蒙托夫，入波兰"起"密茨凯维支、斯洛代斯基，入匈牙利"起"裴多菲，那么，鲁迅作为拜伦主义的引进者，也可说拜伦主义入华"起"鲁迅。这就使鲁迅虽然更敬佩拜伦，但是鲁迅与俄国、东欧作家却有着更多的共鸣。特别是俄国与中国的某些相似之处，在社会结构上，觉醒的个性都必须面对专制统治者与愚昧而又善良的国民；在文化背景上，虽然有儒道与基督教的差异，但俄国信奉的东正教与罗马公教相异，而与中国文化倒有可认同之处，特别是在以宗教维护专制政体一点上；在文化引进上，中俄都出现了落后的经济、政治与从西方"拿来"的先进文化的矛盾，这就使得鲁迅与俄罗斯的觉醒者更加亲近。这也预示着，当俄国知识分子转向社会主义之后，鲁迅向马克思主义转变的可能性。因此，第二，在文学选择上，虽然鲁迅更推崇拜伦，而不满普希金的"终服帝力，入于平和"，但是，莱蒙托夫"凡所眷爱，乃在乡村大野，及村人之生活"，却受到鲁迅的赞许。而这一点与鲁迅接受托尔斯泰思想恰好相通。因此，《摩罗诗力说》之于鲁迅的文学选择的象征意味还在于，鲁迅在思想与审美理想上，始于接受西欧而终于接受俄国与东欧。鲁迅是小说家，但他对英美小说与法国小说并不感兴趣，而喜爱俄罗斯与东欧的小说。鲁迅是翻译家，但他对自己掌握的语种——日语与德语文学兴趣也不大，而是通过日语与德语的中介更多地翻译了俄罗斯与东欧的文学。因此，鲁迅虽然没有像普希金那样"终服帝力，入于平和"，但他终于在一定程度上放弃了拜伦主义与尼采主义，而选择了俄罗斯所实行的主义，像莱蒙托夫那样走向了民众。

---

① [捷克]普实克：《鲁迅的〈怀旧〉——中国现代文学的先声》，见《普实克中国现代文学论文集》。

鲁迅激烈的反传统与改造国民性

如果说留日时期鲁迅偏重于"立"——"立人"与建设新文化新文学，那么，"五四"时期则偏重于"破"——批判旧文化与改造国民性。当然，"五四"时期鲁迅已化为他所要立的人，向着古旧的传统与沉睡的国民发出了叛逆的吼叫，为新文化与新文学的确立扫清道路。对留日时期鲁迅的研究，我们重点放在西方文化与文学对鲁迅思想性格的塑造上；对"五四"时期鲁迅的研究，则放在对传统文化的批判反省与国民性的改造上。值得注意的是，作为东西方文化汇流后形成的一个大漩涡，在鲁迅身上，表现了东西方文化撞击造成的全部复杂性和精神文化危机。尽管鲁迅以思想的复杂性和深刻性而著称，但他首先是一个"叛逆的猛士"。鲁迅在《淡淡的血痕中》一文中，对"叛逆的猛士"是这样描绘的：

> 叛逆的猛士出于人间；他屹立着，洞见一切已改和现有的废墟和荒坟，记得一切深广和久远的苦痛，正视一切重叠淤积的凝血，深知一切已死，方生，将生和未生。他看透了造化的把戏；他将要起来使人类苏生，或者使人类灭尽，这些造物主的良民们。
>
> 造物主，怯弱者，羞惭了，于是伏藏。天地在猛士的眼中于是变色。

这个"叛逆的猛士"是鲁迅，也让人想到尼采。

一、叛逆的猛士：鲁迅激进的反传统与尼采

过去，对鲁迅与尼采关系的探讨，基本上停留在尼采的个性主义对鲁迅的

影响上。但事实上，尼采对鲁迅影响最大的，是尼采那种对固有的文化传统的全盘怀疑、猛烈抨击和整体扫荡的叛逆精神，这也就是“重新估价一切价值”，从而实现“价值翻转”。

现代社会学对“奇理斯玛”(Charisma)权威的研究表明，一个人的思想和行为总要有所根据的东西，如果在已有的文化中没有强有力的“奇理斯玛”权威为示范，那么人的内心就会非常贫乏。尼采对基督教文化的整体扫荡和全盘重估在西方文化的长河中并非无源之水，这就是前苏格拉底的希腊精神，特别是狄俄尼索斯精神。所以尼采说：“能向希腊人学习，本身就是一种荣耀。”尼采又说，他笔下的查拉斯图拉充分表现了“狄俄尼索斯的本质”。然而与尼采相比，鲁迅对儒道文化传统的整体反叛和全面重估，却难以在传统文化内部找到活水源头。因此，鲁迅对传统文化的反叛和重估，其“奇理斯玛”权威，主要不是来自传统文化内部，而是来自尼采等西方文化的“轨道破坏者”。如果没有尼采那种对西方文化整体扫荡和全盘重估的叛逆精神起示范作用，那么，对于吃着传统文化的乳汁长大的鲁迅来说，那种对几千年来一以贯之的文化传统的彻底而不妥协的重估和否定，简直是不可想象的。尼采的彻底反传统对于鲁迅，除了示范作用外，还可以慰抚鲁迅反传统时的民族自尊心：既然西方人都敢于反叛自己的文化传统，那么，为什么中国人在落后挨打的情况下还要抱残守缺呢？

让我们来比较一下鲁迅与尼采对各自的文化传统的反叛吧。

在尼采看来，西方人对工具理性、技术和物质文明的迷信，使人丧失了真实的自我和内在的灵性，使西方文化出现了日暮途穷的堕落和衰退。基督教文化已经走向没落，已经到了该动换血的大手术的时候了。更为严重的是，“上帝死了”，这几乎是许多人已经知道的事，然而这许多人却不知道“上帝死了”对于西方人意味着什么。“这件惊人的大事尚未传到人们的耳朵里，雷电需要时间，星光需要时间，大事也需要时间，即使在人们耳闻目睹之后亦然，而这件大事比星辰距人们还要更为遥远——虽然他们已经目睹！”[①]于是，上帝虽死，但上帝的影子——基督教道德却仍笼罩着西方，作为人们的价值依托，然而上帝已死，人们所信奉的道德就不能不是一个大虚伪。于是尼采就想扫荡基督教，包括它的道德价值。尼采说：“这长期的黄昏不久就要降到人间了。

① [德]尼采：《快乐的科学》、《一二六·疯子》。

唉，我将如何救助我的光明，度过这漫漫的黄昏呢！”[①]

与尼采相似，鲁迅认为中国文化也在走向堕落。“宴安日久，苓落以胎，迫拶不来，上征亦辍”[②]。而中国人已经为自己背上的悠久文明所压垮，甚至“漫夸耀以自悦，则长夜之始，即在斯时”。“故所谓古文明国者，悲凉之语耳，嘲讽之辞耳！”而面对西方的压迫，“辁才小慧”之徒则想以西方的“黄金黑铁”（物质）和“立宪国会”（众数）来救治中国，鲁迅认为这是全不对头的。“物质”和“众数”已为西方文化的叛逆者和先驱者尼采等所抨击，认为是文化颓废堕落的象征，而且“中国在昔，本尚物质而疾天才矣”。“往者为本体自发之偏枯，今则获以交通传来之新疫，二患交伐，而中国之沉沦遂以益速矣”[③]。鲁迅认为，在尼采等叛逆者身上才代表着新世纪的未来，是“旧弊之药石”和“新生之津梁”。不过，留日时期鲁迅并非中国文化传统的整体重估者和否定者，这虽然与中国文化的危机还不像“五四”时期那么深重以及章太炎的影响、反清排满光复旧物的民族革命有关，但也表明，要走出这一步是相当艰难的。鲁迅回国后，面对的是辛亥革命的失败、袁世凯称帝、张勋复辟、尊孔读经浪潮以及“市场之蝇”对鲁迅的叮咬，因此，我认为，“五四”时期尼采对鲁迅的影响并不像许多论者所说的是减弱了，而是增强了，这就是那种对于传统的彻底的不妥协的叛逆精神，对传统的全盘重估和批判精神。

我们先看尼采对基督教文化传统的攻击。尼采似乎对基督教充满了不共戴天的刻骨仇恨，他不但认为肯定人生的狄俄尼索斯与阿波罗比基督教伟大得多，而且认为，即使否定人生的“死亡宗教”佛教，也比基督教好得多。尼采说，为了避免把佛教“与基督教那样最卑劣的东西相混。我们最好称佛陀的‘宗教’为摄生学”[④]。基督教是颓废的、堕落的、虚无的，充满了腐朽的粪便一样的成分，其职能就是培养低下的、退化的奴隶道德，推动“粗制滥造者”对于高贵的人的反抗。尼采说：“我否定普遍承认所谓道德本身的那种道德——即颓废的道德，或者用更不好听的名词来说，基督教的道德。”因为“基督教道德是一种最有害的虚伪的意志，是使人类腐化的真正巫婆”[⑤]。尼采特别仇视基

---

① ［德］尼采：《查拉斯图拉如是说》中译本第161页。

② 鲁迅：《坟·文化偏至论》。

③ 鲁迅：《坟·文化偏至论》。

④ ［德］尼采：《瞧！这个人》，第10页，第110～114页。

⑤ ［德］尼采：《瞧！这个人》，第10页、第110～114页。

督教之为基督教的《新约》。如果说《旧约》还有一点原始的力量，那么，《新约》是十分卑鄙的一类人的福音。尼采认为，“上帝”这个概念，也就是生命的敌对概念，它把一切有害的、恶毒的敌对生命的东西容纳其中：“来世”、“真实世界”等概念，是被发明用来贬低那唯一存在着的价值，为了从现实世界扫除一切；“灵魂”、“精神”、尤其是“不朽灵魂”这个概念，是被发明用来蔑视肉体，使它变为病弱的，而其“灵魂的拯救”，就是在悔罪的心理震动与赎罪的歇斯底里之间的循环精神错乱；在“无我”、“自我否定”的概念中，颓废的征象被显示出来了；最后，在一切中最可怕的“善良者”这个概念中，渐渐容纳了一切应该消灭的柔弱、病态、祸害和自苦的东西。[①] 因此，基督教的目的“不是在生理上腐化人类的话，它们还有什么意义呢？”[②]尼采说：“基督教要揭发这个世界之丑恶与败坏的决心，已经造成这个世界的丑恶与败坏。”[③]基督教不仅是一种令人“安睡与麻醉性的道德”[④]，而且是令人“自杀”或“慢性自杀”的宗教。[⑤] 因此，尼采就如摧枯拉朽的大风暴，要扫荡基督教这株已死的大树上所有的枯枝朽叶。尼采说：“能够使我与其他人类不同的东西，乃是下述的事实，就是我撕下了基督教道德的面具。”“就个人而论，我是一个最反对基督教的人”，“我是第一个反道德者，因此，我是根本的破坏者”。[⑥]

鲁迅也并不示弱。他对儒教和孔子进行了猛烈抨击，势不两立。他激烈地批判儒家以孝为本的集伦理道德、政治、礼俗等于一身的礼教，剖其罪恶，斥其“吃人”。在鲁迅看来，儒家的节烈、孝道，特别是所谓“二十四孝”，纯粹是对生命的摧残和谋杀；儒家所设计的政治秩序，就是让人做侍奉主子的材料，苦下去，所以“中国的文化，都是侍奉主子的文化”；[⑦]而中国的礼俗“能用历史和数目的力量，挤死不合意的人”，却又无理可讲。[⑧] 因此，鲁迅对中国传统文化的攻击和否定是整体性的、全方位的，既不像胡适那样经常向传统妥协、认同，也不像吴虞那样以道反孔，而是对由儒道构成的文化整体全面予以排斥。鲁

① [德]尼采：《瞧！这个人》，第115～116页、第73页。
② [德]尼采：《瞧！这个人》，第115～116页、第73页。
③ [德]尼采：《快乐的科学》、《一二八・危险的果断》。
④ [德]尼采：《查拉斯图拉如是说》，第26页。
⑤ [德]尼采：《快乐的科学》、《一三〇・基督教育自杀》。
⑥ [德]尼采：《瞧！这个人》，第113、108、13页。
⑦ 鲁迅：《集外集拾遗・老调子已经唱完》。
⑧ 鲁迅：《坟・我之节烈观》。

迅认为:“所谓中国的文明者,其实不过是安排给阔人享用的人肉筵宴。所谓中国者,其实不过是安排这人肉的筵宴的厨房。不知道而赞颂者是可恕的,否则,此辈当得永远的诅咒!”[①]“先儒”之所谓“一治一乱”的中国历史,其实是“想做奴隶而不得的时代”和“暂时做稳了奴隶的时代”的循环。因为“中国人向来就没有争到‘人’的价格,至多不过是奴隶。到现在还如此,然而下于奴隶的时候,却是数见不鲜的”[②]。中国的文学是“瞒和骗”的文学,是“官僚文学”,是“帮忙文学”和“帮闲文学”。[③] 更严重的是,孔老的“古训”已经使中国人日渐退化、堕落。鲁迅说:“中国人的不敢正视各方面,用瞒和骗,造出奇妙的逃路来,而自以为正路。在这路上,就证明着国民性的怯弱,懒惰,而又巧滑。一天一天的满足着,即一天一天的堕落着,但却又觉得日见其光荣。”[④]因此,当有人提倡“保存国粹”的时候,鲁迅说:“譬如一个人,脸上长了一个瘤,额上肿出一颗疮,的确是与众不同,显出他特别的样子,可以算他是‘粹’,然而据我看来,还不如将这‘粹’割去了,同别人一样的好。”[⑤]当有人主张“整理国故”的时候,鲁迅劝青年“少——或者竟不——看中国书,多看外国书”[⑥]。当有人倡导“尊孔读经”的时候,鲁迅说:“古书实在太多,倘不是笨牛,读一点就可以知道,怎样敷衍,偷生,献媚,弄权,自私,然而能够假借大义,窃取美名”,“所以要中国好,或者倒不如不识字罢,一识字,就有近乎读经的病根了”。[⑦] 鲁迅让中国人“扫除了昏乱的心思,和助成昏乱的物事(儒道两派的文书)”[⑧],“将华夏传统的所有的小巧的玩意儿全都放掉,倒去屈尊学学枪击我们的洋鬼子,这才可望有新的希望的萌芽”[⑨]。于是,鲁迅作为一个“叛逆的猛士”,无论打出“各式好花样,学问道德,国粹,民意,逻辑,公义,东方文明……但他举起了投枪”。[⑩]

但是,破坏和反传统都不是目的,破坏是为了更好地建设,反传统是向传

---

① 鲁迅:《坟·灯下漫笔》。

② 鲁迅:《坟·灯下漫笔》。

③ 参见鲁迅《论睁了眼看》、《帮忙文学与帮闲文学》等文。

④ 鲁迅:《坟·论睁了眼看》。

⑤ 鲁迅:《热风·三十五》。

⑥ 鲁迅:《华盖集·青年必读书》。

⑦ 鲁迅:《华盖集·十四年的“读经”》。

⑧ 鲁迅:《热风·三十八》。

⑨ 鲁迅:《华盖集·忽然想到十》。

⑩ 鲁迅:《野草·这样的战士》。

统挑战，看看传统还有没有迎战的能力和更新的生机，如果没有，就应创造或吸取外来的新的价值。尼采说："真的，谁不得不创造善恶，便不得不先破坏，先打碎价值。所以，最大的恶也是最大的善的一部分：但是这是创造性的善。""让真理破碎了可破碎的一切罢！——须建的房屋多着呢！"[1]鲁迅说："无破坏即无新建设，大致是的；但有破坏却未必即有新建设。"中国传统的"寇盗式的破坏"与"奴才式的破坏"，"结果只能留下一片瓦砾，与建设无关"。[2] 而"中国的文明，就是这样破坏了又修补，破坏了又修补的疲乏伤残可怜的东西"[3]。鲁迅说：尼采等辈的"轨道破坏者""不单是破坏，而且是扫除，是大呼猛进，将碍脚的旧轨道无论整条或碎片，一扫而空，并非想挖一块废铁古砖挟回家去，预留卖给旧货店，中国很少这一类人，即使有之，也会被大众的唾沫淹死"。因此，鲁迅呼唤尼采式的先觉的革新的破坏者，"因为他内心有理想的光"[4]。

尼采作为一个革新的破坏者，其特点就是"重估一切价值"，实现其"价值翻转"。尼采说："善与恶是人类自制的。…… 人类为着自存，给万物以价值。——他们创造了万物之意义，一个人类的意义。所以他们自称为'人'，换言之，估价者。估价便是创造。""价值的变换，——那便是创造者的变换"[5]。尼采为了表明价值不是上帝赋予的，还比较了几个民族不同的价值观。尼采说："直到现在，妄谬与无意义还统治着整个的人类。"[6]"到目前为止，谎言是被称为真理的。对一切价值重新估价：那就是我对人类最高的自我肯定活动的公式"[7]。关于尼采的价值重估，罗素评论说："他爱以逆理悖论的方式发表意见，目的是要让守旧的读者们震惊。他的作法是，按照通常涵义来使用'善'、'恶'二字，然后讲他是喜欢'恶'而不喜欢'善'的。"[8]用传统的眼光看，上帝对人类是有大爱的，他派独生子耶稣来拯救人类，基督教最大的信条就是"爱上帝"和"爱邻人"；但在尼采看来，"基督教的起源是来自憎恨心理"，"它主要是一种反抗运动，反抗受高贵价值的支配"。从传统的眼光看，基督教是一

① [德]尼采：《查拉斯图拉如是说》，第 138 页。
② 鲁迅：《坟 · 再论雷峰塔的倒掉》。
③ 鲁迅：《华盖集续篇 · 记谈话》。
④ 鲁迅：《坟 · 再论雷峰塔的倒掉》。
⑤ [德]尼采：《查拉斯图拉如是说》，第 67 页，第 90 页。
⑥ [德]尼采：《查拉斯图拉如是说》，第 67 页，第 90 页。
⑦ [德]尼采：《瞧！这个人》，第 107 页。
⑧ [英]罗素：《西方哲学史》下册，北京：商务印书馆，1982 年，第 314 页。

种拯救人类的宗教；但在尼采看来，基督教却是一种否定生命意志的使人退化堕落的宗教，由于它的教化，已经使人类变成了病弱、残废的半人、劣人、畸形人；[①]而与之对立的为尼采称道的，是狄奥尼索斯式的对痛苦、罪恶以及人生一切可疑而陌生的东西毫无保留的肯定，也就是对生命意志的肯定。从传统的眼光看，基督教宣扬的同情、宽恕、良心等都是人的美德；但在尼采看来，"良心"是一种"残忍本能，当这种残忍本能不能再向外发泄时，便回过来对自己发泄"[②]；"同情"是一种弱者的心理，因为弱者缺乏承受痛苦的能力，既容易同情别人也希望自己被同情；而一个坚强的人是勇于承受痛苦的，他怕被别人同情以损自尊，也不愿同情别人以损伤他人的尊严。[③] 从传统的眼光看，弃恶扬善是不易之定理；但在尼采看来，弃善扬恶人类才能进步。尼采说："高估善良和仁慈的价值是颓废的结果，是柔弱的象征，是不适于高扬而肯定生命的。""善良者的存在条件是虚伪"，"视一切痛苦不幸为障碍和必须破坏的东西，完全是一种愚蠢的行为"。"善良的人们从来不说真话"。要求每个人都成为"善良的人"、合群的动物、仁慈、"美的灵魂"，或"利他主义者"，"那就等于剥夺人类最伟大性格，那就等于阉割人类把它变成了一个可怜的东西"。[④] "因此，查拉图士特拉，这个第一位了解善良者之心理状态的人，便是恶人的朋友。……当群众动物以其最纯粹的美德之光而照耀时，那特出者一定会被贬为邪恶的人"[⑤]。总之，尼采猛烈抨击基督教所造成的"奴隶道德"，而张扬他那孤独、自强、真诚、敢于承受痛苦、富于生命本能、强力意志和首创精神的"主人道德"。

尼采的"价值翻转"对鲁迅的影响是巨大的。鲁迅以尼采的"主人道德"对中国的"奴隶道德"进行了深刻的剖析和猛烈的抨击。鲁迅猛烈攻击儒道的礼让、雌退、驯良、怯懦、虚伪等道德价值，认为这绝非善的，而是恶的。鲁迅推崇的是刚直、真诚、敢于竞争和冒险的道德价值。从传统的眼光看，"合群"是一种美德，但鲁迅却"任个人而排众数"[⑥]。鲁迅认为"个人的自大"，就是独异，是愤世嫉俗的天才对庸众宣战，是一切创新的源泉；而"合群的人""自己毫无

---

① [德]尼采：《快乐的科学》、《三五二・为何难以摆脱道德》。

② [德]尼采：《瞧！这个人》，第 94 页。

③ [德]尼采：《朝霞》，第 133～138 页。

④ [德]尼采：《瞧！这个人》，第 110～112 页。

⑤ [德]尼采：《瞧！这个人》，第 110～112 页。

⑥ 鲁迅：《坟・文化偏至论》。

特别才能，可以夸示于人”，于是就“党同伐异”，“对少数的天才宣战”。[①] 从传统的眼光看，“知足常乐”是一种美德，但在鲁迅看来，这正是堕落而恶进取的表现，只能产生尼采痛斥的“末人”。鲁迅并不否认知足者会常乐，不满者会痛苦，但鲁迅与尼采一样，肯定人生的痛苦，所以鲁迅批判“十景病”、“大团圆”，让人“睁了眼看”，“记得一切深广和久远的苦痛，正视一切重叠淤积的凝血”。[②] 在许多地方，鲁迅也如尼采，说他喜欢传统意义上的“恶”而不是“善”。鲁迅说：“恶魔者，说真理也。”[③]鲁迅“愿意在无形无色的鲜血淋漓的粗暴上接吻”[④]，呼唤的是“只要一叫而人们大抵震悚的怪鸱的真的恶声”[⑤]。这种“恶声”，我们不但在《野草》里能听得到，而且在鲁迅的小说中也能听到。《孤独者》中的魏连殳，那种向“善人们”的复仇，甚至死了还冷笑着自己的死尸，就是这种“恶声”的显现。

鲁迅的“价值翻转”，充分表现在《呐喊》、《彷徨》中两种价值观的激烈冲突上，而《狂人日记》则是鲁迅“重估一切价值”的集大成者。从某种意义上说，《狂人日记》在中国文化史上的地位，可以与《查拉斯图拉如是说》在西方文化史上的地位相提并论。鲁迅也明白地表示《狂人日记》所受尼采的影响。[⑥] 而这种影响向来不为鲁迅研究者所注意。鲁迅研究者所注意的除了鲁迅明白表示过的尼采式的进化论思想外，还有尼采的《疯子》一文的影响；但是，对鲁迅《狂人日记》影响最大的，还是尼采“对一切价值的重估”。也可以说，鲁迅的《狂人日记》就是一篇重估传统价值的小说。传统的“仁义道德”，在“狂人”看来就是“吃人”。传统的承担者“话中全是毒，笑中全是刀”，“就是吃人的家伙”。而一个想劝人不再“吃人”的“觉醒者”，在传统的承担者看来却是“狂人”、“疯子”。不仅如此，好与坏、善与恶，在《狂人日记》中也翻转过来了：

> 照我自己想，虽然不是恶人，自从踹了古家的簿子，可就难说了。他们似乎别有心思，我全猜不出。况且他们一翻脸，便说人是恶人。我还记得大哥教我做论，无论怎样好人，翻他几句，他便打上几个圈；原谅坏人几

---

① 鲁迅：《热风·三十八》。

② 鲁迅：《野草·淡淡的血痕中》。

③ 鲁迅：《坟·摩罗诗力说》。

④ 鲁迅：《野草·一觉》。

⑤ 鲁迅：《集外集·“音乐”?》。

⑥ 鲁迅：《且介亭杂文二集·〈中国新文学大系〉小说二集序》。

句，他便说“翻天妙手，与众不同”。

鲁迅以新的价值观对历史（反传统）与现实（改造国民性）的全面审视，使世界在鲁迅这位叛逆的猛士眼中“于是变色”。

二、改造国民性：鲁迅对中国文化传统的批判反省

鲁迅弃医从文以后，就变成了民族精神的医生。他手持现代价值的解剖刀，对中华民族的精神与性格进行了毫不留情的剖析与揭露，于是，过去从未发现的种种精神疾病都暴露于光天化日之下，以期引起疗救者的注意。鲁迅也曾为我们民族精神上的疾病太重而又不肯就医而苦闷绝望；但他感到，如果一个民族连自己的病痛也不敢正视，那么，这本身就是精神虚弱、日暮途穷的表现，更何谈民族振兴！首先必须有正视病痛的勇气，这才可能有对症下药、解除病痛的希望。因此，从留日时期的《摩罗诗力说》到辛亥时期的《怀旧》；从“五四”时期的《灯下漫笔》、《阿 Q 正传》，到晚年的《运命》、《病后杂谈》，解剖民族精神的疾病，改造国民性，是鲁迅毕生致力的事业。鲁迅前期杂文的将近 2/3 与后期杂文的将近 1/3，都与改造国民性有关。而改造国民性与文化批判，也是贯穿于从《呐喊》、《彷徨》到《故事新编》的主题。从某种意义上说，鲁迅的艺术创作事业是从属于改造国民性的事业的。鲁迅在谈到他看了那“示众”的幻灯片之后说：

> ……我便觉得医学并非一件紧要事，凡是愚弱的国民，即使体格如何健全，如何茁壮，也只能做毫无意义的示众的材料和看客，病死多少是不必以为不幸的。所以我们的第一要著，是在改变他们的精神，而善于改变精神的是，我那时以为当然要推文艺，于是想提倡文艺运动了。[①]

因此，鲁迅没有将艺术本身作为目的，走向“为艺术而艺术”，这与他喜爱的现代主义文学是矛盾的；而是将艺术作为改造国民性的手段，中华民族的振兴比艺术本身更重要。由此我们也可以理解为什么鲁迅后期基于拯救民族的现实需要，基本上放弃了纯文学的创作，而专写攻击时弊的杂文。然而，同样

---

① 鲁迅:《呐喊·自序》。

值得注意的是，鲁迅后期的杂文并没有放弃改造国民性。

鲁迅认识到，国民性是文化传统的结果，或者说是传统文化的现实积淀，所以，不识字而且连姓什么都说不清的阿Q，也知道"男女之大防"，也善于"排外"。阿Q表达爱情的语言——"我和你困觉，我和你困觉!"也是典型的"中国风格和中国气派"。因为中国文化没有超越于感性的理性，没有脱离于肉体之外的灵魂，而强调情理、灵肉的合一，[①]所以也就不会有柏拉图式的恋爱。特别是在中国民间，"云雨一番"就成了恋爱的代名词。因此，鲁迅在揭露国民性的时候，常常以"寻根"的方法，将矛头指向助成"劣根"的"儒道两派的文书"，从而将批判国民的劣根性与反传统结合起来。

鲁迅没有全面剖析国民性的长篇论文，而是在杂文中针对国民性的某一方面进行深入解剖。翻开鲁迅的杂文集，就可以看到一位"合群的自大"的国民。他什么都不执着地坚信，只忙于眼前的实利——"活身之术"，不获则劳，既获则睡。他没有热情与热力，更没有冒险之心；他贪图安稳，不愿出头而乐于合群，不愿战斗而愿意当战斗者的看客。他心理平静得很，又很世故、圆滑，令对手在不得要领中上当。他会造谣也会撒谎，为了自己的利益可以睁眼胡说。他不认真，做事一如做戏。他目光短浅，习惯的就是对的，又很容易忘却。当他遇到灾难的时候，他会以自欺之法使精神胜利，从而消除现实的苦痛。他自己没有个性，却又极端敌意地对待有个性的人。他没有主心骨，依赖心强，合群正是必不可少的。当他地位低下的时候，他会勤于务生，但又很势利，趋炎附势。当他地位升高的时候，他又挥霍浪费，而且骄奢淫逸，俨然一位暴君。所以，他无特操，虽然会变来变去地机灵地去适应环境，但他缺乏一个内在的自我。他卑怯、贪婪，他好古、保守、自大，他微温、中道、妥协、虚伪、小气，他沉静、麻木、苟活……

与揭露国民性的杂文不同，《阿Q正传》是鲁迅揭露国民性的集大成者。因此，下面我们把鲁迅的杂文与《阿Q正传》结合起来，就鲁迅揭露国民性的某些方面进行较为详细的讨论。

奴性是中西方文化中都有的，然而，自鲁迅接受了拜伦主义与尼采主义之后，回首故国，对国民的奴性感到触目惊心。在西方古代，贵族和自由民都是主人，那些失去自由的平民与战俘才是奴隶；然而在中国，除了皇帝一人是自由的外，全国人民都是奴隶——"普天之下，莫非王土；率土之滨，莫非王臣"，

---

① 详见拙著《生命之树与知识之树》第十二章《中和与分化》。

所以“臣妾”连用，“妾”与“奴”互用。从公卿大夫到一般民众，“一级一级的制驭着”，“自己被人凌虐，但也可以凌虐别人；自己被人吃，但也可以吃别人”。[①]特别是《老子》，简直就可以说是培养奴隶的教科书。它教导人们的，就是怎样“守雌”，怎样“处下”。西方大哲曾经设想，在未分出主奴的历史之初，有两个人相斗，胜者为主败者为奴。胜者力量并不一定大，但他不怕牺牲，誓死也不肯为奴，这就是主人性格；败者力量并不一定小，但他怕死而不得不屈服，这就是奴隶性格。如果从这个角度解读《老子》，那么，以“保身活命”为目的、以教人“雌退”、“处下”的《老子》，就是典型的奴隶哲学。中国人的俗语“宁为太平犬，不为乱离人”，也就是说，做稳了奴隶比什么都好。所以鲁迅说：“中国人向来就没有争到过‘人’的价格，至多不过是奴隶，到现在还如此，然而下于奴隶的时候，却是数见不鲜的。”[②]而且即使“是人主，也容易变成奴隶，因为他一面既承认可做主人，一面就当然承认可做奴隶，所以威力一坠，就死心塌地，俯首帖耳于新主人之前了”。

有趣的是，鲁迅从中国人照相合成的“求己图”中看出了奴性，并以为这“求己图”“就是世界上最伟大的讽刺画家也万万想不到，画不出的”[③]。在鲁迅看来，人主的反面就是奴隶，而奴才做了主子其横暴远在主子之上，“暴君的臣民”大抵比暴君更残暴。[④] 所以，即使显着威风十足的横暴样，也是奴性的一种表现。阿Q当奴隶时奴性十足，挨了赵太爷的打还得意非凡，但他梦中做主子的时候，其横暴也并不在赵太爷之下。这种奴性使“中国人对异族，历来只有两种称呼：一样是禽兽，一样是圣上。从没有称他朋友，说他也同我们一样”[⑤]。这种奴性表现在行动上，就是“中国人但对于羊显凶兽相，而对于凶兽则显羊相”[⑥]；阿Q对于小D、尼姑显的是凶兽相，而对于赵太爷、假洋鬼子显的则是羊相。这种奴性表现在精神上，就是目光短浅、卑怯与贪婪。当个人受到屈辱的时候，奴才并不奋起反抗，他卑怯而贪生，只得从奴隶地位中寻找出乐趣，这就是“精神胜利法”。然而鲁迅认为，从屈辱中寻找出乐趣的人，会受到更大的屈辱，“故不争之民，其遭遇战事，常较好争之民多，而畏死之民，其

---

① 鲁迅：《坟·灯下漫笔》。
② 鲁迅：《坟·灯下漫笔》。
③ 鲁迅：《坟·论照相之类》。
④ 鲁迅：《热风·六十五暴君的臣民》。
⑤ 鲁迅：《热风·四十八》。
⑥ 鲁迅：《华盖集·忽然想到·七》。

苓落殇亡，亦视强项敢死之民众”[①]。奴隶的目光短浅由此可见。然而，能从屈辱中寻找出乐趣的人，一旦当了主子，就会横暴与贪婪——他以为他治下的人像他一样乐于生活在屈辱中，这一点在阿Q身上表现得很充分。所以鲁迅说：“中国国民性的堕落，我觉得并不是因为顾家，他们也未尝为‘家’设想。最大的病根，是眼光不远，加以‘卑怯’与‘贪婪’，但这是历史养成的。”[②]然而，奴隶却自以为他很聪明、世故、圆滑。当一个民族出现暴政的时候，奴隶不仅会忍从，而且希望暴政的冰雹落到除自己外的别人身上；如果反抗暴政的人遭害，奴隶就会鄙视他不会保身而自鸣得意。所以鲁迅又说中国人是“明哲保身”的个人主义者——因为自己对暴政的反抗纵使换来了对奴隶们的宽容，但吃亏受害的首先是自己，因为“枪打出头鸟”……在一个不相信超越感性肉体的理性与灵魂的民族，什么能比肉体生命更重要呢？所以，不管暴政不暴政，正义不正义，首先要保住自己的性命：“名与身孰亲？身与货孰多？”[③]这才是“明哲”，这才是聪明人的心术……于是，中国人对于有权势的人不是去斗争，而是去“捧”，去巴结，去送礼——先送礼者必得好处，于是在群起而捧之之后，不捧不送礼者自然倒霉。[④] 因此，鲁迅说中国人“眼光不远”。假如人人都露出“毒牙”以报复对自己的欺侮，谁敢欺侮人呢？假如人人都不去捧，不捧者又怎么会倒霉呢？因此，正是中国人的卑怯助长了贪暴，善良助长了邪恶，老实助长了强权，软弱助长了专制……如果说贪暴、邪恶、强权、专制该受到谴责，那么，促成这贪暴、强权、专制的奴性就不该受到谴责了吗？问题就在于，人们反对贪暴、邪恶、强权、专制，却又稀里糊涂地向这卑怯、善良、老实、软弱的奴性国民认同，或加以赞许，这不是从反面助长贪暴与专制吗？所以鲁迅说：“现在常有人骂议员，说他们收贿，无特操，趋炎附势，自私自利，但大多数的国民，岂非正是如此的么？这类的议员，其实确是国民的代表。”[⑤]这就是鲁迅为什么说暴君的臣民比暴君还暴，厌恶“叭儿”式的学人不下于军阀，厌恶奴才不下于主子。鲁迅冀求国民去掉奴性而站起来，对于权势者不是“捧”而是“挖”。这站起来的国民在人格平等的基础上朋友式地待人、对外——对手如凶兽就

---

① 鲁迅：《坟·摩罗诗力说》。

② 鲁迅：《两地书·一〇》。

③ 《老子》第44章。

④ 鲁迅：《华盖集·这个与那个》。

⑤ 鲁迅：《华盖集·通讯》。

显凶兽相,对手如羊就显羊相。而这就必须具有刚愎主己、多力善斗、不畏强暴、不怕牺牲的人格素质。

“精神胜利法”也是中西文化都有的,人作为“一根软弱的芦苇”,在现世的痛苦面前都需要精神上的安慰,所以“精神胜利法”在一定的意义上也是无可指责的。据鲁迅自己说,他就曾两次运用过“精神胜利法”,一次是在办《新生》失败、辛亥革命失败后,奔驰在寂寞的荒原上,“我于是用种种法,来麻醉自己的灵魂,使我沉入于国民中,使我回到古代去”[①];一次是在大革命失败后,在一片腥风血雨之中,鲁迅说:“我也在救助我自己,还是老法子:一是麻痹,二是忘却。”[②]鲁迅对“精神胜利法”的运用,与他正视“重叠淤积的凝血”的“叛逆的猛士”性格当然是矛盾的。后者是鲁迅所倡导的,他经常慨叹中国人无不平、无痛苦,缺乏悲剧感,因而正视灾难,体味痛苦是鲁迅的主导性格——鲁迅个性中的主导部分;而前者则表现了鲁迅在承受难以忍受的痛苦时的真诚。然而,一般的精神安慰,鲁迅的“精神胜利法”,都不是奴性的表现,也未达到混淆物我、自欺欺人的地步;而鲁迅所要揭露与改造的,正是这种不能正视客观外物的自欺欺人的“精神胜利法”。认识到这种区别,是非常重要的。[③]

在《阿Q正传》中阿Q虽然很贫贱,只配当奴隶和受屈辱,但他以“先前阔”与“将来阔”傲视未庄的一切人,以精神上的胜利抚慰现实中痛苦的遭遇。当他在现实中受到极大的屈辱——如挨骂、挨打、赢的钱被人抢去时,他消除痛苦而使“精神胜利”的方法有:以丑为美,如说别人还不配有癞头疮;将对手贬低而抬高自己,如说对手是他的儿子,自己是“第一个”等等;混淆你我,自欺欺人,如他赢的钱被人抢去后,用力打自己就以为打的是别人;以能被主子欺而傲下,如挨了赵太爷的打而得意了许多年;将在强者那里受到的屈辱发泄到弱者身上,如他被王胡、假洋鬼子打了之后去欺侮小尼姑;忘却,如因向吴妈求爱而遭秀才打,一会又去看吴妈的热闹,仿佛此事与己完全无关;不执信,无特操,随风倒——因为一有所信,所信不能如愿就会痛苦,所以阿Q开始说“革命便是与他为敌”,杀革命党好,革命得势又要革命,革命不成又说“造反是杀头的罪名”……“精神胜利”的阿Q被稀里糊涂地处决了,临刑前他还“觉得人

① 鲁迅:《呐喊·自序》。

② 鲁迅:《而已集·答有恒先生》。

③ 许多人在私下谈“精神胜利法”的合理性,有人甚至公开发表文章为“精神胜利法”辩护,因而我们必须迎接这一挑战。

生天地间，大约本来有时也未免要杀头的”。因此，阿Q不能正视外在的世界，又缺乏自我意识。他就像一台幻化机器，一切外在的逆境，经过这台机器的加工，都会变成顺境；一切现实的痛苦与不自由，经过这台机器的加工，都会变成精神上的胜利与内在自由。这也许就是中国文化“内在超越”之奇术吧。因此，在近代中国，阿Q与鲁迅代表着截然对立的文化方向。一个于逆境中发现顺境，于屈辱中感到自满；一个“于浩歌狂热之际中寒，于天上看见深渊”。一个是“永远得意的”，一个则“抉心自食，欲知本味。创痛酷烈，本味何能知？……”[①]而鲁迅介绍“恶魔派文学”，翻译《苦闷的象征》，喜欢赞美痛苦的尼采，就是要打破国人“精神胜利”的迷梦。

中外学者对《阿Q正传》艺术技巧的研究，多注意反语、幽默以及悲喜剧因素等等，然而人们所普遍忽视的，是《阿Q正传》的象征性；事实上，从阿Q之名到作品本文，都具有深在的象征意味。《阿Q正传》的前5章，特别是第2与第3章，是中华民族的国民精神一步步堕入奴性以及由此造成的掩饰、避讳、“精神胜利”之过程的象征。从某种意义上说，“精神胜利法”是中国人的奴隶地位每况愈下的必然结果，没有精神上的安眠药，挣扎于痛苦深渊中的奴隶是无法生活下去的——不反抗就得自杀。因此，在现世中愈是痛苦异常的奴隶，就愈需要“精神胜利法”。[②] 反过来，在精神上感到深在痛苦的往往是贵族型的人，如拜伦、尼采。易卜生说：“世界上最强有力的人就是那最孤独的人”；我们也可以说：世界上最痛苦的人就是那最自由的人。这一点，我们从失去专制、宗教之种种约束的现代西方人的精神痛苦中，就可以看出来。因此，阿Q的“精神胜利法”有一个日渐强化的过程。阿Q开始对敌手还敢骂敢打，然而由于他总吃亏，所以就只得以精神上的胜利来抚慰现实中的苦痛。后来，随着在现实中受到屈辱与痛苦日益沉重，甚至连奴隶也做不稳了，他的“精神胜利法”也就日渐强化。从象征的意义上看，中国的国民精神在先秦还未沦落至如此地步。当时，虽然有老子“明哲保身”的哲学，有庄子给在现实面前碰壁的人提供的“精神胜利法”；然而道家不过是百家中的一家，而为鲁迅称道的墨家，就具有不畏强暴、不怕牺牲、多力善斗并以朋友的方式对待君主的精神。秦汉以后，墨家失传，儒术独尊，道家显要，而令国民精神一变。但是，“汉唐虽然也有边患，但魄力究竟雄大，人民具有不至于为异族奴隶的自信心，或者竟毫未

---

① 鲁迅：《野草·墓碣文》。

② 马克思、恩格斯在论述基督教时深刻地阐明了这一点。

想到，凡取用外来事物的时候，就如将彼俘来一样，自由驱使，绝不介怀”。然而，随着儒学的机体内渗入了道、佛而变为理学[①]以及辽、金、元、清的异族入侵，从宋代以后，“神经可就衰弱过敏了，每遇外国东西，便觉得仿佛彼来俘我一样，推拒，惶恐，退缩，逃避，抖成一团，又必想一篇道理来掩饰”[②]。特别是近代中国在西方列强的打击之下，天朝帝国的架子摆不得了可却要硬摆，连奴隶也做不稳却硬充是主子而列强则被看成是“蛮夷”，或者以历史悠久的“先前阔”傲人，于是就不去正视现实而以“精神胜利法”当作随遇而安的安眠药。《阿Q正传》关于阿Q在辛亥革命中的行动与思想的描写，是我们民族及其国民在一场突发的革命中实质变动的浓缩，也是鲁迅必须改造国民性思想的形象表现。第9章《大团圆》深在的象征性特别耐人寻味。从某种意义上说，“圆圈”是中国传统文化的一个重要特征，——“中庸、圆圈、和谐，都是中国文化的特产”[③]。然而，连这一文化传统的承担者——立志要把圆圈画圆的阿Q，也无法把圆圈画圆而生出缺陷来。不仅如此，无辜的阿Q终于稀里糊涂地死在这个自己手造的圆圈里了。然而，临刑的阿Q还为自己画不圆圆圈——杀死他的中国传统文化的象征符号，而感到懊悔。在这里，鲁迅对传统文化的控诉是令人触目惊心的。因此，鲁迅通过“大团圆”——“精神胜利法”，使中国人睁开眼睛，“真诚地、深入地，大胆地看取人生”[④]；使中国人从“精神胜利”的“圆圈”中走出来，正视人生的缺陷，感受到人生的悲剧性；使中国人从自满的“堕落”中走出来，因为“不满是向上的车轮，能够载着不自满的人类，向人道前进。多有不自满的人的种族，永远前进，永远有希望”[⑤]。

然而，国民之堕落、退化的劣根性，令改造国民性的鲁迅有时候感到绝望。孔子说“君子之德风，小人之德草”，风向哪里吹，草向哪里倒。[⑥] 小人与百姓只有被“治”的权利，而无参政的权利。而老子对于百姓，则要“虚其心，实其腹；弱其志，强其骨，常使民无智无欲”[⑦]。其伦理导向就是让有情志、智慧的

---

① 详见拙著《生命之树与知识之树》讨论理学的一章。

② 鲁迅：《坟·看镜有感》，又《三闲集·流氓的变迁》等文都讨论了从古到今国民精神一步步的堕落。

③ 详见高旭东、张淑贤：《关于文化与文学的对话》，载《文学评论家》，1988年第2期。

④ 鲁迅：《坟·论睁了眼看》。

⑤ 鲁迅：《热风·六十一不满》。

⑥ 《论语·颜渊》。

⑦ 《老子》第3章。

人向无情志智慧的方向退化。在这些古先哲的教化下，中国人没有主体的强力，缺乏人之为人应有的自我意识，缺乏一个内在的自我。人人都像落花一般随波逐流，像小草一样随风摇摆，像沙石泥土一样任人摆布。于是，“火从北来便逃向南，刀从前来便退向后，一大堆流水帐簿，只有这一个模型”①。“所以无论什么主义，全扰乱不了中国；从古到今的扰乱，也不听说因为什么主义”②。这样，中国的国民便成了只会适应环境的人。我们且看阿 Q，他进了几回城，就傲视乡里人未见世面，但又嘲笑城里人做事不与未庄人一样；他对赵太爷“在精神上独不表格外的崇奉”，但挨了赵太爷的打倒以此得意了许多年。可见，阿 Q 没有什么是非标准，风刮到哪里他就在哪里得意，因为阿 Q 缺乏一个内在的自我。他甚至以自我为非我，打在自己脸上却以为打了别人。阿 Q 自我意识的缺乏，使他任人摆布，随波逐流，随遇而安。“他求的是什么东西，他自己不知道”。他没有精神上的痛苦，肉体上的痛苦与感觉也很迟钝，——甚至动物对肉体痛苦也很敏感。最后，他在监牢里、在临刑前，都很坦然，他死掉都不知道为什么死的。所以鲁迅在谈到阿 Q 时说：“至于百姓，却就默默的生长，萎黄，枯死了，像压在大石底下的草一样，已经有四千年！”③改造如此退化的国民性，在鲁迅看来确实是艰难的，所以，鲁迅在第一篇论及改造国民性的文章《摩罗诗力说》中，就把矛头对准了《老子》。鲁迅批判这些先贤明哲们“自知良懦无可为，乃独图脱屣尘埃，惝恍古国，任人群随于虫兽”。因此，鲁迅张扬个性与精神的目的，就是要使国人“人各有己，不随风波”，从而振兴中华民族。

鲁迅一生都致力于改造国民性，而且对国民性的认识一生也未发生大的变化，然而在不同的阶段鲁迅对待国民性的态度却略有不同之处。鲁迅“五四”时期的国民性概念与国民的劣根性是可以代用的，这与他的整体性反传统是一致的；鲁迅后期对“辩证法”的接受，使他既揭露国民的“劣根性”，也寻找“优根性”——虽然总的来看揭露劣根性的文章居多。鲁迅前期对国民性的揭露，“怒其不争”是占主导的；而后期在揭露国民性中“哀其不幸”的成分更多，而且将造成国民劣根性的罪责更明显地指向统治阶级——谈到中国人的一盘

① 鲁迅：《热风·五十九“圣武”》。

② 鲁迅：《热风·五十六“来了”》。

③ 鲁迅：《集外集·俄文译本〈阿 Q 正传〉序》。

散沙，鲁迅说："他们的像沙，是被统治者'治'成功的，用文言文来说，就是'治绩'。"[①]当然，在同一时期鲁迅对国民性的认识也有矛盾之处。譬如他认为国民无执信、无特操、灵活善变、趋炎附势；但另一方面，鲁迅又认为国民死抱国粹、保守、僵化与硬化。鲁迅说："体质和精神都已硬化了的人民，对于极小的一点改革，也无不加以阻挠。"[②]又说："日本能有今日，因为旧物很少，执着也就不深，时势一移，蜕变极易，在任何时候，都能适合于生存。不像幸存的古国，恃着固有而陈旧的文明，害得一切硬化，终于走到灭亡的路。"鲁迅不是逻辑学家，但由于他对感性世界的深刻洞察，使矛盾的性格统一于我们民族，而且有时候二者表里互用。可以说，鲁迅之前从未有人如此深刻地反省我们民族的心态、精神与性格。

① 鲁迅：《南腔北调集·沙》。

② 鲁迅：《二心集·习惯与改革》。

在意识深层对中国传统文化的承传

鲁迅是现代中国最激进的反传统主义者，他的反传统之激烈以及对传统罪恶揭露之深，使张扬“全盘西化”的胡适都为之黯然失色。然而，1984 年笔者去绍兴，在游览大禹岭的时候，想到鲁迅在《理水》中对大禹的称赞，又想到顾颉刚在《古史辨》中把禹说成是蜥蜴之类的虫，引起了鲁迅的强烈不满，并对其研究古史的虚无态度进行了非议。事情过去了多年，鲁迅还是念念不忘，又在小说中辛辣地讽刺了顾颉刚对禹的考辨。这使我不得不反思：鲁迅是全盘反传统的吗？更何况鲁迅出身于书香门第，自小就受到了良好的古典文化教育，传统士大夫的修身、齐家、治国、平天下以及救国救民的忧患意识，深深地扎根于他的心中，修身可以“扫除腻粉呈风骨”来说明，治国平天下可以“我以我血荐轩辕”等诗句作注脚。[①] 不仅如此，鲁迅青年时代表现出浓重的传统读书人习气，即言义不言利，不愿从事赚钱的买卖而专注于求学读书——“绝交阿堵兮尚剩残书，把酒大呼兮君临我居”[②]，意即爱书不爱钱。因此，在反传统的背后，鲁迅又是怎样承袭了传统呢？

T. S. 艾略特说：“只有基督教文化，才能造就伏尔泰和尼采。”[③]笔者思考与反思的结果是，只有儒道文化，才会产生鲁迅。加州大学柏克莱分校已故教授夏济安，曾令人信服地分析过鲁迅与中国民间文化的密切联系以及在鲁迅创作上的表现，而笔者将把探讨的重心转向鲁迅与中国正统文化的关系。

---

① 鲁迅：《鲁迅全集》第七卷《莲蓬人》与《自题小像》。

② 鲁迅：《集外集拾遗·祭书神文》。

③ [美]T. S. 艾略特：《基督教与文化》中译本，成都：四川人民出版社，1989 年，第 205 页。

一、鲁迅接受西方文化的传统机制

就目前世界各国对外来文化的接受情况看，一国文化对另一国文化的移植，必须是接受国有栽培外来文化之花的土壤，否则，外来的鲜花再美，也会在新的土地上枯萎。而且即使外来文化移植成功了，也会使其发生变异。非洲的社会主义与欧洲本土的社会主义差异甚大，亚洲的资本主义与欧洲本土的资本主义差别也不小。因此，鲁迅在那么短的时间内，在接受了西方的科学主义之后，又接受了西方的人本主义，并回过头来反叛中国文化传统，除了中国文化内部有看取并接受西方文化的潜在土壤，是没有别的理由解释的。而这一点，为鲁迅研究界普遍忽视了。

一提到传统文化，人们就会想阿 Q，想到自大、保守、封闭、排外……然而，传统文化也还有认识上的急于摸清对手的底细、正确了解别人、甚至以了解别人比了解自己还重要以及实践上的“拿来主义”的一面。孔子在《论语》的第一篇《学而》中说“不患人之不己知，患不知人也”。在列强虎视中华的时候，令人想到兵书，而中国最杰出的兵书《孙子兵法》，最强调的就是摸清对手的底细，以为知己不知人或知人不知己，都不一定取胜，只有“知己知彼”，才能“百战不殆”。鲁迅生当祖国面临西方列强入侵的晚清，这些古代圣贤的教诲不正好鼓励了鲁迅去摸清敌手、正确地认识西方文化吗？在实践上，且不说春秋战国时代(近代许多中国人都以为中国被列强拖入了范围扩大的新战国)，各国之间相互学习而落后者挨打，就是降及秦汉、唐代，也还有“将彼俘来，自由驱使”的“拿来主义”精神。鲁迅在“五四”时期出于整体性反传统的文化选择，绝少肯定传统文化，然而他却作《看镜有感》一文以弘扬汉唐大胆“拿来”的开放精神，不正反证了这种精神鼓励了他的“拿来主义”了吗？而且中国文化传统中没有执着的信仰，控诉礼教的庄子在儒教中国仍可为人崇拜而不受迫害，这一点与西方传统文化最不相同。佛教进中国受到的阻碍也不大，后来这异邦的宗教居然与儒道并称“三教”而在中国传播，汤因比的《历史研究》中居然以佛教为中国的国教。因此，中国人向西方寻求真理并不始于近代，历史上最著名的唐太宗时代玄奘向西方(那个时代心目中的西方)寻求真理。这都是鲁迅的“拿来主义”得以形成的传统土壤。

“拿来主义”有了传统的土壤，“拿来”的文化就不需要传统的土壤了吗？不然。

从留日时期到“五四”时期，鲁迅的救国路线是由“立人”而使得民族得救。这就首先要求每个国民“修身”，即像鲁迅所说的那样置重主观、意志，张大自己的个性，建构“刚毅不挠”、“勇猛无畏”、“宝守真理”、“独立自强”的人格。而“国人之自觉至，个性张，沙聚之绑，由是转为人国”。如果我们抛开具体的主张不论，而着眼于鲁迅救国路线的起点与过程，就可以看见它的根深深埋在传统的土壤之中。儒家所谓的“内圣”“外王”之道，就是由“内圣”至“外王”，因此，“修身”——“立人”，是儒家首先要求的。孔子说“古之学者为己，今之学者为人”，[①]首先强调的也是个体人格的自我修养。而建构个体的人格，就是让人“刚毅木讷”、“见利思义”，以达“文行忠信”（孔子），要“尽心”、“知性”（孟子），要“正心”、“诚意”、“格物”、“致知”（《大学》）……于是，“自天子以至于庶人，壹是皆以修身为本”。“身修而后家齐，家齐而后国治，国治而后天下平”。[②] 从“修身”到“齐家治国平天下”，从“内圣”到“外王”，正是鲁迅以张大个性而中国就“雄厉无前”的传统土壤。

不仅如此，鲁迅在西方文化中看取的是人本主义，是哲学的人学，而中国传统文化注重的正是主体内省与人格完善的哲学的人学。西方的宗教文化注重的不是人学，而是神学，正如使徒彼得所说的：“顺从神，不顺从人，是应当的。”[③]而中国文化则注重人而不注重神：“天道迩，人道近”；“国将兴，听于人；将亡，听于神”。孔子就“不语怪力乱神”，让人“敬鬼神而远之”，并说：“未能事人，焉能事鬼？”[④]而鲁迅看取的以叔本华、尼采等人为代表的现代人学思潮，正是以对黑格尔庞大的神学体系乃至对基督教彻底反叛的面目出现的。这一思想潮流的涌动，标志着西方文化由神学向人学的转折。因此，鲁迅对西方现代人学思潮的看取，正是中国文化的人学传统使然。尽管西方现代人学思潮注重的是个体的人，而中国文化的人学传统置重的是群体的人，然而二者在离弃神学而置重人学一点上，却令人看到了“接点”。黑格尔之后，在人学思潮兴起的同时，西方的分析哲学也以对黑格尔的批判而大兴，以至于使 M. 怀特将

---

① 《论语·宪问》。

② 《大学》。

③ 《新约全书·使徒行传》第 5 章第 29 节。

④ 《论语·先进》等。

现代文化潮流称之为“分析的时代”。然而,鲁迅对西方的分析哲学并无兴趣,而对繁琐的分析表示厌恶。[①] 甚至一直到今天,存在主义很快能被一些人所接受,而分析哲学难以在中国生根,就因为中国文化具有悠久的人学传统,却无分析的传统,而具有与分析对立的综合的传统。当然,我们所说的中国文化的人学传统,是指以孔子为代表的上层文化的传统,而在中国下层,则是“怪力乱神”满天飞。因此,鲁迅接受西方现代人学思想的传统土壤,正是中国上层的人学传统。

人本哲学与分析哲学在思维方式上也很不相同。分析哲学重逻辑,重分析,往往使人感受到碎杂,枯燥无味,甚至与维特根斯坦一起搞逻辑研究的罗素也说“逻辑真是地狱”;而人本哲学则重综合,重整体,重直觉。中国文化是注重主体内省的哲学的人学,所以就特别推崇整体的、综合的、直觉的思维方式。中国文化整体性地把握问题的方法,使其形成了原始的系统论。如果以语义分析的方法对中国传统的文言文进行分析,就会到感到很困难:文言文原来没有标点,没有时态、语态,而且所运用的概念灵活性与模糊性也太大,[②]因而就只能以直觉体悟的方式去把握。这种思维方式的人文性太强而具有反科学性——这也是中国科学不发达的一个原因。尽管鲁迅提倡科学,并且也注意到了语言的精密性,特别表现在鲁迅的翻译中,但是,中国传统的整体的、综合的、直觉的思维方式不仅影响了鲁迅对西方文化的选择,而且直接作用于鲁迅的思维方法。因为传统的思维方式并不像传统的伦理道德、文学艺术,直接诉诸符号,从而为反传统者树起了靶子,而是无形地渗透在符号之中,需经分析才会发现。鲁迅以直觉感悟式的杂文代替分析性论文,虽说有尼采等人的影响,但却是中国传统思维方式更为直接的结果。鲁迅后期还说,他能感悟到事情的特点和要害,却说不出一篇大道理。因此,鲁迅看取与科学分析对立的现代人学思潮,对以感悟式的格言、警句名世的西哲尼采[③]发生那么大的兴趣,是有着深远的传统文化的渊源的。不仅如此,鲁迅对海克尔“系统树”——种系发生学的极大兴趣,也不能说与中国传统中原始的系统论无关。鲁迅在那么短的时间内,写作了《人之历史》、《科学史教篇》、《文化偏至论》等文,概述

---

① 鲁迅对《苦闷的象征》的介绍,在《两地书》中对论文的看法以及对胡风论文之繁琐的批评,都表现出这一倾向。

② 值得注意的是,伴随现代人学思潮而产生的现代派文学也出现了这些特点。

③ 尼采的哲学表达方式在西哲中并不具有代表性,倒与中国哲学家的哲学表达方式相似。

了进化论史、科学史、文化史，并富有创见，不正是中国综合的、整体的思维方式对鲁迅所起的潜在作用吗？尽管鲁迅的结论可能是反传统的，但是，假如是没有自己文化的部落中的野蛮人，并教会了他认识科学与文化的语言，那么，他会在如此短的时间内做出如此富有创见的综合吗？当然，这个假设本身是荒诞的。

鲁迅在文学上对浪漫主义与现代主义的浓厚兴趣，也有深厚的传统土壤。西方文学从亚里士多德到现实主义、自然主义，强调的是模仿、再现，因而就形成了西方文学的史诗传统，这一文学传统的对立面是浪漫主义与现代人学思潮的兴起，到现代主义之后西方文学的史诗传统就衰落了。于是，克罗齐、柯林伍德等美学家的“表现”论，就取代了传统的“再现”论。而在现代派艺术中，拙于表现而长于再现的艺术门类与文体，如绘画、小说，都被改造成了表现艺术。而中国文学自古就不重再现而置重表现，文学被认为是心声的流露、情感的宣泄，因而中国文学自古形成的就不是史诗传统，而是抒情诗传统。因此，鲁迅喜爱浪漫主义与现代主义，而对现实主义与自然主义不感兴趣，正是中国传统的抒情诗传统在起作用。普实克认为，鲁迅小说的根源不在于中国传统的叙事作品而在抒情诗歌，小说中“明显的怀旧和抒情特征使他不属于十九世纪现实主义传统”，“他用随笔、回忆录和抒情描写取代了中国和欧洲的传统纯文学形式。鲁迅和欧洲现代散文作家的作品都有这种倾向。我认为这种倾向可以看作是抒情作品对叙事作品的渗透，以及传统叙事形式的衰落”。[①]

尼采是鲁迅最喜欢的西方哲人，并对鲁迅产生了巨大的影响。而鲁迅看取尼采的，除了重人学、尚感悟以及哲学表达方式等上文已论及的方面之外，还在其哲学的非常识性。反常识是尼采的特点，逆理悖论是他常用的表达方式，譬如贬斥善而肯定恶。在中国文化中，鲁迅最喜欢的是老庄以及“魏晋文章”，而老子、庄子、嵇康、阮籍，都不是常识性的思想家，关于庄子与尼采，陈鼓应有一篇比较专论，强调其相似性，此不赘述。我觉得在非常识性一点上老子与尼采也有许多相似之处。尼采颠倒善恶，老子说：“善之与恶，相去若何？”[②]尼采认为比起多数的弱者来，强者更容易毁灭，老子则认为“柔弱胜刚强”。尼采以为在人群中的危险比在兽群中还多些，老子则要“民至老死，不相往来”……因

---

① [捷克]普实克：《鲁迅的〈怀旧〉——中国现代文学的先声》，见《普实克中国现代文学论集》。

② 《老子》第 20、18 章。

此，对尼采这个几乎全面反常识的西哲，假定没有老庄这一传统的反常识土壤，那么，接受他就会非常困难，至少也不会如鲁迅那么快。而老庄与"魏晋文章"正是通过尼采的现代洗礼，才会对鲁迅产生巨大的影响。老子认为："大道废，有仁义。智慧出，有大伪。六亲不和，有孝慈。国家昏乱，有忠臣。"① 总之，"反者道之动"，任何事物都是其反面。因此，我认为在论辩的智慧上，老庄跳过了尼采，直接对鲁迅的"推背"式战术产生了巨大影响。

历史实用意识的发达是中国文化的又一特点。与印度人不重视历史而关心抽象的道理不同，中国人非常重视历史；然而与西方人探究历史发展进程（如黑格尔）的历史哲学又不同，中国人看取历史主要是想从历史的兴衰中得到"修身齐家治国平天下"的经验教训。在这里，显示了中西文化对"善"与"真"的侧重点不同。鲁迅遵循中国悠久的历史实用意识的传统，善于从历史中发现为现实服务的经验教训。而鲁迅看取西方文化的方式，也是从历史的角度去总结西方科学、文化所以发达的经验，以为中国的现实需要服务。这一点在《科学史教篇》、《文化偏至论》等文中也表现得特别明显。"五四"之后，鲁迅为了反传统和改造国民性，就特别强调读中国的历史。鲁迅笔下的狂人，是"翻开历史一查"，才从到处都写着的"仁义道德"的字缝里，看出满本都写着两个字"吃人"。② 鲁迅说："历史上都写着中国的灵魂，指示着将来的命运，只因为涂饰太厚，废话太多，所以很不容易察出底细来。……但如果看野史和杂记，可更容易了然了，因为他们究竟不必太摆史官的架子。"③ 因此，如果说历史对统治者来说是"资治通鉴"，那么对于鲁迅来说则是"资改造国民性通鉴"，其历史实用意识则是相似的。

必须指出的是，鲁迅看取的西方文化与看取西方文化的传统土壤之间，存在着较大的差异。无视这种差异，将外来文化都说成是"古已有之"，是很不明智的。但在这里不准备讨论这种差异，笔者在《生命之树与知识之树》一书中，对中外学者抹杀庄子与近代浪漫派与现代存在主义的巨大差异就曾进行过辩驳。

---

① 《老子》第20、18章。

② 鲁迅1918年8月20日致许寿裳的信中说："偶阅《通鉴》，乃悟中国人尚是食人民族，因成此篇。"

③ 鲁迅：《华盖集·忽然想到四》。

二、鲁迅反传统的传统机制与动因

鲁迅为中国传统知识分子与现代知识分子划分了一条界限，他认为传统知识分子没有自己的独立人格，不是给主子“帮忙”就是“帮闲”；而现代知识分子的特征是人格的独立，能够“任个人而排众数”。于是，鲁迅批判屈原、孔子，而推崇拜伦、尼采、易卜生等。

然而，如果详加考究，就可以发现，鲁迅批判传统知识分子的冲动，却正来自于传统知识分子那种以天下为己任的使命感与忧患意识。因此，鲁迅的个性主义以及对人格独立的强调，就与尼采、易卜生等差异很大。尼采认为，为了一个超人的出现不惜牺牲千百万个粗制滥造者；易卜生则认为，在船快要沉了的时候，最重要的是救出自己。这并不奇怪，因为尼采、易卜生的文化背景都是重个人轻族类的基督教。然而，以天下为己任的鲁迅在伸张个性的时候，却牢记着家国族类，这就是鲁迅那种强烈的感时忧国精神以及对人民苦难的同情。鲁迅认为，随波逐流的“合群的自大”，就是要抹杀人的个性，“对少数的天才宣战”，其结果就是中国的堕落以及不求进步；[①]而只有伸张个性的“个人的自大”才能使国家进步。正是这种对家国族类的执着精神，使得鲁迅对苦难的合群者，同情多于谴责，并希望他们觉悟，从而使中国变成“人国”。鲁迅认为，只要“国人之自觉至，个性张，沙聚之邦，由是转为人国”。于是，鲁迅对知识分子的苛求就来了：一方面，他批判“叭儿狗”、“媚态的猫”，即没有独立人格的传统形态的知识分子；另一方面，他又批判那些只顾自己的个性自由而不顾家国族类的自由主义知识分子。因此，人格的独立和个性的自由，在鲁迅那里并不是目的，而是救国救民的手段；拯救整个中华民族，才是鲁迅一生的目的。于是就出现了这样一种悖论：鲁迅对知识分子乃至国民的劣根性揭露得越深切(反传统)；那种以天下为己任的使命感就表现得越强烈(对传统的承担)，换句话说，鲁迅反传统的动力来自于传统本身。

鲁迅的激烈反传统，还有更深层的传统动因。鲁迅曾揭批中国传统文化缺乏执着的殉道精神，没有坚执的信仰，使得中国人的信与不信往往取决于信

---

① 鲁迅：《热风·三十八》。

条本身对生命的利害——或者借信条以图功名富贵,或者借信条保身养生以求长生,所以中国向来没有宗教战争,而是推崇三教同源、三教并立。"耶稣教传入中国,教徒自以为信教,而教外的小百姓却都叫他们是'吃教'的。这两个字,真是提取了教徒的'精神',也可以包括大多数的儒释道教之流的信者,也可以移用于许多'吃革命饭'的老英雄"[①]。鲁迅说:中国人"对神,宗教,传统的威权,是'信'和'从'呢,还是'怕'和'利用'?只要看他们的善于变化,毫无特操,是什么也不信从的,但总要摆出和内心两样的架子来"[②]。总之,中国人没有执着的信仰和殉道精神,而是以生命的安乐为本,信什么就需要从什么得到好处,而且最好是现世现报,不要发什么空头支票。

然而,鲁迅激烈反传统的传统动因,却正是中国不以信仰为重而注重生命适应的实用文化传统。否则,对于像鲁迅那样出身于诗礼人家又受到良好的古典教育的人,那么轻而易举地就唾弃了几千年的文化传统,简直是不可思议的。我们且看两个相反的例子。公元前586年耶路撒冷被攻陷,圣殿被毁坏,大部分犹太人被掳到了巴比伦,但是,犹太人坚信他们的神,终于又回到了巴勒斯坦,重建了圣殿。公元前63年,罗马军队占领耶路撒冷,在这以后不到200年的时间,犹太人因争取信仰的自由而被残杀的人数就超过20万人。我们再看穆斯林。伊斯兰教和基督教的一神教教义都源自犹太教,所以基督徒相信,皈依一神教的伊斯兰教就可以保证再皈依基督教。但是,尽管十字军东征使得穆斯林流血牺牲,尽管勇于殉道的基督徒以理论上的说服和物质上的引诱去归化穆斯林;然而,基督教在伊斯兰教发源地阿拉伯半岛以及信仰伊斯兰教的主要国家叙利亚、埃及的传教工作,并没有多少成效,以至使西方人只好满足于这样的遁词:"穆斯林根本不可能改宗。"[③]然而,中国人对于思想主义很少如此执着,而更看重思想主义是否为兴国利民有用,这可以追溯到孔子。"子曰:'管仲之器小哉!'或曰:'管仲俭乎?'曰:'管氏有三归,官事不摄,焉得俭?''然则管仲知礼乎?'曰:'邦君树塞门,管氏亦树塞门。……管氏而知礼,孰不知礼?'"[④]然而,当子路非议管仲时,孔子却说:"桓公九合诸侯,不以

---

① 鲁迅:《准风月谈·吃教》。

② 鲁迅:《华盖集续编·马上支日记》。

③ [德]戈特沙尔克《震撼世界的伊斯兰教》中译本,西安:陕西人民出版社,1987年,第241~249页。

④ 《论语·八佾》。

兵车,管仲之力也。如其仁,如其仁!”孔子在子贡非议管仲时又为管仲辩解:“管仲相桓公,霸诸侯,一匡天下,民到于今受其赐。微管仲,吾其被发左衽矣。”[①]对与管仲这么一个小器、不知俭、不知礼、无特操、霸气十足的人,按照孔子的仁德理想,本应是大加讨伐的,而孔子之徒子路、子贡也确实按照孔子“攻乎异端,斯害也已”的指示,来非议管仲的;可是,孔子为什么反过来与其信徒大唱反调,而把儒门至高的“仁”送给管仲了呢?就是因为管仲给国家和人民带来了实际利益。而孔子不但在理论上把兴国利民看得高于道德信条,在行为上也是如此。有一次,公山弗扰盘踞在费邑图谋造反,叫孔子去,孔子准备去。子路很不高兴地说:没有地方去就罢了,何必到反贼那里去呢?孔子却辩解说:那个叫我去的人,难道是白白召我吗?“如有用我者,吾其为东周乎?”[②]又有一次,佛肸召孔子,孔子又想去,子路不高兴地说,从前听老师说,君子不到亲自做坏事的人那里去,如今佛肸盘踞中牟谋反,您却要去,这怎么说得过去呢?孔子无奈又做了一番辩解。[③] 孔子的意思是:如果让他执政,可以给家国社稷带来切实的利益,也就不怎么在乎手段了。

因此,“五四”新文化运动虽然是一场以西方文化冲击中国传统的叛逆运动,然而,在不以信仰为重而以生命存活为第一要义上,恰恰又是中国传统的延伸。“五四”时期流行的观念是:或者抱住国粹而死亡,或者抛弃国粹而存活。鲁迅说:“要我们保存国粹,也须国粹能保存我们。”“保存我们,的确是第一义。只要问他有无保存我们的力量,不管他是否国粹”[④]。不过能够为了“天下兴亡”抛弃国粹,也就能够抛弃别的学说,抛弃尼采、易卜生的个性主义。“五四”时期,鲁迅对共产主义学说并不感兴趣,甚至对苏联“怀疑,冷淡”,然而,随着苏联建设的成功和资本主义世界1929年到1933年的经济大危机,让鲁迅看到了,只有社会主义才有利于中国的民族生命的存活和发展,所以鲁迅又毫不留情地扬弃了尼采、易卜生和个性主义,而成了共产主义学说的信奉者。

由此可见,尽管鲁迅以反传统的激烈而著称,然而,决定鲁迅一生不断选择的最终动因,却正是传统士大夫以天下为己任的使命感,以及中国文化不以

① 《论语·宪问》。

② 《论语·阳货》。

③ 《论语·阳货》。

④ 鲁迅:《热风·三十五》。

信仰为重而以兴国利民为第一要务的实用传统。鲁迅之所以能够兼容或者说同时信奉“托尼学说”（托尔斯泰与尼采的学说），也是从民族生存的角度着眼的。在鲁迅看来，不肯定尼采就无以使国人图强，不肯定托尔斯泰就无以反对帝国主义侵略。以尼采与托尔斯泰学说之尖锐对立而鲁迅为了救国救民而同时信奉，就可以看出鲁迅亦不以思想主义为重，而看重思想主义能否兴国利民。鲁迅的留日时期、“五四”时期以及后期的思想都不完全一致，但在感时忧国一点上又统一起来了。换句话说，鲁迅正是为了民族复兴才甘愿使自己的学说随时而变。

三、鲁迅的不朽观与中国传统

人总是要死的，肉身终究是要腐烂消失的。死亡对于每一个人，都是绝大悲哀的事，无论你做一番什么轰轰烈烈的事业，还是驾驭群臣做一个“人上人”，无论你是“圣人”、“至人”、“神人”，还是诗人、作家、学者，你在人生舞台表演一番之后，终归要化为尘土。如果个体的一生就是这么一个变幻无常的很快就破灭的梦，那么，这个梦有什么值得做的？

鲁迅作为一位敏感的艺术家，自然不可能不面对死亡而有自己的不朽观。鲁迅认为，中国人对于死亡也不如欧洲人来得认真：凯绥·珂勒惠支“用‘死’来做画材的时候，是一九一零年顷；这时她不过四十三四岁。我今年的这‘想了一想’，当然和年纪有关。但回忆十余年前，对于死却还没有感到这么深切。大约我们的生存久已被人们随意处置，认为无足轻重，所以自己也看得随随便便，不像欧洲人那样的认真了。有些外国人说，中国人最怕死。这其实是不确的，——但自然，每不免模模糊糊的死掉则有之”[①]。鲁迅虽然说自己向来是“这随便党里的一个”，却是不确的。留日时期，鲁迅“曾经研究过灵魂的有无，结果是不知道；又研究过死亡是否痛苦，结果是不一律”[②]。鲁迅的弃医从文，其他原因除外，恐怕与鲁迅相信文艺能使人的心声得以永存有关，“兵刃炮火，

---

① 鲁迅：《且介亭杂文末编·死》。

② 鲁迅：《且介亭杂文末编·死》。

无不腐蚀，而但丁之声依然”[①]。这也就是曹丕推崇的，文章为“不朽之盛事”。

“五四”之后，鲁迅赞同提倡科学的时代潮流，然而科学并不能回答人的终极关切的问题，鲁迅写作了《无常》等令当时的人看来并不科学的作品。夏济安讨论了这些作品与中国民间文化的关系，并指出：“很少有作家能以这样大的热忱来讨论这些令人毛骨悚然的主题”，即“死的美和恐怖，透过浓厚的白粉和胭脂的假面，窥探着生命的奥秘”。“使他区别于他同时代人的，正是他承认这种神秘，而且从不否认他的威力”。在夏济安看来，“鲁迅是一个善于描写死的丑恶的能手。……丧仪、坟墓、死刑，特别是杀头，还有病痛，这些题目都吸引着他的创造性的想象，在他的作品中反复出现。各种形式的死亡的阴影爬满他的著作”[②]。

随着传统的解体，鲁迅的“向死而在”确实与西方的存在主义有相似之处。鲁迅说：“过去的生命已经死亡。我对于这死亡有大欢喜，因为我借此知道它曾经存活。死亡的生命已经朽腐。我对于这朽腐有大欢喜，因为我借此知道它还非空虚。”[③]鲁迅又说：“我只很确切地知道一个终点，就是：坟。然而这是大家都知道的，无须谁指引。问题是在从此到那的道路。”[④]只要翻一翻《野草》，就可以看到一颗孤独悲凉而又充满强力的心灵在死亡面前的探寻与挣扎。

然而，鲁迅对个体生命的超越，却与基督教背景下的存在主义有着根本的不同。按照基督教的观念，人是由上帝创造的，每个人一生下来，上帝就赋予了一个与众不同的灵魂。而个体只要以属神的灵魂追寻与上帝的沟通，就可以获得超越于生死流变之外的一般本质。正如托马斯·阿奎那所说的：“即使是单独一个灵魂，即使它没有一个亲邻，只要它自为地享受到上帝，那就还是福乐的。”[⑤]而绝对永恒之上帝的人格化身，就是耶稣基督，他是基督徒真正实在的上帝和救主。只要个体的人信奉基督，即使抛开家国族类也能得救。所以费尔巴哈说：基督徒“抛开类不管，只着眼于个体”，“为了个体而牺牲类”。因为基督徒“作为个体而同时又不是个体，而是类，是一般的本质，因为他‘在

① 鲁迅：《坟·摩罗诗力说》。

② 《国外鲁迅研究论文集·鲁迅作品的黑暗面》。

③ 鲁迅：《野草·题辞》。

④ 鲁迅：《坟·写在〈坟〉后面》。

⑤ [意]托马斯·阿奎那：《神学大全》第2部上册第4问。

上帝里面获得其充分的完善性'，就是说，他在自己里面获得其充分的完善性"[①]。因此，随着上帝之死，个体的人无所归属，生之孤独、荒诞、焦虑、烦恼在死亡前面便暴露无遗，而存在主义的产生也就成为必然的了。然而，尽管鲁迅对传统的家族制度的反叛与对个性的执着，使他在死亡面前产生了类似存在主义的情绪(以《野草》为代表)，但是，他执着个性的动机，却不是个体的无所归属，而是要复兴家国族类和救国救民。因此，一种执着于现世今生的整体意识必然会淡化鲁迅的孤独和悲凉，使他不至于滑向加缪西西弗斯式的人生荒诞感，而执着于国民性的改造，并以"热风"来驱赶中国的寒流。鲁迅说:"现在的地上，应该是执着现在，执着地上的人们居住的。"[②]这与尼采的"忠实于大地"相类，但却与尼采以个人为本位与大地的本体意志合一的审美人生观来超越个人的短暂不同，而是儒家执着于现世今生以族类超越个人的死亡的乐观态度。

儒家寻求使人值得活下去的永恒不朽，不是从个体的人而是从整体的人出发的。如果说基督教是为了个人而抹杀类，那么，儒家则是为了类而抹杀个人。个体的人虽然有生有灭，但是家国族类却可以生生不息。个体的人作为浩瀚的生命之潮中的一滴水，或者说繁茂的生命之树上的一片叶，又算得了什么呢？个体的人本来就是父母、祖宗的结果，而他又为族类生养了继起的生命:"虽我之死，有子存焉。子又生孙，孙又生子，子又生子，子又生孙。子子孙孙，无穷匮也。"[③]而个体的生命就在这接班与交班之中不朽了。个体的人虽死，但生命之树不死，生命之潮奔流。儒家之所以强调祖宗崇拜和"不孝有三，无后为大"，就是要确保生命之潮的奔流不息。而士大夫除了孝敬父母生养后代的使命，还要"为往圣继绝学，为万世开太平"。也就是跳出小家而利大家，为生命整体的长远利益而努力。从这个角度看，鲁迅不但没有摆脱从族类的绵延乐观地看待死亡的儒家传统，而且借西方的进化论加以强化了。

鲁迅说:"祖父子孙，本来各各都只是生命的桥梁的一级。"[④]"种族的延长，——便是生命的连续，——的确是生物界事业里的一大部分。……所以新的应该欢天喜地向前走去，这便是壮，旧的也应该欢天喜地的向前走去，这便

---

① [德]费尔巴哈:《基督教的本质》中译本，北京:商务印书馆，1984年，第207页。

② 鲁迅:《华盖集·杂感》。

③ 《列子·汤问》。

④ 鲁迅:《坟·我们现在怎样做父亲》。

是死:各各如此走去,便是进化的路"[1]。因为"生命是进步的,是乐天的",所以鲁迅认为,"人类的灭亡是一件大寂寞大悲哀的事;然而若干人们的灭亡,却并非寂寞悲哀的事"[2]。儒家虽然很注重整体生命的绵延,让人生儿育女传宗接代,以便使生命之流向前奔,然而又"信而好古",让生命之流向后流动,回到尧、舜、禹、汤、文、武、周公的时代。按理学家邵雍的《皇极经世》,这个世界的黄金时代是在尧时,之后便是走下坡路。如此看来,传宗接代不是在鼓励退化吗?于是,鲁迅便借助进化论在目的意向性上使传统的向后看转变成了向前看,理顺并发展了传统:应该乐观地充满信心地使生命之流向前潮动,奔流无阻!

四、鲁迅对传统的弘扬与继承

翻开《故事新编》,《补天》中的女娲、《理水》中的大禹、《非攻》中的墨子,这些中华民族的创造者和"脊梁",在鲁迅的笔下显得格外光彩。鲁迅说:"我们从古以来,就有埋头苦干的人,有拚命硬干的人,有为民请命的人,有舍身求法的人……虽是等于为帝王将相作家谱的所谓'正史',也往往掩不住他们的光耀,这就是中国的脊梁。"[3]

鲁迅对中国文化的弘扬有两个特点,而这两个特点都与鲁迅的反传统密切相连。

首先,鲁迅在反叛已经定型了的中国文化传统的同时,善于弘扬中古以前的民族精神;在总体上批判定型之后的中国文化传统的同时,着重批判中古以后的民族精神,而在一定程度上弘扬中古以前的民族精神。从这个意义上说,鲁迅又带有浓重的"复古"倾向,用他自己的话说,就是"取今复古,别立新宗"[4]。

鲁迅在批判儒道互补的文化结构的同时,却向大禹、墨子等致以崇高的敬

① 鲁迅:《热风·四十九》。
② 鲁迅:《热风·六十六生命的路》。
③ 鲁迅:《且介亭杂文·中国人失掉自信力了吗》。
④ 鲁迅:《坟·文化偏至论》。

意。固然,孔子、老子在墨子之前,但是,孔子用周礼,而墨子用夏礼;孔子最崇文武周公,而墨子最崇大禹。因此,墨子所代表的可能是一种更为远古的华夏精神,而这种精神在儒道占据中国文化的统治地位之后,却失传了。鲁迅发扬了儒家"为往圣继绝学"的传统,试图在墨学中找到一种"拚命硬干"和"舍身求法"的文化精神,并创作了歌颂大禹、墨子的两篇小说,对这种失传了的文化精神加以弘扬。为了弘扬上古华夏精神,鲁迅还在杂文和小说中歌颂上古神话中的神人。在《春末闲谈》等杂文中,鲁迅歌颂了刑天,刑天与帝争胜被帝杀头,还"以乳为目,以脐为口,操干戚以舞"。在《补天》中,鲁迅在描绘女娲的造人与补天的业绩时,明显地贬损了那些争权夺利搞得天塌地陷的人,以及那些虚伪的道学家和求仙的人,而与这些不争气的后代相比,女娲的造人与补天,被杀头的刑天的反抗,大禹的不顾家庭和个人安危而利天下,墨子的不避死亡而制止战争,又显得何等光彩照人!

鲁迅认为,从辉煌的春秋战国开始,中华民族的精神就在逐渐堕落。汉唐尚具有雄大的魄力和开阔的胸襟,"凡取用外来事物的时候,就如将彼俘来一样,自由驱使,绝不介怀"。然而到了宋代,"现在似的国粹气味就熏人",因为"一到衰弊陵夷之际,神经可就衰弱过敏了,每遇外国东西,便觉得仿佛彼来俘我一样,推拒,惶恐,退缩,逃避,抖成一团,又必想一篇道理来掩饰,而国粹遂成为孱王和孱奴的宝贝"①。鲁迅又以反映一般国民心理的《水浒传》和《三侠五义》等书为例,进一步剖析了国民性的堕落。鲁迅说:"侠义小说之在清也,正接宋人话本正脉,固平民文学之历七百余年而再兴者也。"然而,同是描写侠义英雄的书,历经宋元明而成书的《水浒传》中的人物尚有反抗压迫之心,而清代的《三侠五义》一类书中的人物,却"不敢再起盗心,不敢指斥奸臣,不敢直接为天子效力,于是跟一个好官员或钦差大臣,给他保镳,替他捕盗","此盖非心悦诚服,乐为臣仆之时不办也"。②

鲁迅弘扬中国文化的第二个特点,就是以西方文化传统对中国文化加以认同,换句话说,鲁迅对于中国文化中那些非正统的、与西方文化相似的东西,给予格外的重视和推崇。所以鲁迅笔下充满了孔子排斥的"怪力乱神"。鲁迅推崇刑天,就在于刑天具有一种敢于"犯上作乱"的执着的叛逆性格。

许多学人都以为墨子与耶稣有相似之处,而最早做这种比较的要数王夫

---

① 鲁迅:《坟·看镜有感》。

② 鲁迅:《中国小说史略·第二十七篇》、《三闲集·流氓的变迁》。

之了。王夫之说:“无才不可以为墨,今世为天主教者近之。”[①]这不但表现在墨子与耶稣都是宗教领袖,而且表现在他们都具有一种自苦为乐的超人品格,刚硬僵直的文化精神,以及执着信念、勇于牺牲、“赴火蹈刃,死不旋踵”的殉道精神。于是,以为中国文化将领导世界新潮流的梁漱溟,就认为孔子、老子聪明,而墨子太笨,西方人太笨。而通过西方文化传统对中国文化加以认同的鲁迅,就批判孔、老,而肯定墨子和被墨子尊为“大圣”的大禹。鲁迅并不否定梁漱溟关于孔子是聪明人而墨子和西方人是“笨人”的论断;相反,鲁迅厌恶儒道式的灵活变通的“聪明人”,赞美墨子式的踏踏实实、认认真真的“笨人”和“老实人”。鲁迅说:世界正是由“愚人”和“笨人”造成的,“聪明人”绝不能支持这世界,“尤其是中国的聪明人”。[②] 鲁迅《野草》中的《聪明人和傻子和奴才》,就描绘了这么两种人:一种是又会说好话又会同情人实则是没有是非的“聪明人”,一种是踏踏实实拼命硬干的“傻子”。“聪明人”的灵活变通使自己“逍遥复逍遥”,备受人爱戴;而“傻子”的认真精神和拼命硬干,却使自己碰壁吃亏。鲁迅鄙薄儒道式的“聪明人”,而赞赏墨子式的“傻子”。

不难看出,鲁迅这种弘扬中国文化的特点是与其反传统一致的,与其西化论也并不矛盾。然而,鲁迅对儒道为代表的中国正统的文化传统就没有继承了吗?记得1986年笔者到北京出席“鲁迅与中外文化学术讨论会”,会间参观鲁迅博物馆,美国学者浦家泯看到鲁迅抄送日本友人的一段老子《道德经》的字画原件,就有些疑惑地问我:“鲁迅不是一直在批评老子吗?怎么……”虽然笔者深知鲁迅受道家的影响很大,而且鲁迅自己也公开说过中“庄周韩非的毒,时而很随便,时而很峻急”,但鲁迅又说“自己却正苦于背了这些古老鬼魂,摆脱不开,时常感到一种使人气闷的沉重”[③]。现在美国学者的疑问,却使我对鲁迅表白的“苦于背了这些古老鬼魂”产生了怀疑。若真是苦于老庄古老鬼魂的纠缠而摆脱不开,那么又何必把这古老鬼魂送出国去发扬国光呢!事实上,鲁迅对老庄及其塑造国民性的批判,遮掩不了他对老庄的爱好。鲁迅不但私好老庄,而且更喜欢发扬受老庄精神影响的“魏晋文章”,以至于刘半农送他一副“托尼学说,魏晋文章”的对联,他只表示默许。鲁迅受老庄的影响,不但表现在思想和文字技巧上,而且还表现在论辩的智慧上。

---

① (清)王夫之:《庄子解·卷三十三》。

② 鲁迅:《坟·写在〈坟〉后面》。

③ 鲁迅:《坟·写在〈坟〉后面》。

在鲁迅作品中,除了能感受到意志的强力和内在的被压抑的情感之外,还可以感到一双穿透一切的冷眼和清醒而深刻的理智。许多人甚至以后者去概括鲁迅的全部人格,于是,从正面来的形容词是:清醒、深刻、犀利,能"看透人生真面目",以尖刀致敌于死命;从中间来的形容词是:"第一个是冷静,第二个是冷静,第三个还是冷静";从背后来的形容词是:无情、尖刻、苛刻、刻毒,"刑名师爷"与"世故老人"……而鲁迅个性的这一特征亦可找到传统的渊源,这就是从管仲、老子、孙武、申不害到韩非而形成的清醒、冷静、深刻的理智的文化传统。孙子讲兵,善于以一种简括的方式迅速、直接、深入地把握住敌手的要害,致敌于死命,这种战术加上老子的"反者道之动"——由事物的表面看到相反的更为根本的东西,再加上这种清醒、冷静、深刻的理智态度的实用性与直观性,就构成了鲁迅与敌交战的杂文的实质性特征。鲁迅的深刻性还在于,无论对人对事都善于抓住要害或根本。他在《科学史教篇》与《文化偏至论》中,就寻找西方科学与文化所以发达的根本或"根柢";"五四"后在他的杂文中,他更善于抓住对手的要害或根本性的东西予以打击——鲁迅对中国的进步,也希求从根本解决。这种寻根究底的个性,与《老子》五千言的教诲是有关的。对事物"根柢"的癖好,是《老子》的一大特点。而鲁迅之被称为"世故老人",鲁迅的所谓"尖刻"、"刻毒",与韩非子的关系更大。韩非以"秋霜烈日"之笔,撕破了一切温情的"仁义道德"的面纱,展现了人生战场上一派血肉厮杀的残酷场面。在这里,"仁"与"兼爱"已消失得无影无踪——或者本来就是掠夺别人的幌子,剩下的就只是人与人的相食,从君主到臣民,从父母到子女,都在为着自己的私利尔虞我诈、你争我夺——

> 故舆人成舆,则欲人之富贵;匠人成棺,则欲人之夭死也。非舆人仁而匠人贼也,人不贵,则舆不售;人不死,则棺不买。情非憎人也,利在人之死也。[①]

因此,韩非对鲁迅观察人事的"刻毒"——"看透人生真面目"确实很有影响。儒家标榜"王道",但鲁迅却说:"在中国的王道,看去虽然好像是和霸道对立的东西,其实却是兄弟,在这之前和之后,一定要有霸道跑来的。人民之所讴歌,就是为了希望霸道的减轻,或者不更加重的缘故。"[②]这就是看透了历史

① 《韩非子·备内》,见高华平等译注《韩非子》,北京:中华书局,2010年。

② 鲁迅:《且介亭杂文·关于中国的两三件事》。

的真面目。因此，与庄子揭露“礼教吃人”一样，韩非对温情面纱的撕破，对鲁迅从“仁义道德”中看出“吃人”来，都有不可忽视的影响——虽然在伦理取向上，鲁迅与庄子、韩非背道而驰。[①] 鲁迅说他有时像庄子一样“很随便”，有时像韩非一样“很峻急”，就表明庄子与韩非的影响已成为鲁迅性格的一部分。

五、孔子对鲁迅的影响

鲁迅推崇禹墨，私好老庄韩非，喜爱“魏晋文章”，那么对于孔子的态度怎样呢？探讨这个问题的重要性在于：尽管老子对中国国民性的塑造所起的作用甚至比孔子还要大，以韩非为代表的法家是中国“霸道”政治的教师，然而，无论是禹墨、老庄、还是韩非，却无法取代孔子之于中国文化的正宗或正统地位。说中国的伦理与政治秩序是孔子建构的，或许不是妄言。因此，在鲁迅的作品——特别是前期杂文中，鲁迅对孔教及其伦理与政治建构，进行了猛烈的抨击，这种抨击以一种摧枯拉朽、彻底扫荡的反传统精神，表现了鲁迅与孔教的势不两立。不仅如此，鲁迅还经常从人格上去攻击孔子及其信徒，[②]他说孔子势利眼——“毋友不如己者”[③]，说孔子阴险——“怀了弟弟，做哥哥的就哭”[④]，说孔教徒使圣道“变得与自己的无所不为相宜”，“善于变化，毫无特操”[⑤]，而且，“敷衍，偷生，献媚，弄权，自私，然而能够假借大义，窃取美名”[⑥]。

因此，在鲁迅研究史上，探讨更多的是鲁迅的反孔反传统，以至于在“批林批孔”运动中鲁迅的反孔被“活学活用”；几乎无人去认真地反省鲁迅对孔学的继承或者孔子对鲁迅的影响。这也可能与鲁迅自己不承认受孔孟的影响有关：“孔孟的书我读得最早，最熟，然而倒似乎和我不相干。”[⑦]笔者不否认鲁迅

---

① 认识到“礼教吃人”之后，在庄子是个性的萎缩以至于无，在鲁迅是张大个性；撕下“仁义道德”的面纱后，在韩非是给统治者出怎样“吃人”的计谋，在鲁迅是走向人道主义。

② 在这一点上鲁迅受章太炎影响很大。

③ 鲁迅：《坟·杂忆》。

④ 鲁迅：《故事新编·出关》。

⑤ 鲁迅：《华盖集续编·马上支日记》。

⑥ 鲁迅：《华盖集·十四年的“读经”》。

⑦ 鲁迅：《坟·写在〈坟〉后面》。

不承认受孔孟影响的合理与真诚的成分:从根本上说鲁迅不是一个常识性的思想家,而孔子是常识性的思想家,老庄则是非常识的思想家,所以鲁迅较之孔孟更喜爱老庄,自是情理之中的事。因此,孔子对鲁迅的影响是一个更为复杂的文化课题。如果说反基督教最猛烈、最彻底的伏尔泰和尼采却恰好是基督教所造就的(T. S. 艾略特之论),而反孔最激进的鲁迅又是儒教中国的产儿,那么,就表明了文化背景为文化创新"划了一个范围,超出这个范围的创新是不可能的"[①]。关于孔子及其教化对鲁迅的影响,笔者最早是在《孔子精神与基督精神》一书中从思想到为人为文等方面简述了孔子对鲁迅的影响,并在《生命之树与知识之树》一书的第 2 章第 4 节中就鲁迅对死亡的超越方式,讨论了"反传统者鲁迅的传统";而在本章中,笔者也指出了孔子的"知人"精神、由"内圣"而"外王"的"立人"思想、人学道统及其思维方式以及不以信仰为重的经验理性对鲁迅的影响。此外,在《鲁迅、尼采与孔子、耶稣》[②]一文中,笔者由孔子对鲁迅的影响和耶稣对尼采的影响之比较,更为详细地论及这个问题。因此,本小节在此基础上,只能发点"余论"。

"大学"虽非"孔氏之遗书",然而,《大学》的"修身、齐家、治国、平天下"是对孔学的一种概括,则离事实不远。我们已说过,鲁迅由"修身"——以张个性为主的"立人"而使中国"雄厉无前",与孔学由"修身"而"治国平天下"是一致的。虽然"修身"的内容不同,但首先重视人格修养、主体的自觉、思想的作用,则是一致的。在"齐家"一方面,鲁迅虽然猛烈抨击孔子的"家教"——批判节烈、伦常,但是,鲁迅在自己的"家"里,却又是传统的。鲁迅对母亲和兄弟,流露的都是传统的伦理感情。在兄弟反目之前,鲁迅与周作人真是兄弟怡怡。而反目后给鲁迅造成的巨大痛苦与精神创伤,也表明了这种伦理情感对鲁迅是多么重要——尽管从鲁迅反传统一面说,这并不重要。从反传统一面说,喜爱才子佳人小说的母亲就是最近便的反对对象;然而鲁迅不但不反,反为其"锐意穷搜求"[③]。鲁迅虽然对于朱安冷淡,然而,从传统的角度看,鲁迅的再娶许广平并无违背传统,而海婴的出生却是延续了传统。在鲁迅反对孔子的"家教"与安于这种"家教"之间,必然会造成一种紧张。而且这种反"家教"正

---

① 拙作《关于建立文学文化批评的设想》对此有详论,载《文学评论家》,1989 年第 3 期。

② 此文原为提交中国比较文学学会第三届年会暨国际学术讨论会论文的一部分,发表于《鲁迅研究月刊》1991 年第 4 期。

③ 荆有麟:《鲁迅回忆·母亲的影响》,上海杂志公司,1947 年。

是由于传统的家庭依然如故，如果传统的家庭真的不存在了，就会念旧而生怀恋——正如今之美籍华人赞美中国传统文化一般。而鲁迅理智上的反传统与情感上的对传统的伦理情感的需要，会使人发生这样的疑问，假如人人都在道理上反传统，而回家后就安于传统的家庭，传统的家庭怎么会被破坏呢？这也许就是日本引进西方文化100多年，至今受孔教影响的家庭观及其伦理情感也未除去的原因吧。这一点，鲁迅甚至在理智上也是认识到的，所以他让人从自我做起，解放孩子。他怕"被虐待的儿媳做了婆婆，仍然虐待儿媳"，在对女师大学生的讲演中就让人"买一本 note-book 来，将自己现在的思想举动都记上，作为将来年龄和地位都改变了之后的参考"[①]。

孔教既然以家教为本，"家乡"、"故土"就成了中国人崇敬、怀念的对象，为"家乡"所不容是中国人的大耻。这与西方的先知传统正好相反，先知们是以在"家乡"遭受迫害为荣的，耶稣就说："没有先知在自己家乡被人悦纳的。"[②]这一文化传统被拜伦、尼采等反传统者又承袭下来。而受拜伦、尼采的影响，鲁迅对"家乡"也攻击起来。特别是"五四"时期，鲁迅是以攻击家乡人的恶习而受家乡的迫害为荣的——因为四万万国民大多数不识字，"否则，几条杂感，就可以送命的。民众的罚恶之心，并不下于学者和军阀"[③]。而对于家乡绍兴鲁迅也是厌恶的。孙伏园要回绍兴看故乡，鲁迅加以讽刺，因为对鲁迅来说，S城人的脸早已看熟，连心肝也有些了然，所以在《呐喊·自序》等文中，鲁迅就为自己画了一幅为"家乡"所驱逐的画像。然而，家乡不仅给鲁迅以创作上的灵感，家乡的乡土文化对鲁迅造成了终生的影响——从《五猖会》、《无常》到晚年的《女吊》。这种怀旧不但是情感上的，也是理智上的[④]——在《破恶声论》中鲁迅赞颂了"不轻旧乡"怀故土的品德。即使在整体性反传统的"五四"时期，鲁迅也表露了一往情深的怀旧情绪，这特别表现在《故乡》、《社戏》、《在酒楼上》以及《朝花夕拾》中。鲁迅有段话不无象征意味：

> 我有一时，曾经屡次忆起儿时在故乡所吃的蔬果：菱角，罗汉豆，茭白，香瓜。凡这些，都是极其鲜美可口的；都曾是使我思乡的蛊惑。后来，

① 鲁迅：《坟·娜拉走后怎样》。

② 《新约全书·路加福音》第4章第24节。

③ 鲁迅：《而已集·答有恒先生》。

④ 勒文森认为现代反传统的中国人是理智上的反传统，情感上留恋传统，林毓生认为在理智层面上也有不反传统的一面，从而造成了真正的心灵紧张，我认为此二说都有合理性。

我在久别之后尝到了，也不过如此；惟独在记忆上，还有旧来的意味留存。他们也许要哄骗我一生，使我时时反顾。[①]

因此，鲁迅在反叛家乡与怀恋家乡之间，在反孔与对孔教伦理情感上的认同之间，确实存在着一种紧张。鲁迅后期，虽然坚持了对家乡的攻击，但攻击的火力减弱多了。当我们读到鲁迅批判托派的用语——“你们的所为有背于中国人现在为人的道德”，不受大众欢迎等等，不就感到鲁迅在很大程度上走出尼采而返归家乡了吗？——当然，鲁迅至死也未真正返归家乡。鲁迅为什么没有像耶稣、拜伦、尼采那样毫不留情地攻击家乡而为家乡所驱逐、所迫害呢？这主要还是孔教的以天心为己心，以天下为己任的“治国平天下”使然。鲁迅是传统士大夫的真正具有创造性的继承者。我们已说过，无论拜伦、尼采主义还是托尔斯泰主义，都不如民族主义对他来说更为根本——就是那种拯救民族，使中国摆脱苦难的使命感和忧患意识。鲁迅在彻底否定中国民族的文化与献身于民族复兴之间必然会造成一种紧张，而这种紧张的消除又必须会以削弱前者而非削弱后者为代价。所以，即使在“五四”时期，鲁迅对家乡的攻击也不像尼采那样彻底、激烈，因为鲁迅攻击家乡的目的正是为家乡的振兴，张个性的目的正是为了“治国平天下”；而不像尼采，攻击家乡而张大个性以使人进向超人就是目的。

鲁迅是反传统主义者，从逻辑上说与儒家的“继绝学”一定毫无关系。其实不然。孔子设计的伦理秩序对一般小民来说是上敬祖宗孝父母，下生育子女以传宗接代；但对士大夫来说还必须以天下为己任，从而为“往圣继绝学，为万世开太平”（张载语）。也就是说，作为儒者，必须为发现、保存古代文献以传之后世而努力。我们已论述了在不朽观上鲁迅是在儒家所设计的承上启下、继往开来的生命之流中得以超越个体生命之短暂的，我们再看看鲁迅在“继绝学”上做出的贡献。鲁迅是攻击家乡的，然而他辑录的古代逸书集《会稽郡故书杂集》又是为家乡“继绝学”的，所录逸文大都辑自唐宋类书以及其他古籍，并经相互校勘补充而成，需要很大的耐心和精力。鲁迅是反传统的，他让人“少——或者竟不——看中国书”，然而，他辑录的《古小说钩沉》，是从大量古书中抄出来的古小说佚文集，是一般人没有精力和耐心去做的“继绝学”之举。此外他辑录整理或校注的《后汉书》、《小说旧闻钞》、《唐宋传奇集》等等，特别

① 鲁迅：《朝花夕拾·小引》。

是《嵇康集》，使我们看到鲁迅为“继绝学”倾注了多少心血！鲁迅还搜集、研究中国古代的造像、墓志等金石拓本——“钞古碑”，后来辑成《六朝造像目录》和《六朝墓名目录》(后未完)，这更是少有人做的“继绝学”之举。在先秦的“儒墨显学”中，汉唐以降，独尊儒术而墨学失传，在《史记》中只录墨子之名而不记墨子之事，可以说是“绝学”了。鲁迅对此很不满，他说：“虽是等于为帝王将相作家谱的所谓‘正史’，也往往掩不住他们的光耀”，并作《非攻》与《理水》以弘扬墨子及其推崇的大禹那已经失传了的文化精神。可以说，鲁迅整理古籍与抄古碑花去的精力，也不在文学创作或翻译之下。在鲁迅的彻底反传统——不读中国书与勤奋整理古籍之间，存在着难以解释的矛盾。鲁迅自己解释说：“自己却正苦于背了这些古老的鬼魂，摆脱不开。”①然而这种解释是无力的——假定这种解释是正确的，就不可能花那么大的精力去主动地整理那么多的古籍——鲁迅有自己的职业，即使他没有为自己的所信去殉道的精神，也不至于为谋生而去干这么多他不愿干的事。这种矛盾只能解释为鲁迅攻击家乡却又爱恋家乡，反传统却又私好传统的另一表现，或者说，鲁迅在这一方面是反传统的，但是另一方面却又遵循了传统。

鲁迅审视现实时那种冷静的、直观的善于从自己和人类的历史经验中看取成败得失之教训的清醒态度，固然与管、孙、老、申、韩有关，但与孔子的实践性及“实用理性”也不能说没有联系。孔子是在春秋乱世、东周衰落而列国争雄的时代，以拯救家国——治国平天下为己任，到处颠沛流离；而鲁迅是在清末乱世，列强虎视衰落中的中华的时代，将毕生精力献给了救国救民的大业。鲁迅一生的思想都在变化，前后矛盾之处甚多，但在“感时忧国”一点上又统一起来。孔子虽有复古的意向，但根本上是一个执着于现世的思想家，这种对现世的执着甚至使他为现存的一切辩护；与孔子不同，鲁迅从西方学来了批判现实、攻击现存事物的文化，但从根本上说，鲁迅也是一个执着于现世的人。鲁迅说尼采式的超人太渺茫，反对把黄金时代预约给子孙而不给生活在现世中的人。鲁迅说：“现在的地上，应该是执着现在，执着地上的人们居住的。”②就鲁迅看重现世、执着现实一点而论，这种文化精神正是孔子的现实品格与实践性的结果，与反对基督教的“超大地”而主张“忠实于大地”的尼采精神也吻合，

① 鲁迅：《坟·写在〈坟〉后面》。
② 鲁迅：《华盖集·杂感》。

唯独与“生在地上想上天”的基督精神相背。[①] 而对大地的忠诚，对现世的看重，从某种意义上又决定了孔子与鲁迅的冷静的、清醒的、现实的态度，而不走向神秘性与狂热性。[②]

殉道精神往往伴随着宗教的狂热，其基本的假设是，人为道而死会得到神赐给的福乐。然而，孔学未走向宗教的狂热性。孔子那种冷静的清醒的以人生经验处理现实问题的态度，必然会使孔子在殉道精神上表现出一种灵活性。所以，为了使“道”实现而族类得福的长远利益计，孔子赞美杀身成仁的“志士仁人”，并说“朝闻道，夕死可矣”。[③] 然而，既然不大相信鬼神和来世，那么生命的现世存活也是非常重要的，所以孔子又推崇“邦无道则愚”的宁武子，[④]并说“天下有道则见，无道则隐”[⑤]。相比之下，相信“鬼神”的墨者宗教团体，倒有一种殉道精神：“墨子服役者百八十人，皆可使赴火蹈刃，死不旋踵。”[⑥]不仅如此，殉道精神还与尚武有关，一般来说，尚武比尚文的民族更推崇殉道精神。这一点在斯巴达与雅典的比较中可以看出——勇而不惧死，是殉道精神的前提之一。所以，推崇殉道精神的墨子比孔子更尚武。孔子文、武并重，而他的弟子则有尚文与尚武的偏重。比较而言，尚武的子路更具有殉道精神，他不但对孔夫子屡次表现出的灵活性感到不理解，而且在被敌人“断缨”的情况下，还说“君子死，冠不免”，于是“结缨而死”。[⑦] 从表面上看，鲁迅批判孔子而推崇墨子、同情子路——“子路先生确是勇士”，但他为了一顶帽子而死，“实在是上了仲尼先生的当了。仲尼先生自己‘厄于陈蔡’，却并不饿死，真是滑得可观”[⑧]。但事实上，由于冷静的清醒的现实态度，使鲁迅在人格的整体上更近孔子。孔子碰壁之余，对学生说：“道不行，乘桴浮于海”[⑨]；鲁迅“碰头”之余，

---

① 详见笔者等著《孔子精神与基督精神》。

② 鲁迅较孔子更为复杂，他还有热爱鬼魂的一面，详见夏济安《鲁迅作品的黑暗面》，载《国外鲁迅研究论集》。

③ 《论语·里仁》。

④ 《论语·公冶长》。

⑤ 《论语·泰伯》。

⑥ 《淮南子·泰族训》。

⑦ 《左传》哀公十五年。

⑧ 鲁迅：《两地书·四》，后世儒者对孔子的“文”发挥得淋漓尽致，而对于“武”则发挥不够，故导致文弱、“卑懦俭吝，退让畏葸”之国民性。鲁迅向国人介绍斯巴达精神与拜伦、尼采主义，原因之一是针对此。

⑨ 《论语·公冶长》。

也对学生数:“我们还是隐姓埋名,到什么村里去,一声也不响,大家玩玩吧。”[①]从这里,就会顺理成章地走向道家。孔子说:“暴虎冯河,死而无悔者,吾不与也。必也临事而惧,好谋而成者也。”[②]这也就是鲁迅推崇的“壕堑战”[③]、灵活性和韧性精神——先保存自己,再施化于别人。而正是这种精神,使鲁迅在教育部工作时,面对着袁世凯的祭孔、复辟,张勋拥戴皇帝坐龙庭,也能够默默生活下去,而没有挺身而出,为自己的执信而殉道。从这个角度看,鲁迅与“可以死,可以无死”的儒家精神相近,而与勇于赴死的墨者精神反而相去甚远。

孔子讲“杀身以成仁”,“知其不可而为之”,但却不是那种以自己钉十字架而感化人的人;也可以说,孔子不是耶稣、尼采式的光彩夺目的神人或超人,而是具有务实精神的平凡的文化圣人。孔子自己也不否认这一点:“十室之邑,必有忠信如丘者,不如丘之好学也。”[④]鲁迅虽然推崇耶稣、尼采,但鲁迅也不是那种先知先觉的神人和超人,而具有平凡的、务实的、“于细微处见精神”的人格特征。所以鲁迅说耶稣终于不是“神之子”而是“人之子”,说尼采终于不是太阳而发了疯,说尼采式的“超人”“太渺茫”……孔子能够在日常琐事、读书、与朋友交往中寻到生命的乐趣;鲁迅则说做皇帝是无聊的,不如同朋友谈天。因此,鲁迅非常重视友情,以自己有一个终生的好友许寿裳而自豪。而许寿裳正是一位儒家式的谦谦君子,而不是鲁迅厌恶的眉宇间有“创造气”的个性较强的人。不仅如此,鲁迅对母亲是孝子,对于章太炎、藤野先生又是好学生,而这正是孔子教诲的一部分。不但鲁迅的母亲从思想到人格都是传统的,鲁迅的中国老师章太炎“粹然成为儒宗”[⑤],而且鲁迅的日本老师藤野先生从思想到人格也是传统的。他之所以对鲁迅好,就因为鲁迅是中国人,而他少年时期跟野坂老师学过汉文,“总觉得应当尊敬中国的先贤,同时要重视那个国家的人”[⑥]。

值得注意的是,鲁迅对于孔子除了整体上否定之外,也有肯定的言辞。鲁

---

① 鲁迅:《两地书·一三五》。

② 《论语·述而》。

③ 鲁迅:《两地书·四》,“壕堑战”虽是鲁迅从欧战中得到的启发,但根柢却在传统之中。

④ 《论语·公冶长》。

⑤ 鲁迅:《且介亭杂文末编·关于太炎先生二三事》。

⑥ [日]藤野:《谨忆周树人先生》,见《鲁迅生平史料汇编》第2辑,天津:天津人民出版社,1982年。

迅说："孔丘先生确是伟大，生在巫鬼势力如此旺盛的时代，偏不肯随俗谈鬼神。"[1]又说："孔墨都不满于现状，要加以改革。"[2]较之"徒作大言的空谈家"老子，"孔子为'知其不可而为之'的事无大小，均不放松的实行者"[3]。不仅如此，在《现代中国的孔夫子》一文中，鲁迅描绘出他心目中的孔子形象。与一般人心目中孔子那种"温、良、恭、俭、让"的形象不同，鲁迅从古代画像上得来的孔子形象，"是一位很瘦的老头子，身穿大袖口的长袍子，腰带上插着一把剑，或者腋下夹着一枝杖，然而从来不笑，非常威风凛凛的"。鲁迅说："孔夫子的做定了'摩登圣人'是死了以后的事，活着的时候却是颇吃苦头的。跑来跑去，虽然曾经贵为鲁国的警视总监，而又立刻下野，失业了；并且为权臣所轻蔑，为野人所嘲弄，甚至于为暴民所包围，饿扁了肚子。弟子虽然收了三千名，中用的却只有七十二，然而真可以相信的又只有一个人"——子路，但"连这唯一可信的弟子"也"被人砍成肉酱了"，"孔子自然是非常悲痛的"……鲁迅在这里将孔子描绘成耶稣一般不为家乡和时代所容的受难者和孤独者，而且推孔子最得意的弟子为子路，而非颜渊，的确是与一般人心目中的孔子不同。鲁迅还论述了孔子在现代被批判的原因。他说："孔夫子到死了以后，我以为可以说是运气比较的好一点。因为他不会噜苏了，种种的权势者便用种种的白粉给他来化妆，一直抬到吓人的高度。"于是在传统时代，孔子就变成了为获取权势者的"敲门砖"，而门一开"这砖也就被抛掉了"。到了现代，想恢复帝制的袁世凯，"在路上随便砍杀百姓的孙传芳"，"连自己也数不清金钱和兵丁和姨太太的数目了的张宗昌"，都拿着这"敲门砖"——尊孔，来敲门。这些人"都是连字也不大认识的人物，然而偏要大谈什么《十三经》之类，所以使人们觉得滑稽；言行也太不一致了，就更加令人讨厌。即使是孔夫子，缺点总也有的，在平时谁也不理会，因为圣人也是人，本是可以原谅的"。然而，"既已厌恶和尚，恨及袈裟，而孔夫子之被利用为或一目的的器具，也从新看得格外清楚起来，于是要打倒他的欲望，也就越加旺盛"。这是鲁迅对新文化运动之所以爆发的另一种说明。

① 鲁迅：《坟·再论雷峰塔的倒掉》。

② 鲁迅：《三闲集·流氓的变迁》。

③ 鲁迅：《且介亭杂文末编·〈出关〉的"关"》。

六、鲁迅与中国文学传统

这是一个难题。因为就这个问题发表的论文、出版的专著已不计其数，仅专著就有王瑶的《鲁迅与中国文学》、孙昌熙的《鲁迅“小说史学”初探》、许怀中的《鲁迅与中国古典小说》等许多种。问题还不止于此，从 1949 年到 1979 年，随着民族化、民族形式以及弘扬民族文化的愈益提倡，鲁迅研究界也竭力使鲁迅的作品与传统文学挂钩，加之学者们对民族文学又很熟悉，从而使鲁迅与传统文学关系的探讨成为这一历史阶段的鲁迅研究中成绩较大的分支。所以，笔者准备对这个问题少谈，而主要是从文化的角度进行整体性的勾勒。

从《摩罗诗力说》对“中国之诗”的否定，到“五四”时期的“不看中国书”，一直到晚年对中国传统文学——“帮忙文学与帮闲文学”的批判，使鲁迅成了中国传统激进的批判反省者和彻底不妥协的叛逆者。鲁迅认为中国文学是患了“十景病”的文学，是不敢正视现实的“瞒和骗”的文学[①]，是“官僚文学”——“廊庙文学”(在朝)与“山林文学”(下野)，[②]唯独缺乏拜伦等摩罗诗人的反抗挑战的文学，缺乏“直面人生”的伸张个性的“人的文学”。因此，鲁迅对中国文学传统的否定是整体性的。鲁迅非常喜欢屈原，许寿裳就曾考究过鲁迅的旧诗所受《离骚》的巨大影响；然而从早期到晚期，鲁迅对屈原也是整体性否定的，说他的《离骚》是“不得帮忙的不平”。一些学者看不到鲁迅这种对传统文学的整体性否定，误以为鲁迅只是否定屈原，而对于其他中国诗人还是有所肯定的。但事实上，鲁迅一如尼采，攻击屈原是太重视屈原的缘故，在《汉文学史纲要》中，鲁迅就说《离骚》“逸响伟辞，卓绝一世”，然而这种细部的具体的充分肯定，并不妨害他从整体上否定屈原，从整体上否定中国文学传统。

鲁迅在古典小说、古典文学研究的学术领域对中国传统文学的肯定、赞赏之词，与杂文中对中国传统文学的整体性否定，其基本逻辑是：(1)中国某些文学作品的优点，只是就中国传统文学的内部比较而言的，俗话说“矮子里面拔将军”；如果将中国某些优点甚多的作品与西方文学作品——譬如将屈原与

---

① 鲁迅：《坟》中《再论雷峰塔的倒掉》、《论睁了眼看》。

② 鲁迅：《集外集拾遗·帮忙文学与帮闲文学》。

“摩罗诗力”的作品比较，还是不行的。(2)中国某些文学作品的优点，如《红楼梦》的悲剧精神以及人物性格的复杂性，是西方文学中也有的跨文化的东西，并不是中国的“国粹”。因此，这二者对鲁迅整体地否定中国文学传统构不成甚么威胁。而从1949年到1979年，甚至一直到今天的鲁迅研究，有许多人抓住鲁迅在古典文学的学术研究中的几句话，就以为鲁迅是弘扬民族文学的，就没有从整体上把握鲁迅对待传统文学的真谛。有的学者甚至一边对鲁迅的反孔反传统认同，另一边却又说鲁迅弘扬了优秀的民族文学传统，就更是自相矛盾。

当然，在鲁迅的“不看中国书”与为中国文学进行大量的古籍整理之间，在鲁迅的整体否定传统文学与在学术上对中国传统文学的赞美之间，确实有一种矛盾。而这种矛盾的根柢就在于，当鲁迅对中国文学传统进行了彻底的整体性反叛之后，私下就更留恋这要被抛弃的传统，这与上文所说的鲁迅离弃、攻击“家乡”之后就更有一种恋家的怀旧情绪一样，都是鲁迅在激烈的中西文化撞击的涡旋中表现出来的复杂性。相比之下，胡适就单纯、轻松得多。胡适以白话衡量一切，而许多古代小说是用白话的，许多古诗也近于白话，这样，就不必去整体性地否定中国文学传统，同时也就不会有告别传统时的恋旧与紧张感。然而，胡适的肤浅也在于此。可以说，现代中国任何一位深刻的思想家都会深感中西文化撞击而造成的危机。而鲁迅是这种危机的最敏锐的感受者，所以当他对中国文学传统进行了整体性的否定之后，对传统文学的私爱，使他整理古籍，追溯汉文学的发展史(《汉文学史纲要》)，并成为第一个为中国小说做史的人——当你失掉一件东西的时候，你才会感到它的宝贵。鲁迅后期，在对传统文学进行整体否定之时，已承认新文学要择取古代的遗产，这就不是与“家乡”以及传统文学“诀别”了，所以鲁迅后期基本上消除了那种紧张感。

鲁迅攻击“家乡”，破坏传统伦理，但在做人上却又对传统的“家教”有所承担。在文学上也是如此。在文学创作上，鲁迅是中国文学传统的真正具有创造性和变异性的承担者。林毓生说：“对鲁迅，中国传统文学因素只是吸收到自己作品的形式和内容中的原料，只有技巧上的意义，毫无思想和道德判断方面的影响。”[①]然而，有完全游离于经验(内容)之外的技巧吗？即使有，也是“有意味的形式”，而绝非与审美理想(其中包括思想与道德判断)无关。因此，

① 《国外鲁迅研究论集·鲁迅的复杂意识》。

鲁迅文学创作中，哪怕是在艺术技巧上对传统文学的承担，也说明了他并未摆脱传统的审美趣味。事实上，鲁迅不仅择取了传统文学的艺术技巧，而且在一个更广大的背景下创造性地发展了中国的文学传统。

鲁迅最早从事文学创作，是在“弃医从文”甚至在留日之前，完全是运用传统的形式创作诗歌。从《别诸弟》、《莲蓬人》到《惜花四律》、《自题小像》，不仅诗歌形式上是传统的，而且在内容上发抒的也是手足情深、对高尚人格的追求、感时忧国等传统诗歌的情感。因此，《摩罗诗力说》对“中国之诗”的否定，认为就中国诗歌的基本主题来说，都是无聊的“可有可无之作”，其实也是对自己诗歌创作的一种否定。然而，在鲁迅的自我否定之后，他本应放弃或改造这种文体，运用一种“反抗挑战”的更具现代意识的文体；但是，从辛亥革命一直到病逝，鲁迅一共创作了 50 多首“旧诗”。加之此前创作的 10 多首，鲁迅共创作了 60 多首“旧诗”。因此，就鲁迅的纯文学作品看，他的小说（甚至包括自传体小说集《朝花夕拾》）与散文诗的数量，都不如“旧诗”多。就创作的时间看，从 1900 年的《别诸弟》，到 1935 年 12 月的《亥年残秋偶作》，鲁迅“旧诗”的创作比其他文体持续的时间都长。就中国的文人传统而论，士大夫知识分子首先应该以天下为己任，从事“治国平天下”的大业，而在余闲则以诗歌发抒情感，以传之后世。鲁迅正是这一文人传统的继承者。鲁迅除了在“弃医从文”（这个“文”负有“治国平天下”的使命而非传统的诗歌）之后与“五四”之后的相当一段时间停止“旧诗”创作之外，在一生中基本上没有间断“旧诗”的创作。这就表明，鲁迅对“旧诗”之爱比那些负有“治国平天下”使命或改造国民性之责任的文学形式之爱更深。海德格尔说，语言是存在的家园。在某种意义上，语言借人说话而不为人所左右。尽管鲁迅具有完全的现代意识——这种现代意识在他的杂文、小说与散文诗中表现得很充分，但是，即使鲁迅后期的“旧诗”，虽然现实性与战斗性都有所增强，然而，有些作品说是传统时代的作品也会有人相信，而鲁迅的散文诗《野草》，即使翻译成文言，也是与传统文学截然不同的属于现代的作品。① 也许，有人会说鲁迅的“旧诗”是写给自己看的，属于美学欣赏中的个人爱好，而并不是公开的思想道德的活动；然而这不更反证了鲁迅深在的传统审美趣味吗？——一种无所为而为或者说“为艺术而艺术”的活动！更何况杨霁云要将鲁迅的“旧诗”收入《集外集》

① 作品用文言或白话不是传统与现代作品的分界线，古典白话小说是传统的作品，而鲁迅的文言小说《怀旧》却是属于现代的作品。

而公之于世时，鲁迅并不反对，而且说："我以为一切好诗，到唐已被做完，此后倘非能翻出如来掌心之'齐天大圣'，大可不必动手，然而言行不能一致，有时也诌几句，自省殊亦可笑。玉谿生（李商隐）清词丽句，何敢比肩，而用典太多，则为我所不满……"①

鲁迅的小说确实与中国传统小说——包括近代的谴责小说极为不同，甚至可以说在传统现代之间画了一条线。在美学风格上，鲁迅小说打破了传统小说的和谐的美，而走向了对立的崇高；打破了传统小说的"大团圆"，而出现了真正的悲剧；由传统小说的个性与整体的一致，而出现了个性破坏整体、向群体反抗挑战的新因素。在人物形象的创造上，鲁迅的小说抛弃了传统小说推崇的类型，或者对类型化典型如阿 Q 是否定的，而推崇个性化的典型；鲁迅小说的人物性格，也由传统小说人物性格的宁静、单一而走向动荡、复杂，不是单纯的好或坏所能概括的；并由传统小说对人物的外在刻画，转向对人物的细致入微的描写——心理描写甚至潜意识的显露。在作品结构上，鲁迅小说抛弃了传统小说有头有尾的纵向的讲故事的叙述方式，而截取生活的横断面，压缩情节，以便使作品更富有表现力。

然而，鲁迅小说的现代性并不意味着与传统文学无关。尽管鲁迅反叛中国的文学传统，但是，鲁迅小说不以情节为重的浓重的抒情性与表现性，却正是中国抒情诗传统（有别于西方的史诗传统）在西方浪漫派与现代派文学作用下的创造性发展。鲁迅对传统诗歌的深爱，必然会作用于他艺术的感性；而鲁迅小说的主观抒情性对叙事性、客观性与再现性的渗透，使他不属 19 世纪的现实主义传统，而属于真正现代的作品。这一点普实克进行了令人信服的论证。普实克说："对于优秀的现代中国短篇小说，例如鲁迅的短篇小说，如果要在中国旧文学中追溯它们的根源，那么，这根源不在于中国古代散文而在于诗歌。"②事实上，鲁迅小说受中国古代小说的影响也是显而易见的。鲁迅说："自有《红楼梦》出来以后，传统的思想和写法都打破了。"③这不但表现在中国文人作品的抒情性对民间叙事作品的渗透，而且表现在作品的悲剧精神、人物性格的复杂性等方面。苏联的鲁迅研究学者谢缅诺夫在《鲁迅和他的前驱者》一书中，详细地讨论了谴责小说作为鲁迅的前驱对鲁迅小说的影响；然而笔者

---

① 鲁迅：《书信集·19341220 致杨霁云》。

② 《普实克中国现代文学论文集》，第 59 页。

③ 鲁迅：《中国小说的历史的变迁·第六讲》。

认为，在传统的散文作品中，鲁迅小说的真正现代性的先驱是《红楼梦》。在讽刺艺术上，鲁迅受《儒林外史》的影响特别大。鲁迅推崇《儒林外史》，以其“秉持公心，指擿时弊，机锋所向，尤在士林”以及“戚而能谐，婉而多讽”，“烛幽索隐，物无遁形”，而给以相当高的文学地位。当有人贬低《儒林外史》的时候，鲁迅说“伟大也要有人懂”。鲁迅早年就有以《儒林外史》的笔法讽刺中国人的设想，而鲁迅小说中的“儒林”——孔乙己、陈士成、四铭、高老夫子等，就颇受《儒林外史》讽刺艺术的影响。[①] 不仅如此，鲁迅在谈到他创作小说的时候，虽然说“所仰仗的全在先前看过的百来篇外国作品和一点医学上的知识”，但在谈到创作小说的艺术技巧时，却强调了传统艺术的影响：

> 我力避行文的唠叨，只要觉得够将意思传给别人了，就宁可什么陪衬拖带也没有。中国旧戏上，没有背景，新年卖给孩子看的花纸上，只有主要的几个人……我深信对于我的目的，这方法是适宜的，所以我不去描写风月，对话也决不说到一大篇。[②]

鲁迅小说受中国画的影响也很大。顾恺之说：“四体妍蚩，本无关于妙处；传神写照，正在阿堵（指眼睛）中。”[③]也就是“要极省俭的画出一个人的特点，最好是画他的眼睛”。鲁迅非常推崇这种“画眼睛”、“勾魂灵”的艺术技巧，他说：“我常在学这一种方法，可惜学不好。”[④]鲁迅认为，他创造人物形象的“杂取种种人”的典型化方法，“也和中国人的习惯相合，例如画家的画人物，也是静观默察，烂熟于心，然后凝神结想，一挥而就，向来不用一个单独的模特儿的”。[⑤] 而这种“画眼睛”的传神论与中国传统文化那种迅速地排除次要的东西而单刀直入地直观把握事物的整体特征，是密切相关的，与鲁迅杂文的方法也是相通的。关于鲁迅杂文中大量引用的古代典故、格言等等，是任何一个现代中国作家也不能相比的。他的杂文凝结着“中国的智慧”，是中国古代散文、特别是“魏晋文章”在现代精神洗礼下的结果。

---

① 孙昌熙：《鲁迅“小说史学”初探·鲁迅与〈儒林外史〉》，山东教育出版社，1989 年。

② 鲁迅：《南腔北调集·我怎么做起小说来》。

③ 《世说新语·巧艺》。

④ 鲁迅：《南腔北调集·我怎么做起小说来》。

⑤ 鲁迅：《且介亭杂文末编·〈出关〉的“关”》。

在传统与现代之间的文化选择

使沉睡中的古国站起来，从而走向现代化，是鲁迅一生所追求的。但是，怎样才能使背着沉重的文明古国包袱的中国实现现代化呢？是彻底否定传统，将传统看成是中国实现现代化的绊脚石而予以扫荡？还是辩证地对待传统，将传统的生力因素融汇到现代中来呢？细考鲁迅的一生，虽然目的都在实现现代化以使中华民族振兴，然而对待传统的态度却是在不断变化的。许多人看不到鲁迅的这种变化，以“全盘反传统主义”等概念去概括鲁迅一生的文化选择，都不免失之偏颇。

留日时期，鲁迅既发表了偏于反传统的《摩罗诗力说》和《文化偏至论》，又发表了肯定、赞美传统的《破恶声论》。不过，即使在《摩罗诗力说》和《文化偏至论》中，鲁迅也没有彻底反传统的意思，而是要“取今复古，别立新宗”。“五四”时期，鲁迅在公开发表的文章中与传统彻底决裂了，他的许多激烈的反传统言辞就发表于这个时期。然而，当鲁迅放弃了传统可以现代化的选择后，就更加留恋要抛弃的传统，这不但表现在《在酒楼上》等作品中，表现在他整理古籍以及用文言文著《中国小说史略》等方面，更表现在私下的不公开发表的许多诗文中。于是，鲁迅对传统的反叛与对传统的继承，都各各走向了极端，而他本人就在这矛盾之间痛苦挣扎。这显示了传统与现代化的激烈冲突以及中国文化在西方冲击下的深刻危机。鲁迅后期，随着接受马列主义而相信辩证法，就对传统“一分为二”地对待了。他把择取“中国的遗产”和“采用外国的良规”并列起来，显示了他对中西文化都实行“拿来主义”的文化选择标准。于是，鲁迅在传统与现代化之间那种痛苦挣扎的心理消失了。然而，鲁迅对中国文化的择取，仍是以西方（主要是俄苏）文化为认同尺度的，而对于儒道为代表的正宗或者说正统的文化传统，他仍施以猛烈的炮火。

一、早期："取今复古，别立新宗"

留日时期的鲁迅，已认识到要使中国实现现代化，使中华民族有自立于世界民族之林的能力，就不仅要引进西方的科学技术，而且要引进西方的文学与文化。于是，他在《科学史教篇》、《摩罗诗力说》和《文化偏至论》中，主要是介绍了西方的科学、文学与文化。不仅如此，鲁迅在《文化偏至论》，特别是在《摩罗诗力说》中，反传统思想已很突出。《文化偏至论》歌颂了"专向旧有之文明，而加之掊击扫荡"的现代人学思潮。《摩罗诗力说》不仅整体性地否定了"中国之诗"，而希冀出现打破中国的"平和之音"的"摩罗"诗歌；而且批判了以老子为代表的中国传统的"退化论"而张扬"进化论"，批判了自大自欺的"阿Q相"，而推崇"审己"与"知人"的批判反省的自觉精神。"摩罗诗歌"就是"恶魔派诗歌"，就是以反叛上帝的正统地位而著称的，所以鲁迅称赞"摩罗诗歌""力如巨涛，直薄旧社会之柱石"。

尽管这一时期鲁迅实质性的反传统与西化并不在"五四"时期之下，但是，鲁迅并没有走向整体性反传统与全盘西化。整体性反传统与全盘西化的前提是，传统即使经过改造、重构，也不能现代化；传统只是走向现代化的绊脚石。只要传统——哪怕是传统的一部分、一部分中的一个分支经过改造、重构之后还能现代化，那么，就不应该整体性地抛弃传统。更何况整体地抛弃传统后，民族自尊感就一定会受到伤害。民族自尊感达到阿Q式的唯我独尊、盲目自大，固然是实现现代化的极大障碍；然而，如果民族自尊被伤害到一定的程度，变成了民族自卑感，也就会缺乏与别国竞争的勇气，正如一个很自卑的人甘于人下而难以与人竞争一样，这样，反会阻碍整个民族尽快地实现现代化。留日时期的鲁迅正是考虑到了这一点，所以他把自觉的由怀古而生的"支援意识"，与阿Q式的盲目自大，做了严格的区分："夫国民发展，功虽有在于怀古，然其怀也，思理朗然，如鉴明镜，时时上征，时时反顾，时时进光明之长途，时时念辉煌之旧有，故其新者日新，而其古亦不死。若不知所以然，漫夸耀以自悦，则长夜之始，即在斯时。"[①]也正是由于留日时期的鲁迅强烈的民族主义所需要的

---

① 鲁迅：《坟·摩罗诗力说》。

民族自信心与民族自尊感，所以，尽管鲁迅实质性的反传统已很明显，然而他并未走向整体性的反传统，而是提出了一个独具特色的文化选择方案：

> 明哲之士，必洞达世界之大势，权衡校量，去其偏颇，得其神明，施之国中，翕合无间。外之既不后于世界之思潮，内之仍弗失固有之血脉，取今复古，别立新宗。①

在鲁迅看来，“明哲之士”必须跳出狭窄的自我设限，而具有广博的“世界识见”，在对中外文化“比较既周”之后，去除外来文化的糟粕，而将外来文化的精华“拿来”为我所用。“取今”，就是要看取西方文化的最新发展，而不要“拿来”一些在西方也已经过时的落后的东西；所以鲁迅批判一些人在非物质反众数的现代人学思潮兴起之后，还去看取推崇物质与众数的19世纪西方文化。鲁迅所看取的科学（《说钼》对镭元素的介绍）、文学（对反传统的浪漫派与现代派的看重）、文化（《文化偏至论》对现代人学思潮的介绍）都是西方文化的最新发展。西方文化也有传统与现代化之分，如果“拿来”的不是现代文化，而是落伍的古代文化，那么，纵然“哭泣叫号之不已，于忧患又何补矣？”而所谓“复古”，就是要将取来的西方文化在中国文化传统中寻找“接点”，否定“本体自发之偏枯”而追溯“先王之泽”，从而“外之既不后于世界之思潮，内之仍弗失固有之血脉”，而建构一种既不同于中国传统文化又不同于西方文化的新文化。然而，关于“接点”的寻找，鲁迅却没有丝毫的暗示，从而使其文化选择方案具有极大的缺憾。但是，鲁迅不满于那些推崇物质的人“斥言文为野蛮，鄙思想为简陋”。如果我们从反面加以阐发，那么，鲁迅在意识到中国文化的早熟之后，或许是想以现代人学思想对中国的人学传统加以扩充或创造性发展，以西方的浪漫派与现代派对中国的抒情诗传统加以改造和重构。而在《科学史教篇》一文中，鲁迅虽然追溯了西方“为真理而真理”的科学传统，但他也看出了西方近现代文化的实践品格，所以他认为：“居今之世，不与古同，尊实利可，摹方术亦可。”如果这种阐发不错的话，那么，鲁迅这一文化选择方案就不仅是独具特色，而且具有极大的“可操作性”。

鲁迅以“取今复古”的文化选择方案，对当时的其他文化选择方案进行了批判。鲁迅批判了固守传统、盲目自大的阿Q主义，认为“安弱守雌，笃于旧

---

① 鲁迅：《坟·文化偏至论》。

习，固无以争存于天下”[①]。如果国民不是“比较既周”之后的自觉的怀古，而以先前的“阔气”作为现实中穷落的鸦片，那么，所谓“古文明国”就会成为了“嘲笑之辞”和“悲凉之语”，成为中国走向现代化的沉重负担，“反不如新起之邦，纵文化未昌，而大有望于方来”。[②] 然而，另一方面鲁迅又批判了诋毁中国文明而一切向西方看齐的文化选择。鲁迅说：“近世人士，稍稍耳新学之语……翻然思变，言非同西方之理弗道，事非合西方之术弗行，掊击旧物，惟恐不力，曰将以革前缪而图富强也。”[③]于是，他们“大都归罪恶于古之文物，甚或斥言文为野蛮，鄙思想为简陋，风发浡起，皇皇焉欲进欧西之物而代之”[④]。鲁迅认为他们不仅糟蹋了传统，而且所得“欧西之物”也仅是糟粕。在“四邻竞集而迫拶”的情况下，中国的“情状自不能无所变迁”，然而，不应该在危机中感情用事，而应该理性地对待传统与“西学”。鲁迅甚至还从历史角度为中国“自尊大”的合情合理，做了一番辩解。

一方面要向西方学习，一方面要有民族自尊心而追溯传统，在近代向西方学习的中国人心中都造成一种紧张。对于这种紧张的消除，有的人是以阶段性理论，即在整个历史进程中，中国只是在某一阶段上落后了，只要奋起直追，中国就会甩掉落后的帽子；有的人则以认同取代内心的紧张，即中西文化可以相互认同，不必担心向西方学习会对民族文化造成毁灭性的打击。然而，鲁迅一开始就把中西文化看成是两种异质的各自独成系统的文化，所以他在留日时期学习西方的时候，表现出很强的民族自尊心。而且既然传统文化与现代文化并不是不相容的，所以，在强烈的民族自尊心的驱使下，鲁迅就会走向真正的“复古”——肯定并赞美传统。

《破恶声论》在张扬个性与精神上，与《文化偏至论》是一致的。鲁迅说：“人各有己，而群之大觉近矣。若其靡然合趣，万喙同鸣，鸣又不揆诸心，仅从人而发若机栝；林籁也，鸟声也，恶浊扰攘，不若此地。”然而，这种文化上的现代化追求，却又与赞美传统的“复古”紧密结合在一起。鲁迅不仅肯定了中国“普崇万物”“敬天礼地”的天人合一，而且肯定了传统的“邦国家族之制”，乃至“不轻旧乡”的儒学传统。这种对传统的赞美，与强烈的民族自尊心是结合在

---

① 鲁迅：《坟·文化偏至论》。
② 鲁迅：《坟·摩罗诗力说》。
③ 鲁迅：《坟·文化偏至论》。
④ 鲁迅：《坟·文化偏至论》。

一起的。所以，鲁迅歌颂中国文化的象征物——“龙”：“龙为国徽，而加之谤，旧物将不存于世矣！”而且鲁迅称列强对中国的攻伐为“子孙之攻伐”，显然是以古文明国的老子自居。不仅如此，鲁迅为了光大传统，还将中国的迷信与基督教相比，并反驳那些以迷信为迷妄而以基督为正神的人：“宗教由来，本向上之民所自建，纵对象有多一虚实之别，而足充人心向上之需要则同然。”然而，正是在这种对传统的赞美声中，我们看到了鲁迅“任个人而排众数”的现代化追求：“举世誉之而不加劝，举世毁之而不加沮，有从者则任其来，假其投以笑�，使之孤立于世，亦无摄也。”因此，《破恶声论》是“取今复古”的具体实践，但其缺点，就在于并未论证古与今之间的内在联系，却令人感到文章本身矛盾重重，譬如家族制度与个性解放的矛盾，“不轻旧乡”与“孤立于世”的矛盾等。而这种矛盾，正是为了民族自尊心而追溯传统与学习西方文化之间矛盾的具体表现。

二、“五四”时期：现代化即西化

“五四”时期，鲁迅扬弃了留日时期“取今复古”的文化选择方案，而走向了整体性地反传统与西化。考究起来，我认为有三个原因：第一，袁世凯以尊孔为实行帝制的舆论准备，使人“憎恶和尚，恨及袈裟”——这一点，不但是鲁迅，而且也是“五四”反孔反传统主义者的共识。第二，“二次革命”之后，鲁迅的民族自尊感变成了民族绝望感，这种绝望感在致许寿裳与许广平的信中，表现得很充分——他以为中国人的得救，需世界人道主义的终将胜利，中国人即使甘心为奴，人家也不肯，于是，他感到“惟黑暗与虚空乃为实有”。这种绝望，使他产生了整体抛弃传统而西化的冲动——既然绝望与希望一样是虚妄的，那么就应该起来反抗绝望，或者说与旧的文化传统进行“绝望的抗战”。第三，鲁迅留日时期所接受的拜伦、尼采等反传统主义者，给鲁迅一种“支援意识”。所以，勒文森以为中国的反传统主义者是理智上反传统，而情感上不反传统，虽有其合理性，但他没看到，“五四”整体性地抛弃传统，正是辛亥革命失败之后，人们在绝望中的一种情感冲动以及在感情冲动下的反省结果。如果以一种科学分析的理性态度来反省传统，那么，传统中总有值得肯定和推崇的东西，也就不会导致整体性地抛弃传统。

然而，鲁迅比新文化运动中的其他人都更深刻地意识到了整体性反传统对国人造成的巨大危机。在《破恶声论》中，鲁迅已认识到科学与信仰是两个不同的领域，所以反对破迷信，以便使中国人在迷信中得到与西方人在基督教中同样的生命慰藉。但是，陈独秀等人强烈的民族自尊感，使之不可能对基督教表示认同，因此，他们提倡“科学”与“民主”这些从传统看来纯属“外王”的文化时，却又推毁了传统的“内圣”——反孔反礼教。这就把中国人真正地抛向了自由的“荒原”上：既不可能像西方人那样在基督教中得到慰藉，也不可能像传统中国人那样在儒教中得到依托，从为成了真正自由的孤独的个人。其实，个性主义是基督教的结果，[①]个体可以与神相通而与人群宣战，然而，新文化运动让个人走出儒家的大家庭之后，并不让人进入基督教而成为耶稣的“肉中肉”，却让人走向“科学”与“民主”之路。但是，如果一个人不是“以食为天”的信徒，而需要价值的依托、信仰的慰藉以及个体死亡的超越等等，那么，就只好成为无家可归而在“荒原”上焦虑、苦闷、畏烦的人。所以，“五四”之后人们不堪忍受“荒原”上的孤独与苦闷，而各找归宿——一部分人回归传统，一部分人走向马克思主义，自有其必然性。鲁迅在介入新文化运动之前，对这一点有着清醒的认识，这从鲁迅早期的文化选择就可以看出来。鲁迅在“出山”前对钱玄同说的怕惊醒了“不幸的少数者”来受无可挽救的苦楚，除了对传统“铁屋子”的绝望外，也有这方面的考虑。再加上陈独秀倡导的“科学”与“民主”正是鲁迅在《文化偏至论》中所反对的，所以在新文化运动中，鲁迅拒绝朋友的邀请达 8 个月之久，才肯“出山”。

鲁迅一出山，就以激进的西化和整体性反传统的姿态，与新文化运动的文化选择基本保持了步调一致。鲁迅整体性反传统与西化的文化选择，受新文化运动的影响也不能抹杀。然而，由于鲁迅对传统之罪恶的感受很深，并深知整体地抛弃传统的艰难性，所以，他对传统的反叛比别人都来得激烈。当然，这种激烈的反传统也有一种现实的考虑。胡适就说过，由于传统的惰性力量，你实行“全盘西化”，其实只能西化一部分。鲁迅也说：“中国人的性情是总喜欢调和，折中的。譬如你说，这屋子太暗，须在这里开一个窗，大家一定不允许的。但如果你主张拆掉屋顶，他们就会来调和，愿意开窗了。没有更激烈的主张，他们总连平和的改革也不肯行。”[②]因此，在“五四”时期鲁迅就致力于反传

---

① 详见高旭东、吴忠民等《孔子精神与基督精神》，第 33～34 页。

② 鲁迅：《三闲集·无声的中国》。

统——毁坏“铁屋子”,而且鲁迅在反传统上比陈独秀、胡适提供了更为实质性的与感性的内容,对后世的影响也比陈独秀、胡适大。

然而,传统毕竟是鲁迅的精神“家乡”。“家乡”即使再贫穷、愚昧和昏乱,也仍然有一些美好的值得怀恋的东西。整体性地反传统,就意味着与“家乡”诀别,总是一件令人痛苦的事。这种诀别“家乡”式的痛苦在鲁迅心中表现得很充分。当然,胡适无此痛苦,然而,胡适的乐观主义正在于他对传统与现代化乃至中西文化之界限的“认同主义”。于是,胡适在古代的白话文中发现了文学的现代化,在清代的小学中发现了“科学的方法”①,在李觏、费氏父子身上发现了美国的实用主义,在王莽身上发现了“社会主义”②……这种使中西文化互为认同的方法,使胡适在反传统与西化时,并不需要与“家乡”诀别,自然不会有诀别“家乡”的痛苦。

然而,这只是问题的一个方面。既然实现现代化并不需要决绝“家乡”,那么,胡适对于传统也就并不留恋,而古今中外的一切,只要到他“实验主义”的办公室里送审通过,就可通行。但是,鲁迅对传统的决绝态度,反使他更深地留恋要被抛弃的旧物。所以,胡适与鲁迅都整理、考据古代典籍,但胡适用白话文,而鲁迅则用文言文。鲁迅不仅在知识上是传统的“为往圣继绝学”的承担者,而且在做人上也遵守着传统的道德规范,如对母亲的孝,用文言文给人作传统的碑文,等等。然而,鲁迅又清醒地知道自身承担的传统价值、在美学上的传统趣味等等,与他公开发表的文章中宣扬的道德价值以及猛烈抨击传统之间不可调和的矛盾与冲突。③ 从某种意义上说,鲁迅的激烈反传统与对传统的继承都各各走到了极端,而他就在这传统与现代化矛盾冲突的极端之间苦闷彷徨,所以鲁迅说他有“鬼气”与“毒气”。传统不能现代化,现代化就是西化,对于别人可能只是一种追求,一个趋新的口号;而对鲁迅却构成了他勇于战斗而又苦闷彷徨的实质性内容。可以说,鲁迅作为“民族魂”——民族的“大心”,在中西文化撞击的漩涡中为了民族的振兴勇敢而清醒地与传统告别,走向现代化,但同时又显露了在这一过程中民族心灵的全部危机感和复杂性。

当然,如果泯灭了传统与现代化乃至中西文化的界限,鲁迅也就不会因此

---

① 《胡适文存》一集・卷二,上海亚东书店,1925年,第287页。

② 《胡适文存》二集・卷一《王莽》、《记李觏的学说》、《费经虞与费密》等文。

③ 笔者不同意林毓生以对《在酒楼上》的分析而说鲁迅是“在不明确的意识层”对传统价值的继承,鲁迅是明确意识到了才会产生新旧价值在他心中的冲突。

而苦闷了。而“五四”时期鲁迅之特点，正在于他对这种界限有着严格的区分。这一点在与郭沫若的比较中也可以看出来。郭沫若就善于以中西文化互为认同的方式，免除在传统与现代化之间紧张而痛苦的文化选择。郭沫若说：“我因为自来喜欢庄子，又因为接近了泰戈尔，对于泛神论的思想感受着莫大的牵引。因此我便和欧洲的大哲学家斯宾诺莎(Spinoza)的著作，德国大诗人歌德的诗，接近了。”[①]不难看出，郭沫若正是通过东方文化的庄子和泰戈尔，来认同西方文化的。而郭沫若所认同的泛神论，即人神合体、等万物、齐生死等等，恰恰又可以与儒家的天人合一、道家的自然主义认同。“和谐”是中国文化的一个重要特征，而西方传统甚少和谐思想，然而，郭沫若看取西方文化的却恰是其和谐思想。因此，郭沫若虽然翻译过歌德的《浮士德》与尼采的《查拉图斯特拉如是说》，但是，浮士德精神与查拉斯图拉主义并未在郭沫若心中扎根，对他同时期的创作也并无影响。郭沫若看重汲取歌德的，是其复杂思想中的和谐思想。与郭沫若不同，鲁迅看取的是西方现代的人与自然、个体与社会激烈对立的思潮，并以西方对立的动态文化打破中国文化的宁静与和谐。“和谐”论的指归是群体、齐一，是中国的文化传统；而“对立”论必然导向个性杂多，正是注重整体性和谐的中国传统文化所恐惧的。因此，鲁迅不是以中国文化去认同西方文化，而是以西方现代文化来反叛中国传统文化。“外国的东西，中国都已有过”，是鲁迅送给“古今中外派”的讽刺话；鲁迅害怕外国事物一进来，“无不失了颜色”。[②] 因此，鲁迅是反对以中西文化互为认同的方式，来“保存国粹”的。

鲁迅、郭沫若对于传统与现代化的不同认识，当然会表现在他们对于传统的不同态度上。既然传统不能现代化，而是成为现代化的阻力，那么，鲁迅就对儒道文化传统进行了彻底的否定。而郭沫若对中国文化传统从来就没有表现出如此不妥协的诀别态度——因为既能以中国文化认同西方文化，也就能以西方文化来认同中国文化。在“五四”时期，郭沫若就从“三个叛逆的女性”中发现了个性解放的“五四”时代精神。鲁迅与沫若都喜欢屈原，但是，鲁迅喜欢屈原的主要是其作品的“文采”，在人格上鲁迅则说屈原是贾府的焦大，他的《离骚》“只是不得帮忙的不平”；而郭沫若却以屈原自比，先是推崇其个性精神，后来又称屈原为“人民诗人”。鲁迅与郭沫若都喜欢庄子，但郭沫若喜欢庄

---

① 《沫若文集》(十一)《我作诗的经过》，北京：人民文学出版社，1959 年。

② 鲁迅：《热风》中随感录《三十八》、《四十三》。

子的是其“泛神论”，即“天地与我并生，而万物与我为一”，甚至分不清自己是蝴蝶还是庄周——正如《女神》中说的：“我中也有你，你中也有我！我便是你！你便是我！”而鲁迅批判的就是庄子欲使一切归于混沌的思想，到晚年还著《起死》批判庄子的“蝴蝶梦”及其无是非观。虽然庄子淡泊名利的操守与笑傲王侯的风骨对鲁迅的人格不无潜在的影响，但是，鲁迅看取庄子的主要是其对礼教的血泪控诉；而在“立”的一面，鲁迅看取的主要是西方现代文化。

鲁迅与郭沫若在传统与现代化之间文化选择的差异，典型地表现在其代表作《呐喊》、《彷徨》与《女神》中。《呐喊》、《彷徨》中的人物，一类是传统世界的人物，如阿Q、闰土、单四嫂子、祥林嫂以及众多的“闲人”与“看客”；一类是具有现代意识的人物，如狂人、疯子、N先生、魏连殳、涓生等。鲁迅正是以现代观念审视传统，欲使传统的中国人觉醒过来，从而实现思想观念上的现代化。在《呐喊》、《彷徨》中，主观和客观的冲突、个性与群体的冲突，乃至人的心灵的内在冲突，使得中国传统的和谐理想顿然显得苍白！然而，《女神》的美学理想却不是对立、冲突、惨厉，而是和谐。《女神》浓重的泛神论色彩，不但缓和了人与自然、个性与群体的冲突，而且欲使一切归于和谐。正如《凤凰涅槃》中所说的：“一切的一，和谐。一的一切，和谐。”和谐便是你、我、他……在《地球、我的母亲！》中，沫若说地球抚爱孝子农人，怀抱宠子工人，背负着沫若在乐园中逍遥，并且以海洋奏出音乐来安慰沫若的灵魂。在现代中国诗歌中，很少有人用白话描出这么一幅绝妙的天人合一的古典图画。

鲁迅以对立的动态文化冲击中国和谐的静态文化，以与整体分离的个性精神冲击中国文化的整体性，显示了一个激进的反传统主义者的叛逆姿态。然而，郭沫若的泛神论对中国传统文化却无任何冲击力。在西方文化发展史上，泛神论确实起过进步的作用，它是由中世纪的神本主义向现代无神论过渡的一个重要环节。“无为而无不为”，神无处不在，什么都是神，实际上也就取消了神。不过，在整个社会都笼罩在神学气氛之中的时候，泛神就是给无神披上了一层有神的面纱。但是，中国文化自古就未形成神本主义传统，儒学是哲学的人学，是推崇整体的人本主义。因此，郭沫若的泛神论，只是中国天人合一理想的另一种表现形式而已。既然沫若能使中西文化互为认同，那么，必然的逻辑推论是，传统也可以现代化，所以郭沫若在尊孔崇道与拥护现代化之间，并未有任何紧张与痛苦。然而，鲁迅既想以整体反传统与西化的方式使中国走向现代化，那么，他面临着的是在文化上与“家乡”诀别，而产生这种诀别冲动的内在动因，却又是拯救“家乡”的爱国主义热情。于是，传统与现代化、对“家乡”的猛烈攻击与拯救“家乡”以及深恋“家乡”之旧物的种种矛盾，便不能不造成鲁迅内心的紧张与痛苦。

三、后期：以主体精神实行“拿来主义”

列宁主义对于追求中国实现现代化的知识分子确实具有极大的吸引力。按照马列主义的历史发展阶段论，人类社会是由原始社会、奴隶社会、封建社会、资本主义社会，进向社会主义、共产主义社会的。如果说资本主义社会已达到现代化，那么，社会主义则是超越于资本主义的更为现代化的社会。而这一超现代化的社会居然首先在较为落后的苏联成为现实，那么，与俄国社会状况相似的中国就为什么不能实现社会主义，从而走到资本主义社会前面？然而，鲁迅是一个不大轻信希望与“将来的黄金世界”的人，他甚至认为对将来的希望作为“人生的一种慰安，正如信徒的上帝”[①]。因此，尽管十月革命一声炮响，给中国人送来了马列主义，但是，鲁迅却“因为资本主义各国的反宣传，对于十月革命还有些冷淡，并且怀疑”[②]。后来，随着1929～1933年资本主义世界的经济大危机以及苏联建设的成功，鲁迅不仅扫除了“怀疑”，而且“确切的相信无阶级社会一定要出现”。

鲁迅相信马列主义之后，不仅在现代化上有一种超越于资本主义的信心，而且在对待传统上也有了“辩证”的观念，“五四”时期那种在传统与现代化之间的苦闷心理一扫而光。以辩证的方法对待传统，使鲁迅看到：“新的阶级及其文化，并非突然从天而降，大抵是发达于对于旧支配者及其文化的反抗中，亦即发达于和旧者的对立中，所以新文化仍然有所承传，于旧文化也仍然有所择取。”[③]因此，尽管后期鲁迅仍然坚持了反传统——新文化发达于对于旧文化的反抗中，譬如后期鲁迅坚持了对儒道文化传统的批判，对于中国“廊庙”与“山林”文学传统的批判以及改造国民性等等；但是，与“五四”时期相比，后期鲁迅确实注意到了寻找中国文化传统与国民性之中的优点。在《中国人失掉

---

① 鲁迅：《两地书・四》。

② 鲁迅：《且介亭杂文・答国际文学社问》。

③ 鲁迅：《集外集拾遗・〈浮士德与城〉后记》。

自信力了吗》一文中，鲁迅歌颂了中国自古以来那些埋头苦干、拼命硬干、为民请命、舍身求法的脊梁式人物；而《理水》、《非攻》中的大禹和墨子，就正是这种脊梁式的人物。在《沙》一文中，也说小民“何尝不会团结”；最具有对比性的一例是，鲁迅留日时期曾以莎士比亚戏剧中布鲁多杀恺撒一事指责“众数”的无特操，然而在鲁迅后期，当有人以同一事例作同样的指责时，鲁迅却予以反驳。

辩证地对待传统，一分为二地分析遗产，并加以批判继承，这是马列主义者常说的，而不是鲁迅文化选择的特色。那么，鲁迅除了对辩证法与批判继承加以认同之外，在后期的文化选择上有什么特色呢？我认为，对中外文化遗产实行“拿来主义”，是鲁迅后期文化选择的特色。鲁迅以其“拿来主义”，丰富了马克思主义对待文化遗产的辩证法。“拿来主义”常常被人理解成一种“西化”——去拿外国的文化，但从《拿来主义》一文所举的例子以及鲁迅后期对中外文化总体观来看，“拿来主义”也包括对本民族文化遗产的批判和继承。笔者以鲁迅的《拿来主义》一文为主，兼及鲁迅的《论“旧形式的采用”》等文以及书信，来看一看鲁迅后期文化选择的特色。

鲁迅认为，在传统的“闭关”时代，“自己不去，别人也不许来”，自己被枪炮打开大门之后，送出去“发扬国光”的东西不少，却只是忘了“拿来”。也许，中国人被“送来的”东西吓怕了——从鸦片到废枪炮。而“送来”的东西之所以不好，正是因为是“送来”而不是“拿来”的缘故。“拿来”就是要注意文化选择的主动性与识别力。对于外来文化要以民族为主体而进行挑选，对于民族的传统文化要以现实的文化需要为准绳择优而取。鲁迅举例说，如果一个人因祖上的阴功而得了一所大宅子，那么，怕被旧东西污染而不敢进门的是孱头，因发怒而放火烧光以保自己清白的是昏蛋，而欣欣然走进卧室大吸剩下的鸦片的更是废物。“拿来主义”者首先是占有，然后挑选——看见鱼翅就吃掉，看见鸦片就用之治病，至于烟灯和烟枪之类，除了送一点进博物馆其余的可毁坏，而一群姨太太则可让她们各自走散，这就是由旧文化演变成新文化的过程。鲁迅说“一道浊流，固然不如一杯清水的干净而澄明，但蒸馏了浊流的一部分，却就有许多杯净水在”①。

当然，鲁迅谈的更多的是文艺，然而，“贵在创新”的文艺也不能凭空创造。鲁迅说：“新的艺术，没有一种是无根无蒂，突然发生的，总承受着先前的遗产，有几位青年以为采用便是投降，那是他们将‘采用’与‘模仿’并为一谈了。中

① 鲁迅：《准风月谈·由聋而哑》。

国及日本画入欧洲，被人采取，便发生了‘印象派’，有谁说印象派是中国画的俘虏呢？”[①]鲁迅又说：“旧形式是采取，必有所删除，既有删除，必有所增益，这结果是新形式的出现，也就是变革。”当然，“这些采取，并非断片的古董的杂陈，必须深化于新作品中……恰如吃用牛羊，弃去蹄毛，留其精粹，以滋养及发达新的生体，决不因此就会‘类乎’牛羊的”[②]。“总之，我们要拿来。我们要或使用，或存放，或毁灭。那么，主人是新主人，宅子也就会成为新宅子。……没有拿来的，人不能自成为新人，没有拿来的，文艺不能自成为新文艺”[③]。

---

① 鲁迅：《书信集·340409 致魏猛克》。

② 鲁迅：《且介亭杂文·论“旧形式的采用”》。

③ 鲁迅：《且介亭杂文·拿来主义》。

◉第二编

鲁迅：东方的文化恶魔

对鲁迅的文化重估:是神还是恶魔?

在中国文化的夜空中,鲁迅不是一只让人高兴快乐的喜鹊,而是一只夜游的恶鸟,是一只鸱鸮,一只猫头鹰。他的使命,就是揭露出中国文化的大缺陷,暴露出内心的大黑暗,如果他和他的同胞不能从这种大缺陷与大黑暗中得救,就会在大缺陷与大黑暗中沉沦。与尼采一样,鲁迅的书是写给强者看的,不敢正视惨厉的真实的人,就只有在这种大缺陷与大黑暗面前落荒而逃。

然而对鲁迅的误读却是由来已久。有人说,孔子是古代的圣人,鲁迅是现代的圣人。所谓"圣人",头上总有一个神圣的光圈,只要你沐浴在光圈之中,你就有福有救了。谁若发扬这种观点,谁就占据了文坛的主流地位,谁的话语就成了权力话语。

假定我们按照鲁迅生前留下来的文本的思想逻辑加以推测,如果说鲁迅去世后有什么事最违背他的意愿,那么,将神圣的光圈罩在他的头上,可以说是违背鲁迅精神之最。一想到一个以非正统非主流而成其文化巨人的人,后来被奉为文化正统;一想到一个自称以袒露其内心的阴暗面而难以磨灭的恶魔式的文豪,后来被打扮成了神并能对后来的历次运动未卜先知,你怎么会没有一种滑稽透顶之感呢?

这几年经常可以听到一些议论,说鲁迅的作品不如胡适,不如周作人,不如林语堂……开始是在私下里,后来是在网上,再后来就出现在报章杂志上。其实这些人中,有许多根本就没有读多少鲁迅的作品,更不曾研究过胡适、周作人、林语堂。他们仅仅在发泄一种情绪,一种对主流文化和权力话语的厌烦情绪。换句话说,不是鲁迅的为人为文,而是鲁迅头上那个神圣的光环害了鲁迅。

因为人一经为圣成神,固然相当了不起,显得"神圣"而不可侵犯,不过同时也就与人拉开了距离,成为离我们很远很远的可敬而不可亲的他者。鲁迅的悲哀，其实并不在于“笔尖的围攻”——在“五四”时期，尽管鲁迅贡献了现代文学史上最杰出的一批短篇小说，但是他的名气不但不如胡适、陈独秀，甚至不如钱玄同、周作人；而正是在与“正人君子”、梁实秋等人的论争以及在创造社、太阳社对鲁迅的围攻中，鲁迅的名气越来越大，在人们心目中的地位也越来越高。鲁迅的悲哀，恰恰在于逝世之后被歪曲，脸上的粉越来越厚，然后被奉上神圣之坛，成为一种斗争的工具，从而离我们一般人越来越远，甚至成为自由论争的异己物。

鲁迅头上的神圣光圈不被摘去，对鲁迅的重估就不可能真正去除阴云。在笔者看来，鲁迅之所以是现代中国无与伦比的艺术大师，恰恰就在于他是现代中国一个彻底的反神圣主义者。他在反神圣时表现出来的惊人的坦诚，以及对于自我乃至整个民族的缺陷与阴暗敢于正视的精神，至今仍是前无古人的。这样一个富有颠覆性的文化恶魔，却戴上一顶神圣的光圈，岂非滑天下之大稽？

鲁迅，这位叛逆的猛士，置身在造物主制造的良民中，像“这样的战士”走进对他一致点头的“无物之阵”，他只有在寂寞的荒原上奔驰，在没有绿洲的沙漠里歌唱，在黑色的大染缸里苦闷，在传统筑起的围墙中老衰，在绝无窗户而万难毁坏的铁屋子里绝望。尽管如此，他还是在绝望中抗战，在苦闷中向庸众宣战，在大染缸中肩住黑暗的闸门，在沙漠中找寻孩子们自由发展的绿洲，他要毁坏那个铁屋子，给冰封的荒原吹进一丝“热风”……

鲁迅，这位挑战暴君与良民的恶魔，是那样矛盾、焦虑、孤独。什么“青年叛徒的领袖”，什么“思想界的权威”，都不曾驱除他内心深在的孤独。当他被奉为“二心”的战士说着“南腔北调”的话时，似乎孤独消失了，但在晚年的租界里，孤独再一次侵袭着他的灵魂。“市场之蝇”围住他嗡嗡地叫，有时是叮咬，有时是赞美；但他高傲的自由主体使他从不布施别人，也不接受别人的布施。围攻与挑战会使他的自由意志充满战斗的激情，但对他温情的布施会使他感到软弱而不自由。于是，他就露出“毒牙”，诅咒给他布施的人应该灭亡，否则他自己就应该受到诅咒而灭亡。就这样，他向传统挑战，与社会对立，与人群冲突，这种战斗经常会在他的内心展开，造成激烈的自我交战。他为自己的勇敢绝世而呼唤“恶”，但他遇到纯真的善良时又诅咒自己身上的恶性，厌恶自己心理的阴暗，所以伴随着多力善斗的，往往是深深的忏悔……

鲁迅，这位“世故老人”，真的很世故，也很圆滑，但他却不以他的世故和圆滑混世。他那绝对“主我”的高傲个性，使他“于庸俗无所顾及”，为善为恶皆出于己而无出于人。他高居于世故与圆滑之上,予以拆穿并给予憎恶。有时他觉得憎恶的东西太多了,首先自己就应该受到憎恶,如果得到是相反的布施,这对于他反倒是一种冷嘲,使他对自己也要大加污蔑。而且,软弱无力的人本来就应该躲避他,逃离他,因为软弱无力者不堪忍受他对自己乃至整个民族那种令人恐怖的解剖;然而现在的情况却是相反,软弱无力者、善良的合群者、正统的卫道者,都躲到鲁迅的大旗之下,向着孤独者,处于社会与文化的边缘者掷出了投枪……

鲁迅,不仅是个孤独者,而且是个矛盾集合体。他是一个传统的颠覆者,又是一个"为往圣继绝学"的文人。他是一个"疯子",一个"恶人",又是一个好学生,一个大孝子。他在成为良民和暴君的叛逆的时候,又说自己身上充满了"毒气"与"鬼气"。他的"毒气"与"鬼气"是他的深刻性之所在,但他又极想逃离这种"毒气"和"鬼气",却又逃不掉。他的诅咒中国文化和历史的言论,他的西化倾向,使现在一些"民族自尊心"很强的人也感到受不了,但是像他那样急于使中国振兴的人又很少。他怀疑人,恨人,有人据此甚至将他说成是"仇恨政治学"的发明者,但他又有一颗大悲悯之心而极想救赎世人。从这个意义上说,任何单一性的鲁迅解读,都可能歪曲鲁迅。他,是在古老中国向现代蜕变的转型期,东西方文化撞击而形成的一个大漩涡。在他身上,表现了东西方文化汇流之后作为一个深刻的中国人的全部危机和复杂性。简单地将他当成一个无所不能解释的神,或者不假思索地将他否定掉,都是极为幼稚的勾当。

当然,复杂性不等于"无可无不可"。但是,鲁迅的一个特点,就是对于任何正宗或者正统的东西,一概都加以蔑视;对于任何神圣的东西,总有一种颠覆的欲望。"五四"时期,青年们让鲁迅给他们指路,鲁迅在嘲讽了给青年指路的导师们之后,说自己也无路可走,更何谈给别人指路。他说他只知道路的尽头是"坟",而他自己,正在面对坟墓而解剖自己心中的恶魔的游魂,所以他给自己的一本分量最重的文集取名为《坟》。直到晚年,他还在"刨祖坟"。这种刨坟精神,包括对自己心中之坟的深层开掘。《野草》几乎就是鲁迅面对坟墓深刻自剖的结果。于是,鲁迅在将一切神圣的东西打得粉碎的时候,就露出了内心的惨厉和阴暗,他揭开了"人肉酱缸"上的金盖,冲涤着"鬼脸"上的雪花膏。在与"正人君子"的论争中,鲁迅鼓掌欢迎弗洛伊德的精神分析学说进入中国,说是这个学说不许任何人站在超越俗人的神圣位置上,也把"正人君子"的假面给撕碎了。就是这样,鲁迅以弗洛伊德的泛性说,摘掉了戴在高高在上的导师们头上的圣洁光圈,使其由圣还俗。

鲁迅说:"我时时觉得自己很渺小;但看他们的著作,竟没有一个如我,敢自说是戴着假面和承认'党同伐异'的,他们说到底总必以'公平'和'中立'自居。因此,我又觉得我或者并不渺小。现在拼命要蔑视我和骂倒我的人们的眼前,终于黑的恶鬼似的站着'鲁迅'这两个字者,恐怕就为此。"①鲁迅反省自己难以被骂倒的原因,并不在于他有多么神圣,多么高洁,恰恰相反,却是因为自己比别人更坦诚,更敢于暴露自己的丑恶,以至于在别人的眼前竖立起一尊"黑的恶鬼"的形象。为什么那些躲在鲁迅大旗下面"保卫鲁迅"的人,却违背先生的意愿,非要神化他才感到他"并不渺小"呢?值得注意的是,从早年倡导"恶魔派诗歌",到自称"黑的恶鬼",鲁迅显然是以恶魔自居,为什么那些躲在鲁迅大旗下的人不能接受一个恶魔鲁迅,非要将恶魔改写成神明呢?

当然,鲁迅说自己"戴着假面"是有点过了,因为凡是认真读过鲁迅著作的人都明白,在鲁迅的小说,一部分杂文,特别是在《野草》中,都会使人感到他剖析自我的真诚。但是,为了在现实社会中生存,鲁迅在解剖自我的时候故意蒙上一层艺术之雾,使人不留心就看不出来,倒是他经常运用的技巧。美国学者哈南认为,鲁迅几乎在全部小说中都运用了反语技巧;我认为,鲁迅在杂文中也大量运用了反语技巧,使人更难捉摸。譬如在《说胡须》中,鲁迅说陕西人费了那么多钱请他去讲演,"大约万料不到我是一个虽对于决无杀身之祸的小事情,也不肯直抒自己的意见,只会'嗡,嗡,对啦'的罢。他们简直是受了骗了"。这里表现了鲁迅的"世故",这种"世故"并非子虚乌有,但是绝不至于世故到讲演时骗学生的地步,否则,鲁迅本人也就成了他所讽刺的"哈哈党"。至于说写文章为了卖几文钱等等,都是反语,但又不是一点真实性也没有。然而,对于鲁迅反语式的自剖,人们并不认真对待,甚至会以为是说别人而非说自己。对于鲁迅的小说,人们还会以小说的虚构特性为由,不将小说中的人物与鲁迅的自剖联系起来。《野草》虽然是煮自己的灵与肉的,但又朦胧难懂,不确定性太大。因此,具有讽刺意味的是,以善于自剖而感到自己并不渺小的鲁迅,当他死去之后,就被简化和歪曲成比"正人君子"还要圣洁的神明。以小说为例,虽然鲁迅说小说"大抵是作者借别人以叙自己,或以自己推测别人的东西"②,而《在酒楼上》、《孤独者》和《弟兄》等小说中的吕纬甫、魏连殳、张沛君等都是鲁迅深刻自剖的产物,但是,造神论者却说,鲁迅是站在"天上",对"地上"的这些

---

① 鲁迅:《两地书·九三》。

② 鲁迅:《三闲集·怎么写》。

革命的落伍者、个人主义者、自私自利者进行无情的揭露和批判。假定鲁迅在世,那么,他也许会对文本和接受者之间的距离之大感到吃惊,然后对接受者不顾他的话以及文本相对的规定性(用接受美学的话来说就是不顾文本暗含的读者)而进行胡乱解释表示愤怒,因为他早就说过:“我的确时时解剖别人,然而更多的是更无情地解剖我自己。”[1]

当鲁迅头上神圣的光圈被摘掉之后,你就会感到,鲁迅虽然是一位文化巨人与文学大师,但也是一个人,而且有一般常人所没有的矛盾和焦虑,直到晚年也不曾真正摆脱孤独的纠缠。你会看到他和任何一个有血有肉的人一样,有判断失误的时候,有误解人的地方,有赶时髦赶得并不对劲的时候,他说的话也绝非“句句是真理”,否则,他思想的不断变化就无法解释。但是,鲁迅之为鲁迅,还有为一般人所不及的地方,就是他对于中国文化的深刻透视,对于自己的无情解剖,以及艺术表现上过人的技巧。当一个神性消失的鲁迅,再一次以其惊人的坦诚赤裸裸地呈现在我们的精神世界的时候,就会成为离我们最近的文化伟人和艺术大师。因为我们发现,将那些罩在鲁迅头上的光圈摘去之后,鲁迅非但没有变得渺小,恰恰更加高大了,而且这种高大是“我们”的,他就在我们中间,和我们没有什么不同,只是比我们更深地看出了我们自己看不到的我们的由来与现在的缺陷。

有缺陷,才能激励人们改革现状;有黑暗,才能教示人们追求光明。将鲁迅打扮成一个光明的使者,将他描绘得像圣人一样圆满,是对他最大的嘲讽。事实上这是一部分人一种“以柔克刚”的办法,就是将鲁迅歪曲,神化,然后躲在鲁迅这个“猛人”的身后,用鲁迅吓退现实中像鲁迅那样的孤独者。

孤独和自由相伴而生,冷酷就跟在它们的后面。合群地聚集在鲁迅身后的人,其实并不喜欢自由,因为自由会使人孤独,会使人感到世界的冷酷,于是软弱无力的人宁肯不要自由,也要合群的温情。而真正懂得鲁迅的人,会在冷酷的荒原上,在无边的黑暗中独自行走的时候,感到前面还有一个知心的朋友;在沙漠里行走疲倦的时候,会听到一种声音的召唤,因为当年鲁迅在面对坟墓的时候,也只得走,而不能像老翁、花草、石头一样停顿下来。而且在癌细胞扩散的时候,鲁迅向腐败与邪恶搏击的精神,会给正直的人以反抗绝望的力量。

事实上,一个恶魔似的鲁迅被打扮成神的过程,就是一个歪曲鲁迅的过

① 鲁迅:《坟·写在〈坟〉后面》。

程。当然,如果从读者反应批评的角度说,文本的客观性仅仅是一个幻想,而允许“智者见智,仁者见仁”的解读,那么,这派歪曲论批评也许还有存在的合理性——尽管我本人并不赞同读者反应批评的基本立场。但是,读者反应批评首先是建立在批评多元化的文化基础上的,它并不认为自己的批评是唯一合理的批评,而仅仅是多元批评中的一种而已。然而,歪曲论批评却不然,他们认为他们的批评是客观的,是标准的,是不能动的。谁要是动摇了歪曲论批评的根基,就立刻会有人出来“保卫鲁迅”——保卫神明。神,是神圣而不可侵犯的。

我以为如果鲁迅地下有知,一定会觉得受到了保卫者极大的侮辱。且不说遮蔽他的恶魔面孔而将他装扮成神明会大大地激怒他,就是一些围在他周边的合群者,不时地声称要保卫他,也会令他的自尊心无法忍受。鲁迅喜欢拜伦、尼采是人所共知的,拜伦的《曼弗雷德》表现了他的自由主体那种不受任何外力扶助的精神,尼采反对同情的理由就在于,同情是站得高的人对于低处的人的一种感情上的施舍,所以被别人同情是作为自由主体的自我不能忍受的,而同情别人又侵害了别人的自由主体。鲁迅在《求乞者》中所表现的不布施别人而给予求乞者以烦腻、疑心、憎恶,而自己求乞也将得到烦腻、疑心、憎恶,是与这种情感方式极为相近的。然而,一个高傲如雄狮的人,一个具有强大意志的孤独者,一个“力之美”的创造者,却软弱到时时需要别人去保卫他,他怎么会不感到烦腻、疑心和憎恶呢?

今天的文化界,有必要认清这样一个事实——鲁迅非但不是什么神明,恰恰是东方文化中涌现出来的一个最具有颠覆性质的文化恶魔。因为鲁迅从弃医从文的那天起,推崇的就不是神,而是恶魔。如果细读鲁迅的文本,就会发现他一直在亵渎神明,而呼唤恶魔。所以,即使想讨鲁迅的欢心,那么也不应该将他化装成神,而应该还其恶魔的真面目。

长期以来,人们之所以没有或者不敢从恶的角度去研究鲁迅,以至于忽略了鲁迅最深刻言说的一面,其实是出于对恶的回避,而对恶在历史上的巨大作用缺乏认识。“费尔巴哈就没有想到要研究道德上的恶所起的历史作用”,但是,恩格斯认为:“在善恶对立的研究上,他同黑格尔比起来也是很肤浅的,黑格尔指出:‘人们以为,当他们说人本性是善这句话时,他们就说出了一种很伟大的思想,但是他们忘记了,当人们说人本性是恶这句话时,是说出了一种更伟大得多的思想。’在黑格尔那里,恶是历史发展的动力借以表现出来的形式。这里有双重的意思,一方面,每一种新的进步都必然表现为对某一神圣事物的亵渎，表现为对陈旧的，日渐衰亡的、但为习惯所崇拜的秩序的叛逆，另一方面，自从阶级对立产生以来，正是人的恶劣的情欲——贪欲和权势欲成了历史发展的杠杆。”[①]

在黑格尔那里，恶是历史发展动力的形式，而中国文化以人性本善对恶的否定，就使中国文化成为一种停滞的文化，甚至在马克思等经典作家那里，以中国为代表的东方也是文化停滞的类型，是静止不动的亚细亚生产方式。所以，鲁迅为了让中国文化从静止不动状态中走出来，就强调文化的否定性与批判性，推崇文化发展中的恶的力量。说鲁迅是一个文化恶魔，正是从这个角度着眼的。

人们对于将鲁迅说成是一个文化恶魔还是会有微词，因为恶总是不如善动听，而理论形态的解说也总是有点软弱无力。那么，我们就以改革开放前后的中国文化作为例子，来看看善与恶的变迁。

改革开放之前的文化理论乃至社会现实，是以人的善性为基础的。无论是合作化道路，还是人民公社的一大二公，都是假想人性的善良而让人互帮互助，让每个人都比亲兄弟还亲，在公众事务中，能够争先恐后，吃苦在前享受在后。在这种善性理论指导下，就展开了对恶的个人化与利己观念的批判。任何带有个人色彩的东西都被排斥，任何利己的观念都是恶魔的诱惑，甚至要“狠批私字一闪念”，让人在“灵魂深处爆发革命”……而一切充公的全民体制的工业与基本上都充公的人民公社化的农业，就是这种观念的现实外化。我们之所以说这是一种假想，就是因为这种体制与观念是带有强制色彩的，是不自由的文化形式。事实上，这种“一大二公”的观念与现实外化，导致了大部分人的偷懒磨洋工，人的潜力并没有充分发挥出来；另一方面，这种体制及其经常进行的观念运动，虽然成功地抑制了多吃多占的腐败，但是，由于这并非是个人的一种自觉而是一种强制，所以在抑制腐败的时候将个人的获取欲一同抑制了，搞得全社会普遍贫穷，只得借助供给制来分配贫乏的社会财富。

改革开放其实是仅仅鼓励了个人攫取财富的私有冲动与获取欲望，在工业以及相关领域允许个人办公司，允许个人“下海”捞钱；在农业领域将土地重新分配给农民，进行个人自由的耕种。与这种体制上的变化相适应的是观念上的思想解放，重新将个人的私有冲动的恶魔放了出来，对情欲与自由等价值

---

① [德]恩格斯：《路德维希·费尔巴哈和德国古典哲学的终结》，见《马克思恩格斯选集》第4卷，北京：人民出版社，1972年，第233页。

也进行重新估价。尽管这种肯定是有限度的，但是较之改革开放之前的将这种观念牢牢扼杀在思想中，却形成了鲜明的对照。尤其是对市场经济的肯定，无疑是唤醒了人们心中沉睡的恶魔。市场经济与自由竞争总是相伴而生的，一个公司的崛起总是伴随着其他公司的破产与工人的下岗，因此，自由竞争正是一种恶的文化形式。然而，正是在这种自由竞争中，个人的潜能得到了最大的发挥，社会财富也滚滚而来，不用凭票供应，社会财富也享用不尽。物质财富的极大丰富反倒是在自由竞争的恶性形式中，得到了实现。正是从这个意义上，我们才能更好地理解恩格斯对黑格尔的恶是社会发展的动力借以表现出来的形式的肯定，也更能把握鲁迅为什么要倡导恶的文化。

事实上，早在日本留学时期的鲁迅，在《文化偏至论》与《摩罗诗力说》等文章中考察了西方文化与文学的发展流变，一眼就看上了西方从近代才出笼的恶魔，并且义无反顾地试图反叛传统性本善的中和文学，以恶魔的强力文学惊醒沉睡的国人。从这个意义上说，鲁迅是中国文化史上一个有意倡导恶的文化与文学的人，他的出现，标志着东方文化恶魔的诞生。

“恶魔者，说真理也”：扶桑萌芽的“恶蓓蕾”

把鲁迅留日时期看成是“恶蓓蕾”的萌芽，可以从文化与文学两个方面来理解，而且这两个方面作为一种相互渗透的变奏，几乎伴随了鲁迅一生。因此，作于1907年的《文化偏至论》与《摩罗诗力说》，作为鲁迅在扶桑栽培的“恶蓓蕾”，成为鲁迅“五四”时期在文学创作上绽放“恶之花”的真正前奏。

我们先看鲁迅的《文化偏至论》。在这篇纲领性的文章中，鲁迅考察了西方文化的演进及演进模式，认为“物质”与“众数”是西方19世纪文明的特征，而20世纪的新文化应该是反物质与反众数的，是主观主义与个人主义的。鲁迅所推崇的新文化的代表，是尼采、叔本华、克尔凯戈尔、施蒂纳、易卜生等人。这些文化巨人的确充满了恶性，并且深刻地影响了20世纪的西方文化。精神分析学说对20世纪的文化与文学产生了广泛深刻的影响，但是作为精神分析学说的缔造者弗洛伊德，在创建他的精神分析学说的时候，都不敢去读叔本华的代表著作，因为叔本华对于意志的分析与弗洛伊德对于潜意识与“本我”的分析，有太多的相似之处。而在20世纪西方哲学中占据显赫位置的存在主义哲学，几乎都把克尔凯戈尔、尼采推为这一学说的先驱。

从黑格尔与恩格斯的论述中，我们知道，恶的文化是一种否定性与亵渎性的文化，是一种新生文化对旧文化的颠覆性活动。而且善的文化一向是以合群性与整体性著称的，而恶的文化则是一种自我觉醒之后的个人主义的文化，其具体表现往往是以个人的形式反抗合群的整体。在鲁迅推崇的新文化代表人物中，几乎都具有这种恶的文化特征。用鲁迅的说法，这种文化就是“以反抗破坏充其精神，以获新生为其希望，专向旧有之文明，而加以掊击扫荡”。克尔凯戈尔否定了黑格尔的哲学体系，原因就在于黑格尔的体系也是从黑格尔自我的文化语境出发的，并不具有黑格尔所标榜的客观性。而且克尔凯戈尔作为不反宗教的存在主义者，认为宗教是一种极为个人主义的活动，无法诉诸群体。易卜生作为克尔凯戈尔哲学的一个创造性的诠释者，与社会旧习与群体众数进行了激烈的战斗，他的《社会公敌》中的人物，为了反对群体的盲目性而不惜成为“社会公敌”。他以极端的个人主义者为世界上最强有力的人，认为在船快要沉了的时候最重要的是救出自己。叔本华则将康德的自然变为“表象”，将康德的“物自体”变为“意志”，认为意志是盲目而非理性的。既然世界的本体是意志，而意志又是盲目非理性的，实际上叔本华就从哲学本体的角度肯定了人的恶性。

如果说在认识论上以意志为世界本体而在伦理学上又否定意志的叔本华，在哲学体系上有着忧郁不定的矛盾，那么，同样以意志为世界的本体而高扬意志的尼采，就成为恶的赞美者。尼采称哲学家是“危害一切事物的炸药”，称自己就是炸药，是第一个反道德者，是根本的破坏者。他在第一部哲学著作《悲剧的诞生》中对酒神狄俄尼索斯的推崇，就是对“痛苦、罪恶以及对人生一切可怕而可疑的东西之肯定”。尼采作为一个反道德者，对一切善良的价值表示怀疑和否定。人说基督教是倡善的宗教，他却认为推崇博爱的基督教起源于一种憎恨心理。人说良心是善性的表现，尼采却反驳说，所谓良心“是一种残忍本能，当这种残忍本能不能再向外发泄时，便回过来对自己发泄”；而且“善良者”这个观念也容纳了“一切柔弱、病态、祸害和自苦”的应该消灭和淘汰的东西。人说爱是善的，恨是恶的，尼采却认为爱是基于恨：“爱的方法是交战；爱的基础是两性间的不共戴天的怨恨。”尼采还指责比爱次一级的同情和怜悯，他说“我的经验使我有理由怀疑一切所谓‘不自私’的倾向以及所有的‘亲切友爱’”。然后，尼采便展开了对善的抨击与对恶的赞颂。尼采说：“高估善良和仁慈的价值是颓废的结果，是柔弱的象征，是不适于一种高扬而肯定的生命的。否定和灭绝是肯定态度的条件。”也就是说：“高贵的人想创造新事物与新道德。善良的人们却需要旧事物，保存旧事物。”关键问题是，“善良者的存在条件是虚伪：或者用另一种话来说，就是不愿知道现实是如何构成的。视一切痛苦不幸为障碍和必须破坏的东西，完全是一种愚蠢的行为”。而且，“善良的人们从来不说真话。善良者教你们走向错误的海岸和港湾。你们生长在善良者的谎话中。由于善良者，所有事物都已变成虚伪的而且歪曲根本”。换句话说，“要求每个人都成为‘善良的人’、合群的动物、蓝眼、仁慈、‘美的灵魂’”，成为像斯宾塞所希望的那样的利他主义者，“那就等于剥夺人类最伟大性格，那就等于阉割人类而把他变成一个可怜的东西”。“当群众动物以其最纯粹的美德之光而照耀时，那特出者就一定会被贬为邪恶的人”。“因此，查拉图士特拉，这个第一位了解善良者之心理状态的人，便是恶人的朋友”。而且尼采说，正义者会把他的超人称为“恶魔”(devil)。[①]

鲁迅在《文化偏至论》中最推崇的要数尼采，说他是“个人主义之至雄桀者”，说尼采希冀的是“意力绝世，几近神明之超人”，并且在文章中还援引尼采《查拉图斯特拉如是说》中的话为同道。正是在这种具有否定意义的恶的文化召唤下，鲁迅在《摩罗诗力说》中开始推崇“恶魔派文学”，希冀中国出现像恶魔派诗人一样的精神界之战士。

有了恶魔派诗人做榜样，鲁迅在《摩罗诗力说》中一开始便展开了对中国善的诗歌传统的批判。鲁迅说，中国的政治，理想就在剿除恶魔，使反抗挑战的对立面化为乌有。恶魔不仅为帝大禁，而且也为民大禁，因为谁都愿意过宁静的太平无事的生活。但是诗歌不可灭尽，于是就给诗歌设下了种种的禁区。“如中国之诗，舜云言志；而后贤立说，乃云持人性情，三百之旨，无邪所蔽。夫既言志矣，何持之云？强以无邪，即非人志”。鲁迅反问：自由怎么会在鞭策羁勒之中存在呢？但是鲁迅说，中国此后的诗歌，果然也就没有恶魔品格，而且大都是颂祝主人、媚悦豪右、悲慨世事、感怀前贤、心应虫鸟、情感林泉的可有可无之作，不能舒两间之真美。即使在自杀之前顾忌皆去而放言无惮为前人所不敢言的屈原，在恶魔派诗歌的比较之下，“亦多芳菲凄恻之音，而反抗挑战，则终其篇未能见，感动后世，为力非强”。当然，以“无邪”要求文学的并非只有传统中国的诗论，鲁迅从比较诗学的角度指出，西方那些以社会学观点评诗的人，要求诗人根据丰富的社会经验，使作品与人类普遍观念一致，总之，“要在文章与道德有关”。在他们看来，文学得以流传是因为弘扬了普遍的道德，反道德的文学则不能流传于世，即使流传也是暂时的。“无邪之说，实与此契”。鲁迅认为，将来如果中国有文艺复兴的日子，肯定会出现以普遍道德责难自由感情抒发的人。在这里，鲁迅已经为后来自己批判胡梦华、与梁实秋论争埋下了伏笔。

“摩罗”是佛教传说中的魔鬼，类似于基督教文化中的撒旦。所以在《摩罗诗力说》中，鲁迅在介绍拜伦等诗人之前，先叙述《旧约》并且替恶魔辩护。鲁迅说，神造了亚当、夏娃之后，将之放到有知识之树与生命之树的伊甸园中，神禁止人吃知识之树上的果实，于是恶魔使蛇诱惑夏娃吃了禁果并且有了知识。

---

① 参见尼采《悲剧的诞生》、《善恶的彼岸》、《查拉图斯特拉如是说》，尤其是自传《瞧！这个人》。

神发怒将人逐出乐园，人就厌弃撒旦。然而鲁迅说，亚当无知无识住在伊甸园，与禽兽没有什么两样，如果没有恶魔的诱惑，就不会有具备知识的人类。所以鲁迅认为，中国最需要的异邦的“新声”，首推“立意在反抗，指归在动作，而为世不甚愉悦”的恶魔诗派，而这一诗派的宗主就是被骚塞称为撒旦的拜伦。

鲁迅对拜伦的介绍，多取自木村鹰太郎，但是鲁迅进行了取舍，凡是符合恶魔性的材料，鲁迅都加以突出。因此，《摩罗诗力说》对拜伦的介绍基本上是围绕着其恶魔性而展开的。鲁迅推崇拜伦《海盗》中的康拉德以强力意志为贼首领，以孤身一人反抗社会，“国家之法度，社会之道德，视之蔑如”。接着，鲁迅又介绍了痛苦至极怀疑一切，犯了许多隐秘罪恶却以其自由的主体在反抗神鬼中凸现其强力意志的《曼弗雷特》。但是，鲁迅对拜伦以恶魔反抗上帝的宗教题材的作品，无疑更感兴趣。在介绍《该隐》和《天地》的时候，鲁迅从恶魔的角度，对全能至善的上帝发出了一系列的怀疑追问：恶魔倘无大的威力，怎么会以一言而令上帝的禁令失效，使人类走出伊甸园呢？撒旦是上帝自创的恶物，但是上帝却加以惩罚，并且祸及人类，上帝怎么能说得上仁？该隐给上帝献的是纯洁的果子，亚伯给上帝献的则是血腥的羔羊，上帝不喜果子而嗜血腥，又怎么称得上慈？上帝据说是全知全能的，但是却经常后悔，那能说是全能？“手造破灭之不幸者，何幸福之可言？”就这样，鲁迅从拜伦的恶魔立场出发，对上帝及其代表的善的文化传统进行了无情的颠覆。

鲁迅在《文化偏至论》中最推崇的是尼采，在《摩罗诗力说》中最推崇的是拜伦。在尼采与拜伦之间，有一种密切的精神联系，就是二人身上的恶魔性。罗素在《西方哲学史》中就说，拜伦笔下的康拉德与尼采笔下的查拉图斯特拉，是“不无相似的贤人”[①]。拜伦对霹雳雷火般罪恶的赞颂，以自己为恶魔对上帝的反抗挑战，以及为善为恶皆出于己而无出于人的强力意志，深深地引起了尼采的共鸣，以致尼采在其自传《瞧！这个人》中，说人们一定会把他与拜伦的曼弗雷特联系在一起，甚至说有谁敢在拜伦的《曼弗雷特》前妄谈什么歌德的《浮士德》，谁就只能得到蔑视！拜伦那种你说我恶我就更恶的个性，深深吸引了尼采。当英国上流社会称拜伦是恶魔的时候，拜伦并没有辩解，反而以恶人自居。英国人说他与同父异母的姐姐奥古斯塔通奸，他就在《该隐》中描绘亚当与夏娃的儿女结婚是正常而必然的。他甚至计划写一本书，说他杀了许多

---

① [英]罗素：《西方哲学史》下册，北京：商务印书馆，1982年，第299页。

男人、奸了许多女人,以回击英国社会对他的种种传言。勃兰兑斯说,拜伦在威尼斯的性放荡,在很大程度上是他以为这会在英国社会造成轰动一时的丑闻。所以当《海盗》发表之后,"有即以海贼字裴伦者,裴伦闻之窃喜"。

但是拜伦毕竟不是尼采。鲁迅在《摩罗诗力说》中也看到了拜伦与尼采的差异:尼采说因为强者胜弱者,弱者就将强者称为"恶",所以"恶"实际上是强者的代称;而拜伦则说自己力弱,才被强者称为"恶",如果自强彼弱,那么善恶就会变换。其实尼采与拜伦的差异,在于尼采为了培植强者、超人不惜牺牲粗制滥造的弱者、末人,而拜伦力抗强者却对下层的弱者表示同情。拜伦是作为撒旦与上帝抗战的,而尼采则说上帝死了。拜伦仅仅是在痛苦中磨炼自己的意志,而尼采则将意志上升为本体,甚至不惜肯定战争来磨炼意志。在所有这些方面,尼采比拜伦走得更远,也更极端。所以,尽管鲁迅更推崇尼采,但是他的文化选择无疑更接近拜伦。他为拜伦的恶性辩护的时候,也显得极为真诚:"即一切人,若去其面具,诚心以思,有纯禀世所谓善性而无恶分者,果几何人?遍观众生,必几无有,则裴伦虽负摩罗之号,亦人而已,夫何诧焉。"甚至鲁迅看取拜伦笔下的恶魔而为现代中国建立的启蒙结构,都是从《摩罗诗力说》介绍拜伦的文字中生发出来的。

鲁迅将拜伦《该隐》等诗中的上帝看成中国传统文化与现实统治者的象征,将亚当等看成愚昧不觉悟的群众,而自己则化做魔鬼对该隐进行反抗上帝的启蒙。他"自尊而怜人之为奴,制人而援人之独立",重独立而爱自由,"苟奴隶立其前,必衷悲而疾视,衷悲所以哀其不幸,疾视所以怒其不争"。那么,对于亚当等愚昧群众,恶魔撒旦为什么要怒而制之?因为他们和上帝是一个共同敌视撒旦的统一体,换句话说,是亚当之后人类忍从的奴性,以及跟从上帝对撒旦的排斥,造就了上帝的淫威。撒旦给人类带来了知识却遭人类的诅咒,"以撒但之意观之,其为顽愚陋劣,如何可言?将晓之歘,则音声未宣,众已疾走,内容何若,不省察也。将任之歘,则非撒但之心矣,故复以权力现于世"。这就是为什么撒旦要"上则以力抗天帝,下则以力制众生"。他制众生,是为了众生起来共同反抗上帝,"倘其众生同抗,更何制之云?"在这里,鲁迅通过对拜伦作品的介绍,基本上建立了自己改造国民性的启蒙结构,对传统以及承担传统的现实统治者要"反抗挑战",对奴隶群众要"哀其不幸,怒其不争",他本人以及一切觉醒的知识分子,则应该是恶魔一般的"精神界之战士","所遇常抗,所向必动,贵力而尚强,尊己而好战……如狂涛如厉风,举一切伪饰陋习,悉与荡涤,瞻顾前后,素所不知,精神郁勃,莫可抑制","不克厥敌,战则不止"。

一个值得注意的现象是，雪莱虽然也被称作恶魔，但却是冤枉的，正如勃兰兑斯在《十九世纪文学主流》中指出的：“雪莱之与拜伦，正如善守护神之与恶守护神。”雪莱的单纯、静思与拜伦的复杂、绝望形成了鲜明的对比。雪莱对社会的陈规陋习也有否定的恶的一面，但是，更多的是对爱与美、正义与善的肯定。这一点与拜伦至为不同，拜伦往往否定一切，他的无边无际的痛苦颓废与悲观绝望，就是由这种否定一切而导致的。雪莱宣扬“无神论的必然性”，但是他对于美与善的本体之神却是深信不疑，他在《伊斯兰的起义》的《序言》中也说，被谴责的仅仅是对上帝所抱的谬误卑下观念，而不是上帝本身，在《诗辩》中则要依据原存于造物主心灵中的人性的不变形态创造诗歌。因此，笔者在《鲁迅与英国文学》一书中，通过大量的论证，表明英国人以及后来的文学研究者，是被雪莱所戴的凶神恶煞的面具给欺骗了，透过雪莱恶魔的面具会看到一个善的精魂。事实上，雪莱的善良、和谐理想，尤其是他对敌人的博爱精神，与托尔斯泰主义倒是不无相似之处。但是，鲁迅为了张扬恶的文学，不仅没有修正对雪莱的种种传统误读，反而更加夸大雪莱的恶魔性，甚至在某些地方不惜与事实有出入。当然，鲁迅对雪莱的改写总体上来说是巧妙的，就是根据已有的材料，突出雪莱的恶魔性而不计其温和柔弱的善良精魂。所以《摩罗诗力说》中的雪莱与其说是像雪莱，倒不如说是像拜伦，也有点像尼采。[①]

鲁迅认为，拜伦与雪莱的恶魔派诗歌“力如巨涛，直薄旧社会之柱石”，而且其恶魔精神流衍广播，进入俄罗斯起“国民诗人”普希金，进入波兰起复仇诗人密斯凯维支和斯洛伐斯基，进入匈牙利起爱国诗人裴多菲……那么，进入中国，则起鲁迅。在《摩罗诗力说》中，鲁迅就是以拜伦恶魔精神的倡导者或者说中国的“精神界之战士”自任的。他要以尼采恶的文化哲学、拜伦的恶魔诗力，唤醒宁静的东方，沉睡的中国。不过，不能将鲁迅简单地与拜伦相提并论，因为在经过了尼采、克尔凯戈尔、叔本华等现代文化的开路人的洗礼之后，使鲁迅这一后起的恶魔身上的浪漫主义精神变淡，而现代主义精神变浓。所以，鲁迅在日本时喜欢的小说家，大都与现代主义有千丝万缕的联系。譬如鲁迅喜欢的安德烈耶夫，他的作品就具有象征主义的文学特征，并且在作品中律动着一种恶魔的美。鲁迅不仅为《域外小说集》翻译了他两篇小说，而且后来也不断提到他。周作人甚至不理解鲁迅为什么喜欢带有病态的安德烈耶夫，他甚至推测鲁迅喜欢安德烈耶夫与他喜欢李贺有关。后来鲁迅在介绍安德烈耶夫

---

① 详见拙著《鲁迅与英国文学》第二章《鲁迅与雪莱》，西安：陕西人民教育出版社，1996 年。

的时候，说安德烈耶夫认为世界是非理性的，绝望是有大威力的。鲁迅稍后接触到的阿尔志跋绥夫，也具有颓废主义的现代特征，他的《工人绥惠略夫》中的主人公射杀一切人，向一切人复仇的精神，显然是恶魔精神的再现。

鲁迅不仅与拜伦有所差异，而且与尼采也不尽相同。鲁迅虽然张扬恶的文化哲学与恶魔诗力，然而几乎同时，鲁迅对托尔斯泰主义的认同，使善之精魂对鲁迅所张扬的恶魔精神有所制衡。托尔斯泰张扬善性，反对战争，提倡勿以暴力抗恶，有点人打你左脸你要把右脸也转过去的意味。他为了善，甚至主张牺牲生命的乐趣，提倡禁欲主义。正因为对尼采、拜伦的恶魔精神的张扬与对托尔斯泰主义道德自我完善的认同，造成了鲁迅心中一种不可调和的矛盾，所以在刚刚写出《摩罗诗力说》之后，鲁迅又写了一篇《破恶声论》的文章，在宣扬托尔斯泰反诸己的良心的同时，反对“破迷信”、“崇侵略”等恶声。

鲁迅在扶桑栽培的仅仅是“恶蓓蕾”，如果没有后来盛开的“恶之花”，他的发表在日本的中国留学生刊物《河南》上的《文化偏至论》与《摩罗诗力说》等文章，也许早就被历史的尘沙给掩埋了。

绝望奋战的悲观启蒙：北京盛开的“恶之花”

1918年的北京，是鲁迅这朵诗性的“恶之花”真正在中国文坛绽放的地方。也许，对于在1915年创办，在1917年就发起了一场文学运动的《新青年》而言，这朵“恶之花”开放得迟了一些，但是对于中国传统文化乃至善良老实的国民而言，这是一朵真正有毒的“恶之花”。这并不是说，“五四”时期鲁迅翻译过《恶之花》的作者波德莱尔的作品，因而就被称为诗性的“恶之花”。徐志摩也翻译过波德莱尔的作品，却受到了鲁迅的嘲弄。因为鲁迅厌弃徐志摩作品轻飘飘的温柔，而呼唤富有强力色彩的恶魔诗力。所以，恶魔的品格渗透在鲁迅“五四”时期绝大部分作品中，构成了鲁迅之为鲁迅的主要特征。换句话说，鲁迅在留日时期进行理论倡导的恶的蓓蕾，在“五四”时期才真正在创作上得以绽放。

从蓓蕾到花朵，是顺理成章的发展，因此，任何强调鲁迅“五四”时期偏离乃至背叛留日时期的论调，都是对鲁迅有意无意的误读。鲁迅自己也说，他的小说创作是年轻时代不能忘却的梦的结果，又说在作小说前靠的是读了百来篇外国小说和一点医学的知识，而鲁迅的学医以及所读的小说，大都是在日本留学时所为。而且将留日时期的鲁迅称为“恶蓓蕾”，还蕴涵着这样的意思，就是鲁迅在日本对恶的文学的理论倡导与翻译活动，几乎是在默默无闻与无人理睬中进行的，用鲁迅的话说，就是奔驰在无人赞成也无人反对的沙漠中。但是，鲁迅的理论研讨与翻译活动却成为后来一个文学大师的产生的基因。到了1918年的北京，潜伏在鲁迅心中的恶魔之火才真正在中国文坛上燃烧起来。

在《文化偏至论》与《摩罗诗力说》中，鲁迅是呼唤中国出现反抗挑战、惊世骇俗、绝望奋战的恶魔——“精神界之战士”，而到了1918年之后的北京，鲁迅就变成了“这样的战士”，向着微温、中道、阴柔、妥协、老实、本分、善良的国民掷出了投枪。鲁迅以狂人式的“个人的自大”反对阿Q式的“合群的自大”,[①]极为推崇易卜生的“世界上最强有力的人,就是那最孤独的人”,以独异的自我“向庸众宣战”。鲁迅就是这样露出了“毒牙”,既向固有的文化传统挑战,又与善良的“合群者”冲突。这种卓尔不群的“孤独者”,从合群的善良的“庸众”看来,就是“恶人”。

在鲁迅看来,自由与恶性总是相联系的。但是,在儒家善的伦理教化下,中国人不但排斥恶,而且也丧失了自由,变成了只求在“太平盛世”做奴隶的老实、忠厚、本分、稳妥的国民。“乱离人,不及太平犬”这句格言,表明中国人为了苟活性命,宁愿做老实本分听话的奴才。因此,鲁迅为了捣毁中国这个绝无窗户并且万难毁坏的“铁屋子”,就呼唤一种自由的恶性。羊是一种善良的动物,然而羊的善良,正在于它是在牧人的驯化下丧失了自由。那些自称为中国的“智识阶级”的人说:“羊总是羊,不成了一长串顺从地走,还有什么别的法子呢?君不见夫猪乎?拖延着,逃着,喊着,奔突着,终于也还是被捉到非去不可的地方,那些暴动,不过是空费力气而已矣。”于是,鲁迅把中国的“智识阶级”比作一群为胡羊领路的“聪明”的山羊,把胡羊比作奴隶群众,把牧人比作统治者。只要牧人看上了聪明的山羊,“人们,尤其是青年,就都循规蹈矩,既不嚣张,也不浮动,一心向着‘正路’前进了”。鲁迅说:“这计划当然是很妥帖,大可佩服的,然而,君不见夫野猪乎?它以两个牙,使老猎人也不免于退避,这牙,只要摆脱了牧豕奴所造的猪圈,走入山野,不久就会长出来。”[②]有人说,“人+兽性=西洋人”,但鲁迅却另有看法:“野牛成为家牛,野猪成为家猪,狼成为狗,野性是消失了,但只是使牧人喜欢,于本身并无好处。……倘不得已,我以为还不如带些兽性,如果合于下列的算式倒是不很有趣的,人+家畜性=某一种人。”[③]

如果将鲁迅对于野牛与家牛、野猪与家猪、狼与狗的理论逻辑推理到人类社会来,那么对于个人来说,驯良与善性仅仅是对于作为牧人的统治者有利,对于个人却并无好处。那么,在推崇个人自由的“五四”时代,鲁迅对恶性与野性的肯定也就不难理解了。于是,鲁迅真正成了“上以力抗天帝,下以力制众生”的恶魔。所谓“制”众生,是因为众生驯良得与天帝一体,所以鲁迅才像拜

---

① 鲁迅:《热风·三十八》。

② 鲁迅:《华盖集·一点比喻》。

③ 鲁迅:《而已集·略说中国人的脸》。

伦一样对他们“哀其不幸，怒其不争”，才像撒旦一样对他们进行启蒙。而鲁迅撒旦式的启蒙，正是要让每个个人具有撒旦式的恶魔性。

在鲁迅看来，中国的奴隶国民驯良、善良、老实，却又聪明、世故、圆滑。当暴政临头的时候，他们不仅会忍从，而且对于暴政的冰霜降临到自己除外的别人的头上，麻木不仁；如果反抗暴政的人遭殃，他们甚至会怪他不会明哲保身而自鸣得意。而且一个人的反抗纵使换来了对于其他人的宽容，但是首先吃亏的却是自己，因为“枪打出头鸟”。于是，中国人对于有权势的腐败分子不是去揭发，去挑战，去抗争，而是去“捧”，去巴结，去送礼，于是在群起而捧之而后，不捧不送礼者自然倒霉。鲁迅指出，君不见黄河，“捧”的大堤越高，泛滥起来的时候就越是伤人无数？更可怕的是，许多人反对贪暴与邪恶、强权与专制，却又稀里糊涂地向这卑怯、善良、老实、软弱的国民认同，甚至加以赞许，这不是从反面助长贪暴与专制吗？

鲁迅在进行撒旦式的捣毁“铁屋子”的启蒙的时候，与拜伦一样悲观绝望。所以，鲁迅与“五四”时期其他启蒙者不同的恶魔之性，就在于他认为他的启蒙为启蒙对象带来的不是精神上的快乐，而是觉醒后的痛苦。鲁迅在《呐喊》的《自序》中，既说了自己因为绝望而迟迟不肯介入新文化运动，又说了自己对于启蒙并不抱什么希望，当钱玄同说希望在于将来的时候，鲁迅还说不能以自己的“必无”去折服他的“必有”。而且鲁迅还说，唤醒他们是让他们来同尝苦果。在《娜拉走后怎样》中，鲁迅说做梦的人是幸福的，人生最可怕的是梦醒了无路可走。在《两地书》致许广平的信中，鲁迅又说人一走出麻木境界，便即增加痛苦，而且无法可想。从喜欢欢乐的善男信女们的眼光看来，给他们带来痛苦的鲁迅不是“狂人”便是“恶人”。然而，这却是鲁迅创作的一个动力。在提到印刷《坟》的理由的时候，鲁迅是这样说的：“自然因为还有人要看，但尤其是因为又有人憎恶我的文章。说话说到有人厌恶，比起毫无动静来，还是一种幸福。天下不舒服的人们多着，而有些人们却一心一意在造专给他们舒服的世界。这是不能如此便宜的，也给他们放一点可恶的东西在眼前，使他有时小不舒服，知道原来自己的世界也不容易十分美满。苍蝇的飞鸣，是不知道人们在憎恶他的；我却明知道，然而只要能飞鸣就偏要飞鸣。我的可恶有时自己也觉得，即如我的戒酒，吃鱼肝油，以望延长我的生命，倒不尽是为了我的爱人，大大半乃是为了我的敌人，——给他们说得体面些，就是敌人罢——要在他的好世界上多留一些缺陷。”[①]当然,恶魔并非针对敌人的时候才是恶魔,对于朋友,鲁迅也意识到了他的作品的黑暗面:“发表一点,酷爱温暖的人物已经觉得冷酷了,如果全露出我的血肉来,末路正不知要到怎样。”[②]

当然,我们并不是说,鲁迅“五四”时期的思想是留日时期的翻版,因为谁也不会将蓓蕾与花朵混同。如果说留日时期鲁迅偏于“立”,“立”一种“精神界之战士”的理想人格,所以无论是理论或翻译活动都是偏于倡导,那么,经过了近10年的沉默之后,“五四”时期鲁迅则偏于“破”,他在悲观绝望中进行捣毁“铁屋子”的惨烈的战斗。所以,“五四”时期鲁迅对于任何理想的“黄金世界”,都表示深深的怀疑,他甚至说在将来的黄金世界里,也会将叛徒处死。他对于新俄的主义表示“冷淡,怀疑”,对于周作人的“新村主义”不感兴趣,对于钱玄同相邀讨论世界语也没有热心,而是集中全力捣毁传统的“铁屋子”。他似乎已经摒弃了留日时期惯于倡导的特征,让他给青年指路,他说自己都无路可走,怎么能为别人指路。而这正是鲁迅恶魔的否定性的表现。

留日时期鲁迅推崇拜伦的绝望奋战,但是从《文化偏至论》与《摩罗诗力说》等文章的行文来看,鲁迅当时还是洋溢着乐观之情的:“二十世纪之新精神,殆将立狂风怒浪之间,恃意力而辟生路者也。”这种文笔,在留日时期的鲁迅的文章中是经常见到的,但是在“五四”之后的文章中则是罕见的。换句话说,鲁迅在留学日本期间对于绝望、悲观的拜伦与将生命看成是悲剧的尼采的赞美,仅仅是理论上的。而在经过了近10年的沉默之后,这种绝望与悲剧精神才真正为鲁迅深深地体味到。特别是在“五四”新文化运动退潮之后,鲁迅对留日时期就张扬的尼采、克尔凯戈尔等存在主义先驱者的接受,才真正内在于鲁迅的精神。

从1918年的北京,到1927年的广州,是鲁迅以恶魔诗力撼动中国以性善为主导的文化传统的最有力的10年。鲁迅声望所系的大部分作品,都是在这10年中创作的。如果没有鲁迅这10年的创作,那么,中国的文学史与文化史恐怕都要改写。而且仅仅以文学创作而论,在这10年中鲁迅在小说、散文诗、散文与杂文等领域都取得了辉煌的成就,使鲁迅的恶魔性得到了充分的展示。

---

① 鲁迅:《坟·题记》。

② 鲁迅:《坟·写在〈坟〉后面》。

多疑与刻毒:鲁迅与众不同的人格精神

现在,非议鲁迅者往往在鲁迅的性格上找借口,什么“多疑”、“尖刻”、“刻毒”,一句话,就是对人不宽厚。他们能够容忍自称炸药以挑战别人为看得起别人的尼采,却不能容忍鲁迅。他们最大的误区,就是用崇神的善人的标准去要求一个文化恶魔。而他们本身却又往往以恶魔的面目出现,这是多么荒谬的逻辑。

事实上,他们眼中的鲁迅性格上的弱点,正是鲁迅恶魔性的表现。“多疑”,就是对现存的道德秩序都画一个批判的问号,无论它以多么堂皇的面目出现,披着何种漂亮的绸纱。“尖刻”,就是透过表面现象,一针见血地看穿其真面目。而“刻毒”,则是对于一切披着漂亮外套的病体,毫不留情地予以揭露。因此,“看透了造化的把戏”的鲁迅,就“刻毒”地撕下了“宽让大度”的真实面目,而露出其顾惜生命而缺乏勇气的实质:他并不否认宽恕是一种美德,但他“立刻也疑心这话是怯汉所发明,因为他没有报复的勇气,或者倒是卑怯的坏人所创造,因为他贻害了人而怕人来报复,便骗以宽恕的美名”。鲁迅很善于知人论世,他反复说,自称强盗的无须防,自称正人君子的必须防。按照这一逻辑推理,自称恶魔的无须防,自称神人与善人的必须防,因为他行善为神就需要你付出牺牲去报答他。而对于那些为了自己利益而损害别人的人,鲁迅也不主张纵容。“不打落水狗,反被狗咬了”,以善去面对恶只能助长恶。有人说忠厚是一种美德,但是鲁迅却认为,说忠厚是无用的别名虽欠刻薄,然而细细想来也并非唆人作恶之谈,乃是归纳了许多苦楚的经历之后的警句。[①]

鲁迅的“刻毒”不仅仅是针对别人的,而且也针对自己的主体。在“五四”文坛上,很少有作家像鲁迅那样真诚地正视自己心中移动的游蛇,袒露自己的

---

① 鲁迅:《坟·论“费厄泼赖”应该缓行》。

"毒气"与"鬼气"。正是这个"黑暗与虚无"、"毒气与鬼气"的自由主体,透露出一种反抗绝望的强力意志。鲁迅说,他承受不了别人太多的施舍,因为他会由于感激而妨害了自己的自由主体,在面对羔羊的时候无法自由地露出狼牙,而且太多的善意会使他没有袒露自己内心阴暗的勇气。而社会的冷落、人群的恶意与"流言"的中伤,会使他的笔变得格外犀利,自由地相打相骂。在与正人君子斗的时候,那些体面的正人君子也会感到很冤枉,因为他们确实是诚心地劝鲁迅也体面些。他们错就错在他们面对的是一个不要体面的恶魔,这个恶魔不仅撕碎了他们在"公理"与"正义"等漂亮绸纱遮盖下的自私嘴脸,而且将自己内在的恶性也袒露无遗。鲁迅说,只有在正人君子不再装腔作势,臭架子打得粉碎的时候,才有与他对话的资格。因此,鲁迅给正人君子"圆满"的好世界,留下了深深的缺陷。泪水是软弱的表现,鲁迅推崇"无泪的人",他以血赠答,"但又各各拒绝别人的血"。"杀了无泪的人,一定连血也不见:爱人与仇人无可悲欢","这是他的报恩与复仇"。① 然而在更多的时候,鲁迅强力的恶性遇到的往往是沙漠般的沉静,使他感到无可措手的寂寞。鲁迅后来还说:"我先前的攻击社会,其实也是无聊的……我之所以偷生者,因为他们大多数不识字,不知道","否则,几条杂感,就可以送命的,民众的罚恶之心,并不下于学者和军阀"。②

除了"多疑"、"刻毒"与冷峻,高傲无疑也是鲁迅的一个性格特征。不少人从这个角度非议鲁迅,而最早提出这种看法的当推夏志清。他在《中国现代小说史》中说:"鲁迅的狂傲使他根本无法承认错误。"但这却与他在评论《故乡》时发现鲁迅作品中"屡见的坦诚",矛盾而不能并存。从某种意义上说,鲁迅的高傲正是他作为文化恶魔的一种思想性格。从留日时期对"刚愎主己,无所顾及"的拜伦、尼采的赞美,到"五四"时期倡导"个人的自大",鲁迅的确是推崇高傲的。在现实生活中,鲁迅很少向压力或舆论低头,具有你这么说我偏要那么做的高傲个性。当然,这种高傲不是说鲁迅瞧不起人,而是说在荒漠般的语境中,一个自由的主体要伸张自己的个性而不随波逐流,就必须具有高傲的强力意志。在人群中,人们一向以谦虚为美德,反对骄傲与一意孤行。但是鲁迅却另有看法:"假如是一个腐败的社会,则从他所发生的当然只有腐败的舆论,如果引以为鉴,来改正自己,则其结果,即非同流合污,也必变成圆滑。据我的意

① 鲁迅:《华盖集·杂感》。
② 鲁迅:《而已集·答有恒先生》。

见，公正的世评使人谦逊，而不公正或流言式的世评，则使人傲慢或冷嘲，否则，他一定要愤死或被逼死的。"[1]

鲁迅在《而已集》中的《"意表之外"》一文中承认"天下以我为可恶者多"，但他又绝不想以其不可恶而博得人们的好感："我所憎恶的太多了，应该自己也得到憎恶，这才有点像活在人间，如果得到的乃是相反的布施，于我倒是一个冷嘲，使我对于自己也要大加侮蔑。"[2]所以，鲁迅对于从正面来的"青年叛徒的领袖"并不在意，对于"青年的导师"更是不敢领受，因为他自己也苦于无路可走；但是对于从反面来的"土匪"、"学匪"却津津乐道，并自称"学匪"，称自己的书房为"绿林书屋"，称自己的一篇杂文为《匪笔三篇》。而且既然被称为"土匪"，那么"倘遇见老实人，也许夺他食物来充饥"[3]。尽管如此，鲁迅还"自惭究竟不及白人之毒辣勇猛"[4]。在鲁迅的性格中，是很有一点拜伦与尼采式的你说我恶、我就恶一点给你看的个性的。自称"土匪"且不说，成仿吾说他"闲暇，闲暇，第三个闲暇"，鲁迅就给自己的杂感集取名为《三闲集》，郭沫若说鲁迅是"封建余孽"，鲁迅就屡次用"丰余"或"丰之余"的笔名发表杂感。

"毒"与"恶"相伴而生，而称"恶毒"。鲁迅思想性格中既然充满恶性，那么就不会没有毒性。鲁迅说自己的思想中有"毒气"与"鬼气"，便是强有力的明证。而且对于觉醒的青年，也希望其有点"毒性"。在写给许广平的信中，鲁迅嫌女性的文章"只有小毒而无剧毒"。在写给新潮社的信中，鲁迅说："从三皇五帝时代的眼光看来，讲科学和发议论都是蛇，无非前者是青梢蛇，后者是蝮蛇罢了；一旦有了棍子，就都要打死的。既然如此，自然还是毒重的好。"[5]

鲁迅的恶魔性格，使他成为一种非正统、非正宗、非常识的文化类型。周启明说："鲁迅对于古来文化有一个特别的看法，凡是'正宗''正统'的东西，他都不看重，却是另外去找出有价值的作品来看。"[6]这种非正统意识表现在文化上，使他喜欢野史而批判正史，远离神仙而表同情于孤魂野鬼；表现在政治立场上，就是厌恶台上的国民党，而同情台下的共产党；表现在哲学选择上，就是厌恶孔孟程朱的正统而私爱老庄、韩非以及"非汤武而薄周孔"的魏晋人物，

---

① 鲁迅：《译文序跋集·〈书斋生活与其危险〉译者附记》。

② 鲁迅：《华盖集·我的"籍"和"系"》。

③ 鲁迅：《两地书·三》。

④ 鲁迅：《华盖集续编·我还不能"带住"》。

⑤ 鲁迅：《集外集拾遗·对于〈新潮〉一部分的意见》。

⑥ 周启明：《鲁迅的青年时代》，北京：中国青年出版社，1959年，第55～567页。

远离康德、黑格尔的正宗理性哲学而更喜欢非理性非正统的尼采、叔本华的哲学；表现在文学选择上，就是爱《楚辞》而冷淡《诗经》，对现实主义较为冷淡而更喜欢浪漫主义与现代主义。在浪漫主义之中，他远离与正统较近的司各特、湖畔派诗人而更喜欢以非正统的撒旦自居的拜伦。从这个意义上说，任何人想把鲁迅扶上正宗与正统的位置，都是对鲁迅的一种反讽。

直面惨淡的人生:鲁迅恶的文学观

人们对鲁迅美学与文艺思想的研究,总是强调其“善”的一面,然而,具有讽刺意味的是,鲁迅在第一篇美学与文学论文《摩罗诗力说》中,就否定了“无邪之说”而推崇“恶魔诗力”。“五四”时期,鲁迅批判中国传统善的文学观而倡导恶的文学观,几乎在作家论、创作论与鉴赏论等方面全面开花。因此,讨论鲁迅的文学观而绝对不能忽略其中恶的成分,因为这是鲁迅之为鲁迅文学观的特色所在。

鲁迅认为,恶的作家首先应当具有一种对传统与现实不妥协的怀疑精神、批判精神和否定精神。因为对事物肯定的善,往往会导致保守与因循守旧,而对事物否定的恶,才会导致对现状的超越而使历史进步。也正是从这个意义上,黑格尔认为“恶是历史发展的动力借以表现出来的形式”。然而,中国的传统文学在“性本善”或“善即美”的旗帜下,却向来以肯定性特征为主流。孔子就推崇“尽善尽美”,让人们“述而不作,信而好古”,认为《诗经》可以用“无邪”来概括。孟子在“尽心”、“知性”,进而“知天”的逻辑之下,更让人们发挥主体内在的善性,而无求乎外。虽然从司马迁到李卓吾,其“发愤而作”的理论具有否定性的恶的成分,然而,这并没有挡住“怨而不怒,哀而不伤”的文学主潮。在叙事文学中,善意的否定最终被淹没在千篇一律的肯定之中,这就是结局的大团圆。所以鲁迅认为,具有否定性和破坏性的悲剧和喜剧不会在中国产生,因为中国人有一种求全、求美、求善、求肯定的“十景病”。鲁迅对大团圆和十景病进行了激烈的批判,呼唤中国出现具有否定批判精神的恶魔式的“轨道破坏者”:“中国如十景病尚存,则不但卢梭他们似的疯子决不产生,并且也决不产生一个悲剧作家或讽刺诗人。”[1]重要的是,鲁迅让作家建立一种反思批判

---

① 鲁迅:《坟·再论雷峰塔的倒掉》。

的精神。他说："不论中外，诚然都有偶像，但外国是破坏偶像的人多，那影响所及，便成功了宗教革命，法国革命，旧像愈破坏，人类便愈进步。"[①]鲁迅甚至认为，外国人对中国旧文明的赞赏，其实是让中国人保持现状而不求改革，使中国成为他们恣意享乐的乐土，所以他深深"憎恶那些赞赏"[②]。鲁迅认为，作家作为"国民精神的前途"的引导者，就更不应该满足现状，而应该成为叛逆的猛士，成为"冲破一切传统思想和手法的闯将"，否则，"中国是不会有真的新文艺的"[③]。

批判与否定根源于不满，然而，在张扬肯定性与善的文化的中国，知足却成了美德。老子说："祸莫大于不知足，咎莫大于欲得，故知足之足，常足矣。"[④]于是，"知止不殆"、"知足常乐"就成为中国人的做人准则。但是，鲁迅否定善的文学而推崇恶的文学，也使他否定知足而推崇不满。在鲁迅看来，"不满是向上的车轮"，"多有不自满的人的种族，永远前进，永远有希望"[⑤]。因为满足于现状，"无问题，无缺陷，无不平，也就无解决，无改革，无反抗"。只有那些不满于现存秩序的作家，才会创作出于社会进步有益的作品来。鲁迅特别强调作家是感觉灵敏的先觉者，较之一般人对现状的不满应该有更强烈的感受。鲁迅认为，19 世纪之后不满于现状的文学才兴盛起来，作家"对于社会现状不满意，这样批评，那样批评，弄得社会上个个都自己觉到，都不安起来"。等到迫害他的社会在后来承认了作家的先知，作家又对新的现状不满。所以鲁迅说：文学与革命倒有不安于现状的同一，"世间哪有满意现状的革命文学？除了吃麻醉药！"[⑥]

既然"知足者常乐"，那么不知足者就要常悲苦。鲁迅对不满的推崇，使他像尼采一样肯定人生的痛苦。在鲁迅看来，越是觉醒的人就越感到痛苦："苦痛总是与人生联带的，但也有离开的时候，就是当熟睡之际。"[⑦]所以鲁迅推崇外国文学的"活人的颓唐和厌世"，而批判中国文学"僵尸的乐观"。[⑧] 中国小

---

① 鲁迅：《热风·四十六》。

② 鲁迅：《译文序跋集·〈出了象牙之塔〉后记》。

③ 鲁迅：《坟·论睁了眼看》。

④ 《老子》第 46 章。

⑤ 鲁迅：《热风·六十一不满》。

⑥ 鲁迅：《集外集·文艺与政治的歧途》。

⑦ 鲁迅：《两地书·三》。

⑧ 鲁迅：《华盖集·青年必读书》。

说与戏曲中的大团圆结局，的确像有些人说的，是一种善良的愿望与理想。而鲁迅对大团圆与十景病的批判正是要打破这个愿望与理想之梦，睁了眼看取人生的苦痛，不能以愿望取代现实。所以在善男信女们眼里善良的愿望，在鲁迅这个恶魔眼里却是"自欺欺人的瘾太大"，"定须闭眼胡说一通而后快"。鲁迅说，在中国，"文人究竟是敏感人物，从他们的作品上看来，有些人确也早已感到不满，可是快要显露缺陷的危机一发之际，他们总即刻连说'并无其事'，同时便闭上眼睛。这闭着的眼睛便看见一切圆满……"[①]因此，鲁迅让中国作家取下假面，不再自欺，"敢于直面惨淡的人生，敢于正视淋漓的鲜血"。固然，这可能使作家极为痛苦，但是鲁迅认为，诗人是苦恼的夜莺，艺术是苦闷的象征。

当然，中国的传统文学理论也讲"诗可以怨"，"诗必穷而后工"。沿着这个路线，可以阐发出中国文学的悲剧精神。但是"和"是中国文化的一个最根本的观念，在承认哀伤的感情比欢乐的感情更能打动人，在肯定诗人可以发泄不满的同时，又强调这种感情的发抒要有一个度，而这个度就是不能对现存的社会伦理秩序有破坏性。《中庸》认为，"喜怒哀乐之未发，谓之中；发而皆中节，谓之和"。因此，所谓"中和之美"，就是"以礼制情"，"以道制欲"，就是"发乎情，止乎礼义"。所以鲁迅认为，在中国文学中，即使反世俗怀疑天的屈原，其放言无惮诚然"为前人所不敢言"，但是他并没有以反抗挑战的恶魔雄声打破中国的中和之美。如果说中国传统文学的悲愁哀伤对于社会仅仅是一种"善意"的批评或讽谏，而缺乏破坏性，那么，鲁迅所呼唤的恶的文学则要具有破坏性，无论作家是多么颓唐绝望。

鲁迅认为，中国传统文学的善并非出自人的自由本性，自由的文学必然带有恶的成分。因此，具有恶魔性的作家必须有一种自由精神，一种指责时弊无所顾忌的精神。而这就要冲破暴君与愚民的双重专制，既是暴君的叛逆，又是良民的叛逆。因为"暴君的专制使人们变成冷嘲，愚民的专制使人们变成死相"；"世上如果还有真要活下去的人们，就应该敢说，敢笑，敢哭，敢想，敢骂，敢打，在这可诅咒的地方击退了可诅咒的时代！"[②]裴多菲的诗歌曾将自由看得比生命和爱情都高，鲁迅则将自由看得比他从事的艺术还高。当有人以"研究室"与"艺术之宫"的尊号对学坛和文坛加以束缚的时候，鲁迅就指出了这种

---

① 鲁迅：《坟·论睁了眼看》。

② 鲁迅：《华盖集·忽然想到·五》。

尊号束缚的是自由。他的《青年必读书》发表后收到很多信，赞成者大都坦白没有恭维，而开首称他“学者”“文学家”的，下面一定是谩骂。“我才明白这等称号，乃是他们所公设的巧计，是精神的枷锁，故意将你定为‘与众不同’，又借此来束缚你的言动，使你于他们的老生活上失去危险性的。不料有许多人，却囚在什么室什么宫里，岂不可惜。只要掷去了这种尊号，摇身一变，化为泼皮，相骂相打”，刊物就会办好。[1] 当然，鲁迅在作杂文的过程中，不断有人劝他多作小说，少写杂文，而且许多人还是出于好意。但是下面这段话集中代表了鲁迅的自由比艺术还高的文学观：

> 有人劝我不要做这样的短评。那好意，我是很感激的，而且也并非不知道创作之可贵。然而要做这样的东西的时候，恐怕也还要做这样的东西。我以为如果艺术之宫里有这么多麻烦的禁令，倒不如不进去；还是站在沙漠上，看看飞沙走石，乐则大笑，悲则大叫，愤则大骂，即使被沙砾打得遍身粗糙，头破血流，而时时抚摩自己的凝血，觉得若有花纹，也未必不及跟着中国的文士去陪莎士比亚吃黄油面包之有趣。[2]

鲁迅不仅是这么说的，在创作实际中也是这么做的。《呐喊》中就有几篇不大像小说，《野草》是散文诗，但是郁达夫在编《中国新文学大系》的时候却将之编入了“散文卷”；《朝花夕拾》是散文，但又像自传体小说；至于鲁迅的杂文，更是难于归类的文体。换句话说，鲁迅努力让自己的主体自由地驱使语言，而不是让语言借他来说话。

古代的善的文学为什么是囚禁人的主体自由的文学呢？无论哪种宗教，几乎都具有禁欲主义的特征，因为欲与恶是邻居，宗教提倡善，便要禁欲，由此也囚禁了人的自由。儒家虽然不像中古基督教那样厌弃人欲，但是到了理学，也要“存天理，灭人欲”。所以在中国，“绰号似的造成许多恶名，都给文人负担，尤其是抒情诗人”。然而在鲁迅看来，人类要进步，就需要打破束缚人的自然欲求的枷锁。西方自近代以来，随着魔鬼向神的权威的挑战，便愈来愈除去束缚人的欲求的枷锁。于是，鲁迅批判中国的节烈观，让人自由地大叫：“是黄莺便黄莺般叫，是鸱鸮便鸱鸮般叫。”当时胡梦华批评汪静之的爱情诗“轻薄堕落”，并以“一步一回头，瞟我意中人”而苛以《金瓶梅》一样的罪。鲁迅嘲讽他

① 鲁迅:《华盖集·通讯》。
② 鲁迅:《华盖集·题记》。

说:若是按照这样的穿凿法,“便是一部《礼记》,也即等于《金瓶梅》了”[1]。鲁迅认为:“从我们的外行人看起来,诗歌本是发抒自己的感情……纵使稍稍带点杂念,即所谓意在撩拨爱人或是‘出风头’之类,也并非大悖人情。”[2]

作家的自由是张大个性的自由,而不是泯灭个性的“精神自由”——“精神胜利法”。鲁迅赞许易卜生的名言“世界上最强有力的人,就是那最孤独的人”,并主张以“个人的自大”反对“合群的自大”,以独异的自我“向庸众宣战”。用他描绘拜伦的话说,就是“意力所如,非达不已,乃以是渐与社会生冲突”。个性与社会这种分离以至于对立,必然会使作家带有一身恶性。鲁迅并不否认自己身上的恶性——“毒气”和“鬼气”。换句话说,一个作家在自由的大海上要想不随波逐流,便需要主观上的坚强意志。鲁迅一直推崇自我扩张、多力善斗的个性战士,以为“非无天马行空似的大精神即无大艺术的产生”。从这个意义上说,“绝对之主我”的个性精神是恶魔作家所应该具备的,而且若无孤独个人的深切自觉,便不会产生恶的文学。

鲁迅认为,恶的作家在创作过程中,要撕破一切伪善的面纱,露出真实的面孔来,无论这副面孔是多么丑恶。在鲁迅看来,人的嘴脸在人前和人后,在台上和台下,在白天和夜晚往往会显得两样,因此正视人生讲真话就并不容易。而在中国,人性本善的文化主潮使中国文学对现实人生的种种罪恶,始终未能一刀切入而进行深刻的剖析。中国文学为了一种伦理目的(善),宁可忽视真,甚至抹杀真。这就使得中国传统文学具有极大的粉饰性。所以,鲁迅就呼唤新文学的大暴雨荡涤尽中国文学的粉饰性,而露出真实的面目来。鲁迅说:“中国人向来不敢正视人生,只好瞒和骗,由此也生出瞒和骗的文艺来。由这文艺,更令中国人更深地陷入瞒和骗的大泽中,甚而至于已经自己不觉得。世界日日改变,我们的作家取下假面,真诚地,深入地,大胆地看取人生并且写出他的血和肉来的时候早到了;早就应该有一片崭新的文场,早就应该有几个凶猛的闯将!”[3]鲁迅揭露“社会一分子”的陈源等正人君子的时候就说:“用绅士服将‘丑’层层包裹,装着好面孔,就是教授,就是青年的导师么?”还不如将这些绅士服撕下来,撕得鲜血淋漓,臭架子打得粉碎。“这时候,即使只值半文

① 鲁迅:《热风·反对“含泪”的批评家》。

② 鲁迅:《集外集拾遗·诗歌之敌》。

③ 鲁迅:《坟·论睁了眼看》。

钱，却是真价值，即使丑得要使人‘恶心’，却是真面目”[①]。

所谓正视人生，首先就应该有正视自己恶性的勇气。鲁迅说：“我的确时时解剖别人，然而更多的是更无情地解剖我自己。”[②]在鲁迅解剖自己的作品中，时常可以看见恶魔之游魂的律动，鲁迅坦然道：“我自己觉得我的灵魂里有毒气和鬼气，我极憎恶他，想除去他，而不能”；“我也常常想到自杀，也常想杀人，然而都不实行。我大约不是一个勇士”。[③] 当然，正视自己与直面社会是密切相连的。鲁迅说：“现在有几位批评家很说写实主义可厌了，不厌事实而厌写出，实在是一件万分古怪的事。人们每因为偶然见‘夜茶馆的明灯在面前辉煌’便忘却了雪地上的毒打，这也正是使有血的文人趋向厌世的主我的一种原因。”[④]然而，鲁迅并没有逃入孤独的自我中，一心一意地解剖恶的无意识，而是以孤独的恶性的自我向社会做绝望的抗战，撕破了一切漂亮的面具，使社会的黑暗与丑恶暴露无遗。鲁迅非常赞赏勃拉特来取材于第一次世界大战的《秋收时之月》，画的“上面是一个形如骷髅的月亮，照着荒田；田里一排一排的都是兵的死尸”。鲁迅说：“以为丑就想遮盖住，殊不知外面遮上了，里面依然在腐烂，倒不如不论好歹，一齐揭开来，大家看看好。”[⑤]

恶的作品这种对自我和社会的丑恶的无情暴露，就使得文学中的丑赶走了美——丑与恶是相联系的，而美与善则是一体的。于是，在现代文学——具有现代性的文学中，代表美与善的上帝被代表丑与恶的恶魔战胜了。“恰如冢中的白骨”，“总要以它的永久来傲视少女颊上的轻红似的”。[⑥]

鲁迅认为，在欣赏恶的文学时，首先给予欣赏者的不是愉悦的快感，而是令人不快的痛感；不是静态的平和感，而是动态的对立感。鲁迅在《论照相之类》中说，在他所见的著名艺术家的照片中，尼采一脸凶相，叔本华一脸苦相，王尔德穿上他那审美的衣服的时候有点呆相，罗曼·罗兰似乎有点怪气，高尔基简直就像一个流氓。虽说都可以看出悲哀和苦斗的痕迹来，但都不如梅兰芳扮演的“天女”好得明明白白。鲁迅在这里肯定了外国作家有点丑态的苦斗精神，而讽刺了“挂在国民的心中”的漂亮而平和的梅兰芳天女散花的照片。

---

① 鲁迅：《华盖集续编·我还不能“带住”》。
② 鲁迅：《坟·写在〈坟〉后面》。
③ 鲁迅：《书信集·240924 致李秉中》。
④ 鲁迅：《译文序跋集·〈幸福〉译者附记》。
⑤ 鲁迅：《书信集·230612 致孙伏园》。
⑥ 鲁迅：《三闲集·怎么写》。

鲁迅在《青年必读书》中劝人少或竟不读中国书的一个原因，就在于“看中国书时，总觉得就沉静下去，与实人生离开”。

当然，在鲁迅看来，给人痛感的对立动态的文学在西方也是19世纪之后才兴起来：“十九世纪以后的文艺，与十八世纪以前的文艺大不相同。十八世纪的英国小说，它的目的就在供给太太小姐们的消遣，所讲的都是愉快风趣的话。十九世纪的后半世纪，完全变成和人生问题发生密切关系。我们看了，总觉得十二分不舒服，可是我们还得气也不透地看下去。”[①]鲁迅又说：“现在的文艺，是往往给人不舒服的，没有法子。要不然，只好使自己逃出文艺，或者从文艺推出人生。”[②]

但是在鲁迅看来，中国人太容易满足了，太容易变着花样粉饰太平了。而中国缺乏的就是打破团圆的美梦而不得不动的，不得不在痛感中反省与批判个人、社会以及民族文化的恶声。鲁迅说：“现在，气象似乎一变，到处听不见歌吟花月的声音了，代之而起的是铁和血的赞颂。然而倘以欺瞒的心，用欺瞒的嘴，则无论说A和O，或Y和Z，一样是虚假的；只可以吓哑了先前鄙薄花月的所谓批评家的嘴，满足地以为中国就要中兴。可怜他在‘爱国’的大帽子下又闭上了眼睛——或者本来就闭着。”[③]所以鲁迅呐喊：

“只要一叫而人们大抵震悚的怪鸱的真的恶声在那里！？”[④]

---

① 鲁迅：《集外集·文艺与政治的歧途》。

② 鲁迅：《而已集·“尘影”题辞》。

③ 鲁迅：《坟·论睁了眼看》。

④ 鲁迅：《集外集·“音乐”？》。

狂人即恶人：鲁迅小说的恶魔风骨

鲁迅的文学创作是对他的恶魔文学观的艺术实践。在以上的讨论中，我们具体引证的几乎都是鲁迅的杂文，在下面的分析中，我们将把眼光转向鲁迅的小说与散文诗等纯文学创作。鲁迅小说中的恶魔之声，可以分为两个方面。在偏于艺术再现的作品中，鲁迅深刻揭露了传统文化与现实社会的罪恶；在偏于艺术表现的作品中，鲁迅并不掩饰创作主体的恶性。而且鲁迅小说里的人物，基本上可以分为两类，一类是愚昧的传统世界的老中国的儿女，一类是已经受过新文化洗礼的觉醒者，这两类人物与前两个方面基本一致。当然，在偏于再现的叙述老中国儿女的故事中，鲁迅以特有的反语与讽刺等技巧，在使对象变形的过程中也表现了主体的恶性；在偏于表现创作主体的作品中，也表现了老中国儿女的愚昧与传统文化的罪恶。

但是，这里有一个逻辑上的问题需要澄清：既然传统文化是恶的，那么这不正与鲁迅倡导的恶的文学相吻合？换句话说，鲁迅既然在小说中表现了自我的恶性，那么还有什么权利指责传统文化与现实社会的罪恶？事实上，传统伦理道德一向以善为核心，而现代的自然人性论是肯定人的恶性的，但是当作家以现代眼光审视传统的时候，必然会剥开其伪善的面纱，揭露出罪恶的隐情。以鲁迅的《肥皂》为例，鲁迅深刻地揭露了这个满口仁义道德的伪君子，他表面上推崇孝女，但是暗地里却在孝女身上做贪淫的白日梦。但是，这丝毫不能说明鲁迅是个禁欲主义者。恰恰相反，鲁迅对于人的情欲是持肯定态度的，他采用弗洛伊德的学说创作历史小说，反对胡梦华对汪静之的情诗的否定，对于《金瓶梅》也给了很高的评价。另一方面，现代的恶的文化精神与古代的伪善包装的恶本身也不一样。古代的伪善包装的恶，多是假借着整体旗帜或者道德美称谋取个人的私利；而现代意义上的恶，从文化的角度是一种否定性的改革力量，从个人的角度讲，则是对个人自由与个人利益的争取。

鲁迅的第一篇白话小说《狂人日记》，就是恶魔的呐喊。整篇小说是狂人觉醒后劝吃人的人不再吃人的过程，也是狂人越来越被整个社会看成是疯子的过程。鲁迅深刻揭露了狂人所在的社会是一个有4000年罪恶的社会，这个社会标榜的"仁义道德"其实是吃人的道德，甚至整部历史都是吃人的历史。这些吃人的人，不分贫富贵贱却都在吃人场上吃人、被吃，不仅赵贵翁吃人，下层的人也在吃，他们之中"也有给知县打枷过的，也有给绅士掌过嘴的，也有衙役占了他妻子的，也有老子娘被债主逼死的"。他们吃了人，还要有漂亮的仁义道德做伪装，而且不允许别人道破隐情。因为他们吃人吃习惯了，所以即使觉得吃人不对的人，也已经不以为非。如果有谁来妨害他们吃人，那么就会被悠久的历史与全社会的"数目力量"迫害致狂。

在社会群体的眼中，狂人就是恶人。这一点狂人自己开始还不敢断定："照我自己想，虽然不是恶人，自从踹了古家的簿子，可就难说了。……况且他们一翻脸，便说人是恶人。我还记得大哥教我做论，无论怎样好人，翻他几句，他便打上几个圈；原谅坏人几句，他便说'翻天妙手，与众不同'。"但是稍后，当整个社会将他看成疯子的时候，他才觉悟到他在全社会人们的眼中就是恶人：他们已经布置妥帖，"预备下一个疯子的名目罩上我。将来吃了，不但太平无事，怕还会有人见情。佃户说的大家吃了一个恶人，正是这方法。这是他们的老谱！"然而，只有狂人才是真正的觉醒者，他道破了这个社会在伦理道德掩盖下吃人的隐情，他看出了历史与数目力量的荒谬，他以孤独的自我向全社会挑战，与整个文化传统对立。狂人向着现实与4000年的传统说："从来如此，便对么？"

《阿Q正传》是鲁迅以恶魔之笔对传统中国老儿女的艺术审视。在这个传统的世界中，每个人都吃人、被吃。阿Q是属于被吃的一类，他只有以精神的胜利逃避在现实中越来越深重的灾难。但是，如果阿Q得势的话，他也照样去吃赵太爷、钱太爷以及王胡、小D。属于这个传统世界的老儿女很多，有单四嫂子、闰土、祥林嫂以及形形色色的众数，但是他们都迈不出吃人与被吃的门槛。鲁迅通过阿Q多方面的变换，深刻揭露了传统文化的罪恶。读鲁迅这些描绘传统老儿女的小说，经常会发现，小说中的主人公固然是愚昧的，有时是邪恶的，但是围绕着他的文化语境却更邪恶。孔乙己是个穷酸文人，他迂阔，偷书，在穷困潦倒之时行窃，但是从他与孩子的关系看，也并非没有可爱之处。孔乙己是传统制度的受害者这一点，早就有人指出，而鲁迅的深刻性就在于，他对邪恶的揭露并没有到此为止。整个社会对孔乙己奚落、冷落乃至对其生死漠不关心的态度,加剧了他的自我毁灭。柳妈的话对于祥林嫂具有致命的打击,但是如果二人易位,祥林嫂对柳妈也会如此。祥林嫂的儿子被狼吃掉,人们开始是同情的,然而造化总为众数设计,以时间的流逝洗涤旧迹,仅使留下淡红的血色和微末的悲哀,而况不久连这样的悲哀也消失了,于是祥林嫂的诉苦就变成了闲人茶余饭后的谈资与笑料。阿Q像压在大石底下的草一样,愚昧得连自我意识也没有,他被作为盗贼抓进监狱受"革命党"审判,却自以为是自己想做"革命党"而被捕;他企求圆满想画得很圆的圆圈,正是杀他的符号。阿Q也有"毒"念头,有一旦掌权将杀掉小D和赵太爷的恶念,但是围绕着阿Q的文化语境就更荒谬。当阿Q被押送刑场的时候,众数对他的冤案没有丝毫的同情,阿Q成为他们鉴赏一种风景或热闹的对象,众数甚至还责怪阿Q,怪他没有唱一段戏以使他们的鉴赏更加尽兴。所以鲁迅在《示众》中,就专门"示"这些以"罪犯"为鉴赏乐趣的人的"众"。

在偏于主体表现的作品中,鲁迅以正视人生的艺术之笔表现了创作主体的恶性。弗洛伊德的精神分析是基于人的恶性的一种学说,在一切倡善的伦理与宗教看来是恶的东西,在弗洛伊德描绘为人的根底的潜意识与"本我"(id)中几乎都有。这就是性的唯乐原则、乱伦、破坏欲与攻击欲。他的学说行世后,文学中写性的或通过梦来显示人的根底的作品就多了起来。鲁迅不但接受了弗洛伊德学说,而且还在小说创作中加以实践。《补天》的开头,女娲就是在肉红色的天空感到不足与多余的性冲动中造人的。《弟兄》中的张沛君与靖甫是弟兄俩,那种亲密无间的兄弟怡怡的感情,令张沛君所在的公益局的同事无不赞美。正好局里秦益堂的两个儿子为了财产打架,从堂房打到门口,闹得老秦整天心绪不宁。这就更加反衬了张沛君与靖甫的兄弟怡怡是多么难得。张沛君本人也以此为荣,他对老秦的儿子为钱争吵感到不能理解:"我们就是不计较,彼此都一样。我们就将钱财两字不放在心上。这么一来,什么事也没有了。有谁闹着要分的,我总是将我们的情形告诉他,劝他们不要计较。"他的同事汪月生是这么称赞他的:"像你们的弟兄,实在是少有的;我没有遇见过。你们简直是谁也没有一点自私自利的心思。"当靖甫发烧闹病的时候,张沛君连班都顾不得上而为弟兄请医生诊病,尤其是当他怀疑兄弟是患猩红热的时候,就更加着急,甚至平时不信中医而且还攻击过中医的他,在西医迟迟不到的情况下都有点有病乱投医地请中医来诊病。但是在张沛君的梦里,却将他的"本我"暴露出来:因为经济原因,他让自己的孩子上学,而不让兄弟的孩子上学,他兄弟的孩子哭闹,他居然以大手掌铁铸似的向自己兄弟孩子的脸上劈过去,而对外人却说不要听孩子的谎话,他不会昧了良心。这个梦撕破了兄弟怡怡的面纱,露出了张沛君下意识中内在的恶性。据周作人回忆,《弟兄》故事的原型是周作人的孩子病了,鲁迅去看望。考虑到鲁迅当时攻击中医是有意无意的骗子,而且与周作人曾经兄弟怡怡,彼此不分,甚至写文章都可以署对方的名,那么,将《弟兄》看成是鲁迅对自己下意识的无情解剖,不会是一点影子没有罢。因为鲁迅说过,他解剖自己比解剖别人更无情。

《呐喊》中的《头发的故事》中的N先生与《彷徨》中的《孤独者》中的魏连殳,有鲁迅本人的影子,也有范爱农等人的影子。N先生出国留学不久就剪去了辫子,几年之后,因为家境的问题不得不回国谋事,却受尽了没有辫子的苦,走在路上到处是奚落和笑骂,他就抡起手杖拼命地打。而魏连殳居然被看成异类,当作外国人,他似乎走了一条从"怪人"到"恶人"的路。所谓怪人,是魏连殳与众不同的个性,他学的是生物教的却是历史,对人爱理不理却爱管人的闲事,认为家庭应该破坏却定时给祖母寄钱。他心理阴暗,自寻烦恼,将人看得很坏;却将希望寄托在小孩子身上,认为大人的坏脾气在孩子是没有的,后来的坏是环境造成的。但是,当他变得一无所有的时候,他平时热爱的孩子马上与他变脸,连他的东西都不要,访问他的那些才子也不来了。他还在挣扎沉浮,然而,连愿意他活几天的同志也被敌人诱杀了,他就觉得无所顾忌了。"我自己也觉得不配活下去;别人呢?也不配的。同时,我自己又觉得偏要为不愿意我活下去的人们而活下去;好在愿意我好好活下去的已经没有了"。于是,魏连殳转而变成"恶人"向社会复仇,向庸众复仇。他当上了杜师长的顾问,叫大良的祖母"老家伙",叫大良二良装狗叫、磕响头,甚至吐血而死后还以冰冷的微笑,冷笑着自己的死尸。《孤独者》所表现的魏连殳的情感方式,显然带有鲁迅深受其影响的拜伦、尼采的恶性精神,这在小说中反复出现的一句话中也表现得很明显:"隐约像是长吼,像一匹受伤的狼,当暗夜在旷野里嗥叫,惨伤里夹杂着愤怒和悲哀。"

《伤逝》是鲁迅作品中比较温情的一篇,但是并非不含恶性。如果换一个传统伦理观念较强的作家来处理这个故事,那么,他可能会以子君的不幸来反衬始乱终弃的涓生的邪恶。但是《伤逝》以第一人称(涓生)的忏悔口吻来处理这个故事,似乎就减缓了传统观念较强的人们对涓生的谴责。不过,涓生的恶性并非就消失了。他曾经爱过子君,但是爱是一种变换很快的感情,婚前与婚后人们的感情也在发生着微妙的变化。婚前以为了解的一切,婚后却变成了隔膜。爱的新鲜已过,背公式似的复习也令人生厌。涓生明明知道子君对自己是很爱的,而且知道自己吐露对她不爱的话语,对于子君是一种“毒气”。但是自己的不爱是一种事实,如果连这种真实都不能正视而苟安于虚伪,那么自我的个性也是虚假的:“我在苦恼中常常想,说真实自然须有极大的勇气的;假如没有这勇气,而苟安于虚伪,那也便是不能开辟新的生路的人。不独不是这个,连这人也未尝有!”在厌腻子君的冲动下,涓生向往着自由:“深山大海,广厦高楼,战场,摩托车,洋场,公馆,晴明的闹市,黑暗的夜……”于是,渴望自由的涓生终于用真实的“毒气”熏死了子君,虽然子君死后涓生又对“真实”发生了怀疑,他想象子君在被他遗弃后的境况:“负着虚空的重担,在严威和冷眼中走着所谓人生的路,这是多么可怕的事呵!而况这路的尽头,又不过是——连墓碑也没有的坟墓。”

《铸剑》是一曲恶魔复仇的歌。一个国王专制残暴,不高兴就杀人,他让眉间尺的父亲——一个有名的铸剑师铸剑,但是眉间尺的父亲在铸出两把剑之后,自知死期已到。因为凶暴多疑的国王不愿世上再有更好的剑,肯定会以铸剑者作为试剑的第一人,所以眉间尺的父亲只将雌剑交给了国王,而将雄剑留给了妻子,希望妻子肚子里面的孩子长成后,用雄剑为自己报仇。小说一开始,母亲就对眉间尺能否报仇表示疑虑,因为眉间尺虽然折磨老鼠并最终一脚踩死了老鼠,但是在折磨的过程中他屡屡表现出一种同情心。而小说的主人公黑色人宴之敖者则不同,他好像来历不明,没有职业,行为诡秘,但他却具有不可抑制的复仇心理,他将同情与仗义抛掉,而仅仅执着于复仇。他对眉间尺说的话也充满恶性:“你还不知道么,我怎么地善于报仇……我的魂灵上是有这么多的,人我所加的伤,我已经憎恶了我自己!”在眉间尺因为软弱而不能完成复仇任务的时候,黑色人挺身而出,要了眉间尺的头和雄剑,进宫向暴君复仇。他的到来使宫里王后与弄臣都很高兴,他们疑虑国王因不高兴又要杀人并且杀的是自己还是别人根本猜不出。黑色人要一个金鼎,当下面的火使金鼎的水沸腾的时候,他将眉间尺的头抛了进去,并且趁国王前来观看的时候,用雄剑将国王的头砍入水中。但是软弱与幼稚的眉间尺的头根本不是国王的头的对手,黑色人自削己头进水,几口就咬得国王没有回口之力。最终,三个头都在金鼎中融化。黑色人的复仇壮举不仅刺中了暴君,也刺中了良民,这些良民除了好围观与鉴赏打斗之外,有的还颇为国王的头居然与其他两个头混在一起出殡而愤慨。因此,黑色人宴之敖者不仅是暴君的叛逆,也是良民的叛逆。在这里,我们立刻又联想起在鲁迅的启蒙结构中,精神界之战士应该是上至天帝与下至民众的恶魔。

恶性动物与鬼魂：鲁迅喜爱的老鼠、狼、蛇与无常、女吊

《朝花夕拾》可以看成是散文，也可以看成是自传体小说。《朝花夕拾》中的《阿长与〈山海经〉》、《父亲的病》、《藤野先生》与《范爱农》等篇，比起《呐喊》中的《兔和猫》、《鸭的喜剧》、《头发的故事》等也许更像小说。而鲁迅在《呐喊》与《彷徨》中不乏对自己经历的描述，在《朝花夕拾》中也不乏对自己经历的虚构。《朝花夕拾》描述的是鲁迅从小到辛亥革命的经历，从文本中可以看出，鲁迅在很小的时候，就背叛传统，向往自由。但是，从其他渠道的材料来看，鲁迅小时候是很刻苦用功的，迟到一点就在课桌上刻一个“早”字以警示自己，留学之前所写的旧诗与传统诗歌也没有任何差异，而且到南京之后还回乡参加了一次科举考试。从这个意义上说，《朝花夕拾》仅仅是鲁迅用成人与现代的眼光对自己过去历史的重构而已。

《朝花夕拾》描绘了一个恶魔的成长历程，其中充满了对传统的颠覆与对自由的向往。在中国，“百事孝为先”，孔子也认为孝为道的根本。但是，鲁迅通过对《二十四孝图》的解读，嘲讽与批判了儒家的孝道。他说，“老莱娱亲”让一个 70 岁的老头拿着个“摇咕咚”娱亲，是拿肉麻当有趣，“哭竹生笋”很可疑，不过哭不出竹子只不过丢脸而已，“一到‘卧冰求鲤’，可就有性命之虞了”。尤其是“郭巨埋儿”，就更令小鲁迅害怕：“家境正在坏下去，常听到父母愁柴米；祖母又老了，倘使我的父亲竟学了郭巨，那么，该埋的不正是我么？”这些念头，是颇不合于孝道之善的。小鲁迅向往的是自由，从周玉田读《鉴略》的时候，鲁迅着迷的是《山海经》；从寿镜吾在三味书屋读书的时候，鲁迅念念不忘的是他的百草园，他的蟋蟀们、覆盆子们和木莲们……

在《朝花夕拾》中，最具有恶的意味的，一个是鲁迅喜欢的动物，一个是鲁迅喜欢的鬼魂。《朝花夕拾》的第一篇就是《狗·猫·鼠》，如果我们能够与《呐喊》中的《兔和猫》以及鲁迅其他作品中的动物联系起来看，那么，就会发现鲁

迅喜欢的动物系统也是具有反传统的恶的意味的。

鲁迅喜欢凶猛爽直的动物,不喜欢狡猾伪装的动物。在《华盖集》的《夏三虫》中,他说若是有人让他说出在跳蚤、蚊子与苍蝇中喜欢哪一个,那么他会毫不犹豫地说跳蚤。跳蚤虽然咬人,但是咬得何等干脆直接,既不像苍蝇绕几个圈子拉一点蝇屎,也不像蚊子那样咬了人之后还要发一篇大议论。他在《狗·猫·鼠》中说:“鸷禽猛兽以较弱的动物为饵,不妨说是凶残罢,但它们从来就没有竖过‘公理’‘正义’的旗子,使牺牲者直到被吃的时候为止,还是一味佩服赞叹它们。”在这方面,人比动物是何等惭愧。鲁迅甚至说,他死了以后,宁肯喂猛虎,也一点不给癞皮狗。将来猛虎死后做成标本放在展览馆里,是多么令人心火神旺。在中国,凶猛的动物一向是比做人的凶残与政治的暴虐的,但是鲁迅却反其道而行之,看取凶猛动物的直接爽快与强力意志。

中国以善为本而且急功近利的文化,集中表现在对于一些害虫的贬低上,中国人喜欢猫而仇视老鼠便是最好的例证。老鼠吃人的东西,从功利主义的角度是应该被排斥的,所以中国人围绕着老鼠的成语几乎没有一个不是贬义的。什么无名鼠辈、鼠头鼠脑、鼠目寸光、胆小如鼠、抱头鼠窜、鼠窃狗盗、老鼠过街人人喊打……但是,从审美的角度看,老鼠却自有其可爱之处,西方拍的艺术片如《唐老鸭和米老鼠》、《猫和老鼠》等等往往是赞美老鼠的机灵可爱,并且捉弄老猫。尼采也讨厌猫,他借查拉图斯特拉的嘴说:“我不爱它,这屋檐下的猫。”鲁迅似乎从小就是仇猫而喜欢老鼠的。猫不仅一脸媚态,专会巴结主子,哪家主子富有就往哪家跑,而且捉住小动物也不肯就吃,要戏弄再三才肯吃下去。鲁迅小时候仇猫,是因为猫吃了他养的隐鼠,于是,他追赶、袭击,用飞石击中猫的头,或诱入空房间里打得它垂头丧气。后来鲁迅到了北京,又因为它伤害了兔的儿女们,而且性交时吵得别人不得安宁,便新仇旧恨加一起,对它使出了更辣的辣手。老鼠虽然是作恶吧,然而是自由的作恶,而不是听某某主子的使唤。鲁迅特别喜欢他的小隐鼠,当他的床前贴了一张民间的“老鼠成亲”的画时,他高兴极了,因为它们迎娶新娘的仪式令鲁迅特别神往。

中国传统虽然对狗评价较低,然而仅仅是鄙视,但是对狼评价更低,而且性质都变了:如果说人与狗的关系是内部矛盾,那么人与狼的关系就是敌我矛盾。什么狼心狗肺、狼子野心、狼狈为奸、狼奔豕突,打敌人可以简称“打豺狼”;而且中山狼的故事告诉人们,狼的邪恶本性是没法改变的。但是,鲁迅却喜欢狼而讨厌狗,甚至主张对落水狗也要痛打,因为狗性是难以改变的,他总是对阔人摇尾咬穷人,不打落水狗反被狗咬了,是一种惨痛的教训。鲁迅尤其讨厌叭儿狗，它虽然是狗，却很像猫，折中、公允、调和、平正之状可掬，悠悠然摆出别个无不偏激，唯独自己得了“中庸之道”似的脸来。因此也就为阔人、太监、太太、小姐们所钟爱，种子绵绵不绝。而狼却是自由的，不为哪个主子服务的。狼纵然是作恶，也是为了自己的生存作恶。所以鲁迅在《孤独者》中比喻他的带有自己影子的主人公魏连殳时，说他“像一匹受伤的狼，当暗夜在旷野里嗥叫，惨伤里夹杂着愤怒和悲哀”。当有人自称是狼的时候，鲁迅看出了他的狗性，并讽刺说，狼和狗是本家，闹不好就会变成狗。鲁迅又说，狼变成狗对人是好的，但是对它本身却并无好处。在倡导个性自由的时候，鲁迅为什么推崇狼也就不言而喻了。

龙和蛇相近，但是中国传统却将龙捧上了天，而把蛇贬下了地。在中国，有毒的东西似乎总与蛇相近，所谓“毒如蛇蝎”。在西方传统中，蛇是恶魔的使者，撒旦的化身，所以尼采喜欢蛇，查拉图斯特拉走到哪里，他的鹰和蛇就跟到哪里。鲁迅虽然并没有攻击龙这个虚构的动物，但是却很推崇蛇。他在写给《新潮》杂志的意见中，说讲科学与发议论都是蛇，讲科学是青梢蛇，发议论是蝮蛇，所以鲁迅让他们毒重一点。在《头发的故事》中，N 先生激愤地说：“你们的嘴里既然并无毒牙，何以偏要在额上帖起‘蝮蛇’两个大字，引乞丐来打杀？”在这里，N 先生显然希望有毒牙的蝮蛇出现。《墓碣文》一文是鲁迅自我解剖的名篇，而这种自我解剖又与蛇纠缠在一起：“有一游魂，化为长蛇，口有毒牙。不以啮人，自啮其身，终以殒颠。……”与拜伦、尼采相似，蛇在鲁迅这里，也是颠覆传统的灵物。

与喜欢老鼠、狼、蛇等恶性动物类似，鲁迅在一个理性启蒙与反对迷信的文化运动中，却始终没有忘记一些阴间的鬼魂，并且还有点喜欢“无常”与“女吊”这两个阴间恶鬼。《朝花夕拾》中的《无常》一篇，考究了书上关于无常的记载，回忆了他小时候进入“阴司间”对他满带恐惧的探望，描述了绍兴民间的迎神赛会上无常的表演。一般而言，无常作为阎罗王的勾魂使者，要拿着锁人的铁索，还有清算人一生善恶的算盘。在迎神赛会的戏台上出现时，他粉面朱唇，眉黑如漆，雪白的一条莽汉，而且也不拿铁索和算盘，一出场就要打 108 个喷嚏，同时放 108 个屁。他虽然是阴间的恶鬼，却富有同情心。他勾隔壁癞子魂魄的时候，因为阿嫂哭得悲伤，就放他还阳半刻。阎罗以为他徇私舞弊，就将他捆打 40 大板。无常在责罚中变得越加公正：“那怕你，铜墙铁壁！那怕你，皇亲国舅！”鲁迅对此迷恋不已，他在《门外文谈》中还赞美无常的这段唱：“何等有人情，又何等知过，何等守法，又何等果决，我们的文学家做得出来吗？”

鲁迅临终前,写过一篇《女吊》。可以说,在鲁迅快要看见死亡的时候,他又想起了阴间的恶鬼。在绍兴的民间做“大戏”或“目连戏”的时候,鲁迅就曾扮过鬼卒,疾驰到野外的荒坟中,环绕三匝,下马大叫,将钢叉用力地连连刺在坟墓上,驰回上台,再大叫一声,将钢叉一掷钉在台板上。于是,种种孤魂厉鬼,就会跟来一同看戏。戏开演之后,人事之中杂以厉鬼,火烧鬼、淹死鬼、科场鬼、虎伤鬼……在男吊出现之后,女吊——女性的吊死鬼就出场了。因为古来吊死的人中以女性居多,所以,当女吊在悲凉的喇叭声中穿着大红衫子蓬松着长发出场的时候,是最令人紧张的。而且这女性的吊死鬼还是复仇的鬼,除非她为自己找到一个替身,但那样就又得有一个活着的女人吊死。

鲁迅在叙述这些阴间厉鬼的时候,很少议论,但是,这些题目确实异乎寻常地吸引着鲁迅,激发着他的想象力。而且鲁迅还不仅仅是津津乐道,在浏览其他文献的时候也给予格外的关注。夏济安认为,鲁迅对于这些鬼魂有一种隐秘的爱怜,因为“很少有作家能以这样大的热忱来讨论这些令人毛骨悚然的主题”,使他区别于他的同时代人的,正是他承认这种神秘,从不否认它的威力,他同情那些脱离了他们的社会环境而处于孤独时刻的个人。鲁迅在这里也超越了关于文化启蒙与社会改革的层次,探视“死的美和恐怖,透过浓厚的白粉和胭脂的假面,窥探着生命的奥秘”[①]。

---

① 夏济安:《鲁迅作品的黑暗面》,乐黛云编《国外鲁迅研究论集》。

《野草》:“怪鸱的真的恶声”

在鲁迅的作品中,除了《狂人日记》等作品,真正与尼采的恶声与情感方式相似的,是《野草》。也就是说,《野草》是鲁迅发出的强有力的恶魔之声,代表着鲁迅恶的文学的最高成就。《野草》的深刻性,在于对主体恶性的深刻剖析,所以有七八篇之多都是以“我梦见”开头的,而梦指向的是人深在的自我。存在主义认为,只有面对死亡,才能体认存在;而在《野草》的《题辞》中,鲁迅对于死亡有大欢喜,因为他借此知道他还非虚空。在《一觉》中,他说在目睹死的袭来的时候,才深深感到生的存在。《野草》中有《墓碣文》、《死火》、《死后》等六七篇散文诗都与死亡有关。

鲁迅在《希望》一篇中说:“我的心也曾充满过血腥的歌声:血和铁,火焰和毒,恢复和报仇。而忽而这些都虚空了,但有时故意地填以没奈何的自欺的希望。希望,希望,用这希望的盾,抗拒那空虚中暗夜的袭来,虽然盾后面也依然是虚空中的暗夜。”这就是说,鲁迅的心里曾经有过恢复中华的“血腥的歌声”,并想以恶魔之声惊醒国民,但是换来的却仅仅是绝望,而在自欺的希望中,他又意向峻绝地向绝望抗战了,虽然他知道结果也不过是更大的绝望和虚空。在《野草》中,鲁迅挣扎在绝望与希望之间的作品不少。《影的告别》中的“影”作为鲁迅在明与暗、希望与绝望之间的选择,就突出表现了鲁迅的矛盾:黑暗会吞没我,光明又会使我消失,“影”只得彷徨于无地。《死火》中的“死火”面临着的是与“影”同样的命运,冰山使火冻成了死火,温度太低死火不久将冻死,温暖的到来虽然惊醒了死火,但是活过来的死火又将烧完。在这种难以选择的矛盾中,“影”想独自前行,“只有我被黑暗沉没,那世界全属于我自己”;而“死火”宁可烧完也想跃出冰谷。而正是在绝望与矛盾中,鲁迅那恶魔般的挑战之声依稀可闻。

《秋夜》中的枣树以一无所有的竿子,默默地铁似地直刺着奇怪而高的天空,就是恶魔对无边的黑暗进行的绝望抗战。因为天空奇怪而高,仿佛要离开人间,使人们仰面不再看到,而且还将繁霜撒在园里的野花草上。人生是惨淡的,弱小者、善良者、投机者都在各自做着自己的梦,只有饱经沧桑、树叶落尽的枣树,奋起抗战,一心要制黑暗的天空的死命,不管星星各式各样地闪着许多蛊惑的眼睛。当时鲁迅虽然已经与周作人闹翻,但是在社会上与文化上还保持着一致,甚至在后来的女子师大的风潮中二人也都厌恶正人君子。从这个意义上说,鲁迅所说的"在我的后园"有两株枣树,是否可以看成是向旧势力抗战的周氏兄弟呢?

《淡淡的血痕中》最具有尼采式的恶魔的情感方式。文中说,目前的造物主还是一个怯弱者,暗暗地使天变地异,却不敢毁灭这地球;暗暗地使生物衰亡,却不敢长存一切尸体;暗暗地使人类流血,却不敢使血色永远鲜浓。他只为人类中的他的怯弱同类着想,用废墟荒坟来衬托华屋,用时光来冲淡苦痛和血痕,日日斟出一杯微甘的苦酒,使饮者也如醉也如醒,若有知若无知,也欲死也欲生,人们都在其间咀嚼着人我渺茫的悲哀。这都是造物主的良民。而看透了造化把戏的叛逆的猛士,不仅是造物主的叛逆,也是良民的叛逆。他洞见一切已改和现有的废墟和荒坟,记得一切深广和久远的苦痛,正视一切重叠淤积的凝血;"他将起来使人类苏生,或者使人类灭尽,这些造物主的良民们"。用鲁迅评价拜伦的话来说,善良平和的读者读到这种文字,能不感到恐惧吗?

但是,刚劲直率的叛逆的恶魔,对于中国柔软的国民有时是无可奈何的。在这个善于以静制动、以弱胜强、以退为进、以柔克刚的文化中,他们会不理你,甚至会反过来赞美你,令你无可措手。所以,当《这样的战士》中的猛士走进战阵的时候,"所遇见的都对他一式点头"。但猛士毕竟看透了造化的把戏:"他知道这些点头就是敌人的武器,是杀人不见血的武器,许多战士都在此灭亡,正如炮弹一般,使猛士无所用其力。"而且他的对手都是良善之人,不是慈善家、长者,就是雅人、君子,"但他举起了投枪"。他刺中的仅仅是一件外套,无物之物已经逃走,他就成了残害慈善家的罪人,"但他举起了投枪"。"在这样的境地里,谁也不闻战叫:太平。太平……但他举起了投枪!"在这里,我们似乎听到了尼采的"我是炸药,我是根本的破坏者"的声音。

鲁迅的想象力,在叙述勾魂的无常、复仇的女吊的时候格外动人。《野草》中有一篇《失掉的好地狱》,就是描绘地狱、鬼众与魔鬼的。当然,这里的魔鬼不同于鲁迅在《摩罗诗力说》中推崇的撒旦,他仅仅要取得地狱的统治权。但是,魔鬼的统治显然比人类的统治更得鬼魂们的拥戴。鬼魂们是在魔鬼的取胜中才得以醒来的，醒来后才有了反抗的绝叫，人类与鬼魂们一起同魔鬼战斗，赶走了魔鬼。结果鬼魂们在人类的统治下一样呻吟，甚至在怀念失掉的好地狱。魔鬼最后对“我”说：这是人类的成功，是鬼魂的不幸，“我且去寻野兽与恶鬼……”

《野草》中也出现过上帝，因为按照圣父、圣子、圣灵三位一体的理论，耶稣是上帝耶和华的道成肉身。但是，在《复仇（其二）》中，鲁迅仅仅是将福音书进行了稍稍的改写，就将耶稣置换成了鲁迅心目中的启蒙恶魔。耶稣来到世上是救世人的，是废掉了摩西的旧约而进行革新的，但是世人却将他钉在十字架上，四面都是敌意，庸众们都来辱骂他，戏弄他，甚至连与他同钉的强盗也讥讽他。于是耶稣对于世人，就“永久地悲悯他们的前途，然而仇恨他们的现在”。他们居然把拯救他们的人当作敌人嘲弄、钉死，耶稣玩味着庸众们的颠倒是非，对于庸众们将不得拯救而感到一种复仇的快乐。所以，当碎骨的大痛楚透到心髓的时候，耶稣就“沉酣在大欢喜和大悲悯中”。

这种愤世嫉俗的恶魔性，在《复仇》中表现得更加充分。鲁迅设定两个人，裸着全身，捏着利刃，在广漠的旷野上将要拥抱，或将要杀戮。于是，《藤野先生》中幻灯片上观看中国人给俄国人做侦探而被日本人抓起来的看客，《药》中夏瑜被杀时的看客，《阿Q正传》中阿Q被绑缚至刑场时的看客，《示众》中围观“罪犯”的看客，都纷纷赶到了，并且伸长颈子要鉴赏这拥抱或杀戮。然而，他们俩既不拥抱也不杀戮，也没有拥抱或杀戮之意，而是这样站到永久，站到身体干枯，也不见有拥抱或杀戮之意。无聊从看客的毛孔中钻出，爬满旷野，又钻进别人的毛孔中，看客们觉得干枯到失了生趣。他们俩则“以死人似的眼光，鉴赏这路人的干枯，无血的大戮，而永远沉浸在生命的飞扬的极致的大欢喜中”。

这种愤世嫉俗在《立论》、《聪明人和傻子和奴才》等篇中，也有表现。《立论》中的那位说实话的恶人，只有碰壁的份，而圆滑的人则得到感谢与恭维，造化在逼人变成“哈哈党”。在《聪明人和傻子和奴才》中，奴才只不过是诉苦，聪明人的只说不干、投机取巧和顺水推舟，使他永远立于不败之地，而傻子为奴才的诉苦所动而进行的颠覆活动，不仅惹恼了主子，也气坏了奴才。最后受恭维的是聪明人而受苦的却是傻子。所以鲁迅说，聪明人绝不能支持这世界，尤其是中国的聪明人。

当然，《野草》中对于生命主体进行自剖的篇章也不少。在鲁迅的作品中，经常提到“死”以及与死相联系的坟墓，《墓碣文》一篇，就是鲁迅面对死亡体认存在的杰作。墓碣阴面的文句正是鲁迅深刻自剖的写照:“抉心自食,欲知本味。创痛酷烈,本味何由知?”这意味着,当鲁迅深深体悟人的本体的时候,由于此刻当下的自我是一个创痛酷烈的对象,是无法观照的。正如《死火》中所说的息息变幻永无定形的快舰激起的浪花、洪炉喷出的烈焰,虽然凝视又凝视,总不留下规定性的迹象,何况现在面对的是创痛酷烈的主体?“痛定之后,徐徐食之。然其心已陈旧,本味又何由知?”鲁迅曾经幻想过死火,但是死火尚能复燃,过去的生命已随着流失的时光死去了,即使可以加以观照,也难见生命的本体。存在主义所揭示的生命主体的流变及其不可重复性,鲁迅在这里也体悟到了。鲁迅的自剖是无情的,他的自剖就像自啮其身的口有毒牙的长蛇。

鲁迅主体的恶性在《过客》中,表现得也很充分。《过客》的抽象性,使文本可以有多种阐释的可能。这是一个向西方寻求真理的故事。主人公是一个永不停息的追求者,而老翁曾经追求过,但是在鲁迅的时代,他已经成为停止不前的康有为们。这同时又是一个孤独的主体面对死亡试炼自我的强力意志的故事。人生有许多可走的路,但是路的尽头却是坟墓。小孩的乐观是建立在路的前面是鲜花的基础上的,老翁虽然认识到了路的前面是坟墓,但却没有反抗绝望的勇气而停顿下来。只有过客还在面对着坟墓永不停息地走着,而这就需要支撑自我的强力意志。伴随着这种强力意志的是主体的恶性。鲁迅后来几乎是注释《过客》似地说:“这种反抗,每容易蹉跎在‘爱’——感激也在内——里,所以那过客得了一女孩的一片破布的布施也几乎不能前进了。”[1]鲁迅在《野草》的另一篇《求乞》中就说:“我不布施,我无布施心,我但居布施者之上,给与烦腻,疑心,憎恶。”而《过客》对鲁迅这种主体的恶性表现得更强烈:“倘使我得到了谁的布施,我就要像兀鹰看见死尸一样,在四近徘徊,祝愿她的灭亡,给我亲自看见;或者诅咒她以外的一切全都灭亡,连我自己,因为我就应该得到诅咒。”这就表现了鲁迅在意识深层对于亲人妨害他的个性自由的厌恶,以至于要祝愿她的灭亡。当时鲁迅最亲近的是他的母亲,而鲁迅在论感激的时候所举的例子恰恰就是他的母亲:无论从哪一方面说,感激“总算是美德罢。但我总觉得这是束缚人的。譬如,我有时很想冒险,破坏,几乎忍不住,而我有一个母亲,还有些爱我,愿我平安,我因为感激他的爱,只能不照自己所愿意做的做,而在北京寻一点糊口的小生计,度灰色的生涯”。

---

① 鲁迅:《书信集·250411 致赵其文》。

《野草》的感性趣味，可以在最后一篇《一觉》中看出来。鲁迅在编校年轻人的文稿，那些不肯涂脂抹粉的痛苦粗暴的魂灵便裸露在他的面前：

> 魂灵被风沙打得粗暴，因为这是人的魂灵，我爱这样的魂灵；我愿意在无形无色的鲜血淋漓的粗暴上接吻。漂渺的名园中，奇花盛开着，红颜的静女正在超然无事地逍遥，鹤唳一声，白云郁然而起……这自然使人神往的罢，然而我总记得我活在人间。

《野草》是鲁迅的全部作品中现代性最强的，也是最具有恶的意味的文本。从这个意义上讲，恶之花正是现代文学的一个审美特征。

春温代秋肃：上海残留的“恶之果”

本小节的标题显示出，鲁迅在上海的最后的日子里，也并没有完全放弃从留日时期就看取的恶魔性的文化和文学。我们上面对于鲁迅文学观、小说、散文诗等方面的分析，虽然基本上都是以 1918 年的北京到 1927 年的广州的鲁迅文本为依据的，但是偶尔也涉及留日时期和到上海之后的文本，譬如在研究鲁迅喜欢的动物的时候，说他宁可喂猛兽也一点不给癞皮狗，就出自鲁迅逝世前的《半夏小集》；又如在讲鲁迅喜欢的恶鬼的时候涉及的《女吊》，也是鲁迅去世前留下的作品。鲁迅定居上海的日子，其恶魔性至少还有以下方面的表现。

第一，对于从《文化偏至论》与《摩罗诗力说》发表以来所从事的文化与文学事业，鲁迅从来没有真正地加以否定，而认为这是“曾惊秋肃临天下”的壮举。甚至对于最具有恶魔文学精神的《野草》，鲁迅也没有否定的意思。1931 年他在《〈野草〉英文译本序》中不无留恋地说，处在变化的时代，已不许再有这样的文章，甚至这种感想存在。鲁迅受尼采影响很大，但是有一点他自始至终与尼采不同，就是尼采是个夸大狂，他将自己比作神，比作耶稣，将自己的文章说得太好；而鲁迅即使在推崇天马行空的大精神的“五四”时期，提到自己的时候也总是很谦虚。然而，1934 年鲁迅在致萧军的信中，虽说《野草》情绪太颓唐，又说技术并不坏。这种对自己作品的夸赞在鲁迅那里是较少出现的。事实上，鲁迅不但没有否定恶魔性很强的前期文本，而且还借着自己在“左翼”文坛上的崇高地位加以传播。这一点与郭沫若等一大批“左翼”作家极为不同，他们向左转之后，往往就把自己过去的作品说得极低，甚至以革命思想去改动过去的文本。

第二，在上面的论述中，我们曾经说过，恶的文学是个性自觉与个性扩张的文学。鲁迅后期，并没有简单地像一些革命文学家那样否定人的个性发展，他反复告诫一些“给你点颜色看看”的革命文学家，革命不是让人死，而是让人活。鲁迅不否定人的个性发展,从他后期不断地批判屈原上也能看得出来,否则他的批判就没有出发点。尽管鲁迅一生都很喜欢屈原的作品,他早期与后期的旧诗经常借用《离骚》中的句子,"五四"时期虽然他没有作旧诗,但是他在《彷徨》的扉页上就大段地征引《离骚》,作为自己追求真理的动力。但是,屈原毕竟是古代的伟大诗人,他虽然愤世嫉俗,然而却并没有将自己看成独立自足的立于社会中的大树,所以当国王不用他时,他就只能哀怨发牢骚。而且《离骚》中的香草美人,成为后来一种对于国君带有依附性的文学原型。正是从这个意义上,鲁迅说屈原的《离骚》是不得帮忙的不平。

第三,恶的文学是否定性的文学,鲁迅后期的文本仍然具有强烈的否定性与批判性。概括起来看,鲁迅后期的批判是指向两个方面的,即对社会政治的批判和对文化传统的批判。用《准风月谈》中《夜颂》一篇的话说,鲁迅对于现实社会是想揭开人肉酱缸上的金盖,涤尽鬼脸上的雪花膏。鲁迅后期的文化批判除了继续他前期的国民性批判之外,还在"刨坏种的祖坟"——在《故事新编》以及其他杂文中,对孔子、老子、庄子等人展开了批判。当然,鲁迅的批判否定在前期与后期是有差异的。如果说鲁迅前期侧重于国民性的文化批判,那么后期则侧重于社会批判,尤其是在前期较少出现的政治批判。《伪自由书》中的杂文,几乎快成为政治时评了。只是到了《且介亭杂文》以及二集和末编,鲁迅才又冷静一点,笔锋也像前期杂文一样指向文化传统。但是,鲁迅作为恶魔的批判精神却是一致的。这正如他后期在政治上厌恶在台上的国民党,同情在台下的共产党,是与他永远站在正统的反面的一贯的恶魔精神相吻合的。

第四,鲁迅培养了胡风、萧红、萧军等一批略有恶魔精神的作家。这些作家与"左联"中的"左派"偏于否定"五四"文学不同,而是偏于继承"五四"文学传统——敢于正视国民麻木的魂灵,张扬人的个性精神,将社会批判与文化批判结合起来。没有鲁迅的支持和扶持,他们当时即使存在,也不可能得到"左翼"文坛的认可。而胡风的理论在很大意义上是对鲁迅小说、散文诗等前期创作的理论总结。关于这一点,我们在后面阐发鲁迅文学传统时还要详细论述。从这个意义上说,鲁迅为中国恶的文学保留了珍贵的火种。

现在一些学人一提起鲁迅后期来,就以为与前期迥然不同,其实是对鲁迅的一种误读。换句话说,鲁迅前后一致的东西是主要的,思想的联系是主要的。这一点,使夏志清在他的《中国现代小说史》中都有点左右为难。夏志清的观点后来有所变化,但是在他写作《中国现代小说史》的时候却是旗帜鲜明的反共者。鲁迅后期与共产党走得比较近,而且逝世之后受到包括毛泽东在内的共产党领袖的较高评价。所以他就站在反共的立场,想打破鲁迅的神话。他大力肯定鲁迅前期的作品,却极力否定鲁迅后期的作品,包括主要是后期作品的《故事新编》,还有鲁迅后期的杂文。夏志清说,这些作品基本上都是啰啰嗦嗦,搬弄是非,是创作力消失了之后的一种无奈。但是,这种评价,却与夏志清在《中国现代小说史》的另一个处所对鲁迅杂文前后一致、差异不大的评论矛盾而不能共存:"他在一九二九年向共产阵营投降后所写的散文,除了一些表面上的马克思辩证法的点缀外,与他早期作品中的论点和偏见差异甚少。"①

然而不可否认的是,与前期相比,鲁迅后期的恶魔性明显减少了。在《文化偏至论》中,鲁迅为了"任个人而排众数",历数群众的趋炎附势无特操,并以莎士比亚的历史剧《裘力斯·凯撒》中第三幕第二场的故事说:"布鲁多既杀该撒,昭告市人,其词秩然有条,名分大义,炳如观火;而众之受感,乃不如安多尼指血衣之数言。于是方群推为爱国之伟人,忽见逐于域外。夫誉之者众数也,逐之者又众数也,一瞬息中,变易反复,其无特操不俟言;即观现象,已足知不祥之消息矣。故是非不可公于众,公之则果不诚。"而杜衡在30年代的话就仿佛是对《文化偏至论》的解说:"在许多地方,莎氏是永不忘记把群众表现为一个力量的;不过,这力量只是一种盲目的暴力。他们没有理性,他们没有明确的利害观念;他们的感情是完全被几个煽动家所控制着,所操纵着。"而且为了防止"左联"的抨击,杜衡在语气上比《文化偏至论》要缓和得多。他不无顾及地说:《凯撒》所表现得虽不一定是群众的本质,但莎士比亚是这样表现的,"至于我","不敢赞一词"。尽管如此,这并未避免鲁迅对他的激烈抨击②,当然这也是鲁迅对过去的自己的抨击。

《野草》是中国现代文学的奇迹。甚至那些对鲁迅说三道四的人,也不敢藐视《野草》。鲁迅后期,虽然并未否定《野草》,甚至还有较高的评价,但是像《野草》那样吐露内心深在的苦闷、阴暗等恶魔性的作品,几乎已经绝迹。换句话说,鲁迅虽然还在揭露传统的罪恶与现实社会的邪恶,但却较少正视主体内在的恶魔性。而且即使对于传统邪恶的揭露,较之《坟》等杂文集以及《狂人日记》、《阿Q正传》等小说,也并没有新的拓展。尽管鲁迅后期杂文的技巧更为

---

① 夏志清:《中国现代小说史》,香港:香港友联出版社,1979年,第43页。

② 见《且介亭杂文》中《"以眼还眼"》,《花边文学》中《又是"莎士比亚"》。

娴熟，但没有哪个杂文集的分量能够比《坟》更重。当然，从艺术风格上说，鲁迅“五四”时期的作品与后期作品确实有“秋肃”与“春温”之别。在《理水》与《非攻》中，鲁迅描绘出一种闪耀着民族光彩的中国脊梁式人物，他们为了大众的生存埋头苦干、拼命硬干，一扫《呐喊》、《彷徨》与《野草》中的悲观绝望。尽管在两篇作品的结尾，鲁迅都以反讽的笔调而竭力避免流入大团圆，但是同样也避免了《彷徨》与《野草》式的让人透不过气来的阴暗与沉郁。但是，艺术不是生活，它不以写光明与写黑暗来判定价值，而且从文学史来看，悲剧往往比喜剧更打动人，正如鲁迅曾经说过的，诗人是苦恼的夜莺，艺术是苦闷的象征。王朔以解构主义标榜，却否定《呐喊》、《彷徨》而肯定《故事新编》，当然很滑稽，因为《故事新编》中的《理水》与《非攻》有建构的意味，与“五四”时期的作品致力于恶魔性的颠覆与解构是略有不同的。

而且，即使是前期，鲁迅与不遗余力地张大意志露出“毒牙”的尼采等人也不同，就是通过肯定勿以暴力抗恶的托尔斯泰主义，可以向传统的善认同，从而对恶有一种抑制作用，《呐喊》中的《一件小事》就是托尔斯泰主义的结果。尼采反对同情，他说弱者没有承受痛苦的能力，既容易同情他人而侵害他人的个性，也希望在痛苦之时得到他人的同情。但是，鲁迅在“五四”时期就不反对同情，他对于笔下受苦受难的下层人民就一直是“哀其不幸”，这尤其表现在《故乡》等小说中。

正是这种思想基础，加以从孟子、宋明理学以来形成的人性本善的文化传统的潜在影响，使得鲁迅后期对恶的文学甚至发生过怀疑。就以对陀思妥耶夫斯基作品的欣赏为例，鲁迅前期说：“高兴的读者不能看完他的全篇”，“软弱无力的读者”称他为“残酷的天才”，鲁迅后期虽然推崇他太伟大了，“但我自己，却常常想废书不观”。[①] 鲁迅留日时期、“五四”时期对尼采推崇备至，但后来却说尼采终究不是太阳，他发了疯。鲁迅“五四”时期欢呼精神分析学说进入中国，说是将一切正人君子的假面都撕下来了，但是后来却以小孩先要饭吃为例，表明这一学说的偏至。鲁迅前期对暴君的臣民的指责超过暴君，以为暴君的臣民比暴君还暴，但是后期他虽然仍然在揭批国民性，却将矛头更多地指向了统治者，说是小民的像沙是统治阶级的治绩。尤其是他评论苏联的进步作家的时候，这种怀疑就表现得尤为明显：“我所见到的几位新俄作家的书”，

---

① 见《集外集·〈穷人〉小引》、《且介亭杂文二集·陀思妥夫斯基的事》、《译文序跋集·〈疯姑娘〉译者附记》。

都令人“感到一种不足。就是:欠深刻”。“但我又想,所谓‘深刻’者,莫非真是‘世纪末’的一种时症么?倘使社会淳朴笃厚,当然不会有隐情,便也不至于有深刻。如果我的所想并不错,则这些‘幼稚’的作品,或者倒是走向‘新生’的正路的开步罢”[①]。

① 鲁迅:《译文序跋集·〈信州杂记〉译者附记》。

吐纳东西:文学恶魔的文化渊源

鲁迅在第一篇文学论文《摩罗诗力说》中,就置古不道,“别求新声于异邦”。所以其恶魔性的文化渊源主要来自西方,这应该是没有疑问的。鲁迅在《文化偏至论》与《摩罗诗力说》中所介绍的哲学家和诗人,尤其是尼采与拜伦,应该是鲁迅的文本恶魔性的主要来源,也是没有疑问的。但是,对于鲁迅恶魔品格的塑造,还有其他一些方面。

达尔文的进化论对于鲁迅恶魔品格的塑造就不可小视。从孔孟到老庄,其历史哲学都是复古的退化论,而达尔文的进化论经过鲁迅改造之后,就变成了一种不断前进的历史进化论。在退化论看来,越是固有的东西就越是应该肯定;而在进化论看来,历史要前进就必须批判否定固有的东西。在老庄心目中,“自然”就是一个万祸不作、花草丛生的宁静乐园;然而在达尔文笔下,“自然”却变成了一个生物之间相互竞争、掠夺、厮杀与侵吞的角斗场,甚至“人的早期的祖先,像所有其他的动物一样……一定也曾不时地面临和身受为生存而进行的竞争,和受到由此而活跃起来的自然选择法则的刻板而无情的制裁”。[①] 在《摩罗诗力说》中,鲁迅就运用这种带有恶性的生存竞争与淘汰的世界观看问题:“人类既出而后,无时无物,不禀杀机”,“其强谓之平和者,不过战争方已或未始之时,外状若宁,暗流仍伏,时劫一会,动作始矣”。鲁迅甚至说,即使两个人在一间房里,也会发生氧气的竞争,谁的肺强谁就获胜。所以人的一生与杀机相伴,“平和之名,等于无有”。

刘东在《西方的丑学》一书中说:“写下了《恶之花》的波德莱尔,有资格来做丑艺术的真正的宗师。”波德莱尔以撒旦为美,从恶中发掘美,使文学对人的恶性的表现达到了令人战栗的地步。鲁迅从日文和德文不仅阅读过波德莱尔

---

① [英]达尔文:《人类的由来》中译本上册,北京:商务印书馆,1986 年,第 64 页。

的作品，而且还翻译过他的诗，将恶的花朵采摘到中国来。陀思妥耶夫斯基虽然是作家，但他与鲁迅在《文化偏至论》中推崇的克尔凯戈尔、尼采一同被看作存在主义的先驱。出于对理性主义的幻灭，他揭去了宇宙所戴的规律的假面，而露出了个人在非理性乃至荒谬的宇宙面前的大悲哀。鲁迅写过两篇介绍陀思妥耶夫斯基的专门文章，来分析这位“恶毒的天才”。鲁迅说陀思妥耶夫斯基既是“罪孽深重的罪人，同时也是残酷的拷问官”。“他把小说中的男男女女，放在万难忍受的境地里，来试练他们，不但剥去了表面的洁白，拷问出藏在底下的罪恶，而且还要拷问出藏在那罪恶之下的真正的洁白来”，也就是“用了精神的苦刑，送他们到那犯罪、痴呆、酗酒、发狂、自杀的道路上去”。“对于爱好温暖或微凉的人们，却还是没有什么慈悲的气息的”。“因此有些软弱无力的读者，便往往将他只看作‘残酷的天才’”[①]。

比波德莱尔、陀思妥耶夫斯基对于鲁迅的小说创作影响更大的，是安德烈耶夫和阿尔志跋绥夫。安德烈耶夫以象征手法对人之恶性的深刻发掘，使其作品具有抽象性的“玄学的恐怖”。特别是在斯托雷平时代，他热衷于描写兽性战胜人性，黑暗战胜光明。在鲁迅翻译的安德烈耶夫的作品中，《黯澹的烟霭里》描写的是人信念的丧失与精神个性的毁灭。而《谩》写的是一个追求真诚的人最终发现欺骗和谎言弥漫了整个宇宙：“大气阿屯，无不含谩。”在鲁迅看来，安德烈耶夫思想的根底是：“人生是可怕的”，“理想是虚妄的”，“黑暗是有大威力的”，由此构成了他在人生观与道德观上的全面悲观绝望。[②] 而鲁迅喜爱的另一位俄国作家，则是于绝望中反抗破坏的阿尔志跋绥夫。阿尔志跋绥夫笔下的绥惠略夫就是一个悲观绝望而又充满恶性的破坏者。他敌视托尔斯泰的善的和平主义，认为基督教以及人类一切价值标准都是虚伪的自我欺骗。“他先是为社会做事，社会倒迫害他，甚至于要杀害他，他于是一变而为向社会复仇了，一切是仇仇，一切都破坏”。于是，绥惠略夫“确乎显出尼采式的强者的色彩来”。而鲁迅翻译《工人绥惠略夫》的动机，在他看来是由于在辛亥革命前后乃至现在，未来，中国许多改革者“境遇和绥惠略夫很相像”[③]。

对鲁迅恶的文学观影响较大的，还有文学史家勃兰兑斯。在 19 世纪 80

---

① 见鲁迅《集外集·〈穷人〉小引》、《且介亭杂文二集·陀思妥夫斯基的事》、《译文序跋集·〈疯姑娘〉译者附记》等。

② 鲁迅：《书信集·250930 致许铭文》。

③ 参见《华盖集续编·记谈话》、《译文序跋集·译了〈工人绥惠略夫〉之后》。

年代，勃兰兑斯激进的反基督教和个人主义，以及对此种文学的推崇，对鲁迅造成了很大的影响。而通过学识渊博的勃兰兑斯的文学史大门，鲁迅可以广泛地选择西方文学，特别是破坏旧轨道的恶的文学。勃兰兑斯早年深受存在主义的鼻祖克尔凯戈尔的影响，并著有《卓伦·克尔凯戈尔》、《现代的开路人》、《尼采》等专著。他不仅很推崇易卜生，而且发现了处于四面碰壁之中的尼采，他的《十九世纪文学主流》更是一部宏大的里程碑式的文学史巨著。在《摩罗诗力说》中，鲁迅在介绍普希金和莱蒙托夫的时候就参照了勃兰兑斯的《俄国印象记》，而介绍密茨凯维支、斯洛伐斯基的材料，几乎全部来自《俄国印象记》。

在文学理论方面，对鲁迅恶的文学观影响很大的是厨川白村。20 年代，鲁迅翻译了厨川白村的《苦闷的象征》与《出了象牙之塔》等论著，并将前者用作大学的文学理论教材。厨川白村为鲁迅所看中的，是反虚伪而求实，反停滞而求动，反习俗而求变，反奴性而求"天马行空之大精神"的个性，反对肤浅的乐观主义而正视苦闷的人生的精神。而厨川白村的文学理论来源之一，就是弗洛伊德的精神分析学说。弗洛伊德虽然反对基督教，但却遵循基督教人性本恶(原罪)的传统，揭示了意识的不重要，而无意识中的本我(id)却是一个充满着原始的情欲和暴力的恶的世界。鲁迅接受精神分析学说较早，并看出了这一学说的"偏执"，然而鲁迅不但不否认其合理性，在《补天》等小说中运用了这一学说，而且还运用这一学说去揭破做假者的面具："偏执的弗罗特先生宣传了'精神分析'之后，许多正人君子的外套都被撕破了。""他的分析精神，竟一律看待，不准谁站在超人间的上帝的地位上。"[①]

鲁迅作为一个文学恶魔，虽然其主导的文化渊源来自西方，但是这并不是说没有民族文化的渊源。孔子之后，儒家在向着两个不同的方向发展，与孟子张扬人的内在的善性不同，荀子主张人性是恶的，因而就更强调外在的规范，沿着这个路线，荀子的学生韩非就顺理成章地走向了法家。荀子认为："人之性，恶；其善者，伪也。"[②]恶性是人与生俱来的，只是在后天礼教的教化之下，才会去恶就善。但是，真正以性本恶说"看透世人真面目"的，却是法家韩非。在韩非看来，所谓礼教道德只不过是一堆毫无用处的漂亮言词，或者是试图巧取豪夺的掩饰之辞。在社会的冷酷无情的战场上，充满着的其实都是为了个

① 鲁迅：《华盖集·"碰壁"之余》。
② 《荀子·性恶》。

人的利益而发生的残酷争斗和厮杀："舆人成舆，则欲人之富贵；匠人成棺，则欲人之夭死也。非舆人仁而匠人贼也"；因为对匠人来说，"人不死则棺不买"，"利在人之死也"。这种毫无讳饰的笔锋，确乎是揭去了"人肉酱缸上的金盖"。如果说庄周对鲁迅的恶的文学观有影响的话，则不在其伦理取向，而在其否定性的对"礼教吃人"的愤怒控诉。鲁迅自己就承认，他在"思想上，也何尝不中些庄周韩非的毒，时而很随便，时而很峻急"[1]。

---

① 鲁迅：《坟·写在〈坟〉后面》。

◉第三编

关于鲁迅的论争

鲁迅是革命家吗?

鲁迅是“革命家”仿佛已经成了定论,连中国最为流行、发行量最大的工具书《现代汉语词典》,在注释“革命家”一词时举的唯一例证是:“鲁迅是伟大的思想家和革命家。”但是,我认为鲁迅是不是革命家仍然值得我们讨论。为什么呢? 因为一想到革命家,人们一般不会联想到鲁迅,而会联想到孙中山、毛泽东等人。这是一种直感,但有时候直感也就是理论家。我们来对这个直感加以深入的分析。

要理解鲁迅是不是革命家,首先我们看一看“革命”一词的含义。“革命”一词在中国古代就指以暴力手段推翻黑暗残暴的政府,《周易·革·彖传》里有这么一句话,就是“汤武革命,顺乎天而应乎人”。《易传》的意思是说,商汤率领部队推翻黑暗残暴的夏桀暴政,武王伐纣推翻暴虐的殷商政权,是上合天意下得民心的。在这里,“革命”一词被赋予了以暴力手段推翻残暴政府的改朝换代的含义。但是,现代的“革命”一词不完全是古代改朝换代的意思,而是从英文 revolution 翻译过来的,这个词来自拉丁文 revolūtus,后来拼作 revolūtiō,是天文学上的旋转运行,只是到了 1450 年才有了巨变的意思。“革命”一词被赋予政治含义是随着 17 世纪英国的光荣革命与 18 世纪的法国大革命,就是用暴力方式推翻一个政府或一种社会秩序,并用新的取代之。在现代中国,戊戌变法是在现行制度之内实现改革,被称为“改良”,而慈禧太后对变法的扼杀,使得有志之士失望于清廷,转而寻求推翻清廷的革命,以法国大革命为楷模,试图实现社会制度的根本变革,这就是孙中山之所谓“革命之于改良,正如黑白之不能颠倒,东西之不能易位”。因此,“革命”一词输入中国的时候,就具有暴力推翻旧的社会制度,使整个社会发生彻底与根本的变革与翻转的意思,它与“汤武革命”的不同,就是这种革命不是简单的改朝换代,而是在打碎旧世界的基础上建立理想的新世界。

中国传统上的“革命”是改朝换代的意思，具有旧的秩序的重建的意味。现代“革命”的含义，却具有以暴力手段除旧布新的意义，而绝非旧秩序的重建。革命者要具有一种与旧世界不同的革命理想，在打碎旧的社会制度的基础上实现这种理想。比方说：一所房子破破烂烂，有点漏风漏雨，如果我们把这房子修修补补，或者说换一扇新窗子，把窗户漏风的地方贴上纸，这就是改良。但是，有几个没房子住的人，把这破烂房子推倒了，却又按照原来的图纸重新盖了一座这样的房子，尽管乍看起来比过去新了，但是过几年还是避免不了漏风漏雨，这就是汤武式的“革命”。如果有一个人找到了这房子漏风漏雨的原因，并且设计了一种避免漏风漏雨的新图纸，于是他与别人把这房子给推倒了，然后，根据与旧房子不同的新的图纸建了一所更好更理想的房子，这大概就是我理解的 revolution——“革命”的含义。只是推倒旧的，把它砸碎了，然后再在这个房子的基础上，完全是按照老样子再盖所房子，这就是循环式的中国的改朝换代式的革命。而现代的革命应该是砸碎了旧的，然后自己再设计一所更理想的房子，比原来各方面都好，住得也舒服，也不漏风，那么，这就是一种真正意义上的现代革命。

明白了“革命”的含义，就明白了为什么不能简单地说鲁迅是革命家，因为革命家是具体从事革命活动并且做出很大贡献的人。革命家的典范是孙中山，他东奔西忙，就是想推翻腐败的清政权，在中国建立一个民主共和国。尽管严复《天演论》等书的翻译对后来的革命家都发生了巨大的影响，然而严复是思想家，而不是革命家。正如启蒙学者的思想导致了法国大革命，但不能说启蒙学者就是革命家一样。现代中国的很多变革，都跟严复的思想有千丝万缕的联系，但是我们不能说严复就是革命家。孙中山曾经对严复说，先生是思想家，而自己则是实际的革命家。从这个意义上说，没有任何证据表明鲁迅是革命家。

鲁迅确实参加过光复会，但是他并没有从事多少革命活动。如果以一个革命家的标准要求鲁迅，鲁迅确实不是没有可指责的地方，葛红兵就是这样指责鲁迅的：“他为什么要拒绝回国刺杀清廷走狗的任务？徐锡麟，他的同乡能做的，秋瑾，一个女子能做的，他为什么不能做？难道他不是怯懦吗？”[①]根据增田涉在《鲁迅与“光复会”》中回忆，有一次鲁迅对他说：“我从事反清革命运动的时候，曾经被命令去暗杀。但是我说，我可以去，也可能死，死后丢下母

---

① 葛红兵：《为二十世纪中国文学写一份悼词》，载《芙蓉》，1999 年第 6 期。

亲，我问母亲怎么处置。他们说担心死后的事可不行，你不用去了。”从这段话看，鲁迅并没有像人指责的那么怯懦，他只是担心自己死后母亲没人照顾而被别人罢用而已，但说实话，鲁迅下面还有两个弟弟，他死后母亲不至于没有人管。可以这么说，他想得太多，从而失去了行动的果敢是事实。

“五四”时期，鲁迅曾经在通信中反思过这个问题，即爱和感激有时也能软化一个勇士，他想到杀人，也想到自杀，但是一想到有一个爱他的母亲而生感激之心，尤其怕母亲担心和伤心，就使自己失去了行动的勇气。于是一事无成，只能在北京过着灰色的生活。事实上，鲁迅一开始就不是以一个政治活动型的革命家而是一个勤于思虑的思想家的面目出现的，他作为革命家的弱点恰恰是他作为一个思想家的优点。为什么这么说呢？当许多人在日本从事反清革命活动的时候，鲁迅却在想，国民是如此愚昧麻木，旧的政府旧的社会被推翻之后，怎么办呢？靠这种愚昧麻木的国民，靠这种以观赏别人的苦痛和死亡为乐趣的国民，能够真正建立一个真正的民主共和国吗？鲁迅虽然没有参加多少实际的革命活动，但是作为一个启蒙思想家他却是深谋远虑的。鲁迅后来也说过，他到前线打仗不会比那些愚昧无知的人勇敢，因为他想得太多。正因为他想得太多，甚至经常想象死亡，所以他才能够成为现代中国最深刻复杂的思想家，才能够写出《野草》、《无常》、《女吊》这样的作品。

鲁迅 30 年代在上海的时候，似乎是一个拿着匕首和投枪向着敌人冲锋陷阵的战士。但是，从他对郁达夫的态度来看，他并不是革命家的那种人格。30 年代“左联”成立，他拉着郁达夫参加。郁达夫浪漫潇洒，风流倜傥，却是自由散漫，让他参加政治组织生活不太适合。所以“左联”成立以后，他几乎没参加什么活动，因此“左联”后来把他给开除了，鲁迅为此非常不高兴。鲁迅属于思想激进不满现状的作家，但他重视创作，而不重视去搞什么运动和革命活动。在“左联”里面，鲁迅大概是偏右的一派，他很不赞成搞什么飞行集会，搞什么武装保卫苏联。他很强调文人的职业操守，他说文人无行还不失为文人，文人无文就不是东西。从这一点来衡量，鲁迅也不像职业革命家。其实鲁迅不是没有机会成为革命家，他到上海不久，当时共产党的革命领袖李立三就曾经找过鲁迅，让鲁迅发表宣言，讨伐蒋介石，说蒋介石叛变革命，然后配合中国共产党的城市暴动，但是鲁迅断然拒绝了。真实的情况是，如果鲁迅以真实姓名发表宣言讨伐蒋介石，配合共产党暴动，蒋介石可不管你是不是著名作家，肯定会通缉甚至暗杀鲁迅。今天一些人提及此事，都说鲁迅是与共产党“左倾”盲动主义做斗争，但是鲁迅的断然拒绝绝没有这么单纯。这种拒绝又让人想到当年光复会派他暗杀，他没有果敢前行的往事。

疑虑之心很重，不轻易被人利用，也是鲁迅的一个特点。30年代他发表的许多杂文署名都是“何家干”，这个笔名表示他给哪家干活自己似乎不很明了。有一个现象值得注意，就是鲁迅在30年代的杂文中很少抨击国民党高层，例外的大概是在《十字街头》上以阿二的笔名写的几首顺口溜，如《好东西歌》、《公民科歌》、《“言词争执”歌》，尤其是《“言词争执”歌》，一口气点了吴稚晖、孙科、胡汉民、汪精卫等几个人的名。这首顺口溜有两点值得注意，第一，尽管鲁迅说他们的言词争执是放屁，但又说“中华民国老是没头脑，想受党治也不能，小民恐怕要苦了”；第二，没有点蒋介石的名。这是非常耐人寻味的。将鲁迅打扮成红色革命家的人，会津津乐道鲁迅有一次看电影，看到苏联红场阅兵时说，这个场面他是看不到了，海婴是能看到的。这是别人回忆的鲁迅聊天时说的话，不妨说是一个准确的预言。但是，鲁迅临终前的《因太炎先生而想起的二三事》中，也有这样的话：“我的爱护中华民国，焦唇敝舌，恐其衰微。”这句话完全可以当作红色预言的反面话语来理解，蒋介石们也会很欢迎这句话。即使在政治上，鲁迅也没有那么单纯，一是一二是二。鲁迅往往是考虑得太多，因而失去行动的勇气。如果是一个实际的革命家，他的考虑就不会这么多。你反对国民党及其领导的“中华民国”政府，就是要促使这个政权赶快灭亡。

鲁迅的《南腔北调集》、《二心集》、《伪自由书》等几个集子政治倾向性比较鲜明，“左翼”色彩较浓，战斗力比较强。这与瞿秋白的友好关系以及资本主义世界的经济大危机都是联系在一起的。但是1934年之后的杂文，鲁迅似乎又回到了先前的状态，甚至陷入一种孤独的个人回忆之中。斯大林的个人暴虐，也引起了鲁迅的警觉与疑虑。冯雪峰当时是共产党派驻上海的代表，有一次鲁迅突然对冯雪峰说，你们来了，还不是先杀掉我？鲁迅评价嵇康阮籍时曾说：“凡人们的言论，思想，行为，倘若自己以为不错的，就愿意天下的别人，自己的朋友都这样做。但嵇康阮籍不这样”，不愿儿子像他们那样越名教而任自然，所以鲁迅说，嵇康阮籍的毁坏礼教，是讨厌那些利用礼教的人，从他们教育儿子循规蹈矩的情况看，“他们实在是相信礼教到固执之极的”。[①] 但鲁迅又是如何做的呢？鲁迅劝过许多以他为师的作家不要加入“左联”。萧红、萧军从东北来，他就不要他们加入“左联”。鲁迅不加入中国共产党，被好多人解释

---

① 鲁迅：《而已集·魏晋风度及文章与药及酒之关系》。

成留在党外比在党内作用更大，但这是颇令人疑惑的事情：鲁迅晚年还津津乐道当年加入光复会的事情，你既然相信只有无产者才有未来的共产主义，为什么不加入共产党呢？还有，鲁迅为什么拒绝去苏联治病呢？事实上，在鲁迅晚年的那种寂寞与孤独里，有一种深深的疑虑掺杂其间。

疑虑与反思，对于一个思想家来说都是非常必要的品格，但是对于一个革命家就可能令他失去付诸行动的勇气，因而鲁迅没有成为实际的革命家，而是成了中国近代以来最深刻的思想家。鲁迅曾说，他要以他的笔去回敬敌人的手枪。每当证明鲁迅的革命坚定性时，都会引用这句话；但问题是，一个用笔去回敬手枪的人是革命家吗？用手枪来回敬手枪的人那才是革命家。其实鲁迅在黄埔军校讲文学的时候也说过，老鼠虽然吱吱叫出很好的文学来，猫儿吃起它来还是不客气，一首诗吓不走孙传芳，一炮就把孙传芳轰走了。

当然，"革命"一词也具有衍生的意义。这种意义由政治上的革命意义演化而来，是指某一方面的根本变革，像文学革命、思想革命、技术革命和产业革命等等。其实，"五四"新文化运动有两个与革命有关的词，一个是文学革命，一个是思想革命。鲁迅就曾经说道，我们现在只能搞思想革命。因此，我们说鲁迅不是从事推翻国民党政府的革命家，并不否认鲁迅是传统向现代转变的文学革命家和思想革命家。

我们来看一看作为文学革命家的鲁迅。鲁迅自己说，他的小说显示了文学革命的实绩。怎么来理解这句话呢？鲁迅创作小说的年代和蒲松龄创作《聊斋志异》的年代其实很近，但是可以看到，鲁迅的小说和《聊斋志异》，完全不是一个类型的小说。这不单单是因为《聊斋志异》用文言文而鲁迅小说用白话文，更是因为小说的表现方式、所表现的内容以及结构方式、叙述方式的巨大差异。《聊斋志异》大概一页两页就能拍一个电视剧，但是，鲁迅的小说就做不到。《聊斋志异》往往用很少的篇幅，就能讲述一个完整的故事。比方说，一位书生晚上读书的时候，遇到一个狐仙，然后每天晚上读书时与狐仙来往。过一段时间后，一个老道士看见这个书生，从他脸上发现了什么蛛丝马迹，然后狐仙再来的时候，老道现场做法，识破妖狐。这样一来，这故事就比较曲折了。尽管篇幅很短，但故事叙述得曲折婉转，完全可以拍个电视剧。《聊斋志异》是文言小说，似乎与现代白话小说差异甚大，但是，现在一些人过于强调以白话文为新旧文学的分界线，也是掉进了形式主义的陷阱，否定了鲁迅以及"五四"文学的革命性变革。事实上，中国的白话小说起源甚早，在宋代的勾栏瓦舍之中就已发展起来。而鲁迅小说的现代性并非仅仅靠白话文取得的，即使纯粹从形式的角度看也是如此。

我们以宋代话本小说《志诚张主管》为例，来看看古代的白话小说与鲁迅小说在形式上的差异。这个短篇叙述一个张员外，60多岁了，死了老婆，又没子女，不甘寂寞，想再讨个小的，因为他家有10万财产，不然财产给谁？就找了两个媒婆说媒，条件是年轻漂亮，还要门当户对，有相当的财产。这两媒婆犯愁了，年纪这么大，条件又这么高！犯愁归犯愁，两个媒婆为了钱财还是满口答应。她们发现，王招宣府上的小夫人因为得罪主人，被逐出府门，而且这年轻漂亮的小夫人积了不少的钱财，没有10万也有5万，符合张员外的条件，经过媒婆一撮合，小夫人就进了张家。但是嫁给张员外之后，这张员外身体不行，人也老了，小夫人一看就后悔了。小夫人不久就看上了她家的张主管，而且还经常主动给他送钱送东西。张主管回家跟他母亲说：老爷娶了个小夫人，这小夫人总是给他送这送那的。他母亲一听，此事不妙，你干脆别去了。从那以后，这张主管就不到张员外家了。过了一些日子后，这个张主管元宵夜看灯，路过张员外家，发现张员外府门上贴了封条，他不知道怎么回事，后来遇到了小夫人。小夫人说：张员外犯事了，我现在无依无靠，你说我怎么办呀，我只好投奔你了。张主管顿生同情心，就把她带到了自己的家里。但是，小夫人有心，张主管却完全遵循主仆伦理，严守男女之道。小夫人几次诱惑他，张主管都是坐怀不乱，目不斜视。突然有一天，张主管碰到了张员外，说是王招宣府上丢了108颗明珠。因为他娶了小夫人，所以怀疑明珠在他家里，就把他家封住了，还打了他一顿，结果什么也没查到。这时，张主管想起来了，这小夫人不是让他拿了珠子去卖吗？这珠子就在小夫人那儿。可张员外说小夫人已经上吊死了。张主管一惊，吓了一大跳：在他家的那位小夫人是谁啊？张主管想，把张员外领回家去，让他看一看不就真相大白了吗？领张员外到家一看，小夫人早就不见了，但珠子还在。原来张主管领回家的是鬼。最后，他们把珠子交给了王招宣，一切就又都恢复了原状。只是小夫人死了，张员外还很心疼，还给她凭吊一番，小说才告结束。这个故事的篇幅与鲁迅的《风波》差不多，但是曲折的情节足以写成一个长篇。在观念上，这个短篇伦理教化气息颇浓，是传统小说的典型形态；鲁迅的小说则是直面惨淡人生的精品。《志诚张主管》是用白话文写成的，现在的小学生看都能看懂，但是它的叙述方式，是不厌其烦地介绍故事的来龙去脉，以第三人称的叙述展开情节，夹杂着伦理教化的议论，故事的讲述是似乎是阐明一个做人的道理，对话也是“张主管道”、“张员外道”。鲁迅的小说在对话上与中国传统小说也非常不同，那种倒装显然是西方小说的技巧。他在引进西方小说技巧的同时，以中国的抒情文学传统加以改造。鲁迅的小说并非要讲述一个完整的故事，往往是截取现实生活之流的一个横断面，压缩、淡化情节，将笔触深入到主体心灵与精神，增强了叙述文学的主体性与抒情性，因而鲁迅的小说往往显示出一种精神的深刻性。这种写法在古代是没有的，可以说，鲁迅小说同中国传统小说划出了一条清晰的分界线。

在文学理论上，鲁迅在世纪初发表的《摩罗诗力说》以恶魔派文学对整个的中国文学加以彻底的反省与整体的否定，使这篇文章成了重新估定传统文学价值的革命性文献。在文化观念上，鲁迅的《狂人日记》也是一篇对一切价值进行重估的小说。鲁迅对传统的这种革命性的颠覆，使新文学与传统文学划出了截然分明的界限。在很多方面，鲁迅都称得上是新文学的奠基人。不但如此，鲁迅还借着文学与政治的关系，把文学的革命性本体化和永恒化了。在《文艺与政治的歧途》中，鲁迅认为，文艺家与政治家是南辕北辙的。比如喊口号，别人喊一二时，文艺家就已喊到五六了。政治家就是要人循规蹈矩，目的是稳定和保持现状的；文艺家却是不满足现状，甚至反抗现状。因为文艺家感受太敏感了，忍不住要把感受到的说出来，政治家就看着文艺家不顺眼，因为在别人喊一二的时候你喊五六，这不是捣乱吗？就把文艺家给杀了。过了一段时间，现实到了五六的时候，后起的政治家觉得这文艺家说的还真是对的，于是就平反昭雪，把这文艺家奉为神圣。可是现实的文艺家又该遭受迫害了，因为他们已经说到八九了。于是在鲁迅看来，文艺家和政治家就是两条道上跑的车，永远也合不到一起，文艺家永远要被政治家杀戮、流放。后来别人倡导革命文学的时候，他还说，文学与革命在不满于现状上是一致的，讴歌革命的文学绝不是革命文学，甚至连鲁迅心目中的文学也不是。所以鲁迅说，世界上哪有满足现状的革命文学，除了吃麻醉药！

鲁迅是解构主义的先驱者，他的思想构成了对中国几千年传统思想的实质性的颠覆，具有激烈的破坏性和革命性。鲁迅虽然不是新文化运动的发起者，但是《摩罗诗力说》与《文化偏至论》使他足以当得起这个运动的先驱。新文化运动对于整个传统文化来说就是一次革命性的变革，鲁迅自介入这个运动之后，就在破坏性与革命性方面表现得尤其激进。在道德价值的重新估价上，在文化模式的转换上，鲁迅都表现出一种革命性的激情，因此，将鲁迅说成是一位深刻、复杂的思想革命家，不会存在很大的争议。在思想层面上，鲁迅从来没有反对过革命，不管是辛亥革命还是后来的各种革命。当然，鲁迅有时对革命也有所怀疑，他认为革命革来革去仍然不过是历史的循环，仍然在转着这个怪圈。这可能跟中国传统的历史循环论以及尼采的永恒轮回也有关系。尤其是国民党以革命的名义清党的时候，他在《而已集》里的《小杂感》一文写了一段关于革命的绕口令，对国民党的屠杀提出了控诉："革命，反革命，不革命。革命的被杀于反革命的。反革命的被杀于革命的。不革命的或当作革命的被杀于反革命的，或当作反革命的而被杀于革命的，或并不当作什么而被杀于革命的或反革命的。革命，革革命，革革革命，革革……"这是对国民党在清党时滥杀无辜、草菅人命的一种抗议，但是鲁迅从来没有真正否定过革命，因为革命的方向就是破坏旧的世界建立新世界。可以说，彻底除旧布新的革命，与鲁迅作为东方文化恶魔的否定思想是一致的。尽管鲁迅本人很复杂，具有多面性，但他对革命以及革命家的肯定是毋庸置疑的。孙中山逝世后，鲁迅说："他是一个全体，永远的革命者。无论所做的那一件，全都是革命。无论后人如何吹求他，冷落他，他终于全都是革命。"①

鲁迅作为思想家，作为东方的文化恶魔，对于传统的思想文化是最具有革命性与破坏性的。鲁迅革命性的文学创作在传统文学与现代文学之间划出了一道明显的分界线。因此，如果将鲁迅说成是杰出的推倒旧文学与旧文化的文学革命家与思想革命家，那是很符合现代中国的文学与文化的史实的。但是，即使我们排除了鲁迅的复杂性，而着眼于他在文学与思想上激进的革命性，那么，也不能认为鲁迅就是革命家。因为思想家也分保守的与革命的，文学家也分传统的与革命的。鲁迅至死，仍坚守在文化思想与文学艺术领域，而不是一个为推翻旧的社会制度以及反动政权而从事实际活动的革命家。

---

① 鲁迅：《集外集拾遗·中山先生逝世后一周年》。

鲁迅小说不如张爱玲小说吗?

在相当长的一段时间里,张爱玲在中国内地几乎已经被大家遗忘了。由于 20 世纪 60 年代美国哥伦比亚大学夏志清教授在他的《中国现代小说史》中对张爱玲的过分推崇,这个名字才又被人瞩目。如果说夏志清对张爱玲的过分推崇是一种矫枉过正还情有可原,那么,在中国内地频频出现张爱玲热,而鲁迅反而经常被人贬低的时候,在美国执掌中国文学研究牛耳的王德威教授,继续将张爱玲作为超过鲁迅的现代最优秀小说家,就不能不使笔者发问:鲁迅小说真的不如张爱玲的小说吗?要回答这个问题,就必须对夏志清的《中国现代小说史》进行必要的学术清理。

夏志清的《中国现代小说史》见解独到,具有相当高的学术水平,这部小说史自 20 世纪 60 年代初出版之后,既影响了国内学界对张爱玲、钱钟书等人的评价,也影响了对鲁迅小说在文学史上历史定位的重新审视。夏志清在《中国现代小说史》中给张爱玲专章的篇幅有鲁迅专章的将近一倍。一个作家重要不重要,与讨论他的篇幅当然有关系,比如说,写中国诗歌史,给王勃、张若虚的篇幅超过了李白和杜甫,就说明这部诗歌史是贬低了李白与杜甫。夏志清认为,《金锁记》是中国从古以来最伟大的中篇小说,这个伟大是无以复加的,因为他连"之一"都没有加。当时王瑶、唐弢的文学史里根本没有提过张爱玲,而夏志清居然给她的篇幅超过给鲁迅的将近一倍,这让内地的学者感到有点匪夷所思。夏志清的《中国现代小说史》首先影响了台湾的文坛,当然台湾的张爱玲研究在推举她为现代优秀作家的同时,也不是没有异议。台湾有个叫唐文标的,写了篇文章叫《一级一级走进没有光的世界》,他认为张爱玲的作品是个与外界隔绝的鬼屋,给人总的感觉是"下沉"。我记得我曾经问过我的一个学生,我说你喜欢张爱玲的作品吗?她说:"张爱玲的作品读起来总感觉一股霉味。"我们不能因为这种"下沉"和"霉味"而贬低张爱玲,这与她的出身有关，但我觉得这影响了张爱玲小说的视野与格局。西方的小说巨著往往与基督教关于人的罪恶与救赎的博爱精神有关，中国的小说巨著如鲁迅与老舍的作品，往往与民族的苦难有关，相比之下，张爱玲的小说世界仅仅局限于个人的悲欢，在自己手造的“鬼屋”中独自沉沦。因此，尽管张爱玲的小说不乏构思精巧的意象，不乏葱绿配桃红的苍凉与华彩，而且她的小说将鲁迅开辟的现代小说的叙事技巧与《红楼梦》等古典小说的表现方式加以融合，别具一格，但是，由于她的小说格局的狭小，过高地评价张爱玲的小说仍是没有道理的。如果让我选择现代中国最优秀的中篇小说，那么我仍会选择《阿Q正传》而不是《金锁记》。

当然，鲁迅的小说确实不是篇篇都好，《兔和猫》、《鸭的喜剧》能不能算小说都是问题。如果我们编一部《鲁迅小说选》，选入的小说是《明天》、《一件小事》、《头发的故事》、《端午节》、《兔和猫》、《鸭的喜剧》等，说这些小说代表着鲁迅小说创作的最高成就，那鲁迅确实没有什么了不起，然后再把张爱玲最好的小说如《金锁记》、《茉莉香片》、《倾城之恋》等选出来加以比较，那么我也会认为鲁迅的小说不如张爱玲的。问题是，在小说家中，鲁迅恐怕是次品最少的，他的多数小说几乎篇篇都是艺术精品。以《狂人日记》而论，夏志清以及王朔等人显然都低估了这篇小说巨大的艺术与文化价值。这篇小说在中国文化史上的地位，完全可以与尼采的《查拉图斯特拉如是说》在西方文化史上的地位相提并论。而且鲁迅对中国文化的价值重估是匠心独运的：将新文化的价值承担者嵌入传统文化价值之中，只能以狂人和疯子的面目出现，因而狂人越是清醒，在传统的眼里就会越加疯狂。小说构思的精妙在于，传统文化与新文化的价值冲突在小说的文言与白话之间再一次呈现：一旦吃人的人病愈不再疯狂了，就又加入了吃人的行列。鲁迅是谦虚的，如果他是尼采，他会像尼采评价《查拉图斯特拉如是说》一样，说《狂人日记》飞翔在向来所谓小说的千里之上。张爱玲的人物是在那个狭小的“鬼屋”中咀嚼爱与恨的悲欢，而狂人则在民族文化的“鬼屋”中呻吟与怒吼，一片美丽的树叶怎能与参天的大树相提并论呢？如果夏志清以形式的完美来形容张爱玲，那么我也可以说，夏志清的小说史有一个致命的悖论，他在小说评价上受新批评的影响很大，似乎仅仅着眼于小说文本的艺术性，但是他浓烈的政治倾向总是在妨害他这种艺术评价。夏志清对《故事新编》的评价尤其表现出这一点，因为这部小说集主要是鲁迅后期的作品，夏志清就来了一个一棍子打死的处理方式，他没有看到鲁迅小说创作的连续性，就说《故事新编》是鲁迅创造力衰竭的表现。事实上，《铸剑》、

《采薇》等小说拿到《呐喊》、《彷徨》中，也不能说是次品。

夏志清也没有发现《阿Q正传》这篇杰作真正的艺术价值及其强有力的艺术表现技巧。事实上，《阿Q正传》寓有很多精妙的象征。阿Q本身就是一个象征性的大典型，是对中国的国民精神在近代的堕落的象征。《阿Q正传》的一些细节，如果仅仅从写实而不从象征的角度，就不好理解。举例来说，阿Q被抓进监狱的时候，他没有烦恼，他大概觉得人生天地间，本来就是要抓进抓出的；可是有一件事让他非常烦恼，他努力要画好那个让他送命的圆圈却画成瓜子模样，没画好圆圈，这是一个形状上的污点，所以他非常懊恼。这从写实的角度就不好理解：一个人进了监狱不烦恼，画不好一个让自己送命的圆圈却徒生烦恼；但是，从象征的角度就非常好理解了。在鲁迅看来，这个圆圈就是中国文化的一种象征符号。不同于西方文化那种直线的朝向一个目标，中国古代的时间观是一种循环的时间观。循环的就是个圆圈，《周易》就是个圆圈，中国整个文化的符号就在《周易》那里，而且这个圆圈跟黑格尔的那个是不一样的，黑格尔的圆圈是否定之否定，是螺旋式上升的，中国的圆圈是合缝的，是完全循环的。我们的历史观也是一个循环的圆圈，《三国演义》一开始就说：天下大势，分久必合，合久必分。鲁迅说的"想做奴隶而不得的时代，暂时做稳了奴隶的时代"的所谓"一治一乱"也就是这么一个循环的圆圈。中国的戏剧也是个圆圈，最后来个大团圆结局，所以鲁迅就让阿Q来画圆圈，这样才能理解为什么阿Q被抓进监狱不懊恼，而圆圈画得不圆显得那么懊恼，因为在这个地方作者试图表明阿Q对中国文化象征符号的热爱，已经超过他的感性生命。而且这个圆圈又是双关的，它是中国文化的象征符号，又是一个死刑判决书的画押符号，正是这个符号杀死了阿Q，这在象征意义上意味着，中国传统文化杀死了阿Q，所以在这里鲁迅提出的对传统文化的控诉，跟《狂人日记》里提出的礼教吃人没有什么两样。但是《狂人日记》的控诉是显性的，而对中国文化缺乏研究的人，也很难领悟到《阿Q正传》暗含的深层意义。夏志清对《阿Q正传》的分析就足以证明他对中国文化的隔膜以及艺术分析上的粗浅：

> 《呐喊》集中的最长的一篇当然是《阿Q正传》，它也是现代中国小说中唯一享有国际盛誉的作品。然而就它的艺术价值而论，这篇小说显然受到过誉：它的结构很机械，格调也近似插科打诨。这些缺点，可能是创作环境的关系。鲁迅当时答应为北京的《晨报》副刊写一部连环幽默小说，每期刊出一篇阿Q性格的趣事。后来鲁迅对这个差事感到厌烦，就改变了原来计划，给故事的主人公一个悲剧的收场，然而对于格调上的不

连贯,他并没有费事去修正。

《阿 Q 正传》轰动中国文坛,主要因为中国读者在阿 Q 身上发现了中华民族的病态。阿 Quei(这个名字被缩写为阿 Q,因为作者故弄玄虚,自称决定不了用那一个字作 Quei 音的中国字)……[①]

如此草率地评论《阿 Q 正传》,也就难怪夏志清要把张爱玲小说看得比鲁迅的小说还高。我们无需一一加以驳斥,仅就格调的不统一而论,郑振铎也曾认为那样的一个阿 Q 似乎做不了革命党,鲁迅当年就回答说,正是那样的一个阿 Q 才会做革命党。因为《阿 Q 正传》的象征还蕴涵着这样一层意思:这些具有团圆心理的国民,导致了一场划圆圈式的循环性的"革命",结果就是旧制度的重建而没有什么新的东西,"知县老爷还是原官,不过改称了什么,而且举人老爷也做了什么——这些名目,未庄人说不明白——官,带兵的也还是先前的老把总"。小说在写辛亥革命之后,中国社会并没有发生多大的变化,好像又回到了原来的模样。接下来我们来看阿 Q 是怎样革命的:他的革命理想就是"我要什么就是什么,我欢喜谁就是谁"——这在中国,就是那个权力无边不受制约的皇帝的理想。因此,阿 Q 的革命成功了,和中国传统的改朝换代没什么两样子,还是一个圆圈。鲁迅在这里通过圆圈象征了很多东西。可以说,从"优胜记略"到"大团圆",鲁迅的文气是一以贯之的,绝非有什么格调不统一的地方,而在"序"中作者查考阿 Q 案卷的时候,就已经预示了阿 Q 的结局。也就是说,小说全书的构思在一开始就已经设计好,绝非像夏志清说的,鲁迅对艺术那么不负责任,中间写厌倦了就随便给阿 Q 一个悲惨的结局。鲁迅是一个思想深刻、文化寓意很丰富的作家,小说的任何一个细节都可能有丰富的意义蕴涵在里头,这也包括对小说的题目以及小说中的人名的处理。由此我们还可以解释为什么鲁迅把小说叫作《阿 Q 正传》,为什么不叫《阿 A 正传》,或是《阿 B 正传》,"Q"不就是个圆圈嘛,还有个小尾巴,鲁迅是要打破大团圆嘛,或者说西洋文明已经进来了,圆圈已经不能再圆了,甚至像阿 Q 这样喜欢中国文化象征符号的人,努力想把它画圆都画不圆了。如此用心的艺术设计,怎能说成"故弄玄虚"呢!

以为张爱玲的小说超过鲁迅的人,大都着眼于小说的技巧。但是,我们借用形式主义和新批评的话问:有脱离小说内容的技巧吗?契诃夫的小说,我觉

① 夏志清:《中国现代小说史》,香港:香港友联出版社,1979 年,第 34 页。

得技巧非常的好，而且他实验了许多不同的文体与表现方式。契诃夫的戏剧技巧上也很优秀，《樱桃园》写得多么完美！但是契诃夫文学成就为什么就不如陀思妥耶夫斯基？陀思妥耶夫斯基的小说，故事的叙述有时候读起来令人感到沉闷，特别是小说中那些大段大段的宗教议论，不耐着性子有时候觉得就读不下去。但是，陀思妥耶夫斯基以小说的形式表现了基督教文化所可能达到的深度，是小说形式的康德主义乃至尼采主义，陀思妥耶夫斯基虽然没有完全走向尼采主义，但是却比康德主义走向了更为严重的精神界的现代冲突，这是契诃夫小说所无法比肩的。《罪与罚》的情节很简单，大学生拉斯柯尔尼科夫在无视上帝的情况下，以超人自居杀了个老太太，然后幡然悔悟，捧读《圣经》来为自己的行为赎罪。但是，当你读《罪与罚》的时候，你会大吃一惊：那个大学生的思想不就是尼采的超人哲学吗？陀思妥耶夫斯基早就感到，如果在上帝缺场的语境中，就会出现尼采超人的独白！当你读《卡拉马佐夫兄弟》的时候，宗教世界与世俗世界的分裂与冲突，令人触目惊心。所以最伟大的小说，能够在天堂之极乐与地狱之悲苦中，将其文化深度表现得入木三分。当然，张爱玲对人性的表现不是没有深度，她在上层那种无爱的大买办家庭中生活久了，对人性邪恶的一面看得倒是较为透彻。与所有的女人一样，张爱玲最关心的是男女之爱，但是男女之爱在她的笔下都是病态与扭曲的。《金锁记》中的曹七巧为了金钱牺牲了爱情，她扭曲的心理驱使她亲手毁坏女儿长白、儿子长安的爱情。这就是张爱玲刻画人性残忍的连环套。《茉莉香片》中的男女非常相爱，却又互相折磨。张爱玲的艺术视野就局限于此，离不开那个大买办氛围的“鬼屋”，以及这个“鬼屋”中男女之间的相互折磨。西方的“鬼屋”之外有基督教的博爱，中国的“鬼屋”之外有伦理亲情的爱，即使在鲁迅表现的中国文化的“鬼屋”中，也有故乡与母亲的爱渗透其中；但是张爱玲描写的却仅仅是一个狭小的阴森森的“鬼屋”。由于她的艺术视野过于狭小，使她很难跻身于艺术大师的行列。

夏志清大抬张爱玲还有一个标准，他认为西方伟大的小说家都能创造出一个独特的世界，这个世界的景色人物栩栩如生，道德问题与七情六欲也与众不同，在他看来现代中国小说中只有张爱玲、张天翼、钱钟书、沈从文四个人创造出了这样的艺术世界，其他的中国现代作家实在是大同小异的，他们全不外是讽刺社会的人道主义写实作家。我觉得夏志清这个标准是不错的，一个优秀的小说家应该通过他的艺术语言构造一个与众不同的艺术世界。问题是当夏志清用这个标准来衡量中国现代作家的时候，由于他的政治偏见而使他的这个标准扭曲变形了。评价一个作家当然不能根据他的政治表现，这不是评选道德家，但是也绝对不能反过来，以为谁德行有问题谁就是好作家。鲁迅“被中共吹捧”自然不对夏志清的胃口，但是，像张爱玲那样，在正义与邪恶、侵略与反侵略的大是大非面前无动于衷，也难于跻身于中华民族的伟大作家行列。屈原感动人的是什么，不就是他那种伟大的爱国情怀，甚至为了拯救自己的祖邦“虽九死其犹未悔”的精神吗？杜甫感动人的是什么，不就是他那种虽历坎坷却仍忧国忧民的精神吗？如果他们的作品仅仅是“嘲风雪弄花草”之作，那么，即使他们的艺术形式再完美一点，他们能不能成为我们民族的伟大诗人，却真是一个未知数。我们固然不能寻找张爱玲是文化汉奸的几条证据，来否定张爱玲小说创作上的成就，但是在民族大义面前无动于衷，一点疾恶如仇的表现都没有，表明张爱玲在人格上是有缺陷的。抛开这种道德层面的考虑，即使纯粹从作家建构的艺术世界的角度着眼，那么，夏志清将鲁迅排斥在外，也是毫无道理的。鲁迅的文笔在现代中国作家中是最富有个性的，他的小说所描绘的人物也构成了一个很难与任何作家混同的独特世界，这个世界里有阿Q、闰土、祥林嫂等中国的老儿女，也有孔乙己、陈士成、四铭、高老夫子等形形色色的文人，还有狂人、疯子、魏连殳等受过西方文化教育而个性独特的文人。换一个作家去写鲁镇附近的人物，就可能不会这样写，有多少作家能把一个普通的流民写成阿Q呢？这是因为鲁迅有一种尼采式愤世嫉俗的情怀，是主体对现实世界的变异，从而出现了一个陌生化的艺术世界。选了四个小说家居然遗漏了艺术世界如此独特的鲁迅，真是看走了眼！夏志清的偏见在于，他说四位作家之外的作家全不外是讽刺社会的写实作家，但是，钱钟书、张天翼与郁达夫相比不更像是讽刺社会的写实作家？而且，讽刺社会的写实作家就不能创造一个独特的艺术世界？张爱玲确实创造了一个与众不同的艺术世界，就是与她身世有关的“鬼屋”，以及那个鬼屋中人物的堕落和相互折磨。她的小说写法也与鲁迅之后的现代小说有所不同，而是从《红楼梦》、《金瓶梅》等中国古代话本小说里吸收了很多技巧，人物说话不用“说”而用“道”；另一方面她也借鉴了西方小说的心理分析与华彩描绘。问题就在于，创造一个独特艺术世界的作家，并不一定就非常伟大，这还要看这个独特的艺术世界的文化含量，否则，许地山就是现代中国最伟大的小说家了。

仅仅从大处比较可能不会令人信服，但是，即使从细微处着眼，张爱玲小说无法与鲁迅小说比肩的地方也比比皆是。一个大艺术家对于作品的任何方面都潦草不得，包括小说的题目。《药》、《祝福》、《肥皂》、《示众》等小说题目取得多么巧妙，这些题目本身就构成了一种反讽或象征，成为艺术分析的重要对象。而张爱玲在艺术表现上好像是越来越退步，《金锁记》的题目很好，对于理解作品的内涵也是有帮助的，但是，张爱玲后来却将之改为《怨女》——一个多么俗不可耐的题目！张爱玲的长篇小说《十八春》，这个题目本来就不怎么样，后来作者多次修改，没有一个令人叫绝的，改定了的题目《半生缘》，则令人想到那些民间那些没有品味的通俗小说。鲁迅的作品几乎没有重复，篇篇出新，篇篇有新的探索。《狂人日记》与《长明灯》都是写疯子与传统的对峙，但《狂人日记》是用第一人称的日记体来写的，《长明灯》是用比较客观的第三人称手法来叙述的。《孔乙己》与《白光》都是写科举对传统文人摧残的，前者是用一个咸丰酒店小伙计的眼光"我"来观察孔乙己；后者是以陈士成的视角来叙事，只不过在最后有了一点变换。张爱玲的眼光却局限在男女爱情上，情节、故事多有重复，一个大艺术家是很少出现这种问题的。张爱玲是个很会讲故事的人，但是她讲述的很多故事都过于巧合，而追求过于巧合并不符合现代小说发展的趋势。《茉莉香片》的故事情节明显过于巧合，《十八春》里也有过于巧合的情节。尤其是她的没有写完的《连环套》，傅雷当时就指出这篇小说写得很糟糕。过于巧合往往是通俗小说媚悦读者的追求，而且是以牺牲真实性为代价的。相比之下，鲁迅小说的压缩、淡化情节，更具有现代艺术的品味。

张爱玲最好的小说都在《传奇》这个小说集里，后来创作的《十八春》、《秧歌》、《赤地之恋》等小说，艺术上几乎是一部不如一部。在《十八春》里，喜欢写爱情的张爱玲又在曼桢、世钧、叔惠、翠芝之间展开了阴差阳错的三角描写，但是，曼桢偏偏让朱鸿才给糟蹋了，牺牲曼桢的恰恰是她的姐姐曼璐。因为曼璐觉得自己由于年老色衰，加上自己做过交际花，不名誉，跟朱鸿才结婚后，朱鸿才根本不将她放在眼里，经常出去寻花问柳，于是曼璐在病态心理的促使下，试图牺牲妹妹曼桢把朱鸿才拴在自己身边。后来曼桢、世钧、叔惠、翠芝等人投奔了东北解放区，这是张爱玲的作品中唯一从"发霉"处走向"光明"的处所。但是，张爱玲离开内地抵达香港之后，在《秧歌》和《赤地之恋》中马上就把这种"光明"变成了"鬼屋"，而且由《十八春》改写的《半生缘》，也绝不让曼桢、世钧、叔惠、翠芝等去"投奔光明"了，因为光明已经变成了"鬼屋"。我们不禁要问，这种根据政治的需要随意改写作品，使得这部作品的艺术价值究竟有多少？《十八春》是50年代初在上海的《亦报》上连载的，张爱玲完全没有必要在小说的结尾加上这么一条光明的尾巴，后来也没有必要把这条尾巴切除。这种政治上的投机，不禁使人怀疑，一个艺术家的良心究竟在哪里？联想到张爱玲在日寇侵占我国土的时候，却无动于衷，而是津津乐道爱情故事，这一点就尤其值得怀疑。回首鲁迅的《理水》，那个为天下兴利除害的大禹，在结尾处得到了众人的称颂，“终于太平到连百兽都会跳舞，凤凰也飞来凑热闹了”。这显然是一种带有预言性质的嘲讽。大艺术家与编故事者的差别就在这里！如果超出了小说的范围，那么你再读读鲁迅的杂文、散文诗集《野草》与张爱玲的散文，读读鲁迅的《中国小说史略》与张爱玲的《红楼梦》研究，你就会发现，他们确实不是一个重量级的选手，不是一个层次上的作家。用科学的语言说，将张爱玲与鲁迅相提并论甚至以为她的创作成就超过鲁迅，是一个没有意义的伪命题。

当然，我们并不否认张爱玲是一个优秀的小说家。其实，鲁迅小说体现出的那种深深的悲观绝望与张爱玲小说的深在的悲凉风格，就有很大的相似之处。张爱玲的文字表面上桃红柳绿很有生机，但是内在的思想是下沉的、悲凉的，甚至是虚无的；鲁迅小说那种不可排解的绝望，被他的论敌在《死去的阿Q时代》中说成是阴森森的恐怖，被夏济安说成是卡夫卡式的病态天才。《狂人日记》最大的希望就是“救救孩子”，但问题是说这话的也吃过人。鲁迅的绝望还表现在，狂人越觉醒，就越被众人看作疯子，越与群体无法对话。《药》也是如此，这边的夏瑜说大清的天下是我们大家的，那边的群体却认为这是疯话，夏瑜简直是发了疯了。《狂人日记》中的“吃人”在《药》变成了事实，革命者的鲜血变成了群众的人血馒头，这是真正的绝望。《药》的结尾，鲁迅说有一丝亮光，但是我们看后有一种深深的恐怖。《阿Q正传》的阿Q在革命党眼中是土匪，他自己却认为被杀头是因为做了革命党。你读了《阿Q正传》会感到一种荒诞，一种带有深刻悲剧色调的滑稽。这种荒诞之所以没有走向黑色幽默，是因为鲁迅还想启蒙民众，还有一种理性的控制，否则就跟黑色幽默没有任何差别了。在小说的结尾，鲁迅写道：“至于舆论，在未庄是无异议，自然都说阿Q坏，被枪毙便是他的坏的证据：不坏又何至于被枪毙呢？而城里的舆论却不佳，他们多半不满足，以为枪毙并无杀头这般好看；而且那是怎样的一个可笑的死囚呵，游了那么久的街，竟没有唱一句戏：他们白跟一趟了。”这是对整个民众与民族何等的绝望与愤世嫉俗！张爱玲的绝望与民族的兴亡无关，她是感到一切都在下沉，她试图在葱绿与桃红的审美中得到一种超越，但是“惘惘的威胁”却时刻伴随着她。

鲁迅与张爱玲还有一个共同点，就是对人性之恶的透视是现代其他作家所缺乏的，由此也使得他们的小说比较深刻。在《祝福》中，祥林嫂的孩子被狼吃掉，她到处诉说。起初，人们对她的遭遇非常同情，但渐渐地，随着时间的流水洗涤旧迹，人们就麻木了，最后连“淡红的血色和微漠的悲哀”都没有，所剩的只有对祥林嫂的嘲弄，祥林嫂的悲哀成了众人咀嚼鉴赏的对象。从最早的同情到漠然，最后到取笑，拿别人的痛楚作为取笑的材料，鲁迅对世态炎凉的刻画可以说入木三分。张爱玲没有这种悲天悯人的情怀，她更关注男女之间的情爱。在这种情爱的描写中，她试图写出人性的残酷、欲望的盲目。她善于写“鬼屋”里的男女的相互折磨，就是一个人被折磨，然后她再去折磨别人。张爱玲离开中国内地以后，有人问她对中国内地作家的印象，她说鲁迅描写中国的黑暗面与人的劣根性方面随着他的去世而中断了，她有点遗憾。但是，鲁迅与张爱玲的差异在于，鲁迅博爱的情怀即使在发掘人的恶性一面时也有所流露，他总是希望孩子到光明宽阔的地方去；而在张爱玲的作品中我们则看不到这一点。陀思妥耶夫斯基比张爱玲展示的人性的残酷更令人触目惊心，可是《白痴》中梅什金公爵的拯救让人感动，他的作品有博爱作底子，读了之后，不失人间的正气。但我们从张爱玲的作品中感受不到这一点。张爱玲说，一个男人总有两朵以上的玫瑰，娶了红玫瑰，红的变成了一滴蚊子血，白的还是“床前明月光”；娶了白玫瑰，白玫瑰就变成了一粒饭渣子，红的却是心口上一颗朱砂痣。因此，同是悲观的色调与苍凉的风格，鲁迅将其悲天悯人的人道情怀与民族的苦难糅合在一起，张爱玲却仅仅关心个人的悲欢，尤其是男女之爱的坎坷，这就使他们的小说显出视野与格调上的高下。鲁迅是大师级的小说家，而张爱玲则不是大师级的小说家，因为她把自己局限于没落的洋场，视野、格局、选材都极其狭小，她编了很多传奇性的故事，但缺乏一个大师级作家的胸怀与思想。

世纪末对鲁迅的挑战

20世纪末的人虽然没有19世纪末的人那么颓废，但似乎比19世纪末的人更加浮躁。跨世纪的人有一种优越，更有一种焦虑。人们无心去对20世纪中国文坛的风风雨雨进行认真的反思，发表这种反思性的文章似乎也吊不起人们的胃口。人们更愿意在折腾来折腾去的炒作中，捞取名声和利益。于是，一会儿20世纪的中国文坛上到处都是大师，到处都是文化巨人，《中国文化巨人丛书》连徐志摩、朱自清、张恨水等人也列为“文化巨人”；一会儿又否定一切，葛红兵在《为20世纪中国文学写一份悼词》中对20世纪中国文学来了一个“斩尽杀绝”。而要论证20世纪中国文学没有大师，在他看来首先就需要颠覆鲁迅，所以论证来论证去，就发现了鲁迅人格上的卑劣、艺术上的毛病：“有的人为鲁迅没有能得到诺贝尔奖抱不平，我说没有什么可以不平的，这很正常，鲁迅不该得。”[①]在解构主义的消解思潮与对后殖民主义的误读而导致的“国粹思潮”的双重影响下，一些论者不把一切打倒似乎就没有快意。这种假借外国思潮颠覆鲁迅的活动，很类似20世纪20年代后期创造社与太阳社的作家假借“外国进步思潮”对鲁迅的围攻。当时，看不惯创造社与太阳社这种情绪化行为的郁达夫，仿照杜甫《戏为六绝句》之一“王杨卢骆当时体，轻薄为文哂未休。尔曹身与名俱灭，不废江河万古流”，作了一首诗赠给鲁迅：“醉眼朦胧上酒楼，呐喊彷徨两悠悠。蚍蜉撼树不自量，不废江河万古流。”

---

① 载《芙蓉》，1999年第6期。

一、鲁迅是否应该对“文革”负责？

记得在90年代初，香港的《法言》文化杂志向我约稿，说是要“重估鲁迅的反传统主义”。我很明白他们想要我干什么，但是我没有按照他们的要求去干。《法言》作为新儒家唐君毅的学生主办的杂志，其弘扬传统文化的主旨不言自明。那时，80年代末的风波刚刚过去，文化界又在“反和平演变”。由于笔者中鲁迅的“毒”太深，种种劫难总不能逃过。如果我能按照《法言》的文化倾向去“重估鲁迅”，可能我也不会遭遇种种的劫难。不久，我在《法言》杂志上读到一篇文章，说是“五四”新文化运动尤其是鲁迅激进的反传统，成为毛泽东“文化大革命”的灵感来源。我想，这种观点在海外肯定很流行，记得林毓生在《中国意识的危机》中也持这种观点。我忍不住写了一篇题为《“五四”与“文革”：两个迥然相异的文化运动》的读后感，在《法言》上发表了。然而，不知为什么，发表我读后感的那位编辑，很快就离开了《法言》。我当时有一种预感，觉得这种观点早晚会在国内出笼。

在世纪末的鲁迅论争中，这种观点果然大行其道。王朔说：“文化大革命焚书坑儒，可是没烧鲁迅的书，书店里除了毛泽东选集马恩列斯全集剩下的就是鲁迅全集赫然摆在那里。”[①]一向以泼辣尖刻著称的王朔，在这里却是很含蓄，张闳就给王朔的话做了进一步的注释：

> 最让人难堪的是，鲁迅也是“文革”时期的思想偶像。他的思想与“文革”的“造反哲学”之间关系暧昧。尤其是在“文革”高潮期间，鲁迅著作是唯一允许公开阅读的文学读物。鲁迅的言论（特别是其晚年的杂文）与马恩列斯毛的语录一起，被红卫兵和造反派的“大字报”大量引用。在“文革”后期的批孔运动中，鲁迅的反传统思想则得到了空前的发挥。然而，为什么鲁迅的言论放在那些“大字报”中竟然是那么的恰如其分？为什么造反派会从内容，文体，乃至句式上，都不约而同地模仿鲁迅而不是别的现代作家呢？难道这一切仅仅是一种偶然的巧合吗？难道鲁迅仅仅是一

① 王朔：《我看鲁迅》，载《收获》，2000年第2期。

个被造反派“利用”了的思想家吗？[1]

2000年11月28日，网易在文学栏目发表了一篇署名为“朱大可”的《殖民地鲁迅和他的仇恨政治学》，批判的调子更高，说是鲁与毛的“仇恨政治学”后来握手言欢，并且成为“文化大革命”中极权主义统治的共谋。这就上纲上线到政治批判的角度，用“文化大革命”的语言来说，就是要把鲁迅“批倒批臭，踏上一万只脚，让他永世不得翻身！”

被人利用，就要对利用者的行为负责，按照这个逻辑推论下去，黑格尔、尼采要对希特勒惨绝人寰的大屠杀负责，上帝及其独生子要对西方许多集体自杀的邪教负责……“文革”期间被公开阅读的文学读物绝非只有鲁迅的文本，《红楼梦》也是被钦定阅读的，而且要读三遍以上。“伟大领袖”还引用《红楼梦》中林黛玉的话“不是东风压倒西风，就是西风压倒东风”作为自己的“最高指示”。难道“文化大革命”还需要曹雪芹来负责吗？鲁迅的文体是现代作家中最有个性的文体，以至于王朔说鲁迅的文字“有些疙疙瘩瘩，读起来总有些含混”。而张闳却居然将这种苦涩、含混的文字与“文化大革命”那些直露乐观、千篇一律的“大字报”相提并论，甚至说在内容、文体乃至句式上都“不约而同”！所以我怀疑这位批评家要么就是根本没读鲁迅的作品，要么就是根本没读“文革”时的大字报。

当然，从朱大可和张闳的论述来看，鲁迅似乎并不仅仅是被利用者，或者说他们不相信鲁迅仅仅是一个被利用的思想家。在他们看来，鲁迅以其“仇恨政治学”以及与“文革”天然的文化共同性，直接导致了“文化大革命”。那么，我们用“文化大革命”的一句常用语来问：事实果真如此吗？

表面看来，鲁迅具有恶魔式的否定精神，“文革”则说“造反有理”；鲁迅反传统，“文革”“破四旧”；鲁迅批孔，“文革”打倒“孔老二”；鲁迅的一篇杂文甚至直接被红卫兵弘扬为“痛打落水狗”的革命精神……但是在根本的问题上，“文革”和鲁迅的文化倾向是截然相反的。

鲁迅是自由的朋友，专制的敌人。鲁迅的恶魔精神正是一种自由精神，他在《摩罗诗力说》中就说：“强以无邪，即非人志”，让自由在“无邪”的束缚下，那里还有什么自由！“五四”时期，鲁迅向一切妨害人的自由发展的文化传统和现实制度，进行了恶魔式的颠覆。鲁迅后期，仍然是自由的歌者，他在为《中国

---

① 张闳：《走不近的鲁迅》，载《橄榄树》，2000年第2期。

新文学大系》的《小说二集》所写的《导言》中，对于王鲁彦“对专制不平，又向自由冷笑”就很不满意。自由虽然有自由的弊病，但是与专制相比，仍然是进步的价值。鲁迅喜欢的裴多菲，不就有“若为自由故”，生命和爱情都可以抛弃的言论吗？但是，在鲁迅看来，“宁为太平犬，不为乱离人”的中国人缺乏对自由的热爱。从历史上看，中国人从来没有争得自由，太平盛世的时候至多是遵守奴隶规则的奴隶，然而到了兵荒马乱的乱世，下于奴隶的时候却是屡见不鲜的。鲁迅还告诉人们，自由需要人有强力意志去承担，因为鸟在笼子里虽然不自由，但是却有人照管它，但是自由的飞鸟却要独自觅食，还要独自去承受暴风雨的侵袭，独自去对付恶鸟的侵害。所以，软弱无力者是会逃避自由的。但是“文革”中的造反派却是造有“自由思想”的人的反，而且“文革”已经将自由送给了“资产阶级”，剩下的只有“革命的专政”。怎么能将鲁迅与“文革”相提并论呢？

鲁迅推崇的自由是个人发展的自由，“五四”时期的个性解放恰好是对鲁迅留日时期“任个人”思想的展开，就是让个人从束缚他们的礼教与家族制度中解放出来，追求自己的个性自由。鲁迅后期，也并没有抛弃个人在整体中的自由思想，否则，他批评屈原的《离骚》是“不得帮忙的不平”，就是不可理解的。但是，“文革”与鲁迅所追求的个人自由发展的价值截然相反，而是泯灭个性，让个人无条件地汇入整体的洪流中，否则就会被这洪流淹死。所以在“文革”中，任何表现个人情感、个人兴趣和个人爱好的文字全被禁止了。讲感情只能讲“阶级感情”，这种感情是在消灭了个人的私心杂念之后出现的一种被纯化了的普遍感情。个人与“私”字总是相连，“文革”要“狠批‘私’字一闪念”。甚至在“文革”时期的文学中，也很少个人署名的，而是不题撰人，或者署一个“集体创作”，给人一种一哄而上、人数众多的感觉。如果说鲁迅在日本的时候是“任个人而排众数”，“五四”时期是以“个人的自大”反对“合群的自大”，那么，“文革”恰恰是“任众数而排个人”，以“合群的自大”抹杀“个人的自大”。在这个方面，鲁迅和“文革”又是截然相反的：“文革”中的众数恰恰是鲁迅所要改造的阿Q，而鲁迅笔下的“狂人”与“疯子”，也正是“文革”中的众数所要迫害的对象。

对自由和人的个性发展的推崇，必然不会抹杀人的情欲。事实上，任何自由的运动，都有放纵情欲的文化倾向。文艺复兴是如此，明代中叶的思想解放与浪漫文学是如此，“五四”新文化运动也是如此。鲁迅在《我之节烈观》中，就对传统的节烈思想进行了抨击。鲁迅对弗洛伊德的学说，也欣然加以接受，并且以精神分析学的观点创作小说《补天》。当时汪静之出了一个爱情诗集《蕙的风》,其中有一句“一步一回头,瞟我意中人”,东南大学教授胡梦华发表文章,说是要含着眼泪劝青年不要写这种《金瓶梅》式的诗。鲁迅感到这种含泪的批评是阴险的,除了发表《反对含泪的批评家》的文章替汪静之辩护外,还在《补天》中对胡梦华进行了辛辣的讽刺:女娲裸体的胯下,出现了一个古衣冠的小丈夫,一边含着泪水说是“国将不国”,一边偷偷向上望。郁达夫是当时写情欲最暴露的作家,鲁迅却对郁达夫评价很高,而且后来两人一起办杂志,相处甚好。在《中国小说史略》中,鲁迅对《金瓶梅》也做了很高的评价。而“文革”则是一场以“无性”为特征的禁欲主义与风化主义的文化运动。在“样板戏”中,所有正面的男主人公几乎都没有妻子和情人,如李玉和、郭建光等等,所有正面的女主人公也几乎没有丈夫和情人,如方海珍、江水英等等。即使有,也不能让他们同场共戏,如李勇奇本来是有媳妇的,一上场就遭难,阿庆嫂本来是有丈夫的,但因跑单帮而不出场,柯湘是有丈夫的,还没有上场就牺牲了。所以李勇奇家与沙奶奶家都只剩母子俩,猎户老常家则只剩父女俩,而且老常不想妻,小常不思春:“到夜晚爹想祖母我想娘……”最典型的是《红灯记》,李奶奶、李玉和、李铁梅祖孙三代全是光棍。从这个意义上讲,《沙家浜》中的郭建光在胡司令结婚那天率领部队去“擒贼擒王”,显然有禁欲主义的象征意味。

不错,鲁迅反传统与文化大革命“破四旧”在外在形式上似乎是相似的;但是实质上却是迥然不同。鲁迅反传统,落实到现实层面上,就是改造国民性,使得国民的精神由传统形态转向现代形态。鲁迅批孔,是因为孔子塑造的伦理架构不合于现代自由的人格发展。一旦鲁迅将孔子作为一个历史人物,又会给以客观的评价,鲁迅说孔子生前的境遇并不好,“死了以后,我以为可以说是运气比较的好一点。因为他不会噜苏了,种种的权势者便用种种的白粉给他来化妆,一直抬到吓人的高度”。但是鲁迅在批判黄巢、朱元璋、李自成、张献忠的时候,却是一点情面也不讲。鲁迅从朱元璋那里,分析了迄今为止的革命,不过是为了争夺一把旧椅子,去推的时候觉得很可恨,到手之后就又变成宝贝了,而且奴才做了主子,他的横暴、残忍和摆架子,又远远在原来的主子之上。鲁迅从张献忠那里,分析了中国人对于得不到的东西,非要毁掉不可的国民心态。因为鲁迅开始对张献忠的杀人感到不可思议,敌他的杀,降他的也杀,后来才发现,原来李自成进北京做了皇帝之后,张献忠没落了,只有杀光天下百姓,李自成才能做不成皇帝,这跟那些末代皇帝在皇位保不住的时候,烧掉他所有的古董,心情是一样的。然而,“文革”却将鲁迅批判得更猛烈的黄巢、朱元璋、李自成、张献忠等“农民起义军”，当成大英雄来歌颂，认为这是中国传统中“民主性的精华”。“文革”对于孔子的批判，也并不是要将中国人的思想由传统形态转向现代形态，而是要强化秦始皇式的“专政”，而反对孔子的“仁义道德”。简单地把鲁迅的反传统与“文革”的“反封建”联系在一起，不是很滑稽可笑的吗？

鲁迅在“文革”中最受推崇的，是他的“痛打落水狗”的精神，是他的“横眉冷对”的精神，是他“永远进击”的精神，是他杂文的“匕首和投枪”精神……正是为这，有的人喊出了“我的天！”也正是为这，有的人甚至上纲上线到“仇恨政治学”的地步。但是，笔者通过对中西文化的比较反思，认为有爱才有恨、有“大爱”才有“大恨”，仍然是颠扑不破的逻辑。中国的儒家思想既没有“大爱”，也就没有“大恨”。儒家文化的现实性在于，没有地狱的永火去惩罚恶人，也没有天堂的至乐去奖赏善人，所以讲“以德报德，以直报怨”，而且爱有差等，爱父母与爱别人是不同的。墨子讲“兼爱”，有点爱无差等的意思，孟子就大骂墨子是无父无君的禽兽。相比之下，西方的基督教文化就是一种“大爱”伴随着“大恨”的文化，一方面耶稣让人爱邻人亦即爱一切人，另一方面又说“人的仇敌就是自己家里的人”；[①]一方面这种文化可以“宽容”到打他左脸他把右脸也要转过来让你打的地步，另一方面耶稣又经常要把人丢进火炉里；一方面有个天堂在奖赏你，另一方面又有个地狱要惩罚你。但丁的《神曲》就是打他左脸连右脸也转过来让你打的基督教文化的结果，但是《地狱篇》那种对下地狱的人的残酷惩罚，连被称为“仇恨政治学”者的鲁迅都感到触目惊心，不能忍受。鲁迅爱中国而仇视一切阻碍中国发展的人，爱国民而仇视使国民麻木的传统文化和现实统治者，以及一切与此有关的文人，这有什么不能理解的呢？

值得注意的是，“文革”是以众数的力量迫害少数的人，而鲁迅对于孤魂野鬼总是有一种同情，对于被挤到社会边缘的少数者也总是有一种同情的理解。在鲁迅后期，电影明星阮玲玉自杀，一些报刊纷纷发表文章说她是个弱者。鲁迅发表《论“人言可畏”》，替阮玲玉鸣不平，因为她的自杀本来就与这些报刊的舆论有关，而他们在屠杀了她之后居然还在向她鞭尸。在这些方面，鲁迅总是站在少数的角度，反对多数的残酷。鲁迅几乎是呕心沥血地培养青年作家，除了被国民党枪杀的之外，胡风、萧红、萧军等成为文坛重要的鲜活的生力军。现在一些人以高长虹作为颠覆鲁迅的一个论据，说是鲁迅太霸道。但是，你培

---

① 《新约·马太福音》第10章第36节。

养、帮助的一个作家,因为莫名其妙的原因就到处攻击你,你会再转过右脸让他打吗?鲁迅仅仅是将高长虹吹捧他与贬损他的话放到一起公之于众而已,而且鲁迅在后来的文章中也没有否定高长虹和向培良的优点,这也能否定鲁迅吗?

鲁迅的确有恨,因为我们上面已经分析过,没有恨就没有爱,大恨也伴随着大爱。那些声称自己只有爱而没有恨的人,往往是很虚伪的。主张宽容的王蒙,面对王彬彬的批评,不是也用了并非平等论战的方式进行报复了吗?因为正如鲁迅所说的,自称强盗的无须防,自称正人君子的必须防。损着别人的牙齿,还主张万勿报复者,这样的人万勿和他接近。这是鲁迅一生用痛苦经历得出的"道德箴言",和"仇恨政治学"有什么关系?假定有两个人,一个老损着别人的牙齿,却主张宽容和万勿报复;一个从不去损别人的牙齿,却声称谁损我牙齿我要报复,你觉得哪个更可爱呢?哪个是假借着整体进行利己主义的勾当,哪个是尊重别人的主体人格也不想让别人侵害自己的主体自由?"文革"对鲁迅的歪曲在于,将鲁迅的"恨"仅仅作为一种形式,去"恨"也许鲁迅活着的时候会很爱的人,甚至去"恨"实质上的鲁迅式的孤独者,或者说白了,就是"恨"鲁迅生前鲜活的本人。鲁迅最好的朋友或学生胡风、萧军、冯雪峰等人,不是没有等到"文革"就在鲁迅的名义下被"恨"掉了吗?

至于鲁迅多好,还是少好,我倒是有一个与鲁迅多了不好的论调相反的看法。如果一个社会只有一个具有强力意志的人,那么,他不是被众数看成"异类"而将之处死或逼疯,就是被愚弱的国民给"克"了,变成一个供国民山呼万岁的"专制君",或者就像鲁迅在苦闷至极的时候曾经做过的那样,泯灭强力意志而沉入国民中。如果一个社会每个人都具有强力意志,是颠覆任何欺侮者的恶魔,那么,这个社会想不民主都不可能。所以,如果是一个想专制的人,在自己具有了强力意志之后,他最害怕的就是别人也具有了强力意志。而鲁迅却是自己具有了强力意志,还终生念念不忘改造国民性,使愚弱的国民能够觉醒,以强力意志去承担沉重的自由。这么一个自由的思想战士,却被说成是"文革"极权主义的同谋,我的天!

二、王朔:“看鲁迅”看到了什么

王朔在近年从作家一摇而变成了批评家。评老舍,评金庸,评鲁迅……每一评,报章杂志几乎都予以转载,他自己也感到其乐融融,仿佛比当作家的时候显得更加威风。当作家的时候是让别人评自己,而现在是自己评别人,主动权已经牢牢掌握在自己手里,好不阔气!他的李逵式的板斧的确吓怕了一些人,连所谓招数无穷的“武侠大师”金庸也有点战战兢兢,说是从来没有说过王朔的坏话,不知王朔为什么这样批评自己。那么,他的《我看鲁迅》都看到了什么?

王朔说,他小的时候读鲁迅没有感到鲁迅是个文学大师,甚至感觉还不如《艳阳天》。后来大了,觉得鲁迅小说写得确实不错,但不是每篇都好。最差的是《一件小事》、《狂人日记》和《伤逝》,《一件小事》也就小学水平,《阿Q正传》虽然有思想意义,但是因为概念化太强,也不是什么好艺术。鲁迅较好的小说是《祝福》、《孔乙己》、《在酒楼上》和《药》,最好的小说是《故事新编》。鲁迅个性是有缺陷的,没有写出长篇小说则是文学成就上的缺陷。而且鲁迅凭着几个短篇和一大堆杂文,是够不上艺术大师的。鲁迅的思想是什么,他想来想去都想不出,“绝望”能叫思想吗?过去他之所以说鲁迅深刻,是怕别人说自己浅薄。现在思想解放了,才发现鲁迅的思想是一无所有。鲁迅在批判国民性的时候,遗漏了自己。鲁迅至今还存在着神化的现象,他写文章的时候都有点不安,所以最可恶的是鲁迅研究者和那些“活鲁迅”、“二鲁迅”。

说王朔的板斧砍鲁迅砍得全不是地方,并不符合事实。三个臭皮匠还顶一个诸葛亮,何况王朔的智慧还要比臭皮匠高一点。譬如王朔说:“鲁迅这个人,在太多人和事上看不开,自己去了上海,心无宁日,天天气得半死,写文章也跟小人过不去。愤怒出诗人,你愤怒的对象是多大格局,你的作品也就呈现出多大格局……他的文学理念也不可避免地受到时代潮流的影响和摆布。”而且“鲁迅没有长篇,怎么说都是个遗憾,也许不是他个人的损失,而是中华民族的损失。以他显露的才能,可以想象,若他真写长篇,会达到一个怎样的高度”。王朔还说,“后人的效颦都要鲁迅负责并不公平。这就是榜样的悲哀,遭人热爱看来也不全是美事”。[1] 王朔在这里对鲁迅缺憾的描述，并非一点道理也没有。可是立刻就有人著文，说是鲁迅写杂文好，写小说不好，写长篇更不好……我觉得把鲁迅的遗憾当作最佳选择，把鲁迅终生都说得完美无缺，还是造神论者的思维模式。一个短篇小说写得那么好还作过小说史的人，你怎么知道他就写不出优秀的长篇？鲁迅后期在一些无聊的人事争斗中，浪费了自己的创作才华，这也是鲁迅的优点？

但是，王朔也有王朔内在矛盾的地方。王朔对于鲁迅后期在人事的争斗上而且文学理念也受到时代潮流的摆布的批评，不是没有道理的，但是他又认为鲁迅最好的作品是《故事新编》，而《故事新编》却主要是鲁迅后期的作品。鲁迅后期能出好作品，是对王朔批评鲁迅后期的颠覆。所以，王朔还是当作家吧，因为作为文学批评家，怎么会连形式逻辑也不顾呢？

对于王朔推崇《故事新编》，笔者有一种同情的理解。《故事新编》中的“油滑”，也就是在正经的历史叙事中，加上点“不正经”的现代调侃与讽刺，可能被王朔引为艺术上的知己。然而，且不说《故事新编》的后几篇艺术上有点“粗”，也没有《呐喊》、《彷徨》那种深在的悲凉情调感人；关键的问题是，王朔推崇《故事新编》，在另一个问题上又犯了形式逻辑的错误，也就是他冒着颠覆掉自己整个消解主义系统的危险。因为“五四”时期的鲁迅，与陈独秀、胡适、周作人这些急于建构的思想家的最大不同，就是致力于颠覆和解构。《呐喊》、《彷徨》，尤其是《狂人日记》和《阿Q正传》，都表现了这种颠覆和解构特征。林毓生在《中国意识的危机》中对鲁迅实质性的反传统的分析，主要也是以鲁迅的这两个文本为依据的。王朔作文以调侃闻名，以在神圣的偶像上吐痰撒尿著称，将自己扮成一种消解主义的形象。用他的话说，破除迷信解放思想要有一个耍王八蛋的过程。但是，鲁迅在以《狂人日记》、《阿Q正传》而闻名于世的“五四”时期，恰恰是以颠覆与解构而著称的。鲁迅后期，倒是解构与建构并重，在《故事新编》批判孔子、老子、庄子等人的同时，又弘扬了大禹、墨子等为民请命、拼命硬干的“中国的脊梁”。如果王朔是一个真正前后一致的消解主义者的话，就应该肯定鲁迅的前期，而部分地颠覆鲁迅的后期，这样至少不失为一家之言。然而，王朔对于“油滑”的褊狭的艺术趣味，却使他一叶障目，居然自我颠覆了自己的消解主义创作与批评系统。

必须指出，王朔的文章写得很真诚，没有不懂装懂的地方，仅凭这一点，就

---

① 王朔：《我看鲁迅》，载《收获》，2000年第2期。

比那些开口闭口“三个伟大”的千篇一律的八股文来得真实和有趣。然而，正因为王朔的文章是真诚的，所以我也有点替王朔悲哀，通读王朔批评鲁迅的全文，稍有批评眼光的读者就会发现，王朔的审美眼光与他的文笔实在不成正比。而且通过王朔的批评，笔者发现，王朔就目前的情况而言，在创作上顶多成为一个名家，而很难成为大家。王朔尽管抡着板斧，事实上他还是有点像孩子一般可爱。他的批评尺度仅仅是用《故事新编》来否定《狂人日记》和《阿Q正传》而已。托尔斯泰是从现实主义的标准去评价莎士比亚的，萧伯纳是从现代新剧的角度评论莎士比亚的，所以他们发现了莎士比亚的许多漏洞。王朔即使对鲁迅的否定更激烈，如果富有深度的话，那么也不影响王朔成为大家。譬如，从怀恋传统而否弃工业文明和现代化的角度，如果否定得具有深度，那么照样可以成为创作上的大家。因为在西方文学史上，也有不少大家是站在传统一边的。尽管这样一来，鲁迅是被冤枉了，然而这正是作家的批评与批评家的批评不同的地方。作家的批评只服务于自己的创作目的，而批评家的批评则要照顾审美的多样性。

王朔的批评逻辑似乎是这样的：你说好的，我就偏说不好。你说鲁迅的文学地位很高，我就偏说他一般，他没有长篇。你说《狂人日记》、《阿Q正传》伟大，我偏说这两部作品不是什么了不起的作品。你认为《呐喊》与《彷徨》比《故事新编》好，我偏说在鲁迅的作品中，最好的就是《故事新编》。王朔说：“写《狂人日记》时鲁迅充满文学青年似的热情，文字尚嫌欧化，透着刚睁开眼睛看世界的吃惊，那种激烈决绝的态度则和今天的‘愤青’有共通之处，搁今天，也许能改编成摇滚。”从这段文字里，你会发现，王朔压根就没有读懂《狂人日记》。读懂《狂人日记》是不容易的，美国著名的文学史家夏志清在他的《中国现代小说史》中，虽然赞扬《狂人日记》的“精湛技巧”，但是又认为没能“为这个狂人的幻想提供一个真实的故事情节”。夏志清的评论遭到了捷克著名汉学家普实克的批评：鲁迅只选择最适合他的意图的那些现象，“以真正天才的艺术手法，成功地使一个具体现象的种种特点带上了普遍性”。[①] 后来夏志清在反驳普实克的批评的时候，也不得不承认，他误读了《狂人日记》这部杰作。这就表明，王朔不仅没有读懂《狂人日记》，而且可能连与《狂人日记》类似的作品也没有读过或者读懂，像果戈理的《狂人日记》、尼采的《查拉图斯特拉如是说》、拜伦的《该隐》、安德烈耶夫的《红笑》等等。而王朔对《狂人日记》的否定不仅态

① ［捷克］普实克：《普实克中国现代文学论文集》，第232页。

度显得极为草率，更重要的是，王朔无法与《狂人日记》那种现代性的感受发生共鸣。我们不禁感到奇怪，一个没有现代性感受力的人，还怎么能被称为"后现代主义者"！

在否定《阿Q正传》这一中国现代文学唯一获得国际盛誉的作品的时候，王朔显得较为谨慎。他说他本来以为这部小说写绝了，活画出中国人的"揍性"，仅凭这一篇鲁迅就该得诺贝尔文学奖。但是后来在看严顺开演的同名电影的时候，发现这个好演员怎么也演不好，关键是假，没走人物，走的是观念。再回去读原著，王朔发现鲁迅是当杂文写的这个小说，走的都是现成的观念，跟马三立那个"马大哈"的相声起点差不多。王朔这一"看"，真是看走了眼。我很不明白这些当代作家到底读了多少书，否则，他们的艺术道路怎么会那么狭窄，审美尺度怎么会那么单调！也许，他们只能欣赏巴尔扎克的《高老头》，无法欣赏巴尔扎克的《驴皮记》；或者，他们只能欣赏福楼拜的《包法利夫人》、莫泊桑的《一生》、屠格涅夫的《罗亭》，而无法欣赏陀思妥耶夫斯基的《罪与罚》、《卡拉玛佐夫兄弟》，更无法欣赏但丁的《神曲》、歌德的《浮士德》以及乔伊斯的《尤利西斯》、卡夫卡的《城堡》。他们会说，《卡拉玛佐夫兄弟》到处都是讨论宗教、邪恶与拯救的艺术败笔，《浮士德》到处都是概念化的东西，这些作品走的都是观念！他们根本无法理解，这些作品是比《一生》、《罗亭》等走人物的作品更伟大——用王朔的话说更"牛逼"的作品。

就《阿Q正传》的艺术技巧而言，有中国传统夸张式的传神技巧，有运用喜剧的笔法写阴暗惨淡的故事而产生的艺术张力，也有反语与幽默技巧的巧妙运用，而且《阿Q正传》的幽默已经从传统的幽默向现代的黑色幽默逼近——只是这种幽默虽然已经近似荒诞，但是还受理性的控制，而没有走向像《二十二条军规》那样非理性的荒诞。《阿Q正传》还大量运用了象征技巧，阿Q的画圆圈，若是不从象征主义的角度就无法理解——圆圈作为中国传统文化的象征，是鲁迅对中国文化的概括，中国的世界观是循环的，历史观是一治一乱的循环，甚至戏剧都是大团圆。而整部作品又象征着中国传统文化在近代的尴尬命运，以及不进行文化改造会导致一场什么样的革命。如果说《狂人日记》以其对中国传统道德价值的全盘重估，可以与尼采的《查拉图斯特拉如是说》对基督教文化的价值颠覆相提并论的话；那么，《阿Q正传》的文化内涵就可以与歌德的《浮士德》相提并论。王朔认为《阿Q正传》无法与《祝福》相比，但是在笔者看来，鲁迅可以没有王朔推崇的《孔乙己》、《在酒楼上》和《祝福》，甚至可以没有整部《故事新编》，尽管这样会损失几篇优秀的小说，但是对鲁迅的文学地位并无巨大的损伤。然而，如果去掉了《阿Q正传》和《狂人日记》，那么，鲁迅在20世纪中国文学史乃至文化史上的光芒，就会黯淡得多。

王朔以《阿Q正传》难以改编成电影而加以否定，就更是没有道理。1930年10月13日，鲁迅在致王乔南的信中说："我的意见，以为《阿Q正传》，实无改编剧本及电影的要素，因为一上演台，将只剩了滑稽，而我只作此篇，实不以滑稽或哀怜为目的，其中情景，恐中国此刻的'明星'是无法表现的。"因此，既写小说又写电影的王朔应该知道，最"牛逼"的大作品有时反而不容易改编成电影。歌德的《浮士德》是当诗剧来写的，恐怕只是写给人读而无法上演的；陀思妥耶夫斯基的《罪与罚》与《卡拉玛佐夫兄弟》等小说，恐怕也是无法改编成电影的。而且即使改编成了，也会将原来文本深刻的哲理内涵与文化内涵删削干净。《查太莱夫人的情人》改编成电影了，但是，一部富有深刻哲理内涵并体现了劳伦斯哲学的象征小说，[①]却被电影改编成了一个普通的通奸故事。看一看本雅明对电影这种消解批判反思能力的机械复制的艺术的批判，再看一看小说对人类思想文化之呈现的贡献，就会知道，不能以电影改编作为衡量文学文本的价值的尺度。

鲁迅没有长篇而遭诟病，不是一个新鲜的话题，在鲁迅生前有人劝他作长篇，已经透露了这个信息。关于鲁迅没有长篇是个遗憾的说法，我基本同意上引王朔的看法，我要反驳王朔的是下面一段话："我认为鲁迅光靠一堆杂文几个短篇是立不住的，没听说有世界文豪只写过这点东西的。"这段话是王朔"看鲁迅"看得最毒的一眼，也是他否定鲁迅的文学成就最激烈的地方。而且杂文之论"堆"，短篇之论"个"，王朔已经表示了他对鲁迅的不屑。但是王朔没有想一想，鲁迅毕竟将艺术的触角伸向了杂文、散文、散文诗、中短篇小说、旧诗以及文学翻译、文学批评、文学研究与考据整理的各个领域，而且在这些领域的成就是王朔们目前还无法企及的，鲁迅为什么就不能当世界文豪？用文体来框定作家，与过去文学批评界用"创作方法"衡量作家是同样的荒谬。曾经有一个时期，一个作家运用"现实主义"或"浪漫主义"进行创作就是好的，运用"自然主义"与"现代主义"进行创作就是坏的。人们没有想到，运用现实主义或浪漫主义照样可以写出三四流的作品，运用自然主义或现代主义照样也可以写出一流的作品。像"文革"中的长篇《虹南作战史》不是文学史上少有的文字垃圾吗？而以中短篇名世的契诃夫不照样可以做文学大师、世界文豪吗？

---

① 详见拙作《一个温情的反异化神话》，载《外国文学》，2000年第5期。

当王朔思考来思考去，发现鲁迅的思想是一无所有的时候，就有点“无知者无畏”的意味了。王朔问鲁迅的思想究竟是什么，这个问题一开始就问错了，正如小和尚问禅师“佛在哪里”一样。因为“是”意味着肯定与建构，“不是”才意味着批判、否定与颠覆。从肯定与建构的意义上说，鲁迅的思想的确没有什么，感时忧国的“民族主义”，由“进化论”而衍生出来的“中间物”思想，带尼采强力意志色彩的个性主义，对个性主义有所制衡的“人道主义”，不否定个性发展的集体主义，大概是鲁迅一生建构意义上的思想，而且除了感时忧国的“民族主义”之外，其他思想在鲁迅的留日时期、“五四”时期与后期又不断发生变化，很难笼而统之地说他一生建构了什么思想，更没有什么思想体系可言。而且鲁迅似乎也并不致力在中国建构什么“主义”。在“五四”时期，当周作人的新村主义、胡适的实验主义、李大钊的马克思主义纷纷给人指出光明的未来的时候，鲁迅却拒绝当什么“导师”给人指路，他很实在地告诉青年，他也无路可走，他只知道路的前面是坟。因此，从消解主义的角度来认识鲁迅，就会发现鲁迅是一个异常伟大与深刻的思想家。他的《狂人日记》、《阿Q正传》等小说连同他数量较多的洞察国民性的杂文，揭露出中国传统文化阴暗面的底蕴，构成了对中国传统文化实质性的颠覆。而且鲁迅在深刻彻悟之后的批判与颠覆绝非仅仅对着传统文化和现实社会，同时也对着他的主体自身，《野草》就是他面对着死亡无情地拷问自己的结晶。王朔暗示鲁迅在揭露国民性的时候漏掉了自己，事实上是对鲁迅的一种极大误读。从周作人《鲁迅小说里的人物》中可以看出，鲁迅小说里的许多人物都是以自己为原型的，可惜造神论者将这些人物说成是鲁迅批判的对象，而不包括他本人。鲁迅自己也说，他虽然时时解剖别人，但他又时时更无情地解剖他自己。王朔的看法，说明他没有细读鲁迅的文本，还在受着造神论者塑造的鲁迅的影响。

另一方面，王朔关于思想家的标准可能还受古典哲学的影响，以为要建构什么体系才称得上思想家。他不知道自叔本华以后，哲学已经变成了一种对存在的直觉领悟，对生命的天才洞见。他更不知道在生命哲学家狄尔泰眼里，托尔斯泰、梅特林克等作家都变成了大哲学家。王朔仅仅浮在生活的表层，写一些供大众消费的文学文本，自然不能使自己的创作上升到哲学的高度，不能像海德格尔所说的那样，在诸神隐退的时候以自己的文学之笔去探究诸神隐退的踪迹。但是，否认鲁迅是思想家，则是很可笑的。一向谦虚的鲁迅，有一次对章衣萍说：他的哲学都在《野草》中。王朔又怎么能抹杀鲁迅作为20世纪中国最深刻的思想家的存在呢？

第四编

鲁迅的传统及当代命运

鲁迅与孔子在现代世界的文化价值

孔子与鲁迅在现代世界的文化价值，是一个挑战性的学术命题。因为现在中国很多人极力要弘扬传统文化，中国在向世界弘扬中华文化、传播汉语的时候，在世界各地建了很多孔子学院，以孔子来作为中国文化的象征。很多人对这种推崇孔子并不认同，他们认为应该弘扬鲁迅而不是孔子。那么，孔子与鲁迅在现代世界都有什么样的文化价值呢？

鲁迅在现代世界的文化价值是不言而喻的，因为鲁迅最突出的特色就是思想的现代性，艺术表现的现代特征。鲁迅激烈地抨击中国的以家为本的传统伦理，对中国的文化传统及其在现实中的积淀进行了全面的批判反省。那么，鲁迅建立的现代伦理是什么呢？鲁迅设想的个人是一种孤独状态的个人，这样的个人不受家庭、国家的约束，他要独立发展自己的个性，但个性的发展又不能侵害到别人的自由，所以个性主义要以人道主义来加以约束，这就是鲁迅的个人主义和人道主义彼此之间的平衡关系。人与人的人格是平等的，每个人都要尊重别人的人格去发展自我，这就是个人自由的真义。

当然，由于受到拜伦和尼采的巨大影响，鲁迅的个人自由是需要强力意志去支撑的。因为自由是沉甸甸、冷冰冰的东西，与人的孤独状态密切联系在一起，往往是最亲近的人对你自由的约束也就越大。比如一个人想自杀，自杀是一种个人的自由选择，然而他有了自杀的念头就会想："我要自杀，我母亲怎么办？我妻子怎么办？儿子怎么办？"这些人是给你温暖最多的，但他们给你自由的约束也最大，连你自杀的自由也被限制。你一旦要顾念他们的想法，你就不能自由地选择。两个恋人在一种极端的情况下，就连出门也要打个招呼，不打招呼，另一个就不高兴了。这就可以看出，自由已经被约束到狭窄的空间了。所以，真正的自由是彻底的离群索居，但是，这种孤独状态需要一种强力意志来承担。小鸟在笼子里是不自由的，但有它的好处，一旦刮风下雨，主人就会把鸟笼拿到房子里来，不让雨淋它，饿了就会有食吃，它不自由，但有人关心它。现在，我们把鸟笼打开，把它放回到自由的天空中去，小鸟要是没有一种强力意志的话，它不能承受这种沉甸甸的自由，因为它要独自迎接烈风雷雨的侵袭，独自面对老鹰等恶鸟对它的侵害，没有强力意志是无法承担这种自由的。所以鲁迅为了人们更好地追求自由，就呼唤自由的主体具有强力意志。

鲁迅很清醒地看到了追求自由的后果，在这一点上和胡适与陈独秀是不大一样的。胡适、陈独秀说：你们跟着我走吧！我的口袋里有通向幸福光明快乐的钥匙，冲破了传统的束缚你们就幸福快乐；而鲁迅说，你们在这个铁屋子里酣睡还很舒服，但是，一旦清醒之后就很痛苦，“人最痛苦的是梦醒了无路可走”。在这点上，鲁迅与陈独秀、胡适那种乐观的启蒙差异很大。鲁迅的这种启蒙更带有绝望，并且与绝望抗战的色彩，也由此增加了鲁迅思想的深度。尤其是《野草》，非大手笔是写不出那样的好文章来的，这是汉语中最富有艺术表现力的文本，往往是寥寥几笔就把描写对象升华到哲学本体的高度，并且深刻体味着传统崩溃之后人孤独而自由地面对死亡的存在深度。在《过客》中，我们看到了“客”为了自由的主体，连小女孩的布片也不要，因为感恩会令他受到束缚而不自由，他甚至像兀鹰诅咒死尸一样希望给他大恩惠的人灭亡。白话文是从宋代到明清一直存在的表现形式，只是到鲁迅那里，才赋予了白话文以鲜明的现代特色。鲁迅的小说和《野草》在传统与现代之间竖立了截然分明的界碑，即使是对鲁迅评价不高的夏志清，也承认鲁迅的现代特色。

10年以前，王朔等作家要用解构主义来消解鲁迅。其实我觉得就解构而言，他们是找错了对象。因为我发现，从近代直到今天，鲁迅是最大的解构主义者，他对中国文化传统的颠覆是无与伦比的。从哲学（扫荡儒道两派的书籍）、伦理（控诉礼教和家族制度），到历史（想做奴隶而不得和暂时做稳了奴隶的两个时代的循环）、文学（瞒和骗的文学、廊庙文学与山林文学、帮忙文学与帮闲文学），鲁迅的解构与颠覆无孔不入，他甚至认为中国文化就是一席人肉的宴席，而中国就是安排这宴席的厨房。《狂人日记》与《阿Q正传》构成了对传统及其在国民那里的现实积淀的最大解构与颠覆，几千年的文明史——“古久先生的陈年流水簿子”被踏在脚下，几千年的伦理道德被鲁迅概括为“吃人”二字……胡适从汉代的王莽身上找到了“社会主义”，从清代的乾嘉学派中找到了美国的实用主义，尽管批判传统却对传统有点“眉来眼去”，因而最富有解构精神并且对传统及其现实积淀构成了实质性颠覆的是鲁迅。其实，鲁迅的解构主义并不令人奇怪，因为当代最著名的解构主义大哲德里达就认为他的精神先驱是尼采，而鲁迅的精神先驱也是尼采。

鲁迅的现代意义还表现在，在强调稳定性与承传性的静止不动的中国，输入了一个批判性与否定性的骚动不安的文化恶魔。西方文化的发展模式是批判性与否定性的，正如亚里士多德对柏拉图所言“吾爱吾师而尤爱真理”。亚里士多德的分析性哲学就与老师柏拉图不同，他对模仿文学的肯定也与柏拉图的否定不同。于是，整个西方文化就是在不断批判与超越前人中发展的，颇有点“急匆匆你方唱罢我登场”的意味。而中国文化却更强调稳定性、连续性、承传性，与亚里士多德的“吾爱吾师而尤爱真理”相对，孔子说“述而不作，信而好古”。因为“作”就意味着某种程度的否定，而“述”则是完全的肯定。与西方上帝与魔鬼、灵魂与肉体、感性与理性的二元对立不同，中国文化强调阴阳、乾坤、天地、男女、父子、君臣的二元中和，因而整个文化没有一个否定性的恶的精灵。与西方文化的分析性概念不同，中国文化诉诸感悟的直觉概念，时代发展了也不要创造新的概念，而只需要对前人的概念加以重新领悟就可以了。这就导致了中国文化巨大的稳定性、连续性和传承性，加上中国文化没有进步与发展的概念而强调循环，就使得中国文化显得静止不动。从《摩罗诗力说》开始，鲁迅就致力于在平和静态的中国文化中，输入一个骚动不安的动态对立的文化恶魔，为中国文化注入一种批判性与否定性的元素。鲁迅希望这能够使静止不动的中国快速发展起来，在列国争雄的时代自立于世界民族之林。

中国要摆脱传统走向现代，鲁迅就具有巨大的文化价值。然而问题就在于：现代就没有弊病了吗？在 20 世纪初的美国，白璧德就致力于反省从卢梭到现代的弊病，而要回归基督教和希腊的古典理性，甚至对孔子与佛陀的教诲也发生了浓厚的兴趣，他的学生 T. S. 艾略特自称在政治上是保守主义者、在宗教上是加尔文教徒，并在《荒原》中对现代的弊病进行了深刻的反省。然而，由于中国当时尚处于摆脱传统向现代迈进的阶段，这种时空上的错位使得白璧德的中国弟子吴宓、梁实秋等一回国就陷入被新文化人物批判的漩涡中。然而现在中国也进入了现代化，比 20 世纪初的美国在经济上要更现代化。这时，我们还能再像在 20 世纪上半叶那样简单地对待吴宓和梁实秋吗？还能再像“五四”时期打倒孔家店那样对待孔子吗？因而我们下面重点阐发一下孔子的现代意义。

首先，在西方的上帝观念动摇的当代，孔子对伦理与审美的世俗文化价值的执着，就很有现代意义。人类的文化价值可以分为审美的、伦理的与宗教的三种，孔子对宗教的价值不感兴趣，所谓“子不语怪力乱神”，所谓“敬鬼神而远之，可谓知矣”，孔子文化的根本是伦理并兼及审美，所谓“克己复礼为仁”，所谓“兴于诗，立于礼，成于乐”。当然，走向纯然审美的是庄子，孔子总喜欢将审美与伦理融合在一起，然而孔子在现实中极端失意的时候，也不是没有纯然审美的理想，当曾点说自己的志向就是“暮春者，春服既成，冠者五六人，童子六七人，浴乎沂，风乎舞雩，咏而归”之时，孔子居然忘却了“治国平天下”，欣然赞同曾点的志趣：“吾与点也。”中国崇尚的不是为自己的神献身殉道的宗教精神，而是为家国社稷牺牲的精神，推崇的是“诗礼人家”与“礼乐之国”。西方从文艺复兴、启蒙运动到现代，上帝的观念摇摇欲坠，“上帝死了”、“宗教是人民的鸦片”等逐渐成为压倒性的声音，科学之光使得宗教的圣火越来越黯淡。然而科学虽然能够带来物质世界的繁荣，却无法抚慰人的情感的孤独，也造不出令人不朽的金丹大药。于是，西方的哲人开始关心伦理与审美的价值，连基督教的新神学家也要带领人们走向幸福快乐的“现世城”。在这种文化语境中，难道我们不应该更多地关注孔子文化的现代价值吗？

其次，孔子文化价值的现代意义，在于特别适合于资本的原始积累。孔子没有给人提供宗教的超越，而是以上敬奉祖宗孝敬父母下生育后代、为往圣继绝学与为万世开太平的继往开来，超越个体生命的短暂，特别强调文化与族类的连续性和传承性。演变到现代，就是注重子女的教育。中国人特别注重子女的教育，中国人可以宁愿不吃不喝，也要让孩子去上学；而美国人绝对做不到，他们在上帝死了的时代，追求的是自己的享乐，纵情恣欲，金钱万能，实实在在地表明上帝的死亡与魔鬼的出笼。中国是攒钱给儿孙花，而美国人是花儿孙的钱。受过儒家文化影响的国家与地区都有一个特点——高储蓄，中国内地、中国台湾、中国香港、日本、韩国、新加坡是世界上储蓄最高的国家和地区。孔子教化过的国家与地区为什么会有这种高储蓄的特点呢？因为看重下一代的教育与未来发展，就要善于为他们攒钱，这跟孔子的文化教化是有关系的。中国的现代化不可能再像西方初始那样，进行海外扩张掠夺殖民地，那么靠孔子教化的资本积累也可以达到这个目的。

再次，孔子的“敬天礼地”与老子的“道法自然”相结合的生态智慧，可以给生态环境极为恶劣的现代人提供可贵的精神资源。现代的一个最突出的弊病就是人在确立其主体性的时候，以科学成就的高技术掠夺与榨取自然，破坏了与自然的生态平衡。追溯起来，这与基督教以人高于自然可以随意支配自然又有关系。在孔子的教化中，没有人支配自然的概念，人的言行是要效法天地的，人要敬天礼地，与自然和谐相处。天就是男人、地就是女人；天下雨，地承受阳光雨露，就有了禾苗：这跟男女生育的道理是完全一样的。中国人主张物我融合、天地合一。我看花，我到花中去，花看我，花到我中来："相看两不厌，只有敬亭山"，人和自然要和谐相处。然而在现代，中国引进了西方征服自然的现代工业与科技，再加上中国人口众多，对自然环境的破坏已是触目惊心，此时孔子的教诲还是很有意义的。

在鲁迅的现代意义与孔子的现代意义之间，有没有精神联系呢？从某种意义上说，鲁迅文化就是经过现代洗刷的中国文化。鲁迅即使在西化最激烈的"五四"时期，也没有把西方文化的根底基督教拿过来。既然对西方文化的根底弃之不顾，又怎能谈得上彻底的西化呢？既然鲁迅的终极超越不是西方的基督教，那么他又是怎样超越的呢？鲁迅转向为国家民族的复兴而奋斗，正如传统以仁为天心的士大夫为家国社稷奋斗一样。鲁迅酷爱尼采，然而尼采并不是为德意志民族奋斗的人，而鲁迅接受尼采却希望国人都像尼采那样张大自己的意志，中国的复兴就指日可待。鲁迅的留日时期、"五四"时期以及后期的思想与艺术变化很大，但在感时忧国一点上又统一起来。正是苏联建设的成功和1929年到1933年资本主义世界的经济大危机，使他看到苏联也能富国强兵，走俄国人的路中华民族也有救，所以他才往左转。在为人上，他孝敬母亲，尊敬师长（临死都在怀念章师太炎），又爱孩子，培养了很多青年作家，很符合孔子的承上启下、继往开来之道。

鲁迅与屈原的深层精神联系

鲁迅与屈原的关系在鲁迅研究中并不是一个冷门的领域。鲁迅逝世后，他最好的朋友许寿裳就指出鲁迅的旧诗在用词与意象上对屈原辞赋的借鉴与采用。但是，由于鲁迅在他的杂文中，将屈原与贾府的焦大相提并论，将《离骚》说成是“不得帮忙的不平”，鲁迅就俨然是以屈原的否定者与批判者的面目而出现的，以至于使日本学者山田敬三在其《鲁迅世界》中以“埋葬屈原”来形容鲁迅与屈原的关系。此后，鲁迅与屈原在艺术上的联系，仅仅被限定在辞采之类的形式方面，而与精神无关。一些热爱中国古典文学尤其是热爱屈原的学者，慑于鲁迅在中国小说史研究乃至资料上做出的巨大贡献，不敢公开地批评鲁迅杂文的屈原论，就将鲁迅在杂文中对屈原的否定与批判，当作鲁迅因事发挥的随意走笔，而将鲁迅在《汉文学史纲要》中对屈原及其辞赋的论述当作鲁迅的公心持论。因此，需要我们认真探讨的问题是:鲁迅杂文中的屈原论是否随意走笔？如果不是，那么，应该怎么解释在鲁迅的杂文与学术论著之间对屈原不同的评价？鲁迅是否仅仅在辞采之类的形式上与屈原有艺术上的联系？如果不是，那么，屈原精神是怎样影响了鲁迅，使鲁迅的风骨中具有屈原之血脉的？

一、鲁迅杂文的屈原论是否随意走笔？

鲁迅杂文是鲁迅文化遗产中一笔宝贵的财富，但是由于中西文化的差异，西方学者一向欣赏鲁迅的小说，而冷淡鲁迅的杂文。如果中国学人也将鲁迅的杂文看成是不负责任的随意走笔，那么鲁迅杂文的真价值，将会愈加被遮蔽。鲁迅在杂文中论及屈原的处所并不多，一篇是《伪自由书》中的《言论自由的界限》，一篇是《且介亭杂文二集》中的《从帮忙到扯淡》。《言论自由的界限》中说：

看《红楼梦》，觉得贾府是言论颇不自由的地方。焦大以奴才的身份，仗着酒醉，从主子骂起，直到别的一切奴才，说只有两个石狮子干净。结果怎样呢？结果是主子深恶，奴才痛嫉，给他塞了一嘴马粪。

其实是，焦大的骂，并非要打倒贾府，倒是要贾府好，不过说主奴如此，贾府就要弄不下去罢了。然而得到的报酬是马粪。所以这焦大，实在是贾府的屈原，假使他能做文章，我想，恐怕也会有一篇《离骚》之类。[①]

在《从帮忙到扯淡》中，鲁迅又说：

《诗经》是后来的一部经，但春秋时代，其中的有几篇就用之于侑酒；屈原是"楚辞"的开山老祖，而他的《离骚》，却只是不得帮忙的不平。到得宋玉，就现有的作品看起来，他已经毫无不平，是一位纯粹的清客了。然而《诗经》是经，也是伟大的文学作品；屈原宋玉，在文学史上还是重要的作家。为什么呢？——就因为他究竟有文采。

在鲁迅看来，古代的中国文人并不具有独立的人格，因而在父子有分、君臣有别的家国一体的伦理系统中，往往是非帮主子的忙即帮主子的闲。而且"中国的开国的雄主，是把'帮忙'与'帮闲'分开来的，前者参与国家大事，作为重臣，后者却不过叫他献诗作赋，'俳优蓄之'，只在弄臣之列"[②]。在鲁迅看来，屈原的辞赋既不是"帮闲文人"所为，也不是"帮忙文人"所为，而是"不得帮忙的不平"。屈原曾经帮过国君的忙，但是当他受到奸臣之害，被国君疏离的时候，就哀怨发牢骚，《离骚》等辞赋正是这样产生的。屈原骂楚国的君主无道，臣下昏聩，并非要打倒楚国，而恰恰是为了楚国的振兴，仅仅在这一点上，将屈原与焦大联系在一起也并非大悖情理。

鲁迅既是传统文化的破坏者，也是现代文明的呼唤者。鲁迅思想的一个重要特色，就是在传统与现代之间划出一条清晰的界限。鲁迅清醒地看到中西文化是异质性的文化，难以不加前提地相互印证。鲁迅从来不用西方的概念来生搬硬套中国的文化现象，大到社会学上的封建主义概念，小到戏剧中的

---

① 鲁迅：《伪自由书·言论自由的界限》。

② 鲁迅：《且介亭杂文二集·从帮忙到扯淡》。

悲剧概念。30年代日本人编《世界幽默全集》，并托人让鲁迅编选中国的幽默作品，鲁迅认为这是书店老板迷信“西洋话能够包罗世界一切”的结果：“所谓中国的‘幽默’是个难题，因‘幽默’本非中国的东西。也许是书店迷信西洋话能够包罗世界一切，才想出版这种书。”[①]中国似乎就没有西方的幽默作品，而《笑林》中的说笑话绝不能够轻易地与西方的幽默混为一谈。从这个意义上说，鲁迅的现代追求的思想渊源来自西方，并且绝不认同在现代与传统之间、中西两种异质文化之间轻易地画等号。屈原虽然有点异端色彩，但却绝不能轻易地与现代的独立人格与个性精神等同。这就是为什么鲁迅会在杂文中以否定的语气谈论屈原。

从鲁迅杂文中的屈原论我们能够得到什么启示呢？就是不能随便地将西方的标签剪贴在屈原身上。事实上，浪漫主义这一西方文学的帽子已经在屈原头上戴了几十年了。但是，鲁迅杂文中的屈原论及其反对中西文化不加分析地相互印证，恰好是给屈原摘掉这顶浪漫主义文学的帽子的理论依据。浪漫主义的祖师是卢梭，按照马克思在《〈政治经济学批判〉导言》中的观点，卢梭的孤独个人的思想犹如大大小小的鲁滨孙故事，正是资本主义生产关系的表现，在自由竞争的社会中，人表面上看起来是摆脱了一切社会联系。从拜伦到尼采，浪漫主义不断地在哲学与文学之间流动，但是以具有独立人格的孤独个人与社会分离，向群体挑战则是没有改变。这种浪漫主义的个人与屈原要依靠君主参与“美政”的思想大相径庭，因而后人也就没有理由将西方浪漫主义的标签贴在屈原身上。由此也能够解释，为什么鲁迅在《摩罗诗力说》中推崇拜伦、雪莱等浪漫主义诗人，在“五四”杂文中肯定卢梭，在《文化偏至论》以及大量杂文中弘扬尼采，却独独将屈原看成是没有突破“非帮忙即帮闲”的传统文学的诗人。

二、鲁迅对屈原辞赋的学术分析

“五四”一代人不但是传统文化的批判者，而且也是以现代观念对传统文化的整理者。其中激烈反传统的鲁迅，在中国古代文学的研究与资料整理方

① 鲁迅：《书信集·321002致增田涉》。

面的贡献是有目共睹的。但是学术研究讲求客观性，与杂文中以现代观念激烈批判传统还是有所不同的。这并不是说，学术研究可以像有些学者所说的能够做到“价值中立”，可以像现象学所设想的那样能够将世界放到括号中而直观对象，因为鲁迅毕竟是从现代的立场去研究传统文学的，鲁迅是在时间之中而不是在时间之外，他不可能做出“放之永恒而皆准”的学问；但是鲁迅也确实不是一个庸俗的“唯现代”论者，在他的眼里，并非具有现代观念的就一定具有很高的文学价值，不具有现代观念的就一定没有很高的文学价值。鲁迅的这种复杂性使他没有陷入“现代性”的陷阱，像胡适那样以白话文作为衡量文学价值的标准，甚至将杜甫的名句“三峡楼台淹日月，五溪衣裳共云山”说成是“实在不像话”。明乎此，才可以正确理解鲁迅在《汉文学史纲要》中对屈原的阐发。

鲁迅是将屈原及其辞赋与《诗经》在比较中进行论述的：“较之于《诗》，则其言甚长，其思甚幻，其旨甚明，凭心而言，不遵矩度。”所以后儒之服膺诗教者，经常责难屈原。“实则《离骚》之异于《诗》者，特在形式藻采之间耳，时与俗异，故声调不同；地异，故山川神灵动植皆不同；惟欲婚简狄，留二姚，或为北方人民所不敢道，若其怨愤责数之言，则三百篇中之甚于此者多矣”。鲁迅进一步分析屈原辞赋不同于《诗》的时代原因：“古者交接邻国，揖让之际，盖必诵诗，故孔子曰：‘不学《诗》，无以言。’周室既衰，聘问歌咏，不行于列国，而游说之风浸盛，纵横之士，欲以唇吻奏功，遂竞为美辞，以动人主。如屈原同时有苏秦……余波流衍，渐及文苑，繁辞华句，固已非《诗》之朴质之体式所能载矣。”鲁迅接着又分析屈骚不同于《诗》的地域原因：“彼有河渭，此则沅湘，彼惟朴樕，此则兰茝；又重巫，浩歌曼舞，足以乐神，盛造歌辞，用于祀祭。”尤其是《九歌》，“虽曰‘为作’，固当有本。俗歌俚句，非不可沾溉词人，句不拘于四言，圣不限于尧舜，盖荆楚之常习，其所由来者远矣”。

春秋战国时代既是中国文化定型的时代，也是南北方文化大融和的时代。鲁迅在分析屈骚的时候，就从文化的角度来审视中原文化与楚文化的融合：“楚虽蛮夷，久为大国，春秋之世，已能赋诗，风雅之教，宁所未习，幸其固有文化，尚未沦亡，交错为文，遂生壮采。”所以鲁迅说：“《骚》者，固亦受三百篇之泽，而特由其时游说之风而恢宏，因荆楚之俗而奇伟；赋与对问，又其长流之漫于后代者也。”这种文化融合的壮采，当然与屈原的天才是不可分割的：“屈原起于楚，被谗放逐，乃作《离骚》。逸响伟辞，卓绝一世。后人惊其文采，相率仿效，以原楚产，故称‘楚辞’。”而且，由于屈原的天才创作，“其影响于后来之文章，乃甚或在三百篇以上。”而当鲁迅论及“赋与对问”的时候，又在梳理屈原辞赋对后来文学的影响：对问“与赋当并出于汉初，刘勰谓赋萌于《骚》，荀卿宋玉，乃锡专名，与诗划境，蔚成大国；又谓‘宋玉含才，始造“对问”’，于是枚乘《七发》，扬雄《连珠》，抒愤之文，郁然而起”[①]。换句话说，鲁迅不仅从承上的角度着眼于《诗经》对楚辞的影响，而且也从启下的角度着眼于屈骚对后世文学的影响。所以在略略论及李斯之后，鲁迅就为《汉文学史纲要》设立了《汉宫之楚声》一篇。鲁迅认为：“楚汉之际，诗教已熄，民间多乐楚声……盖秦灭六国，四方怨恨，而楚尤发愤，誓虽三户必亡秦，于是江湖激昂之士，遂以楚声为尚。”[②]项羽的《垓下歌》是楚声，刘邦的《大风歌》也是楚声，而刘邦称帝又将楚声带入汉宫。从西汉武帝到东汉少帝，所歌咏的皆是楚声。且不说凭吊屈原的贾谊，就是在论及司马迁的《史记》时，鲁迅也还没有忘记《离骚》，称赞《史记》是“史家之绝唱，无韵之《离骚》”。

鲁迅的《汉文学史纲要》虽然仅仅是汉代之前的中国文学史的一个大纲，但是正如鲁迅的《中国小说史略》善于梳理各种小说文体的内部演变一样，鲁迅对中国古代文学的内部流变及其与文化风尚的关系，表现出特有的史家的敏感与远见卓识，只可惜这仅仅是一个未完成的大纲。而且，如果细读鲁迅的这个大纲，就会发现他虽然对屈原的辞赋评价很高，但是仅仅是对屈原辞赋之文采的评价，这样一来，就使得鲁迅对屈原崇高的学术评价与在杂文中的思想评价之间，并没有什么矛盾与悖谬之处。

三、鲁迅与屈原的深层精神联系

无论是鲁迅的杂文，还是鲁迅的《汉文学史纲要》，其对屈原的肯定与赞扬都是其辞赋的文采。那么，屈原精神就与鲁迅无关了吗？仔细阅读屈骚与鲁迅作品，答案显然是否定的。甚至可以说，在中国的韵文作品中，对鲁迅精神影响最大的不是陶渊明，不是李白，不是杜甫，也不是苏轼，而是屈原。鲁迅喜欢屈原的时间应该很早，他 19 岁时所作的旧诗《莲蓬人》不但借鉴了《离骚》中

---

① 鲁迅：《汉文学史纲要·第四篇》。

② 鲁迅：《汉文学史纲要·第六篇》。

的植物，而且那种以美好的植物以喻自己高洁志向的明志方式与《离骚》也有貌异神合之处。鲁迅 20 岁时所作的《祭书神文》就是模仿屈原的“骚体”，其中“狂诵《离骚》兮为君娱”更表明了对屈原的热爱。不过，这都是鲁迅在没有经受现代思想洗礼之前的作品，与屈原的精神联系也是显明的。为人们所忽视的是，鲁迅在经受现代思想洗礼之后，在思想的深层仍然保持着与屈原的精神联系。

鲁迅一生的思想是在变化的，但是，鲁迅想使中华民族振兴的爱国主义，从留日时期、“五四”时期到后期，则是始终没有变化，或者说，鲁迅一生思想变化的根本原因就在于对怎样拯救中华民族于危难之中的方法有不同的认识，而拯救中华民族的爱国主义精神则始终如一。而在古代中国的大诗人中，爱国意识最强烈的应首推屈原。屈原与他同时代的那些“朝秦暮楚”之士不同，而是执着地热爱自己的祖邦，但是楚国却面临着虎狼之国暴秦的虎视眈眈，而自己拯救楚国的建议又不能为国君所用。当祖邦上下昏庸，眼看就要落入敌人之手的时候，屈原写哀怨以明志，并且以自己的死来殉国以惊醒世人，是何等感人的爱国主义精神。鲁迅所处的时代，似乎是一个扩大了的春秋战国，中国似乎变成了那个历史悠久的东周王室，列国都可以来欺负中国，中国有被列强瓜分的危险。鲁迅从《中国地质略论》高扬爱国主义，学医以图促进国人对于维新变法的信仰，到弃医从文试图以文学改造中国国民的精神，无一不是拯救民族的责任感和强烈的爱国主义精神所驱动。在这种相似的文化语境中，鲁迅在精神上与屈原发生共鸣是合情合理的：

> 灵台无计逃神矢，风雨如磐闇故园。
> 寄意寒星荃不察，我以我血荐轩辕。

“荃不察”直接借用了《离骚》的词汇，也拉开了鲁迅拯救中华民族殷殷之心的序幕。就艺术创作的思维而言，鲁迅在构思这首诗歌的时候，一定是想到了以自己的生命殉国的屈原，想到了他在死前抽写哀怨的悲壮场面，所以就把《离骚》的词汇直接加以借用。当然，“荃不察”屈原的是楚国的君主，而“荃不察”鲁迅的则是整个自己的祖邦，仅仅在这一点上，鲁迅的个性精神与屈原依靠君主实施“美政”的确有所不同。但是，在个性精神上，屈原对鲁迅就没有影响了吗？

应该看到，在中国古代诗人中，屈原是个性精神最突出的。如果不是情意绵绵地依恋国君社稷，或者说只有靠着帮国君的忙才能够实现自己的抱负，那么屈原与现代的个性主义者将没有任何差异，将屈原说成是浪漫主义诗人也就有了相当的合理性。从《橘颂》、《离骚》到《怀沙》，将自己的个性说得与众不同，一直是屈原辞赋的一个突出特征。在《橘颂》中，屈原以橘自比，称颂自己那种“深固难徙”、“独立不迁”的孤独精神，“苏世独立，横而不流”的高洁品质，这种精神甚至在小的时候就已萌生而显得与众不同：“嗟尔幼志，有以异兮。”在《离骚》中，屈原颂己身之修能，斥世俗之恶浊，自比不群的鸷鸟，甚至说出了“国无人莫我知兮，又何怀乎故都”的离乡伤情之言。在《九章》的《惜诵》一篇里，屈原反复吟咏自己为“众人之所仇”的孤独情怀。在《涉江》一篇中，屈原申明“吾不能变心而从俗”。《渔父》一篇，屈原自言被放逐的原因是由于“举世皆浊我独清，众人皆醉我独醒”。《卜居》一篇，屈原更是将现实与众人的浑浊不清表现得入木三分：“蝉翼为重，千钧为轻；黄钟毁弃，瓦釜雷鸣。”这种反抗世俗、蔑视从众的不合群精神，是贯穿于屈原辞赋之中的。如果通读屈原的辞赋，就会感到一个为国君社稷和人民大众承担着无穷忧患的孤独者，在是非颠倒、黑白混淆的世界，不但不为君主所容，更不为全体国民所悦纳，但是他却执着于自己的信念上下求索，并最终被他的国君社稷和土地人民放逐了。正是在这种绝望中，他沉江离开了这个他要拯救却是误读他唾弃他的世界。

鲁迅在弃医从文之后，就开始高举个性主义的大旗以为拯救中华民族之良方。在《文化偏至论》中，鲁迅推崇的是“任个人而排众数”，让独立的个人反抗群体，“刚愎主己，于庸俗无所顾及”。在《摩罗诗力说》中，鲁迅以与国民对抗的姿态，提出了改造国民性的思想，并且认为能够承担改造国民性职责的“精神界之战士”应该是具有恶魔精神的诗人，这种诗人的人格应该是“刚健不挠，抱诚守真；不取媚于群，以随顺旧俗；发为雄声，以起其国人之新生”，而且要“不恤人言”，“虽获罪于全群无惧”。在《破恶声论》中鲁迅说：“今之所贵所望，在有不和众嚣，独具我见之士，洞瞩幽隐，评骘文明，弗与妄惑者同其是非，惟向所信是诣”。鲁迅留日时期这种“任个人而排众数”的说法，到“五四”时期就演绎成了以“个人的自大”反对“合群的自大”，按照鲁迅的解释，“‘个人的自大’，就是独异，是对庸众宣战”，这种人“必定自己觉得思想见识高出庸众之上，又为庸众所不懂，所以愤世嫉俗”。[①] 这种以“个人的自大”反对“合群的自大”的思想，在鲁迅的小说创作中就演绎成了以“狂人”反对阿Q式的众数。而在《呐喊》的《自序》中，鲁迅也就以被家乡驱逐的人自居。

---

① 鲁迅：《热风·随感录三十八》。

如果说在古代中国的诗人中，屈原是最有个性精神的抗俗诗人，那么在现代中国的文人中，从留日时期到“五四”时期，鲁迅则是最具有个性精神的抗俗文人。从这个意义上说，屈原那种抗俗的个性精神之传统资源，不可能被鲁迅忽视，误以为鲁迅的个性精神完全来自尼采、拜伦等西方哲人和诗人。根据周作人的回忆，鲁迅为《新生》杂志准备的稿件，因为《新生》的流产后来在《河南》杂志上刊出了，这就是著名的《摩罗诗力说》，而从写作时间上考虑，应该还包括《文化偏至论》，而《文化偏至论》与《摩罗诗力说》则是张扬个性精神最有力的两篇论文。根据许寿裳的回忆，鲁迅筹办《新生》杂志的最初命名，“拟用‘赫戏’或‘上征’，都采用《离骚》的诗句，但觉得不容易使人懂，才决定用‘新生’二字”①。“上征”一词，鲁迅在《文化偏至论》中也使用过：“排斥万难，黾勉上征。”可以想见，鲁迅在张扬个性的时候，时时想到屈原。这一点在《摩罗诗力说》中也表现得很充分。当鲁迅以恶魔派诗歌的个性精神全面否定中国传统诗歌，甚至将整个中国诗歌说成是“可有可无之作”的时候，独独对屈原给予了格外的同情与肯定：“惟灵均将逝，脑海波起，通于汨罗，返顾高丘，哀其无女，则抽写哀怨，郁为奇文。茫洋在前，顾忌皆去，怼世俗之浑浊，颂己身之修能，怀疑自遂古之初，直至百物之琐末，放言无惮，为前人所不敢言。”②尽管鲁迅遗憾在屈原的辞赋中，“反抗挑战，则终其篇未能见，感动后世，为力非强”，但是较之他对整个“中国之诗”的否定，屈原反世俗的个性精神已经是“中国之诗”中唯一能够与鲁迅共鸣的诗歌精神了。

在“五四”退潮之后，鲁迅在最孤苦寂寞的时候又想到了屈原，在他创作的小说集《彷徨》的扉页上，征引了屈原《离骚》的一段：

> 朝发轫于苍梧兮，夕余至乎县圃；
> 欲少留此灵琐兮，日忽忽其将暮。
> 吾令羲和弥节兮，望崦嵫而勿迫；
> 路漫漫其修远兮，吾将上下而求索。

这是孤独彷徨的鲁迅与屈原精神产生共鸣的明证！而且，将《离骚》中的词汇作为自己筹办杂志的名称，将《离骚》中的诗句作为自己小说集扉页的题词，表明鲁迅对于屈原的辞赋并非一般的偏爱，简直就可以说是热爱了。

---

① 许寿裳：《亡友鲁迅印象记》六《办杂志，译小说》，北京：人民文学出版社，1953 年。

② 鲁迅：《坟·摩罗诗力说》。

当然，屈原的精神资源与鲁迅精神的相通之处，并不仅仅表现在爱国主义与个性精神上，还表现在其他许多方面。鲁迅在揭露国民性的时候，深感中国国民“无特操，趋炎附势”。鲁迅在批判中国人的无特操之后，呼唤的显然是“正信”，而屈原不同于儒道之处，就在于对自己所信的执着。孔子一边讲“朝闻道，夕死可矣”，[①]“杀身以成仁”，[②]一边又让人在无道的时候躲藏和装傻，所以孔子是不大推崇信仰和执着信念的，而是以人生的经验务实地处理一切问题，从而使其学说保持着极大的灵活性，用孔子自己的话来解释，就是“无可无不可”。[③] 而从“无道则隐”引申出来的道家，又发展了儒家的这种灵活性，老子的“反者道之动”，庄子的“周将处于材与不材之间”，都说明道家的灵活性比儒家有过之而无不及。屈原同儒道的不同，就表现在他摒弃了这种灵活性，转而执着于自己所追求的理想与信念：“亦余心之所善兮，虽九死其犹未悔”；“伏清白以死直兮，固前圣之所厚”(《离骚》)；“欲横奔而失路兮，坚志而不忍”(《惜诵》)；“知死不可让，愿勿爱兮”(《怀沙》)；“宁赴湘流，葬于江鱼之腹中；安能以皓皓之白，而蒙世之尘埃乎?”(《渔父》)儒道塑造的中国人，是以“小不忍则乱大谋”、“留得青山在，不怕没柴烧”、“大丈夫能屈能伸”、“好汉不吃眼前亏”为处世哲学的，其积极的一面是能够“以静制动”、“以退为进”、“以柔克刚”、“以弱胜强”，在躲避其锋芒、容忍其强盛之后卷土重来；其消极的一面则是“好死不如赖活着”、“宁为太平犬，不为乱离人”，对真理和信念缺乏一种执着的殉道精神。而屈原却反其道而行之，始终执着于自己的信念以死殉道，在被家国驱逐的时候他选择的不是隐身自乐，而是沉江自杀。屈原的执着信念与鲁迅的弘扬“正信”不是很相似吗？鲁迅在《汉文学史纲要》中，就指出宋玉的辞赋虽然仍有文采，但是屈原那种“虽九死其犹未悔”的精神已经流失了。

不难看出，鲁迅不但是现代意义上的屈原批判者(与儒服之士对屈原之狂狷的指责截然不同)，也是屈原文学遗产的研究者，更是屈原精神的现代意义上的弘扬者。简单地像日本学者山田敬三一样说鲁迅“埋葬屈原”，就是为表面的词句所迷惑，而缺乏对屈原与鲁迅精神的深层研究。

---

① 《论语·里仁》。

② 《论语·卫灵公》。

③ 《论语·微子》。

阿Q画圆圈与中西文化的发展模式

一个画圆圈的细节怎么能够与两个文化的发展模式联系起来呢？这就是大作家与小作家的区别：小作家只热心编优美动听的故事，而大作家的故事里却往往蕴涵着深刻的文化内涵。

阿Q画的圆圈不是一个普通的圆圈，而是中国文化的一个象征符号。我们知道，西方的时间观是直线的，是一种朝向一个目标的时间观，是一个"末世论"。什么叫末世论呢？这个世界有开头，有发展，然后演进，并且有结尾，就是这么一个过程，这个世界就是一幕有头有尾的戏剧。上帝最早创世的时候，亚当和夏娃都在伊甸园里，因为在蛇的引诱之下，偷吃了知识树上的苹果，犯了原罪，被上帝给驱逐出伊甸园，来到了罪恶的现世。既然这个世界是罪的结果，那么上帝就让他的独生子耶稣基督来拯救人类，道成肉身，以自我献祭的方式为人类赎罪，结果就是末世。到了末日审判的时候，所有的人都要来接受耶稣的审判。末世的审判送善男信女到天国去了，也送异教徒和恶人下地狱，这个世界就结束了。你看，这个世界有开头，有发展，有现世，有末日的审判，最后是天国、地狱。这出大戏就完了，就闭幕了。所以它是一直往前走，有一个指向，并有一个目标，这个目标就是来世——天国与地狱。可是，在中国文化里没有一个指向，也没有这么一个目标。中国整个的时间观，《周易》已经告诉我们了，就是一个圆圈。而且我告诉大家，这个圆圈是合缝的，它和黑格尔所说的圆圈不一样，黑格尔所说的圆圈认为世界的发展是螺旋式上升的，所谓辩证法，就是否定之否定的发展。它是螺旋式上升，不合缝，而中国的圆圈是合缝的。所以，中国人认为整个的时间都是循环的，任何东西都是循环的，循环往复的。

这种圆圈是渗透在各个方面的，比如说历史观，中国的历史观也是一个圆圈，就是时代是往复循环的，《三国演义》一开篇，就是"话说天下大势，分久必合，合久必分”，反正历史的运行就是分分合合，合合分分，就这么个圆圈。于是，在中国传统中没有发现进步的观念，虽然汉高祖推翻并且取代了秦王朝，但是“汉承秦制”，就像今人说的那样，“百代都行秦政法”，就是我还是按照你以往的制度，不断地转圆圈。这也就是鲁迅所说的，中国历史上其实只有两个时代，一是暂时坐稳了奴隶的时代，一是想做奴隶而不得的时代，这两个时代也在不断地循环。而西方的历史是追求进步的，不是“汉承秦制”、“分久必合，合久必分”地转圆圈。一个社会制度取代另外一个社会制度就是历史的进步，从原始社会、奴隶社会、封建社会到资本主义社会，每一个后起的社会制度都是不断有新的东西的。所以鲁迅在《再论雷峰塔的倒掉》中，认为西方的破坏者心中有理想之光，破坏了是为了建设一个更好的社会；而在中国的破坏者那里却并无理想之光，破坏的结果是一片瓦砾，并且在瓦砾场上修补老例。

在鲁迅看来，中国以圆圈为特征的团圆意识是渗透在文化的各个方面的，甚至已经形成了一种“十景病”。西方有悲剧，也有喜剧。从希腊开始，悲是悲，喜是喜，都是直线的。从《俄狄浦斯王》到《哈姆莱特》，悲剧往往一开始就愁云密布，最后是血肉横飞，死尸满台。喜剧则是一开始就笼罩在欢乐的气氛当中，最后也是非常美好的，就是一直嘻嘻哈哈让人开心，它是直线的。中国的文学，好像也是一个圆圈。中国的叙事文学，不管戏曲还是小说，往往是开始发生一个故事，平稳运行，然后就遇到麻烦，最后克服麻烦，达到团圆美好，这就是一个圆圈，所以结尾一定要大团圆。鲁迅在《再论雷峰塔的倒掉》与《论睁了眼看》等文章中对这种以圆圈为特征的团圆意识进行了激烈的批判。

这样一来，我们就能够理解鲁迅为什么让阿Q画圆圈了。事实上，画圆圈是整部《阿Q正传》的灵魂。阿Q的精神胜利法就是中国以圆圈为特征的大团圆心理的夸张性的表现。在《优胜记略》与《续优胜记略》两章中，鲁迅夸张性地描述了阿Q的精神胜利和心灵圆满，无论遇见什么灾难，阿Q都那么圆满，被别人打也能够找到圆满的理由，因为阿Q的精神能够把任何外在的坎坷与屈辱幻化成终极的精神胜利，从而达到心理上的圆满，使缺陷变得团圆，也就是个圆圈。

小说中着力描写的阿Q革命也是一个圆圈。通过对阿Q革命的描绘，鲁迅揭示了什么呢？就是阿Q式的革命，仍然是传统的那种农民造反，一点新的意义也没有，还是一个循环。西方从原始社会、奴隶社会、封建社会到资本主义社会，一直都在追求进步与发展。有趣的是，由于基督教的末世论，每到了一个世纪的整数的时候，那些神学家都会鼓吹“终了论”，好像世界要终结了。苏联解体以后，福山说历史终结了。我们中国人就不能理解：历史怎么会终结了呢？因为在我们中国，历史就是转圆圈，不断地转圆圈，周而复始地延续着。鲁迅有感于中国的停滞与循环，甚至认为迄今为止在中国发生的所谓革命，不过就是为了争夺一把旧椅子，那些没坐椅子的人以为这把椅子是如何如何的可恨，可是一旦把椅子夺到手，就又把椅子当成宝贝了。阿Q固然以为那些骑在他头上的人可恨，然而他革命的目的就是要骑在别人头上，"我要什么就是什么，我欢喜谁就是谁"，这跟古代皇帝的理想没有任何差别。皇帝的权力是不受限制的无限体，他们的所有理想都被概括到阿Q的"我要什么就是什么，我欢喜谁就是谁"这句话中。事实上，阿Q革命之后在精神上也确实过了一次土皇帝的瘾，他要杀仇人，因为他掌握权力了嘛，然后就要东西，最后是挑女人，"赵司晨的妹子真丑。邹七嫂的女儿过几年再说"，"吴妈好久不见了，可惜脚太大"。以前追求吴妈的时候，曾挨过打，现在他又想吴妈了，但是今非昔比，就嫌人家脚太大，因为他掌握了无限的权力。

中国文化的循环观，中国停滞的文化特点，鲁迅是深深感受到了，所以他对所有的进步持深深的怀疑态度，总觉得一切都是在循环往复。在鲁迅看来，过去曾经有的，现在又重来了，一切仿佛都是在循环重复。他说革命以前我是奴隶，革命之后受了奴隶的骗，又变成他们的奴隶了。在造反革命的时候，在推倒旧有的时候，中国人没有一个创建新社会的理想，没有建立一个比过去更合理更美好的社会的蓝图。你能够做皇帝，为什么我不能？鲁迅曾经描绘刘邦和项羽见到秦始皇那种取而代之的企图，这就是所谓的"皇帝轮流做，明日到我家"，然后，再开始重复这个王朝的那些兴衰的过程。所以它没有新的东西，它是循环、循环再循环。进步与发展这些观念在中国古代是没有的，要变动的时候就往古代走，因为人类的美好时代是遥远的往古，于是就往后跑。鲁迅在《忽然想到》里说："试将记五代，南宋，明末的事情的，和现今的状况一比较，就当惊心动魄于何其相似之甚，仿佛时间的流驶，独与我们中国无关。现在的中华民国也还是五代，是宋末，是明季。"在《阿Q正传》中，轰轰烈烈的辛亥革命不但在未庄没有发生任何变化，即使在县城里，"知县大老爷还是原官，而且举人老爷也做了什么——这些名目，未庄人都说不明白——官，带兵的也还是先前的老把总"。进步观念、发展观念、直线时间观等这些观念我们都是从西方"进口"的，都要往前走，要进步，要追求天国的目标或者要追求共产主义的目标，因为它有一个目标，有一个目的，有一个终结。

在鲁迅心目中，圆圈与团圆既然是中国文化的一种象征符号，那么，在小说的最后一章，鲁迅就以绝妙的反讽笔调，写了一个大团圆。因为鲁迅意识到，这个圆圈是中国文化的一个象征符号，小说最后就用一个圆圈式的大团圆来结尾。怎么团圆呢？阿Q被抓进监狱了，在别人看来，这是因为他是偷东西的嫌疑犯，但是在阿Q看来，他却是因为投降革命而被抓的，所以整个就存在着误解，而且这个误解随着情节的发展越来越深，越来越荒诞。值得注意的是，阿Q被抓进监狱的时候，一点也不懊恼，他认为人生天地间，大概本来就是要抓进抓出的。他最懊恼的是画圆圈而画不圆。在这些地方，显然不能从写实主义的角度来理解《阿Q正传》：一个人被抓进监狱而不懊恼，画个圆圈画不好就懊恼。关键的问题是，阿Q并不认为那个圆圈是个死刑的判决书，但他觉得这个圆圈很重要，重要到和他的形状有关，所以他要努力要把它画圆。但无论阿Q怎样努力想画圆，还是手一抖画成了瓜子模样，他为这个圆圈画得不圆心中充满了无限的懊恼。这说明什么呢？这说明阿Q潜在的意识很多都是很符合中国传统的，什么男女之大防，要有一个后代，要传宗接代，都是莫名其妙的符合传统的。那么，他也是圆圈这一中国文化符号的极力维护者，所以他竭力要把圆圈画圆。在这个地方，显然鲁迅是在一种象征意义上描写的，就是说阿Q热爱中国文化的象征符号已经远远超过他的感性生命。然而就是这个圆圈杀死了阿Q，因为在别人看来那是一个判决书的画押符号。所以这个圆圈是双关的，它既是判决书的画押，又是中国文化的象征符号，阿Q最终是被这个符号杀死的。可以说，鲁迅在《阿Q正传》中仍然重复着《狂人日记》里那个礼教吃人的主题。他在这个地方对传统文化的控诉，一点不亚于《狂人日记》，只是他的这种象征技巧别人一般看不出来而已。

关于鲁迅给阿Q取名的考据，向来为中外学者所重视，但我觉得像侯外庐那样，将Q看成是英文“问题”的第一个字母，认为鲁迅通过《阿Q正传》提出了很多问题，多少有点牵强附会；日本学者丸尾常喜洋洋洒洒的《阿Q人名考》，认为阿Q就是阿“鬼”，也有点小题大做。人们已经注意到，阿Q光头，脑后留一条小辫，Q字就是其形象写照，而且Q字是脑袋，与鲁迅改造国民性的宗旨是一致的，更重要的是，Q字是一个圆圈，是蕴涵了深厚的中国传统文化底蕴的这么一个象征符号。鲁迅用Q而不用O，表明了西方文化的进入使过去的圆圈难以团圆了，即使像阿Q那样努力将它画圆的人也只能画成瓜子模样，同时这个符号也蕴涵着打破大团圆的企图。我这样立论还有一个佐证，就是小D。鲁迅说小D叫小同，大起来和阿Q一样。因为他现在太小，还只是个半圆，D就是个半圆。等他大起来和阿Q一样的时候，那就是个全圆了。

鲁迅写作《阿 Q 正传》的时候，他是费了一番脑筋的。他给阿 Q 取的这个名，非常巧妙又意蕴深刻。鲁迅对大团圆的反讽，也意味着他要打破大团圆，要求第三样时代的出现。鲁迅说，我们的历史一直是“一治一乱”的循环，现在青年人的使命就是打破这种大团圆，打破这种循环，从而出现中国历史上从未有过的第三样时代，也就是要求真正意义上的社会进步。鲁迅的目的就是中华民族在列国争雄的时代，能够改换那种静止不动的原地画圆圈的文化运行模式，彻底告别阿 Q 时代，使中国社会动起来，迅猛发展起来，使中华民族能够在弱肉强食的现代巍然屹立于世界民族之林。

鲁迅文学传统的形成及其当代命运

没有任何一个现代中国作家能够像鲁迅那样，对中国现代与当代的文化发展发生那么巨大的无孔不入的影响。在相当长的时间里，人们从鲁迅的著作中寻找作论的根据，仿佛其著作作为一种权力话语，具有无可争议的权威性。而另外的人，则在鲁迅的著作中找到了抵抗权力与权威的共鸣。喜欢传统文化与古典文学的人，感叹鲁迅旧学根底的深厚以及在文学史尤其是小说史研究方面的贡献，新潮人物则在鲁迅的著作中发现了以西化为特征的“拿来主义”。当改革开放的春风吹开大一统的意识形态坚冰时，曾经被奉为神圣权威的鲁迅著作，又成为思想解放的火车头。另一方面，从鲁迅的《呐喊》发表之后一直到20世纪末，对他的作品的争议乃至对他的非议，也从没有停止过。人们不禁要问：鲁迅为什么会被不同文化倾向的人都引为知己？鲁迅的文化遗产有没有质的规定性？后来又是怎样变异的？鲁迅的传统在当代中国是一种什么命运？

一、鲁迅传统的形成：特质及其复杂性

1907年，就是在新文化运动与文学革命爆发的10年之前，鲁迅作为这个运动的先驱者写下了《摩罗诗力说》与《文化偏至论》。在这两篇几乎被人忽视和遗忘，后来又成为经典性的文本中，鲁迅从文化形态与审美特质两个方面为新的文学提供了不同于传统文学的一些特征：传统文学是合群的、不自由的，新文学是伸张个性的、自由的；传统文学是平和与宁静的，新文学是以对立动态为特征的反抗与挑战的文学；传统文学是偏于肯定的善的，新文学更偏于否

定性与批判性的恶，所以鲁迅倡导恶魔派文学而要打破中国传统文学的“污浊之平和”，呼唤自由的恶声。鲁迅推崇的“文化恶魔”要破坏“天帝”与“民众”所构成的传统的统一体，敢于上抗“天帝”下启“民众”，敢于获罪于群体而反抗社会；并且还要肩负着忧国忧民正视现实与直面人生的使命而不能独自玩味“恶之花”。而“恶魔”要独自承担自由，就必须具有与社会战斗、与自我战斗的“多力善斗”的主体性与强力意志。敏锐的捷克学者普实克（J. Prusek）从鲁迅的文言小说《怀旧》中，就已经发现了在后来的《呐喊》、《彷徨》等小说中都具备的现代小说的形式特征：“用随笔、回忆录和抒情描写取代了中国和欧洲的传统纯文学形式。”[①]在普实克看来，鲁迅的小说以主体的抒情解构了传统的叙事形式。因此，尽管《怀旧》与《聊斋》都是文言短篇小说，但新旧文学的特征却是一目了然。如果说普实克看重的是鲁迅小说形式上的现代性，那么，美籍华人学者夏志清则更重视鲁迅作品观念上的现代性。他在《现代中国文学的感时忧国精神》一文中认为：“鲁迅的值得重视，并不在于他率先以西洋小说的风格和写作技巧，从事小说的创作；而在于他的现代观念，凭着他敏锐的观察和卓见，把中国社会各阶层的腐败，赤裸裸地表现出来。”[②]

人们经常喜欢以现实主义概括鲁迅的创作，然而这种概括是不恰当的，至少是不完整的。从“五四”时期鲁迅热衷于厨川白村的《苦闷的象征》并以之作为大学教材来看，与留日时期的文化与文学选择没有多大的差异，这就是强调主体意志的强力，推崇生命力的突进与跳跃。这种自由的个人意志的张大，在《狂人日记》、《长明灯》、《孤独者》、《铸剑》等小说以及《这样的战士》、《淡淡的血痕中》等散文诗中，得到了强有力的展现。然而忧国忧民的使命感使鲁迅既不会躲进艺术之宫为艺术而艺术，也不会像里尔克那只具有强力意志的“豹”一样在铁栏中昏眩。他要露出恶魔的爪牙，与社会战斗，吼醒沉睡的国民，颠覆既有的文化价值，在喜欢圆满的传统好世界上留下永久的缺陷，于是有了《阿Q正传》、《肥皂》、《祝福》、《示众》等小说以及《复仇》等散文诗。因此，强调主观意志的强力，使主体敢于和血肉的现实人生搏斗，以主体的热风融化现实的冰霜，并在这种搏斗中使主体内在的真实与现实社会的真相以及二者的文化底蕴在更高层次上得以展现，就构成了鲁迅作品的重要特征。但是战斗并非仅仅在主体与客体、个人与社会之间进行，而且也在“向死而在”的自由主

① ［捷克］普实克：《普实克中国现代文学论文集》，第117页。

② 夏志清：《中国现代小说史》，香港：香港友联出版社，1979年，第465页。

体之内展开，在自我的理想与现实之间展开，《在酒楼上》、《伤逝》、《弟兄》等小说与《影的告别》、《墓碣文》、《过客》等散文诗便表现了鲁迅内心的激烈冲突，以及荒原上的自由个体面对着死亡而进行的对主体生命的深刻洞见与体悟。在鲁迅作品的对立冲突面前，中国传统强调个人与社会、主观与客观、理性与现实统一的和谐之美顿然失色！在新文学中，如果说郁达夫的小说偏向于主观与个人，茅盾的小说偏向于展现史诗性的社会画面的客观写实，那么，鲁迅则倾向于以强力的主观去透视客观并且战取客观，使主观与客观、个人与社会、理想与现实在他的作品中发生了激烈的对立冲突。因此，鲁迅以其杰出的文学实践在新文学与中国传统文学之间树立了一块鲜明的界碑，这也是鲁迅遗产中最突出的特征。

鲁迅是古老中国向现代转型的过渡时期的文化巨人。如果说东西方文化在现代中国的撞击形成了一个巨大的漩涡，那么，鲁迅则立于这个漩涡的核心。在他身上，表现了东西方文化汇流之后作为一个深刻的中国人的全部危机和复杂性。鲁迅的确是悲凉地吹响了西化的号角，但是他的周围却处处是传统的荒坟，虽然他在批判这些从荒坟里爬出来的鬼魂，但他却又在私下偏爱着这古老鬼魂中的一个或数个。一方面，鲁迅以激烈的西化姿态彻底否定了中国以儒道为代表的文化传统，甚至将“国粹”称为“脓疮”与“梅毒”，而主张敞开胸怀吸取西方文化。为此，他重视翻译不亚于创作，他的翻译作品的数量也不在创作之下。但是另一方面，他又是以天下为己任、忧国忧民的中国“士”之传统的真正现代性的承传者。他将毕生的活动几乎都献给了拯救中华民族的事业——他学医是为了促进国人对于维新的信仰，他弃医从文是为了国人精神的觉醒，他的留日时期、“五四”时期以及后期的思想在随时而变，而变化的根蒂则在能否使国家强大。甚至“五四”时期鲁迅激烈反传统的最终动因也潜藏在传统之中，就是对传统的批判越激烈，在他看来中华民族才越有振兴之可能。后来，他看到苏联建设的成功与资本主义世界的经济大危机，就毅然地向左转，从而集中全力写作那些政治与社会批判性的杂文。可以说，由传统的“士”对家国社稷的忧患而演变来的感时忧国精神，成为鲁迅文化选择的最终动因。这种感时忧国精神，使鲁迅的创作显然不同于他所要效法的基督教背景下的西方文学。而在这诸种矛盾之下，还有一个更复杂的鲁迅，就是对唯美的恶魔游魂的玩味，对形上本体世界的追寻，对人生在世的荒诞体验……在文学选择上，尽管鲁迅先后对西方的浪漫主义、现代主义有一种超乎寻常的热情，但是，他的社会使命感使他无法躲进艺术之宫为艺术而艺术，从而兼容并且肯定了现实主义。他不喜欢湖畔派诗人而更喜欢破坏现实的拜伦与雪莱，他避开法国纯正的象征主义而更喜欢俄国与现实主义结合的象征主义小说，都表明用一种单一的创作方法来概括鲁迅创作是苍白无力的。

在新文学后来的发展中，鲁迅确实给那些反对粉饰现状敢于直面人生的现实主义者以道德上的勇气，并且形成了一个重要的传统，但是，仅仅措意于此，则无疑简化了鲁迅。批判性、否定性固然是鲁迅作为“文化恶魔”的一个重要特征，但是，这种批判性并非仅仅指向外在的社会现实，更包括国民的精神与主体的自我，所以鲁迅作品一个重要的特征就是具有浓重的抒情性。鲁迅小说的这种抒情性，一方面瓦解了传统的叙事形式，另一方面又以散文的形式接续了中国韵文传统的抒情性。可以说，鲁迅文本的这种多义性与复杂性，使不同文化倾向的人可以从不同的侧面解读鲁迅。也许，每一种解读都在从一个侧面重新诠释鲁迅，而这些侧面的总和构成了“日新又日新”的鲁迅传统。而在“左翼”文学阵营，真正从艺术复杂性的角度传承鲁迅文学传统的，是胡风与路翎。

胡风的现实主义理论，与我们通常理解的现实主义有着极大的不同。如果说西方的浪漫主义注重主观的抒情，现代主义注重主观的深层开掘，那么西方的现实主义则注重对客观世界的精确描绘。而胡风的现实主义则是包容了浪漫主义、现代主义与现实主义的一个大筐子，并且将这些主义融化为一体。他的现实主义特别强调具有战斗精神的主观，强调主体的强力，使主体强大到有足够的力量正视带着血痕与泪痕的人生，在拥抱客观的同时与之搏斗，对人民大众的愚昧与精神创伤进行血肉的批判。可见，胡风的理论与19世纪西方的现实主义传统极为不同，而是对鲁迅文学创作的一种理论总结。在整个文坛越来越以走向民间的形式抹杀个性的时候，胡风的现实主义理论传承了鲁迅文学传统的个性主义与启蒙主义；而其现实主义强调主体对客体的战斗乃至主体自身的内在搏斗，则传承了鲁迅以对立冲突的崇高打破和谐的审美理想。胡风上承鲁迅，下启路翎。他在《〈财主底儿女们〉序》中说：“为了坚持并且发展鲁迅底传统，路翎是付出了他底努力的。”在路翎的《财主底儿女们》的主人公蒋纯祖那里，主观与客观、个人与社会、理想与现实完全处于对立冲突之中，甚至主体自身也处于激烈的交战状态。他的主观强力时时在洞察自己与他人的意志冲突，绝不允许任何人、任何集团将他变成石头之类的被动之物。即使是在自己尊敬的朋友如朱古良、孙松鹤那里，他的意志也时时与他们冲突着。因为对任何人、任何集团的盲目崇拜，都可能导致自己自由意志的丧失，在不自觉的情况下甘心为奴。而小说在写蒋纯祖与人民大众结合的部分，也着重表现了人民大众精神上的创伤，继承了鲁迅、胡风的启蒙主义文学传统。这部80万字的描写抗战时期中国人生活的小说，并没有将笔触伸向中国人与日寇作战的场面，真正实践了鲁迅“几乎无事的悲剧”与胡风“到处有生活”的理论主张。因此，路翎以其罕见的才华接续并发展了鲁迅文学传统的正脉。

当然，其他作家如萧红、萧军等，也在从不同的侧面承传着鲁迅的传统。尤其是萧红的《呼兰河传》，是从一个自由的主体眷念故土的视角出发的，然而故土的千篇一律、单调重复、愚昧麻木又令思乡者产生了浓郁的乡愁。从这个意义上讲，萧红是鲁迅改造国民性的启蒙传统的真正继承人。事实上，从20年代就在中国文坛上占据相当分量的乡土文学，与鲁迅的小说创作有着密切的联系。“乡土文学”这个概念，是鲁迅在《〈中国新文学大系〉小说二集导言》中在分析蹇先艾、裴文中、许钦文、王鲁彦等作家的小说时总结出来的，在论述台静农的作品时，鲁迅说在人们争写都会与恋爱时他却勤于“将乡间的死生，泥土的气息，移在纸上”。很显然，中国的乡土文学不同程度地受到了鲁迅小说的影响，一些较为客观的作品如台静农的创作，多受《风波》、《离婚》等小说的影响，一些较为抒情的作品多受《故乡》、《社戏》的影响，像《阿长贼骨头》等作品则有《阿Q正传》的技巧上的影响。在后来的发展中，乡土文学仅仅看取了鲁迅描写乡土的客观呈现方面，而缺乏以充沛的主体生命力对客体的变形——在这方面鲁迅的创作主体显然有尼采的影响，甚至萧红式的对鲁迅启蒙传统的继承，也不能成为乡土文学的主流。另一方面，鲁迅直接批判社会现实政治的杂文，则在30年代的上海蔚然成风，被称为“鲁迅风”。但是，当这股“鲁迅风”从上海刮到延安的时候，王实味、丁玲等刮风者却受到了不同程度的清算。耐人寻味的是，在延安鲁迅受到了崇高的礼遇，甚至以鲁迅的名字来命名学院。那么，鲁迅的传统在这里是否成了有名无实的摆设？或者是对鲁迅传统进行了叛逆性的解读？

二、毛泽东：对鲁迅传统的重塑

“当代”一词，一般是从1949年算起。由于1949年无法切断与延安时期的血脉联系，于是种种不同的文学史"整体观"就出现了，而对于鲁迅的传统而言，明显的分水岭还是要追溯到延安。从延安到1978年的历史新时期，基本上是毛泽东的意向在左右着对鲁迅的解读，这种解读构成了被重新诠释的鲁迅传统的一个重要组成部分。鲁迅逝世时，刚刚在陕北立稳脚跟的共产党在告全国全世界人士书中，除了在陕北地区下半旗志哀、建立鲁迅纪念碑以及募集鲁迅号飞机基金之外，还要求为鲁迅举行国葬，将绍兴县改为鲁迅县，将北京大学改为鲁迅大学，并在各大城市建立鲁迅铜像。这显然与毛泽东对鲁迅的高度评价有关。

在毛泽东之前，对毛泽东的鲁迅观的形成起到重要作用的，一方面是早期共产党人的鲁迅观，另一方面则是与鲁迅关系很好又曾一度与毛泽东非常接近的"左翼"文学家如冯雪峰等人。据说毛泽东在瑞金被剥夺军事指挥权之后，在情绪很低落的时候经常与冯雪峰谈鲁迅。从后来胡宗南进攻延安，毛泽东在与胡宗南周旋时扔掉了很多书籍而舍不得扔掉鲁迅著作的情况看，他对鲁迅的激赏是真诚的。现在许多人在逆反心理的作用下，认为毛泽东与鲁迅完全是相反的，似乎毛泽东根本不可能赏识鲁迅，对鲁迅仅仅是纯粹的利用，这种观点是很片面的。事实上，毛泽东的审美趣味不但高雅，还相当贵族化，譬如，他并不赏识更同情民间疾苦的杜甫，而赞赏李白、李贺、李商隐；他并不赏识产生于民间的《三国演义》与《水浒传》，而更激赏文人写作格调高雅的《红楼梦》。这里指的是纯粹的审美趣味，若从他处着眼，毛泽东可能从《三国演义》中学到了很多军事技巧，从《水浒传》中学到了揭竿而起的造反精神。当然，就毛泽东的知识结构而言，他可能更欣赏鲁迅的杂文与旧诗，他后来凡是引用鲁迅小说加以论述的时候，多是误读，更不用说鲁迅的《野草》。但是，我们必须同时注意到，毛泽东一到情绪低落的时候，对鲁迅的评价就特别高，这说明他确实是注意到了鲁迅作品的实质性特征。

作为东方的文化恶魔，鲁迅的一个重要思想特征就是他的批判性和颠覆性。周作人曾说，鲁迅对于正宗和正统的东西向来都不看重。他远离神圣而喜欢恶魔和孤魂野鬼，批判正统的孔孟程朱而私爱庄周韩非以及"非汤武薄周空"的魏晋人物，批判正史喜欢野史……这种逻辑演化到政治上，就是厌恶在台上的国民党，而同情在台下受虐杀的共产党。鲁迅的这种姿态在中山大学就表现得非常明确。另一方面，共产党也非常喜欢鲁迅对旧传统、旧制度、旧世界的颠覆与批判的激进性，因为按照马克思恩格斯的说法，共产主义就是要和传统的观念实行最彻底的决裂，《国际歌》也要把旧世界打个落花流水，尤其是在共产党夺取政权的时代，鲁迅对旧政权及其意识形态的激烈批判对共产党来说简直就是旱田雨露。但是，即使在早期共产党人那里，也并不喜欢复杂得令人恐怖的鲁迅。对于后来红色鲁迅的塑造来说，瞿秋白的《〈鲁迅杂感选集〉序言》所起的作用仅次于毛泽东的文章，而且瞿秋白的观念基本上也为毛泽东认同，成为毛泽东的鲁迅观一个重要的组成部分。这就是将鲁迅的前期与后期划分了截然的政治分界线，瞿秋白说："鲁迅从进化论进到阶级论，从绅士阶级的逆子贰臣进到无产阶级和劳动群众的真正的友人，以至于战士。"毛泽东也说，鲁迅后期的杂文没有片面性。这样一来，鲁迅就变成了孙悟空，他的大闹天宫、大闹龙宫、大闹地狱等，就成为在修成正果之前的富有叛逆意义的壮举。毛泽东正是在早期共产党人鲁迅观的基础上，来建构自己的鲁迅观的。

毛泽东谈鲁迅的处所不少，但是评价鲁迅的文章却集中在《论鲁迅》与《新民主主义论》中。《论鲁迅》是毛泽东在 1937 年 10 月 11 日在陕北公学纪念鲁迅逝世 1 周年大会上的讲话，并且于 1938 年 3 月发表在重庆的《七月》杂志上。这篇文章在许多地方都延续了瞿秋白论鲁迅的范式，譬如说从溃败的封建社会出来，善于杀回马枪，富有斗争精神，具有令投机分子汗颜的执着品质，并且将瞿秋白所说的鲁迅是"清醒的现实主义"者改为"彻底的现实主义"者。但是毛泽东这篇文章却很有独创性。他认为鲁迅虽然不是共产党员，但是他的思想和行动都是马克思主义的，是"党外的布尔什维克"。毛泽东说："鲁迅在中国的价值，据我看要算是中国的第一等圣人。孔夫子是封建社会的圣人，鲁迅则是现代中国的圣人。"鲁迅不但"是一个伟大的文学家"，而且"是一个民族解放的急先锋"。在 1940 年的《新民主主义论》中，毛泽东沿着《论鲁迅》的"第一等圣人"的逻辑继续发挥。毛泽东认为"五四"之后的文化思想都是共产党领导的，"鲁迅，就是这个文化新军的最伟大和最英勇的旗手。鲁迅是中国文化革命的主将，他不但是伟大的文学家，而且是伟大的思想家和伟大的革命家。鲁迅的骨头是最硬的，他没有丝毫的奴颜和媚骨，这是殖民地半殖民地人民最可宝贵的性格。鲁迅是在文化战线上，代表着全民族的大多数，向着敌人冲锋陷阵的最正确、最勇敢、最坚决、最忠实、最热忱的空前的民族英雄。鲁迅的方向，就是中华民族新文化的方向"。毛泽东从不过高评价当代人，但是对于鲁迅则是一个极端的例外。

问题的复杂性在于，从鲁迅对于文学与革命、文学与政治的言论看，他认为满足现状根本称不上是革命文学，真正的好文学对于现状是永远不满与批判的。当他这样立论的时候，似乎并没有分哪个时代，而是具有一种形上本体的意味，他甚至列举了新俄的欢迎革命的作家，因为不满于新的现状而站不住脚的例子。而许多进步的青年也都是这样理解鲁迅的。当时许多向往光明的青年都投奔延安而来，延安到处都在弘扬鲁迅精神，于是这些进步青年就在鲁迅的旗帜下批判起延安的现状来。王实味、萧军、丁玲等人在延安写了一些鲁迅式的批判现实的杂文，尤其是王实味，旗帜鲜明地要发扬鲁迅的精神。于是，将鲁迅奉为圣人的毛泽东遇到了一道文化难题。说实在的，这些文章比起鲁迅对现状的批判来真是小巫见大巫，譬如王实味的关于政治家与文艺家关系的论述，根本就没有鲁迅《文艺与政治的歧途》一文中所表现出来的那种本体性的对立倾向。但是，毛泽东知道，如果这种批判得到认可，那么在鲁迅的旗帜下就可能向批判黑暗面的纵深发展，这是他绝对不能容忍的。《在延安文艺座谈会上的讲话》(下皆简称《讲话》)就是针对这一事端而发的，细心的人不难发现《讲话》与《新民主主义论》两篇文章在评价鲁迅上的巨大差异。《讲话》是毛泽东不多的专门论述文艺问题的文章，按说应该对“伟大的文学家”鲁迅予以更高的评价，但是，整篇《讲话》提到鲁迅的篇幅很小，其中一处是针对一些人以鲁迅的杂文传统照搬到延安而发的，鲁迅似乎是当了这些人的“反面榜样”。不过毛泽东在批评这些人的时候还是非常小心，避免将批评的矛头指向鲁迅。于是，一个巧妙的二分法出现了：鲁迅是在“国统区”，杂文针对的是敌人，而在“解放区”的作家针对同志就不能用这种杂文笔法，这和毛泽东在《讲话》的另一处对鲁迅“横眉冷对千夫指，俯首甘为孺子牛”的解读是完全一致的，就是“国统区”的作家对于敌人要“横眉冷对”，而“解放区”的作家对于人民和人民的领导则要俯首歌颂。这样一来，鲁迅的文化传统在“解放区”以及1949年后整个中国内地就被高贵地悬置起来了。鲁迅仍然是文艺界最伟大的旗手，但是他的精神遗产不适合针对现实，因为现实已经发生了翻天覆地的变化，必须有一种适合新形势的文艺原则。可以这么说，鲁迅在“国统区”是新文化的方向，而在“解放区”以及1949年之后的中国内地，《讲话》才是新文化的方向，这就是文艺不能再与政治对立，而必须从属于政治，现实的缺陷不是不可以描写，但必须不能以批判与对立的姿态加以审视，而应该以光明来烛照黑暗，以团圆来弥补缺陷。

毛泽东评价鲁迅的这种矛盾二重性，其实在他自己的言论中也有所流露。当毛泽东以胜利者的姿态俯视鲁迅的时候，不识时务的鲁迅在他眼里绝不像《新民主主义论》所论述的那么伟大。1957年3月8日，毛泽东接见文艺界代表时说:“我看鲁迅在世还会写杂文,小说恐怕写不动了,大概是文联主席,开会的时候讲一讲。”当时郭沫若是政府的副总理,而鲁迅却只能做个“文联主席”。尽管毛泽东无意否定鲁迅,但是这个做“文联主席”的鲁迅与那个肩负着“三个伟大”并且代表着“中华民族新文化方向”的“空前的民族英雄”的鲁迅,似乎总不像一个人。事实上,既然毛泽东将鲁迅的书读得很熟,那么他不会看不出鲁迅遗产中那种恶魔性的颠覆与批判力量,因而作为一个善于因势利导的政治家,毛泽东就只能将这种力量引向别处而减少对现实社会的批判性。在 1957 年的时候,具有天生的造反斗争性格的毛泽东,似乎已经厌倦了向他涌来的一片莺歌燕舞的赞美之声,或者他具有别的政治目的,他突然鼓动文人要敢于说话,要以鲁迅为榜样,说鲁迅是彻底的唯物主义者,具有舍得一身剐,敢把皇帝拉下马的精神,所以鲁迅会勇敢地说话写文章,即使坐班房和杀头,鲁迅也不怕。但是,一些说话者很快就直接将矛头指向共产党和他本人,加上匈牙利事件的发生,结果是一些说话者遭到批判和迫害。根据周海婴披露并且为黄宗英所作证的一个事例很耐人寻味,就是罗稷南在一次会议上冒昧地问毛泽东,如果鲁迅活着将会怎样,据说毛泽东不假思索地说,鲁迅要么被关在牢里继续写他的,要么一句话也不说。我们可以相信,罗稷南的话恐怕是很多文人憋在心里而不敢言的话,而毛泽东的回答倒是直接爽快,毫无掩饰。此外,毛泽东说鲁迅在政治上站得高看得远,仅仅是思想上的,具体到行动上,毛泽东看出鲁迅是真正的文人,就凭他在大敌当前还执着地在口号问题上坚持他的意见,进而造成“左翼”文坛内部的分裂来看,这也是文人的优点和政治家的缺憾,所以毛泽东认为鲁迅可以担任文联主席,而并没有给他国家领导的职位。但这只是问题的一方面,另一方面则是毛泽东对鲁迅真正的激赏。也许是鲁迅那种看透世人与中国文化真面目的犀利眼光为毛泽东所钦佩,也许是鲁迅所显露的那种本体性的沉郁悲凉打动了毛泽东,总之,当毛泽东运交华盖时,似乎对鲁迅情有独钟。一次是我们上文提到的毛泽东在瑞金被剥夺兵权之后,他喜欢谈鲁迅,一次是在林彪事件之后,他谈鲁迅的时候明显与 1957 年有所不同。1971 年 11 月,在林彪事件发生两个月后,毛泽东在武汉接见军区领导人的时候说,劝大家再看看《鲁迅全集》,他的书不好懂,看上四五遍就懂了。鲁迅是中国的第一等圣人。中国的第一等圣人不是孔夫子,也不是他。他是圣人的学生。这种言论与他 1957 年说鲁迅可以做个文联主席、开会的时候讲一讲的评价截然不同,与《讲话》将鲁迅遗产局限于“国统区”也是非常不同,而与《论鲁迅》、《新民主主义论》对鲁迅的高度评价又统一起来了。毛泽东对鲁迅的激赏以及在实际的文艺活动中将鲁迅遗产的高贵悬置，对当代中国的鲁迅接受与阐释产生了巨大的具有支配意义的影响。就一般的文艺政策而言，自然是《讲话》占到了绝对的压倒优势，它几乎就是1949年之后一切文艺政策的指南，但是毛泽东对鲁迅的崇高评价却在不断地制造着这种文艺政策的叛逆者。也许，这正是毛泽东本人对鲁迅的矛盾态度的一种表现。

三、鲁迅：一个冬天的神话

鲁迅的许多话都具有预言性质，他在评价历代统治者大抬孔子的时候说："孔夫子的做定了'摩登圣人'是死了以后的事，活着的时候是颇吃苦头的。……因为他不会噜苏了，种种的权势者便用种种的白粉给他来化妆，一直抬到吓人的高度。"[①]那么，被称为"现代圣人"的鲁迅，显然也有着同样的命运。不过，对鲁迅的高贵悬置也并非一帆风顺。因为《讲话》式的将鲁迅高贵地悬置起来的解读方式，仅仅在陕北以及国统区的"左翼"作家那里是有效的。而且即使在"左翼"文坛也没有一统天下，与鲁迅的个人关系最密切的几位"左翼"作家如胡风、萧军、冯雪峰等人，几乎都或明或暗地不认同《讲话》，在不公开抵触《讲话》的情况下尽可能地坚持鲁迅文学传统的正脉。在这些人当中，冯雪峰既是"五四"诗人，又参加过长征，当年鲁迅参加"左联"主要得力于他从中斡旋，他曾担任过"左联"的党团书记，而且是作为共产党的代表与鲁迅关系最好的，被称为党和鲁迅之间的桥梁，但是他与鲁迅的亲近使得他在鲁迅的文化遗产与毛泽东对鲁迅的重塑之间，更多地偏向于前者。胡风后来回忆说，当毛泽东的《讲话》传播到重庆后，冯雪峰曾对他说，毛泽东手下的秀才不懂文艺。胡风本人在《讲话》之后也丝毫没有改变他的观点，仍然在大力推崇他的以"主观战斗精神"为特征的现实主义理论，尽管这种理论越来越受到来自"左翼"文人的批判，但是他在鲁迅的旗帜下丝毫没有妥协的意味，并且向那些批判者进行反击。萧军在延安的时候是作为诤友出现在毛泽东面前的，毛泽东劝他入党做官，他以自己的个人自由为理由加以谢绝，甚至在延安文艺座谈会的前几天，他要避开座谈会出去走走，被毛泽东挽留下之后，又在座谈会上与人发生争

---

① 鲁迅：《且介亭杂文二集·在现代中国的孔夫子》。

执。萧军尊重毛泽东、彭真，但是并不把他们作为必须毕恭毕敬服从的上级，而是像他所说的是建立在共同尊重鲁迅基础上的朋友式的“鲁迅关系”。萧军在批判王实味的时候受到牵连，在遭围攻的时候没有低头却是拂袖而去。后来萧军在东北多次进行围绕鲁迅的讲演，主办《文化报》，根据个人感受发表言论，俨然以鲁迅的启蒙主义与个性主义文学传统承继者自居。在遭到了批判和整肃的时候，萧军并没有低头而是援引鲁迅为自己的知己。可以说，所有这些鲁迅的学生与朋友，都在试图扩张鲁迅传统的现实活力，而不愿将这一文学传统悬置起来，尽管那是一种无比高贵的悬置。

胡风、冯雪峰、萧军等人都因为他们试图传承鲁迅的精神而没有将之高贵地悬置，先后遭到清算。事实上，导致胡风盲动而以“三十万言书”告御状的一个重要原因就是他对鲁迅传统的执着，鲁迅反对片面强调民族形式，连田汉以京剧救国都加以嘲讽，执着于对民众的启蒙而不是民众对文人的思想改造，在给沙汀和艾芜的信中就反对题材决定论，主张写自己熟悉的生活，这些在“三十万言书”中都有体现。胡风没有看到毛泽东在现实的文艺政策上对鲁迅的高贵悬置，以为毛泽东尊崇鲁迅，就会认同鲁迅的文艺方向，结果是撞得头破血流，自己成了“反革命集团”的首犯。冯雪峰后来都不明白为什么肇祸，其实两个“小人物”事件仅仅是口实，他实际肇祸的原因是为第二次文代会起草的报告在不被大会所用后，居然又以《关于创作与批评》为题在自己主编的《文艺报》上发表。他对公式化、概念化以及反现实主义、主观主义的激烈批评，与胡风批判“主观公式主义”几乎没有什么差别。他强调作家的能动性以及独立思考问题的能力，反对文艺从属于政治，认为文艺首先必须是文艺，反对以感性画面图解观念的“写政策”以及“思想上的管制”，要求尊重作家创作的权利和自由，都与胡风的观点不谋而合，也能够看到鲁迅遗产的影子。所以他的不幸命运就是注定了的，批胡风要带上他，批丁玲也要带上他。萧军特立独行的个性以及以鲁迅学生自居的言行也使他“运交华盖”，他主办的《文化报》因为坚持了他那种特立独行的个性与自由评论的路线——在他心目中这正是鲁迅的文艺路线，就招来了铺天盖地的批判乃至组织处理，说他是“反苏反共反人民”。当他从东北来到北京的时候，因为他的“反党言行”竟没有单位敢要他。在 1955 年的批判胡风与 1957 年反右的语境中，保持沉默的萧军仍然避免不了受到冲击和批判。

从胡风、冯雪峰、萧军等人的命运来看，毛泽东喜欢的是死去的鲁迅，而不是现实中的鲁迅，因为这些鲁迅的精神苗裔对现实批判的深度与尖锐都远远比不上鲁迅，但是毛泽东已经不能容忍他们了。从当代的文艺经验来看，毛泽东喜欢的是紧跟着他的步伐，对现实颂扬颂扬再颂扬的作家，而鲁迅文化遗产的恶魔性使他对历史与现实的批判超过现代任何作家，这样的作家怎么能够有立足之地呢？所以，关注鲁迅当代命运的人，总喜欢一个假设：如果鲁迅活着，那么在"反右"运动中命运会如何呢？其实，鲁迅的精神苗裔萧军和胡风，根本没有等到"反右"，就已经是反党反革命了。所以还是毛泽东伟大，他说如果鲁迅活着，要么被关在牢里继续写他的，要么一句话也不说。

然而这只是问题的一个方面，另一方面，毛泽东确实欣赏鲁迅的文章，佩服他对社会与历史的深刻洞察，甚至在政治斗争失意的时候也能够在鲁迅作品中得到共鸣，加之鲁迅在共产党艰危时期抨击国民党而对共产党的同情与帮助，使毛泽东又对鲁迅做出了过高的评价。这种崇高评价具有两面性，一方面，从道义上讲，表明了共产党对于帮助过自己的人知恩报恩，有利于凝聚一大批进步的文人，所以我们看到，每到鲁迅诞辰或逝世的纪念日，《人民日报》、《文艺报》等报刊都要发表纪念或研究鲁迅的文章。但是，对鲁迅的极度推崇，很容易使鲁迅遗产中具有爆炸性的批判精神感染文人，从而构成对现实的破坏性，胡风以及 1957 年的"右派"就都从鲁迅的遗产中得到过滋养。于是，毛泽东只能将鲁迅高贵地悬置起来，供人崇奉却不准模仿。胡风被打倒，并不妨害文坛对鲁迅的崇奉，1956 年第 20 号的《文艺报》几乎全是研究鲁迅的文章，并且还将纪念鲁迅逝世 20 周年的讲话与报告专门印成一个"附册"。因为鲁迅是共产党的朋友并且热爱共产党，反党的胡风也就是鲁迅的敌人。这里很简单的逻辑是，鲁迅痛恨旧的现实与历史，必然热爱新的现实，而胡风却对新的现实不满，所以胡风也就背叛了鲁迅，因而胡风被打倒，鲁迅照样可以祭在圣坛上供人崇拜。于是，我们在 1955 年的报刊上就发现了这样的文章：《胡风怎样歪曲了鲁迅先生》①、《反对胡风对鲁迅的歪曲和污蔑》②、《不准胡风污蔑鲁迅》③、《斥胡风对鲁迅的曲解和诬蔑》④、《胡风是"鲁迅传统的继承者"吗？》⑤、《鲁迅的叛徒——胡风小集团的一个侧面》⑥、《保卫鲁迅方向 粉碎胡

---

① 沛翔：《人民文学》，1955 年第 4 期。

② 陈介操：《西南文艺》，1955 年第 5 期。

③ 吴培德：《西南文艺》，1955 年第 8 期。

④ 穆欣：《解放军文艺》，1955 年第 4 期。

⑤ 潘颖舒：《文史哲》，1955 年第 5 期。

⑥ 田家：《北京文艺》，1955 年第 5 期。

风反革命集团的反革命思想》[①]。而在“反右”运动中我们又读到了这样的文章:《学习鲁迅精神,坚决反击右派》[②]、《决不容许右派分子对鲁迅先生的诬蔑》[③]、《不许右派分子拿鲁迅做挡箭牌》[④]、《鲁迅是和资产阶级右派斗争的典范》[⑤]。

在1949年到1979年的30年间,文化界就出现了这么一种悖论,模仿鲁迅或者照着鲁迅的话在现实中做事,往往要运交华盖,但这并不妨害鲁迅更神更伟大,打倒胡风的周扬也可以做中国鲁迅研究学会的会长。在这期间,由于说话尤其是文字很容易肇祸,所以整个文人阶层,几乎都培养出一种表里不一的“二重性格”,就是说的是一套而做的是另一套。由于毛泽东对鲁迅的高贵悬置,这种现象在对鲁迅的阐释上尤其突出。陈伯达在新中国成立后的19天,发表了一篇题为《鲁迅是我们的榜样》的文章。他说鲁迅著作是近代中国文化的精华,并且把中国文化提高了一步,所以我们要以鲁迅为榜样,“象鲁迅一样,把我们整个的心奉献给人民……用鲁迅和敌人作战到底的精神,去战胜我们在工作上所遇到的一切困难”[⑥]。事实上,陈伯达的话完全是一种形式性的简化,就是“横眉冷对千夫指,俯首甘为孺子牛”。此后,谁要是批判现实的缺憾,谁就是对毛泽东不满,谁就是反人民——毛泽东代表人民的利益,谁就应该被千夫所指;反过来说,谁粉饰现状,谁就是对毛泽东忠心,谁就是歌颂人民,谁就是孺子牛。这样,学习鲁迅的结果就是对现状歌颂歌颂再歌颂。鲁迅固然充满了批判精神,但是鲁迅批判的是旧的历史与文化,这种批判恰恰能够映照出现实的光明与美满。正如胡绳所说的:“现在我们的处境已和鲁迅的当年完全不同。”[⑦]这种对鲁迅精神的诠释以及现实应用,与胡风所理解的鲁迅精神就极为不同,但是现实没有提供多元化的文化土壤,于是错误的反倒是胡风,而且他对鲁迅精神的诠释已经变成“歪曲鲁迅”、“反鲁迅”进而“反人民”了。

由于毛泽东对鲁迅的崇高评价——“鲁迅的方向,就是中华民族新文化的

---

① 陈涌:《文艺报》,1955年第16号。

② 鲁牛:《桥》,1957年第7期。

③ 丘行:《漓江》,1957年第10期。

④ 东郭迪吉:《大公报》,1957年10月18日。

⑤ 田仲济:《前哨》,1957年第10期。

⑥ 陈伯达:《鲁迅是我们的榜样》,载《人民日报》,1949年10月20日。

⑦ 胡绳:《纪念鲁迅先生逝世十五周年》,载《人民日报》,1951年10月20日。

方向”以及三个“伟大”、五个“最”和一个“空前”，使当代学界的鲁迅研究成为一个大热门。在20世纪80年代之前，很少当代著名的文学研究学者没有发表过鲁迅研究方面的论文，不管他是研究文学理论还是研究当代文学、古典文学。根据我们的统计，在1950年到1959年的10年间，出版研究与回忆鲁迅的著作就有96部，这还不包括那些在自己的专著或论文集中列有鲁迅篇目的著述，而报刊上发表的纪念、宣传与研究鲁迅的文章就更多。鲁迅研究在1981年大概是一个高峰，那一年出版、发表的鲁迅研究论著简直可以与整个文学研究的论著匹敌。对于鲁迅研究而言，几乎每一篇杂文，都有专文研究，尤其是《阿Q正传》，研究论著的字数要超过原文上千倍。如果我们套用韦勒克在评价歌德时的话说，鲁迅创作、翻译、整理的书籍可以装满一间小的藏书室，而研究鲁迅的著作可以装满一间更大的藏书室。因此，对于这浩如烟海的研究鲁迅的著述我们不可能一一评述，而是把握这种研究的基本方向，以观鲁迅的当代命运。

必须指出的是，鲁迅研究成为一个大热门，固然有毛泽东崇高评价的作用，但是还有其他一些重要因素。首先，鲁迅文本确实是文化精品，没有这个基础，纵然有千般美化，也不会吸引那么多文人的研究热情。周恩来曾经将郭沫若与鲁迅相提并论，1949年之后郭沫若一直身居高位，但是郭沫若从来就没有获得像鲁迅那样的研究人气。从某种意义上说，鲁迅是了解现代中西文化冲突之深刻性与复杂性的一把钥匙，这就是一些具有相当文化深度的人喜欢鲁迅的重要原因。因此，从1949年到1979年的30年间，虽然颂扬鲁迅的研究成果学术价值不高，但是在资料搜集上却做得极为优秀，为后来的鲁迅研究打下了坚实的基础。其次，那些真正吃透鲁迅文化精髓与个性风骨的人，往往也具有鲁迅式的个性，这些人可能由于各种原因压抑自己的个性，但是对鲁迅的敬佩却是真诚的。他们平时不敢说的话，可以借着鲁迅的嘴说，所以，拨开言语的迷雾，那个时代的鲁迅研究绝非都是假大空的阿谀之词。当然，也有不少文人理解毛泽东对鲁迅的高贵悬置，但这些人也懂得，与其颂扬活着的叭儿狗，还不如颂扬死去的雄狮。再加上那些根本不懂鲁迅却是唯伟大领袖是趋的一味颂扬鲁迅的人，就凑成了一曲奇异的颂扬鲁迅的大合唱！鲁迅，一个冬天的神话，就开始慢慢讲述起来了。

创造神话的第一步就是将鲁迅思想划分阶段，将鲁迅的留学日本时期与“五四”时期划为前期，将鲁迅去上海之后划为后期。认为鲁迅的前期是在黑暗中摸索的阶段，思想和文学都是不成熟的。这样一来，鲁迅前期那些不能被简化的复杂性，就成为孙悟空在归顺如来佛与观世音之前的大闹天宫、大闹龙宫、大闹地狱的举动。而鲁迅的后期则转变成了一个伟大的无产阶级革命战士，一言一行都散发着正确的辉光，他成了大众的代表，成了大多数人民的代言人，成了向敌人冲锋陷阵的英雄，成了对革命人民鞠躬尽瘁的老黄牛，他的骨头最硬，阶级性最鲜明，斗争性最强，立场最坚定，觉悟最高尚，他是现代世界的圣人，革命思想的神灵，文化进步的明灯。就是这样，鲁迅被一只无形的手从现代作家与思想家中拔了出来，脱离了大地上的泥土，抬到了高不可攀的天上，让人们瞻仰，让人们信从，让人们崇拜。

对鲁迅的神化还没有就此止步，他们以鲁迅的后期为起点，来简化整个的鲁迅。既然鲁迅的后期是如此的神圣不可侵犯，就必然使他的前期跟着神圣。于是，鲁迅生下来就注定会成为旧社会的叛逆，很小的时候就不听话，不好好学"封建主义"的书本，而是喜欢富有革命性的神话《山海经》，到自由自在的"百草园"中玩耍，他到南京求学成了追求革命的行动，到日本留学更成了追求革命真理的壮举，而且这还有"我以我血荐轩辕"的诗句为证。面对"五四"时期鲁迅深刻袒露自己的阴暗和矛盾心理的文本，你以为这些学者就无可奈何、止步不前了吗？不，他们有更高妙的招数。一是冷落，二是歪曲。像《野草》这样杰出的艺术文本，在很长的时间里是被冷落的，《野草》中那个具有自由主体的孤独者吐露的苦闷与绝望，则被当作鲁迅富有自我批评精神来解释的，鲁迅又一跃而成了富有自我批评精神的典范，正如奥古斯丁在魂归上帝之前也曾有荒唐的时候，但是在他的《忏悔录》中经过深刻忏悔之后，仍可以成为"圣奥古斯丁"一样。而中国那个时代非常兴盛的自我批评，与基督教要求的自我忏悔也可以相提并论，那种不断重复的自我批评，要求每一个人都必须"洗脑子"、"脱裤子"、"狠批私字一闪念"。另一方面，对于鲁迅小说里那些个人独战多数的个性主义者，那些苦闷彷徨的自我毁灭者，那些神化鲁迅的研究者因为小说允许虚构，就可以将这些人物与鲁迅拉开距离，于是他们齐声说，那是鲁迅对个人主义的无情而深刻的批判。他们对《阿Q正传》的解读，就更具有创造性，说是鲁迅站在阿Q革命的立场上，来批判赵太爷和假洋鬼子。他们甚至将"五四"时期的鲁迅，也描绘成一个马克思主义者或者准马克思主义者，《娜拉走后怎样》对经济的看重与马克思的经济决定论是一致的，《论"费厄泼赖"应该缓行》充满了无产阶级的革命斗争精神，而给许广平的"两地书"中的"改革最快的是火与剑"，又是武装斗争和暴力革命的理论。

造神者又以鲁迅为起点，来简化整个文学史与思想史，来了一个"逢佛杀佛，逢祖杀祖”。在文学史的研究中，无论哪个作家遇到鲁迅，研究者在比较中总要使其他作家矮三头，如果在艺术技巧上找不到依据，就会在思想内容上找到。甚至外国文学史上的一些哲学与艺术大师，如尼采与托尔斯泰，研究者也有办法让其矮三头。所以许多论文的结论，就会出奇地相似。而在思想史上，除了马克思主义的经典作家，其他所有思想家在鲁迅面前也都要矮三头。于是，鲁迅就成为除了马克思主义经典作家之外的高出于一切作家与思想家之上的圣人。从传统的角度看，鲁迅确乎成了圣人，因为孔庙的大成殿除了比北京的金銮殿矮一点之外，比其他的殿都要高。另一方面，鲁迅又扮演了一个对历次运动能够未卜先知的“打手”。反胡适运动，可以利用鲁迅与胡适的分歧以及鲁迅后期说胡适向日本人“献征心策”，来批判胡适。批判《武训传》，可以利用鲁迅没有丝毫的奴颜媚骨的“硬骨头精神”，来批判武训的奴颜媚骨。“反右”斗争，可以造出一个鲁迅“永远跟党走”，来打退“右派”向党的疯狂进攻。“文化大革命”，可以利用鲁迅的反传统思想，来砸碎“封资修”的黑货。评《水浒》批宋江运动，可以利用鲁迅《三闲集·流氓的变迁》中所说的《水浒》人物“终于是奴才”，来彻底否定《水浒》好汉。儒法斗争运动，可以利用鲁迅对儒家和孔子的批判，来批评孔子推崇法家。甚至连批判鲁迅的密友胡风，也能找出鲁迅对胡风的不满，胡风对鲁迅的背叛。而且每次运动，都要利用鲁迅“一个都不宽恕”的“痛打落水狗”的精神，以表示革命人民对反革命的无比愤慨和绝不手软。看看 1966 年第 14 期的《红旗》杂志社论，那种将鲁迅神化并将他当成一根痛打落水狗的棍子的企图，可以说一目了然。有趣的是，鲁迅经常成为“两报一刊”社论的议题，如 1966 年 10 月 19 日《人民日报》的社论《学习鲁迅的革命硬骨头精神》、1976 年 10 月 19 日《人民日报》的社论《学习鲁迅永远进击》等等。在这种语境中，就连当年把鲁迅骂成是“文艺战线的封建余孽”与“二重反革命”的郭沫若，也未能免俗地神化鲁迅。郭沫若说，鲁迅晚年说他将毛泽东等人“引为同志”，就是鲁迅的“入党申请书”，而毛泽东说鲁迅是共产主义战士，“可以认为鲁迅的申请书已经得到了党的批准”。郭沫若说：“鲁迅就是始终听党的话，无条件地拥护党的政策、歌颂党，特别是热烈信仰毛主席。”郭沫若还设想，如果鲁迅活着该多好，他一定会站在“文化大革命”的前列，带领我们前进。最后，郭沫若狂喊：“鲁迅的造反精神不朽！把无产阶级文化大革命进行到底！”[①]

---

① 郭沫若：《纪念鲁迅的造反精神》，载《人民日报》，1966 年 11 月 1 日。

鲁迅在去世前不久的1934年写下了这样一段话:"文人的遭殃,不在生前的被攻击和被冷落,一瞑之后,言行两亡,于是无聊之徒,谬托知己,是非蜂起……连死尸也成了他们的沽名获利之具,这倒是值得悲哀的。"[①]这话不幸一语成谶!

鲁迅,一个冬天悲哀的神话……

四、新时期之后的价值重估

1979年开始的历史新时期之后,人们似乎是从梦中醒来,又在怀念"五四"新文化运动的思想大解放。于是,鲁迅这位新文化运动的大将,又得到了重新的阐释和弘扬;鲁迅的那些精神苗裔纷纷从物化形态或精神形态的监狱里走出来,冯雪峰、萧军、胡风等人的历史问题都在现实中先后得到了平反。冰河时代仿佛结束了,因为政治需要而随意扭曲鲁迅的阐释企图在学界显得越来越尴尬。人们都在问:鲁迅是谁?

可以说,新时期的鲁迅研究获得了思想的大解放,并且在三个方面取得了重大的成绩。第一是试图还原鲁迅,去除笼罩在鲁迅身上的政治符号,以究鲁迅文本的思想实质。尽管从解释学的角度看,还原是不可能的,但是,将鲁迅悬置之后所造成的扭曲变形实在是太明显了,因而这种还原对于冲破既有的思想牢笼还是具有重大意义的。第二是从存在主义和生命哲学的角度,对鲁迅内在的深刻性进行阐释,对过去被忽视了的甚至是被批判的文本内涵,进行现代意义的发掘。第三是从比较文学与比较文化的角度,将鲁迅放到世界文学与文化的大格局中,放到东西方文化撞击的漩涡中,在广泛的世界性联系中审视鲁迅的文学个性,分析鲁迅作为民族魂的深刻内涵。值得注意的是,对于鲁迅前期的研究明显超过了后期,即使是整体把握鲁迅的论著,也将研究的重心放到了鲁迅的前期。过去注意较少的鲁迅留学日本时期,也得到了重新的开掘,因为人们发现,鲁迅后来的文学和文化活动,在很大意义上是对留日时期理论活动的展开。而且对于鲁迅后期的研究,也将重点放到鲁迅独特的思想个性与文化品格上。过去,造神论者是肯定并弘扬鲁迅的后期,而有条件地

---

① 鲁迅:《且介亭杂文·忆韦素园君》。

肯定鲁迅的前期。按他们的逻辑推理，鲁迅之所以变得神圣不可侵犯而闪着浑身正确的辉光，就在于他的后期成为伟大的无产阶级革命战士。然而，这里有一个他们似乎无法解释的矛盾：鲁迅在文坛的崇高地位，或者说鲁迅的声望所系的作品，主要都是前期的，包括《呐喊》、《彷徨》、《野草》、《朝花夕拾》，而《故事新编》和杂文几乎也是前后各半。换句话说，作家应该思想越正确越有好作品，然而鲁迅的好作品几乎都集中在前期，这是造神论者永远都无法解释的。新时期这种研究重心的置换，明显地是以思想上的文化价值与艺术上的审美价值为准绳的，是"从来如此，便对么"的鲁迅精神的一种还原。可以说，在新时期的最初 10 年，鲁迅研究一直是整个文学研究的火车头，发挥了思想解放先锋的作用。一些思想界的风云人物如刘再复、钱理群、王富仁等，都是从鲁迅研究中走出来的。甚至哲学家李泽厚，也在《中国近代思想史论》与《中国现代思想史论》两部专著中，先后论述了鲁迅遗产的思想史与文化史价值。

新时期最初 10 年，鲁迅研究的成绩是巨大的，可以说在鲁迅的身后，这是最辉煌的 10 年。鲁迅研究成为文学研究的火车头和思想解放的春雨，鲁迅的启蒙意义及其文化价值得到了充分的阐发。但这并不是说，这 10 年的鲁迅研究没有缺憾。首先，新时期的鲁迅研究并没有成功地颠覆掉造神论者给定的鲁迅，以至于后来那些鲁迅的颠覆者不来面对新时期学人描绘的鲁迅，而是去面对造神论者以及他们塑造的鲁迅。这就说明，新时期的鲁迅研究也许在立的方面还差强人意，但是在破的方面却做得很差。《走下神坛的毛泽东》、《走下圣坛的周恩来》等书都一部部地出版了，却没有一部《走下神坛的鲁迅》。正因为对造神论者塑造的鲁迅反思不够，所以在研究的时候有时还在沿用造神论者的思维模式，尽管新时期的鲁迅研究在观念上与造神论者已经是南辕北辙。譬如，在对鲁迅只能肯定而不见否定上，与造神论者又是一个模式。有人从思想上大赞鲁迅，有人从文化上高歌鲁迅，有人从内在的丰富性和复杂性上推崇鲁迅，就没有见到有人从某一方面批判鲁迅。譬如，鲁迅前期曾经以莎士比亚的历史剧《凯撒》证明群众的无特操与盲目性，但是在 30 年代，杜衡几乎是重复了鲁迅前期的观点，就受到了鲁迅激烈的批判，也可以说，鲁迅是对自己曾经发表的观念的一种激烈批判。作为一个研究者，面对这种矛盾，或者是站在鲁迅前期的立场上否定鲁迅后期，或者是站在鲁迅后期的立场上批判鲁迅前期，二者必居其一。而没有出现这种批评，说明在思维模式上还受到了造神论者的思维模式的束缚。不仅如此，有些研究者甚至还留有以鲁迅为参照系"逢佛杀佛，逢祖杀祖"的思维模式，一些比较文学的论著，在将鲁迅与外国的文学大师进行比较的时候，最后总能比较出鲁迅的优胜来。当然，即使与托尔斯泰、莎士比亚进行比较，鲁迅确实可能有比他们优胜的地方，然而如果总是优胜，就不是学术研究，而成造神运动了。

1989 年是一个转折，但是这个转折到 90 年代的经济大潮才得以完成。以官方的形式最后一次推崇鲁迅，是 1991 年 9 月 24 日在中南海怀仁堂召开的鲁迅诞辰 110 周年纪念大会上，中共中央江泽民总书记做的《进一步学习和发扬鲁迅精神》的讲话。江泽民认为："鲁迅虽然没有在组织上加入中国共产党，但他是党的最忠诚的同志和战友，是伟大的共产主义者。"所以，"不仅文化战线的同志要义不容辞地学习鲁迅、宣传鲁迅，而且广大工人、农民、知识分子和各条战线的干部，都要进一步学习和发扬鲁迅精神"。但是，随着经济大潮的来临以及 80 年代政治精英与知识精英蜜月的结束，鲁迅研究越来越被边缘化，离主流文化与权力话语越来越远，中国社会科学院文学研究所的鲁迅研究室撤销了，《鲁迅研究》杂志也消失了。这个文化趋势，在使鲁迅学院化与学术化的同时，也将鲁迅从广场上拉回到学人的书斋里。与此同时，90 年代在文化界流行的以解构主义为特征的消解思潮，在颠覆 80 年代的启蒙思潮、主体性、人道主义以及文化权威的时候，矛头开始渐渐指向了鲁迅。另一方面，90 年代在中国掀起的国学热，似乎对西化倾向很浓的鲁迅也不太友好。更重要的是，鲁迅的政治保护伞已经消失，于是在 20 世纪末，一批文人开始对鲁迅进行批判。

王朔虽然肯定了鲁迅的《祝福》、《孔乙己》、《在酒楼上》和《药》，但却把分量最重的《阿 Q 正传》和《狂人日记》都否定了，认为《一件小事》也就小学水平，《狂人日记》也就是一副"愤青"的模样，《阿 Q 正传》虽然有思想意义，但是因为概念化太强，也不是什么好艺术。鲁迅个性是有缺陷的，没有写出长篇小说则是文学成就上的缺陷。而且鲁迅凭着几个短篇和一大堆杂文，是够不上艺术大师的。鲁迅的思想是什么，他想来想去都想不出，"绝望"能叫思想吗？过去他之所以说鲁迅深刻，是怕别人说自己浅薄。现在思想解放了，才发现鲁迅的思想是一无所有。鲁迅在批判国民性的时候，独独遗漏了自己。冯骥才认为，"鲁迅的国民性批判来源于西方人的东方观"。"可是，鲁迅在他那个时代，并没有看到西方人的国民性分析里所埋伏着的西方霸权的话语"。鲁迅不仅没有对西方人的东方观做立体的思辨，而且"他那些非常出色的小说，却不自觉地把国民性话语中所包藏的西方中心主义严严实实地遮盖了"。换句话说，在他的精辟的国民性批判的后面，隐含着"传教士们陈旧又高傲的面孔"。

冯骥才的论辩逻辑是这样的:鲁迅不多的小说之所以有那么高的地位,是因为他的国民性批判,但是根据当下流行的后殖民主义批评,他发现鲁迅的国民性批判是充满了传教士的“东方主义”的偏见的。如果说王朔、冯骥才的文章还是褒贬互现,那么,另外一些批判鲁迅的文章则纯粹是以在鲁迅头上撒尿为快事,有人认为,鲁迅杂文“美学上的趣味恶劣,内容上无非是一些平庸的‘真理’,或一些自相矛盾、强词夺理的‘宏论’”,“它培养了一代又一代现代中国人的恶劣的文化态度和粗糙的美学趣味”。鲁迅小说的“艺术空间显得极其狭隘,主题和表现手段方面也常常过于单调、呆板”。有人认为鲁迅没有回国暗杀清廷高官是怯懦,弃医从文是因为学医失败,在婚姻方面压迫女性,性格上“嫉恨阴毒”,作品的语感生涩别扭,因为思想不成体系也称不上是思想家,而且鲁迅既然是“文化大革命”期间唯一的文学神灵,那么他的人格和作品中有多少东西是和专制制度是殊途同归的呢?立刻有人言之凿凿地说,鲁迅的仇恨政治学与集权统治的共谋,造就了“文化大革命”。也有人从神学的角度,认为鲁迅改变的只是吃人的口实,屈从的却是吃人的事实,鲁迅很少有善的东西,爬满鲁迅精神的是阴冷堕落的毒素,鲁迅想肩住黑暗的闸门结果自己却成了遮蔽光明的黑暗闸门。

这些对鲁迅进行大批判的文章一经发表,就激起了文化界的回应,“世纪末的鲁迅论争”构成了一道亮丽的文化风景线。论者认为,鲁迅对民族文化深刻的批判反省与东方主义不能扯到一起,任何一个民族的文化巨人在批判本身的文化局限时,都可能攫取外来文化的营养。譬如伏尔泰在批判基督教文化的时候,就大胆地看取中国文化;尼采在希腊早期文化那里得到了攻击德国文化乃至基督教的灵感。以解构主义思潮颠覆鲁迅,更是文不对题,因为鲁迅的思想特色就是对于正宗与正统的颠覆与解构,迄今为止对中国主流文化最具有破坏性与颠覆性的思想就来自鲁迅。从这个意义上讲,鲁迅是中国最大的解构主义者。而且这种解构主义的民族文化来源是庄子与魏晋思潮,而外来文化渊源则是尼采,西方最大的解构主义者德里达就认为尼采是自己思想的先驱。鲁迅在死后遭到的最大歪曲,就是从一个非主流非正统以颠覆与破坏为特征的文化恶魔,被乔装改扮成浑身散发着不可侵犯辉光的正统的神明。对于一些人将鲁迅看成是“文化大革命”的精神来源,论者认为,将一个被神化与歪曲了的鲁迅拿来作为一场封闭禁欲的“文化大革命”的精神导因,绝对不能令人信服,《红楼梦》在“文化大革命”中也被利用,难道曹雪芹也要为这场运动买单吗?至于从神学的角度对鲁迅的非议与颠覆,也显得有点文不对题,因为尽管鲁迅不信仰上帝，但是鲁迅比一般现代作家更多地弘扬了基督精神，而且在西方基督教没落的语境中，鲁迅那种对个人关怀的人道传统与对腐败鞭打的讽刺传统，也许比基督教的罪感文学更代表了新世纪的文学精神。所以论者断言，鲁迅不仅是 20 世纪的作家，而且也是属于 21 世纪的作家。可以说，论者对于批判者的言论，一一进行了有理有据的反驳。这是 1949 年之后，真正站在自由土壤上的关于鲁迅的对话，反驳者充分肯定了可以非议鲁迅的文化语境，认为鲁迅从政治问题演变成学术文化问题，是恢复了鲁迅精神真谛的重要一环，因而这种对话对于鲁迅研究的深入乃至鲁迅传统的弘扬，都有着积极的意义。

当然，仍然站在鲁迅神坛的旁边维护鲁迅的神像的人也并没有完全消失，他们站在“政治正确”的立场上，认为那些非议鲁迅的文章是“极端反动”的，国家应该用“保护伞”的办法重新把鲁迅保护起来，而自己则可以从刺刀缝里骂下去！事实上，正是这些人的存在招致了一哄而起的非议鲁迅现象。从文学史的角度看，即使是非常伟大的作家，也有可能遭到严厉的批判和不应有的贬低。莎士比亚在戏剧创作上的伟大是众所周知的，T. S. 艾略特甚至认为但丁和莎士比亚各执牛耳，均分了现代世界；但是，这并没有阻止一些伟大的作家对莎士比亚的非议与贬损。莎士比亚的同胞拜伦和萧伯纳都认为莎士比亚没有什么了不起，拜伦认为莎士比亚还不如亚历山大·浦伯，而俄罗斯伟大作家托尔斯泰写了洋洋万字长文认为莎士比亚不是艺术家，其作品也不是艺术品。既然可以非议莎士比亚等文学大师，人们为什么就不可以非议鲁迅呢？以行政命令的方法禁止对一个伟大作家的贬损，本身就是极不正常的。正是从这个意义上，一些非议鲁迅的人也许比“凡是鲁迅说的都是对的”的论者，可能更接近鲁迅以颠覆与解构为特征的人格精神。事实上，当年创造社与太阳社联手对鲁迅进行围攻和谩骂，鲁迅刚刚去世就有苏雪林来鞭尸，但是这丝毫没有影响鲁迅的伟大。当然，非议与贬损鲁迅者的错位在于，他们眼里的“鲁学家”或鲁迅研究者，都是在不正常的年代里制造鲁迅神话的人，他们对于新时期作为思想解放的一个精神源泉的鲁迅研究，却是弃置不顾。更重要的是，批判者是鲁迅被放逐到正常的文化土地之后揭竿而起的，从这个角度看他们虽不能说是落井下石者，但也绝对算不得英雄。

值得注意的是，尽管从 1979 年之后，鲁迅时常遭到非议和批判，然而鲁迅的传统却是比那个非议鲁迅就是反革命的年代，得到了更多的承传与弘扬。当然，像 20 世纪 40 年代的胡风那样，以一个作家群来弘扬鲁迅传统的现象并没有在当代中国出现，但是，鲁迅的文学传统进入了一些具有批判精神的文学中，进入了一些乡土文学中，也进入了一些更复杂的精神现象之中。人们最初在《乡场上》的冯幺爸与高晓声笔下的陈焕生那里看到了些许阿Q的影子，后来在一些具有批判精神的杂文中也能够发现鲁迅的精神脉动。不过，鲁迅的精神复杂性仅仅在学者的专著中得到阐释，而在当代的文学创作中并没有得到多方面的承传。值得注意的一个现象是，一些声称接受鲁迅文学影响的作家，其实并不一定比批判鲁迅的作家更多地承传了鲁迅的传统。1983年左右，中国社会科学院的《鲁迅研究》双月刊，专门登载了一些作家的文章，如马烽的《杂忆读鲁迅的书》、苏叔阳的《我爱鲁迅》、中杰英的《杂感与漫想》、叶永烈的《"经以科学，纬以人情"》、王汶石的《在鲁迅的旗帜下》等等，这些文章都回忆了研读鲁迅的经过以及他们所受鲁迅的影响，但是，除了碧野等老作家之外，很难说马烽、王汶石等作家就比冯骥才等作家更多地承传了鲁迅的传统。且不说冯骥才的《三寸金莲》等小说继承了鲁迅批判中国传统的精神，就是没有真正读懂鲁迅的王朔，其文学的批判精神——鲁迅传统中最重要的精神成分，也远远超过马烽、王汶石等作家的作品。鲁迅在《摩罗诗力说》中提到拜伦精神进入俄罗斯之后，普希金成为开启新传统的诗人，相比之下，普希金的精神苗裔要比鲁迅的精神苗裔更伟大，普希金身后的许多作家如果戈理、屠格涅夫、陀思妥耶夫斯基、托尔斯泰等，在吸取其营养之后超越了普希金，而鲁迅身后的作家很少有人超越了鲁迅。就此而言，鲁迅是伟大的，也是不幸的。

尽管在略显宽松的文化语境中，鲁迅受到了来自各个方面的批判，但是在一份读者推崇的十大文化名人的问卷中，鲁迅仍然高居榜首。在当下的互联网时代，鲁迅仍然是读者谈论最多的作家。只要浏览一下网络，就可以发现，在网络上最热的作家有三人，就是鲁迅、张爱玲和金庸。这三位作家或者有专门的网站，或者在大网站上有专门的论坛，而且各以自己的创作特色吸引了一大批网迷。关于鲁迅在互联网上的详细情况可以参考葛涛编著的《网络鲁迅》（人民文学出版社，2001年），而笔者在互联网上的观察是，围绕在"鲁迅论坛"周围的人，往往是使命感很强的文人，鲁迅的社会批判与文化批判精神在网络上得到了弘扬，但是鲁迅的精神复杂性与深刻性却相对没有得到重视。

高旭东鲁迅研究论著索引

一、论文

1.《拜伦的〈该隐〉与鲁迅的〈狂人日记〉》,《苏州大学学报》1985 年第 2 期。

2.《论〈该隐〉对鲁迅思想的影响》,《信阳师院学报》1985 年第 4 期。

3.《拜伦的〈海盗〉与鲁迅的〈孤独者〉〈铸剑〉》,《湖北大学学报》1985 年第 6 期。

4.《〈曼弗雷特〉对鲁迅的影响》,《临沂师专学报》1986 年第 1 期。

5.《严复的哲学认识论对鲁迅的影响》,《聊城师院学报》1986 年第 1 期。

6.《鲁迅对中西文化发展模式的比较》,《文史哲》1986 年第 6 期。

7.《论阿 Q 革命》,见山东省鲁迅研究会编:《〈阿 Q 正传〉新探》,济南:山东大学出版社,1986 年。

8.《鲁迅研究的新收获》(与孙昌熙合作),《山东师范大学学报》1987 年第 1 期。

9.《试论拜伦对鲁迅的影响》,《中国比较文学》1989 年第 2 期。

10.《论鲁迅的中西文化比较观》,《鲁迅研究》1989 年第 14 辑。

11.《鲁迅与中国文化传统》,《山东社会科学》1990 年第 4 期。

12.《鲁迅、尼采与孔子、耶稣》,《鲁迅研究月刊》1991 年第 4 期。

13.《论孔子对鲁迅的影响》,《齐鲁学刊》1991 年第 4 期。

14.《孔子论〈诗〉与鲁迅论〈诗〉》(与孙昌熙合作),《文史哲》1992 年第 1 期。

15.《鲁迅与新文化运动新论》,《文艺理论研究》1992 年第 1 期。

16.《鲁迅的艺术选择与文化选择》,《山东大学学报》1993 年第 2 期。

17.《鲁迅与萧伯纳》,《东岳论丛》1993 年第 2 期。

18.《鲁迅与雪莱》,《外国文学评论》1993 年第 3 期。

19.《论鲁迅"恶"的文学观及其渊源》,《齐鲁学刊》1993 年第 4 期。

20.《释圆圈:〈阿 Q 正传〉新探》,《百科知识》1993 年第 12 期。

21.《鲁迅与郭沫若:巨星从扶桑升起》,见龙泉明、张小东主编:《中国现代文学历史比较分析》,成都:四川教育出版社,1993 年。

22.《拜伦对鲁迅思想和创作的影响》,《鲁迅研究月刊》1994 年第 2 期。

23.《鲁迅与辛亥革命》,《山东大学学报》1994 年第 4 期。

24.《鲁迅在传统与现代化之间的文化选择》,《海南师院学报》1994 年第 4 期。

25.《鲁迅与墨子》(与聂廷生合作),《理论学刊》1995 年第 5 期。

26.《鲁迅论"恶"的文学观》,见《空前的民族英雄》,西安:陕西人民教育出版社,1996 年。

27.《走出神圣光圈的鲁迅》,《中华读书报》1997 年 1 月 29 日。

28.《对鲁迅文化的多维透视》,《当代学术信息》1997 年第 5 期。

29.《鲁迅面临的文化挑战》,见《浩气千秋民族魂》,上海:百家出版社,1998 年。

30.《鲁迅:在医生和患者之间》,《山东大学学报》1999 年第 1 期。

31.《论鲁迅不用之用的文学观及其矛盾展开》,《东岳论丛》2000 年第 2 期。

32.《鲁迅是表现主义者吗?》(与贾蕾合作),《山东社会科学》2000 年第 3 期。

33.《走向 21 世纪的鲁迅》,《鲁迅研究月刊》2000 年第 7 期。

34.《重估鲁迅》,《鲁迅研究月刊》2000 年第 10 期。

35.《不废江河万古流》,《齐鲁学刊》2000 年第 6 期。

36.《走向 21 世纪的鲁迅》,《文艺报》2001 年 9 月 25 日。

37.《胡风、路翎与鲁迅传统的正脉》,《鲁迅研究月刊》2001 年第 12 期。

38.《回到鲁迅的求真者》,《北京日报》2002 年 2 月 17 日。

39.《鲁迅改造国民性研究的出路》,《鲁迅研究月刊》2002 年第 5 期。

40.《鲁迅改造国民性的笨人策略》,《鲁迅研究月刊》2002 年第 9 期。

41.《鲁迅是阴冷阴毒的无赖吗》,《鲁迅研究月刊》2002 年第 12 期。

42.《论鲁迅与屈原的深层精神联系》,《鲁迅研究月刊》2004 年第 6 期。

43.《论鲁迅与梁实秋的论战及其是非功过》,《鲁迅研究月刊》2004 年第 12 期。

44.《关于弘扬鲁迅精神的随想》,《鲁迅研究月刊》2006 年第 4 期。

45.《鲁迅:持续不断的文化魅力之奥秘》,《鲁迅研究月刊》2007 年第 3 期。

46.《走异路:为家乡所放逐》,《鲁迅研究月刊》2007 年第 4 期。

47.《鲁迅小说不如张爱玲的吗?》,《理论学刊》2008 年第 3 期。

48.《鲁迅是实际革命家吗?》,《江苏行政学院学报》2008 年第 3 期。

49.《鲁迅传统的形成及其当代命运》,《社会科学战线》2008 年第 4 期。

50.《阿 Q 画圆圈与中西文化的发展模式》,《中国图书评论》2010 年第 10 期。

二、专著

1.《文化伟人与文化冲突》,河北人民出版社,1994 年。

2.《鲁迅与英国文学》,陕西人民教育出版社,1996 年。

3.《走向 21 世纪的鲁迅》,中国文联出版社,2001 年。

4.《高旭东讲鲁迅》,北京大学出版社,2008 年。

5.《图本鲁迅传》(与葛涛合著),长春出版社,2011 年。

三、编选

《世纪末的鲁迅论争》,东方出版社,2001 年。

后　记

本书的前言很重要，阅读本书最好先浏览一下前言。

鲁迅具有独特的文化魅力，他表现了中西文化撞击所造成的深刻裂痕，融汇的可能性与前景，表现了传统向现代转型的全部文化危机与复杂性，同时又把刚刚产生的现代汉语的表现力提升到令人惊叹的程度。这，才是吸引一代代的学人来研究他的原因。让我略感安慰的是，我在20世纪80年代中期到90年代初的研究成果非但没有过时，反而汇入世纪转折到当下的文化研究的大潮中。

然而，与鲁迅相遇，在某种意义上也具有悲剧性。就我而言，不但心境的悲凉与此有关，甚或自身的际遇也具有某种讽刺性的相似。譬如鲁迅的运交华盖，譬如鲁迅说一些人喝完他的血又想把他打杀，譬如有人以其兄弟失和来中伤他，他不得不感叹中国是造谣国与撒谎国的联邦。当你关注社会正义的时候，周围的苍蝇总想在美的地方拉上一点蝇屎，把你想象得和它一样龌龊，蚊子甚至咬了你还要哼哼地发一篇大议论……

当我以鲁迅那种半是留恋半是埋葬的心态，把这部选集编完的时候，忽然有了一种困惑：当我从文化研究的角度审视鲁迅及其文本之后，下一步在鲁迅研究上将做些什么呢？眉头一皱，计上心来，这是编选这部选集的最大益处。

高旭东

2013年3月11日记于北京天问斋